T0278200

GODSLAYERS
UNIÓN

ZOE HANA MIKUTA

YOUNG KIWI, 2023
Publicado por Ediciones Kiwi S.L.

Título original: *Godslayers*
Primera edición, marzo 2023
IMPRESO EN LA UE
ISBN: 978-84-19147-54-7
Depósito Legal: CS 973-2022

Código THEMA: YF

Advertencia: Este libro contiene escenas de suicidio y violencia gráfica.

Nota del Editor

Tienes en tus manos una obra de ficción. Los nombres, personajes, lugares y acontecimientos recogidos son producto de la imaginación del autor y ficticios. Cualquier parecido con personas reales, vivas o muertas, negocios, eventos o locales es mera coincidencia.

A los que huís.
No paréis. Al final, lo encontraremos.

PRÓLOGO

Picos Iolitos
Dos meses después de Celestia

Los veintinueve Asesinos de Dioses que quedan yacen dormidos. Los vigila Aniquiladora Estelar, de guardia esa noche, por lo que están completamente a salvo en sus magníficas y crueles manos. En una de esas manos sostiene una daga, y en la otra, después de atravesar el umbral, el pelo de James Voxter.

Jenny aguarda hasta que él se despierta, hasta que la mira a los ojos, para cortarle la cabeza y reducir la cuenta a veintiocho.

Lo había deducido durante las últimas semanas, cuando Eris y Sona no regresaron, cuando los Dioses vinieron a reclamar Calainvierno. Cuando perdieron. Se pueden adivinar muchas cosas sobre una persona cuando quiere huir. Voxter quiso evacuar en cuanto Eris y Sona se marcharon en su querido y rudimentario Arcángel, horas antes de que los Paladines llegaran, porque sabía que vendrían. Lo *sabía*.

El hielo de Calainvierno se resquebrajó bajo sus pies; ella aún sentía el sonido en el tuétano, como cuando se parten huesos o el mismísimo mundo. Nunca había visto una fisura tan grande. No se distinguía donde empezaba ni terminaba. Podría haberse tragado la tierra entera desde donde se encontraba, y luego no le quedó más remedio que nadar.

Jenny arrastra los dos trozos de Voxter, fundador y traidor de los Asesinos de Dioses, a través de los pasillos del refugio y le grita a su equipo que se despierte, que ya es hora de irse. Algunos se desperezan, ven el cuerpo y luego la sangre. Algunos hacen el amago de coger las armas, pero la impresión los deja inmóviles. ¿Qué van a impedir? Ya está hecho. Ya le tenían miedo, y también la odiaban; por el Arcángel, por enchufar a una piloto a él. Solo su bien conocida lealtad para con los Asesinos de Dioses mantuvo su confianza, y por eso la pusieron de guardia esta noche. Esperaban que vigilara las montañas Iolitas de alrededor por si venían más Ráfagas, no que se cargara a uno de los suyos.

Bueno, pues... «Ups», como tienden a decir esos cabluzos traicioneros.

Voxter no era uno de los suyos. Y Jenny sospechaba que ya llevaba tiempo sin serlo. Por eso arrastra lo que queda de él por el refugio y lo saca a la nieve.

Su equipo la sigue y la llama a gritos. Ya ha amanecido cuando consiguen colocarle a su intrépida líder un abrigo. Jenny menea las manos y se abrocha el botón bajo la barbilla antes de arrodillarse en el permafrost para descuartizar el cadáver de Voxter. Su equipo la observa en silencio y eso le gusta; su confianza tan firme y tirante como una trampa de alambre. O al menos le gustaría, si pudiera concentrarse en su quietud y no en el mango húmedo de la daga.

Esto es lo que hacen los unos por los otros: cosas horribles y, tal vez, hasta crueles. Harían cualquier cosa. Esa es la razón por la que no se tumban sin más en la nieve y esperan a que todo se vuelva negro. Ya está todo bastante negro de por sí.

Encuentran a Ráfagas patrullando por los Picos Iolitos y se encargan de ellos. Dejan trocitos de Voxter dentro de cada mecha muerto, y lo hacen con perfecta eficiencia. Con impoluta profesionalidad. Jenny recuerda, muy vagamente, lo divertido que solía ser.

No puede volver a enfrentarse al resto de los Asesinos de Dioses. Les ha fallado. Jenny Shindanai es brillante y mortífera, y quiere romper cosas y no perder a nadie más. Es una líder valiente y una temida rebelde. No es más que una cría, con solo veinticuatro años, pero la gente había contado con ella.

Y mira a dónde los había llevado eso. Habían terminado quemados, aplastados y hechos pedazos.

Pero Aniquiladora Estelar puede arreglarlo. Puede matar a más Dioses. Hay hangares de Ráfagas abandonados por todos los Picos Iolitos de cuando la Guerra de los Manantiales, más pequeños que el monolito bajo Deidolia, pero bastarán. ¿Quién sabe a cuántos mechas se cargó Sona en Celestia? Deidolia bien podría estar haciendo uso de estas reservas, abriendo los hangares en busca de los Dioses más antiguos y débiles que hayan podido dejar olvidados allí.

Jenny conduce a su equipo hacia los Picos orientales con ayuda de una cámara tomográfica de resistividad eléctrica diseñada por su madre. El cacharro servía originalmente para crear mapas de las cavernas de los pueblos de abastecimiento en caso de que enviaran Ráfagas a destruir sus minas. La gente podría huir por esos túneles que Deidolia no conocía y luego, con suerte, los Asesinos de Dioses conseguirían sacarlos de allí. Pero era complicado captar señal a tanta profundidad. Aun así, la intención era buena.

Pero, en fin, todo es una suposición. En realidad, Jenny no espera encontrar nada en absoluto.

Y mucho menos espera encontrar, en la base de una montaña hueca, un ascensor operativo.

Bajan, porque no pueden marcharse y, tal vez, porque son imbéciles y quieren luchar, o morir; cualquier cosa que no sea el lento declive de los Asesinos de Dioses que han dejado atrás, de luto.

Las puertas del ascensor se abren con un crujido y revelan un enorme espacio a oscuras.

Jenny levanta las manos para echar un vistazo a las sombras. Con los dedos busca aferrar alguna costura suelta para tirar de ella y desenmarañar el mundo. De todas formas, ya se estaba viniendo abajo. Suspira, aunque lo que sale de su garganta se asemeja más a una risotada.

Unos dedos le agarran el mentón y Zamaya Haan la mira fijamente a los ojos. Los engranajes tatuados en sus mejillas se crispan cuando dice, con suavidad y veneno en la voz:

—Contrólate de una puta vez.

Zamaya le clava las uñas en la piel de la mandíbula y Jen permanece muy quieta. Permite que le dejen la marca mientras ella rebusca en su mochila. Se le caen luces de bengala de la mano, que repiquetean contra el suelo de piedra. Ella coge una y su equipo estira el cuello para ver mejor. Seung ha hecho una apuesta con Gwen para ver si Jen se quema las cejas... otra vez.

Le quita el capuchón con los dientes y dice:

—Ay, cariño. Tus ojos no están acostumbrados como los míos; no naciste con tanto vacío, ni embebida de un poder cósmico tan inmenso que casi te desintegró; no, yo fui ceniza y después nada, y resulté también guapa. Cuidado, oye, porque los veo. Los veo.

Lleva semanas en silencio, caminando a través del frío y esparciendo a Voxter aquí y allá. Parece que su propia cabeza también esté en mil sitios distintos. Los pensamientos salen a trompicones de ella. La falta de sueño y el dolor intenso luchan sin descanso para desarraigar la coherencia cada vez que esta brota. Tiene la sensación de estar divagando. No importa. No importa.

La bengala cobra vida y Jenny la lanza bien alto y lejos en la oscuridad.

La luz ilumina sombras y piedra, y luego curvas de acero y hierro.

Rostros, piernas y brazos humanoides ocupan la caverna con una terrible y extraordinaria artificialidad. No debería haber formas tan arrogantes que puedan hacer colisionar las placas tectónicas.

Un ejército de Ráfagas, fila tras fila, que se alarga más allá del alcance de la bengala.

—Bueno. —Jenny inspecciona las caras atónitas de su equipo—. Bueno, bueno. Estos no deberían estar aquí. Y nosotros tampoco.

Las linternas se encienden cual agujas de luz ramificándose del grupo en dirección a los mechas más cercanos, sendos ojos rojos apagados en las cuencas. Un escalofrío recorre a Jenny de la cabeza a los pies. Interesante. Aunque tiene sentido.

—Nunca había visto modelos así... —susurra Seung.

Los mechas tienen dientes. No funcionales, adivina Jen, además de no ir acompañados de labios. Dos terrones poco profundos hacen las veces de nariz y tienen una mirada ensombrecida y hundida. Luego están los huesos. Un valle labrado de costillas y dos pequeñas colinas de acero a cada lado de las caderas. Las manos presentan cinco garras alargadas. Es como un cuerpo deshidratado y chupado con la piel pegada al esqueleto. Cada dedo —tan largos como para casi rozarse las rodillas a los lados— cuenta con una ristra de agujeritos negros.

Gwen se pasa una mano por los rizos rubio-cobrizos.

—Jenny, ¿qué narices...?

—No importa —repone Jenny—. Dentro de poco no serán nada.

Jenny había dedicado toda su vida a cabrear a Deidolia y, al final, ellos han acabado devolviéndosela con creces. Primero La Hondonada, que quemaron hasta los cimientos; luego Calainvierno, que hundieron en el hielo tras Celestia. Ahora había un nuevo rey más cruel en el trono, los Asesinos de Dioses se habían fragmentado y su hermana... a saber.

Al menos desearía no saberlo.

Tampoco hacía falta ser un genio para adivinar lo que le había pasado a Eris.

Jenny ya no puede permitirse ir de un lado a otro para destruir a los Dioses uno por uno. Ahora la situación es distinta. Ahora tiene que acabar con el puto cielo entero de golpe.

Pero no sabe cómo.

Ay, cuánto dramatismo. Ya se le ocurrirá algo... si es que consiguen salir vivos de aquí.

—¡Eh, podéis salir! Es de mala educación no presentarse —grita Jenny hacia la oscuridad.

—Joder —ruge Gwen, sacando las pistolas de sus fundas. Todos echan mano de flechas, pistolas o aceros.

«Donde hay Ráfagas...».

Arriba en las sombras aparecen unos puntitos rojos.

—¿No? Pues voy yo primero —prosigue Jenny ante su silencio—. Jenny Shindanai, también conocida como Aniquiladora Estelar; experta en corrosivos, bueno… en todo, en realidad; capitana del equipo de Asesinos de Dioses más letal de las Tierras Yermas. ¿Y vosotros sois…?

—Los Asesinos de Dioses están muertos —responde una voz ronca.

Rostros aparecen tras las sombras, con las miradas carmesíes y pistolas en mano, agarradas y acunadas casi con cariño. Pero Jen no está preocupada, ¿por qué habría de estarlo? Siempre han estado superados en número. Ya está acostumbrada al oscuro vacío de sus miedos mortales, ante los que se inclina solo para escupirles. Todo sentimiento de terror es señal de que no está muerta —aún no, al menos—, así que los recibe con los brazos abiertos.

Además, tal vez pueda sentirse un poquitín orgullosa de la grandeza de morir aquí.

Jenny Shindanai mueve las muñecas a los costados y las venas de sus guantes cobran vida con un ardiente brillo dorado.

—Los Asesinos de Dioses —Aniquiladora Estelar sonríe, porque se dijo a sí misma que lo haría al final de todo—, dominan el arte de la necromancia.

CAPÍTULO UNO

BELLSONA

Tengo un sueño extraño. Sin sentido. Deidolia es una boca en el desierto, que inhala y aspira.

Adentro va el mundo, y fuera los Dioses.

Creo, en mitad de toda esa hambre divina, que yo me transformo en alguien diferente.

Él está ahí cuando me despierto. El Zénit. Un mero chico. El único que queda.

Estuve cerca. Estuve muy muy cerca.

Está a los pies de mi cama. Yo gateo hacia él y pego la frente al marco de la cama.

—¿Ya… —empieza a decir Enyo con voz dulce. Siento sus ojos, tan oscuros como la piel de un Fantasma, sobre mí—, …te sientes tú misma otra vez?

—Sí, mi Zénit —susurro, y cierro los ojos del inmenso alivio que me embarga de golpe—. Ya me siento yo misma otra vez.

Estaba tan perdida. Ella… me hizo perderme.

Y Enyo…

He cometido el peor acto posible hacia él, igual que hacia mi nación. Y, aun así, me ha salvado, me ha arrancado de las fuertes garras de la corrupción de los Asesinos de Dioses en vez de masacrarme como yo los he masacrado a ellos.

Estuve perdida, pero ya no. Ahora vuelvo a estar en casa.

En Deidolia. En este lugar sagrado.

Y misericordioso.

CAPÍTULO DOS

ERIS

Por lo visto al final sí que creo en los dioses.

Supuestamente hay millones, así que cuando rezo no me dirijo solamente a uno. No me parece suficiente.

Con la cabeza gacha sobre las rodillas, la chapa metálica del transporte vibra en torno a mí. Estoy sentada y flanqueada por dos guardias, y en compañía de otros tantos. Me parece excesivo, dado que estoy atada de pies y manos y me han colocado una mordaza en la boca porque me han dicho que últimamente tengo lo que algunos llamarían «unos buenos colmillos». Le mando un mensaje conciso al cielo. Seguro que está repleto y lleno de ruido, pero quiero que les llegue.

«Sois unos cabrones», rezo, aunque tal vez esa no sea la palabra más adecuada para lo que estoy haciendo. ¿Hay algún término para cuando los humanos hablan con los Dioses? ¿Nos hemos preocupado en acuñar uno? «Sois todos unos cabrones».

El tren reduce la velocidad y las puertas se abren, arrojando luz al interior. Me hace daño en los ojos; debo de llevar meses sin pisar el exterior.

Cuando intentan ponerme de pie, me desplomo.

Porque han pasado meses y la única razón para trasladarme es para matarme.

«Vendré a por todos y cada uno de vosotros».

Me levantan con facilidad. Dejo que me cuelgue la cabeza hacia atrás y que el sol entibie mis moratones. Parece primavera. Parece que me hubieran desenterrado de mi tumba para volver a matarme.

«Os arrancaré la divinidad de cuajo».

El transporte se aleja y mis ojos lo siguen en dirección a un chapitel enorme que se eleva varias decenas de metros a la izquierda, con el pináculo negro estirándose hacia el cielo. Me doy cuenta de que es un cañón y de que estamos en el muro que rodea la ciudad. La luz ilumina la llanura decolorada de las Tierras Yermas conectadas por el metal de los raíles. Veo el punto en que la niebla tóxica de Deidolia desaparece en el cielo azul.

Todo parece fuera de lugar: yo maldiciendo contra el hombro ancho junto a mi mejilla, la tarima al borde del muro, este lugar feísimo y sus mil millones de habitantes apretujados como sardinas en lata. Un montón de cosas desparramadas como si tal cosa en una zona vacía en el mapa.

«Como me salvéis, no pienso hacer una mierda por vosotros», rezo mientras me suben a la tarima y me dejan caer a cuatro patas. La superficie de plástico está resbaladiza debido a la humedad, pero pego la frente a ella y cierro los ojos. Necesito descansar un poco. Necesito que no haya tanta tensión.

«Me habéis traído a un mundo asqueroso, lo mínimo que podríais hacer es no dejar que me maten así».

Unos pasos sacuden la tarima, pero nadie me levanta. No quiero que me revienten los sesos con la cara en el suelo, así que ruedo para tumbarme bocarriba, pero la luz sigue resultándome cegadora, por lo que tengo que taparme el rostro con las manos. Siento los grilletes fríos contra las mejillas. La brisa que se levanta es de lo más agradable. Ni siquiera hay demasiada arena arañándome el pelo.

Hace unas semanas, alguien me informó de manera muy educada que toda mi familia había muerto. Que, horas después de Celestia, enviaron Paladines a resquebrajar el hielo de Calainvierno. Que todos a los que había querido murieron congelados antes de ahogarse.

Bueno, todos menos una persona, pero ella también está muerta.

Y por mi culpa.

«De todas formas, pienso ir a por vosotros. Ya decidiréis si es ahora o dentro de unos años, cuando hayáis tenido tiempo de prepararos para mi llegada, o para disculparos, o simplemente para *morir*, o para traerlos de vuelta a todos; por favor… traedlos de vuelta a todos».

—Levantadla.

Me ponen de pie. Vuelvo a dejar caer la cabeza y me golpeo la barbilla con la clavícula. A ellos no les parece tan gracioso como a mí. Me encojo cuando me clavan las uñas. Espero abrir los ojos y encontrar una pistola apuntándome entre ceja y ceja —cosa que me hace no tener ganas de abrirlos, sino de que la oscuridad dé paso a la otra, una transición donde apenas se note la diferencia—, pero, Dioses… «No quiero esto, no lo quiero. Salvadme, por favor, me da miedo morir…».

De todas formas, abro los ojos, porque me niego a morir suplicando o sin ver nada, no después de todo… y el pánico vacila.

Es ella, con el azul del cielo detrás; el mundo ya no parece tan vacío.

Se ha cortado el pelo.

Sus perfectos rizos avellana le rozan la barbilla. Tiene los ojos entrecerrados para contemplarme bien. Iluminada por el sol, su mirada es feroz, pero está viva, *viva*.

Ya no pienso dejar que me maten.

—¿Le quito la mordaza? —le pregunta Sona a alguien que no me importa, pero quien parece responder de manera afirmativa, ya que desata la atadura en torno a mi boca.

Intento besarla y ella me golpea en la cara.

—Vale, me lo merecía —digo con voz ronca. Tengo los labios agrietados y, al sonreír, lo hacen aún más. Todavía tengo la vista borrosa cuando la miro y me arde la mejilla—. Oye, ¿nos vamos?

Llevo semanas sin hablar y me cuesta pronunciar las palabras.

Deben de parecer un sinsentido porque Sona me lanza una mirada extraña. No contesta.

Además, en lugar de liberarme, se coloca detrás de mí y flexiona su brazo en torno al mío antes de hundir una mano en mi pelo para obligarme a levantar la barbilla.

Tengo el corazón en un puño. Algo no va bien. *Ella* no está bien.

Sus labios me rozan la oreja y yo abro los míos y pienso: «Por favor, por favor, por favor». ¿Por qué le rezo a los Dioses cuando ella está aquí?

—Muestra respeto a tu Zénit —dice Sona.

Me parto de la risa.

Sale jadeante y rota, aunque no puedo parar. Incluso cuando me vuelve a pegar, o cuando me desplomo sobre la tarima y el impacto hace que me chasqueen los dientes; incluso cuando se agacha sobre mí para sacudirme, con los rizos meciéndosele sobre la barbilla. Porque, claro, ella es una de las pocas que han tenido la mala suerte de sobrevivir a la corrupción. Le han borrado algunos recuerdos y otros se los han modificado.

«Solo tenemos que echar a correr», pienso, mareada, mientras Sona me pone de rodillas y me vuelve a obligar a inclinar la cabeza hacia atrás.

Alguien más se inclina sobre mí; un chico alto con el pelo oscuro recogido en un pequeño moño. Tiene mirada de lince y la boca torcida en un gesto malhumorado que me recuerda ligeramente a Xander. Qué puto golpe bajo.

Y entonces desciendo la vista hacia su ropa, porque lleva una insignia en la chaqueta que no debería estar ahí, o en ninguna parte, más bien. Porque significa que nos dejamos a uno. Fracasamos.

—Lo siento —murmuro una y otra vez con voz ronca. Me disculpo y mis divagaciones se convierten en carcajadas cuando caigo en que Sona cree que estoy suplicando por mi vida y que mis palabras no van dirigidas a ella. Porque la he condenado a estar aquí. Creía que la dejaba en un mundo sin Zénit, en una Deidolia sumida en el caos. Iba a morir y, aunque tal vez me odiase por ello, no me importaba, porque ella seguiría viva. Lucharía y escaparía, y todo iría bien, porque habría gente que la esperaría en casa.

¿Los recuerda acaso?

¿Sabe lo mucho que la queremos?

El Zénit empieza a hablar. No me importa lo que diga, así que me lanzo hacia delante e intento arrancarle la oreja de un mordisco.

Él retrocede y mis dientes se cierran sin nada entre ellos. Sona suelta un rugido y me agarra del pelo con más firmeza.

—¿Cómo te atreves...? —escupe.

—*Gwaenchanha*[1]. No pasa nada, Bellsona —la tranquiliza el Zénit, levantando la mano. Y eso parece; tiene un aspecto tan impávido y pulcro como las huellas en la arena blanquecina. Solo es un crío a cargo de un gran mundo caótico. Por lo menos debería tener unas putas ojeras y que no parezca que le han hecho el maldito traje a medida. Le lanza una sonrisa enorme a Sona, con lo que me entran ganas de volver a ir a por su oreja y, después, masticarla con fuerza—. Todo está en su sitio, ¿ves? Ya me han avisado de que la señorita Shindanai tiene buenos colmillos.

—¿Por qué...? —Se me rompe la voz, cosa que me choca. El Zénit me observa. Seguro que la primera vez que la corrompieron no lo consiguieron. Sona es demasiado terca. Volverá en sí, aunque tal vez para entonces yo ya no esté—. ¿Por qué no la has matado?

—¿De verdad que no lo sabes? —inquiere el Zénit. Parece que lo pregunta en serio. Desvía la mirada hacia Sona y hay algo en sus ojos que no comprendo. Algo parecido a la prudencia—. Vale la pena salvarla.

Sona coloca el filo frío de una espada bajo mi mandíbula y en la postura correcta.

—Espera —dice el Zénit, y ella obedece.

Siento que me empiezan a arder los ojos; la lucha me ha hecho darme cuenta de que va a ser ella quien me saque de este

---

1 (N. de las T.) Palabra coreana que significa «no pasa nada» o «estoy bien».

mundo, al igual que lo ha hecho ya en tantas otras ocasiones; cuando apoyó la cabeza en mi hombro bajo la suave luz del pasillo, cuando sus dedos acariciaron los míos bajo el cielo estrellado, o al sentir el calor de sus labios en el interior del mecha muerto, conduciéndome a un lugar más tranquilo a pesar de todo...

El Zénit se acerca y, a continuación, se arrodilla delante de mí con los ojos clavados en los míos. Dejando a un lado los latidos de mi corazón, no se oye nada más cuando me examina. Ha encontrado a una chica inútil de las Tierras Yermas. A una hereje llena de ira, odio y dolor que no le importa lo más mínimo.

—Vale la pena salvarla... —susurro contra la espada—. ¿Para que me mate a mí?

—No, no, a ti solo no. —El Zénit sonríe. Podría considerarse una sonrisa amable. Se inclina y sus labios casi me rozan la oreja. Inspira y yo cierro los ojos conforme las lágrimas caen. Me sorprendo del miedo que siento tan de repente. Ya había matado antes a Dioses de Deidolia, pero jamás había conocido a ninguno, ni habían hablado conmigo con esa voz suave y prometedora—. Bellsona acabará con todos los Asesinos de Dioses.

Se aparta. Yo me quedo inmóvil, observando sus zapatos entre los mechones de pelo que me cubren la cara.

—Así que Aniquiladora Estelar sigue viva —digo.

El Zénit suelta una carcajada.

—¿Acaso le sorprende a alguien?

Hace un gesto con la mano y Sona me tira del pelo para levantarme y me empuja con la rodilla hacia delante. De repente dejo de sentir el suelo bajo el cuerpo; hay una caída de unos sesenta metros hacia un agujero negro y frío, y veo las Tierras Yermas plagadas de deidades.

Suelto un quejido ahogado.

—Sona —la llamo con voz ronca—. Sona, por favor.

Ráfagas. Debe de haber decenas. Son disparejos y tienen los ojos escarlata y las barbillas alzadas para no perder detalle. Creo que eso es lo que me acojona; están amontonados y pegados unos a otros, no en filas ordenadas como lo estaría un ejército.

Fuimos buenas Asesinas de Dioses. Defecto destruyó un buen trecho del ejército de Ráfagas. Sin embargo, no nos los cargamos a todos. Nos faltaron los que habían rotado, o los apostados en los Picos Iolitos. Éramos conscientes de que alguno quedaría. Un mínimo porcentaje.

Sin embargo, parece que todos hayan querido venir a verme morir, y han hecho bien. Lo último que veré es que, a pesar de lo que hicimos y sacrificamos, todo ha resultado ser en vano. A pesar de lo que nos esforzamos, el mundo sigue plagado de Dioses.

La mano de Sona es lo único que me mantiene en él. Las lágrimas resbalan de mis ojos y caen al agujero. Siento la boca llena de saliva cuando recoloca la hoja a un lado de mi cuello con firmeza. Voy a morir. «Voyamorirvoyamorirvoyamorir...».

—De acuerdo, querida, procede —le ordena el Zénit a Sona.

Me sorprendo cuando la espada hace brotar la sangre; no estaba preparada. Esperaba que ella agachase la mirada, pero no lo hace, y es entonces cuando me doy cuenta de que esto está pasando de verdad, de que va a matarme sin siquiera mirarme. Y que, cuando despierte —porque lo hará—, quedará destrozada.

—Sona—la llamo entre jadeos ahogados. Sueno como una cría—. Me dijiste que te quedarías todo el tiempo que yo quisiese, ¿te acuerdas? Quiero que te quedes. No lo hagas. Por favor.

La hoja titubea. La sangre mana de forma constante por el lateral de mi cuello, empapando el cuello de mi camiseta.

—Sabes quién soy —insisto con voz ahogada—. Nos pertenecemos la una a la otra, ¿te acuerdas?

Sona parpadea un par de veces y, por un momento, clava los ojos en los míos.

Luego, deprisa, desvía la mirada hacia el Zénit. Él la está observando con fijeza, y noto que él también se ha dado cuenta de lo que ha hecho.

Todo pasa muy deprisa.

Alza la mano y Sona me levanta, me deja la espada en la mano y me empuja para apartarme. Grita «Vete, vete, vete» y yo respondo «Ven conmigo, tienes que venir», y el aire se llena de disparos.

Vuelvo a estar en la tarima. Sona llega un segundo después. Siento que me arde la mejilla antes de rodar para ponerme a cubierto.

—¡Deponed las armas, podéis darle! ¡Bellsona! ¡Esas no son tus raíces! —gruñe el Zénit. Ella se encoge, pero se lanza sobre mí cuando giro la espada en la mano y hago amago de abalanzarme sobre él. Nos enredamos la una con la otra, acercándonos al límite del muro, y mis pies rozan la caída.

—¡Vete! —grita, apartándose de mí.

—Ven conmigo. —No importa que no tengamos a donde ir—. Te quiero. Ven conmigo, por favor.

Apenas me doy cuenta de que han dejado de disparar. Agachada sobre mí, Sona se lleva una mano a las costillas, a la sangre que le humedece el costado. El Zénit está a unos tres metros y medio de nosotras, en silencio, a pesar de lo fácil que le resultaría dar la orden de disparar.

—No te conozco —dice Sona con la voz ronca y una sonrisa irónica. Está tan desesperada y confusa; sé, por cómo me toma del brazo, que yo le resulto familiar, pero repite—: No te conozco.

Su piel reconoce la mía. Pero le han lavado el cerebro y no entiende por qué.

—Lo solucionaremos —le suplico con pesar. Las lágrimas me nublan la visión, la imagen de su cabeza sobre la mía, del rictus serio de su boca—. Por favor, cariño, te prometo...

Y entonces caigo al vacío.

Me ha empujado. Me ha mata...

No. Las deidades son avaras; estiran las manos hacia mí y caigo en una palma. Los dedos de metal se pliegan para ocultar el cielo, pero yo ya he escapado, resbalando por la muñeca y después por el brazo. Los cuerpos de metal se elevan en torno a mí, todo cabezas, cuellos y clavículas. Huyo por un hombro mientras un montón de dedos tratan de hacerse conmigo. Este es uno de mis infiernos: solo Ráfagas y nada más...

Bajo por el hombro y llego al lateral de la cabeza de un Argus. Ahora solo hay una dirección en la que ir.

Hacia abajo.

Más abajo.

Y más.

Espalda con espalda con el Ráfaga, bajo deslizándome por ellos.

Llego al suelo antes de lo que pensaba. Y más viva, sinceramente.

No. Joder. Hay otra palma bajo mis pies. Yo...

La mano se está cerrando. Esta es la peor forma de morir para un Asesino de Dioses: aplasta...

Nos estamos moviendo y la fuerza con la que caminamos me hace caer de rodillas. El mundo sobre mí se compone de mechas, columnas, torsos y sonrisas; de bordes perfilados por el cielo, de cabezas girándose... La otra mano del Ráfaga se cierra sobre la primera y se queda quieta.

Solo estamos la oscuridad y yo, jadeando. A la espera. «Nada, nada, nada». Siento el latir de mi corazón en la boca. «Estoy viva, viva, viva».

—¿Me has... encerrado? —susurro.

¿Qué coño está pasando? ¿Es que los demás no se han dado cuenta?

Estampo el pie contra los dedos que han sustituido al cielo. El grito primero es de dolor, y luego por todo lo demás. Me agazapo a oscuras.

—Serás... ¡déjame salir!

Mis manos arañan el metal de los dedos del mecha. Es un Berserker. Sin embargo, veo otra cosa entre las válvulas. Abro los labios y palpo los arañazos. Son palabras.

No... Es mi nombre.

No tengas miedo, Eris.

Vuelvo a repasarlas. No tengas miedo.

«Ay», pienso. Se me queda la mente en blanco, y delirante, como una pantalla con interferencias. «Ya lo pillo. He muerto».

Sona sigue ahí arriba. Con el Zénit. Ha dicho que va a matar a Jenny. Su mirada es como la de ella; recelosa, con el siguiente paso ya planeado.

¿No me he preguntado siempre qué pasaría si Jenny hubiese nacido en su bando?

Ha visto que la corrupción de Sona ha flaqueado, así que lo volverá a intentar. Hasta conseguirlo.

Hasta que el resultado sea para siempre.

CAPÍTULO TRES

BELLSONA

Dos meses después

—Bien —digo—. Me siento bien.

Fray me observa, inexpresiva. Yo recoloco las piernas en el bajo sofá, curvando los pies tapados por los calcetines al borde del almohadón. El material se arruga bajo mi peso y una sensación de auténtica sorpresa sale a la superficie: Tether ordenándome que me yerga mientras siento los pelos de la nuca como agujas y algunas partes del cuerpo se me entumecen del miedo cuando levanta una mano... Casi estiro la mano hacia mis zapatos y agacho la mirada hacia la horrenda alfombra entre nosotras.

El momento pasa. Tether está muerto y a mí nunca me ha gustado mirar al suelo.

Además, disto mucho de una estudiante ahora. Quizá los pilotos deberíamos mostrarnos más educados, pero Enyo actúa como un crío, así que lo trato como tal. A él no le importa y creo que por eso me siento cómoda. Tal vez, supongo que, si nadie me ha matado aún, puedo subir los pies al sofá. A lo mejor los estoy tanteando, buscando llegar al límite, o a lo mejor simplemente les estoy dando una razón. Puede incluso que sea borde por naturaleza, mala cuando me aburro, y las preguntas que me está haciendo Fray, veladas y un coñazo, por lo que, cada vez que frunce el ceño, cojo un terrón de azúcar de la bandeja de té entre nosotras y lo dejo sobre la mesa. Han pasado meses y ella sigue sin saber por qué lo hago. Es divertidísimo.

—¿Sientes ansiedad por lo que ha sucedido hoy, Bellsona? —inquiere Fray con una tableta sobre las rodillas cruzadas y sujeta por una mano con las uñas perfectas.

—Para que nos entendamos, con «sucedido» te refieres a la pequeña masacre que ha tenido lugar unos pisos por encima, ¿no?

—Así es.

Entonces, dado que Enyo prefiere que intente portarme bien, respondo:

—Me siento... perturbada.

Esta mañana ha empezado como las demás. Enyo y yo hemos desayunado juntos en el ala de los Zénit. Me estuvo dando patadas por debajo de la mesa, algo que se ha terminado convirtiendo en una rutina. No me quejo, porque significa que él también se siente cómodo conmigo. A veces, ambos pensamos lo mismo, y me gusta sentirme valorada y tener a alguien que se sienta igual. No me quejo, porque maté a toda su familia y, sin embargo, ahí estaba él, quieto y sonriente; acababa de hacerme reír. Ni siquiera había empezado a hacerlo del todo cuando de pronto recordé que los quemé a todos vivos, y ahí seguía él, sonriéndome porque su broma me había hecho gracia. En eso estaba pensando cuando los vasos de la mesa empezaron a temblar.

El temblor fue violento y breve. Yo no tardé en lanzarlo al suelo, donde el café se derramó y oscureció las fibras de la alfombra.

Cuatro pisos por debajo hallamos un laboratorio congelado. Una columna de hielo se elevaba del suelo al techo con una mesa, restos de un microscopio y un brazo a la vista; todo estaba congelado y atrapado en el hielo, como las alas de una polilla en la miel. Había otros tantos cuerpos en las paredes expelidos por el estallido.

Me di la vuelta despacio a la vez que asimilaba la escena. Habían perecido todos. Cuando me salvaron a mí, los médicos tuvieron que deshacer la corrupción que los Asesinos de Dioses habían implantado en mis recuerdos uno a uno. Los habían oscurecido en mi memoria, pero sí que recuerdo eso de ella. Lo cruel que era y su forma de sonreír cuando peleaba.

Que me destrozó la cabeza y, cuando acabó, me lanzó al suelo desde el cielo.

—¿Puedes expresar por qué te sientes perturbada? —me pregunta Fray.

—No me gustan los cadáveres congelados.

—¿O es que no te gusta la muerte?

—¿Le gusta a alguien acaso?

—Normalmente no, pero tú eres un poco rara —responde Fray con una sonrisita que le llega a los ojos. Sin embargo, el rencor permanece a pesar de la expresión acogedora que pone. No estoy aquí para curarme. Sino para comprobar si la curación perdura.

O si se está perdiendo.

O si me estoy perdiendo yo.

—No deberían haber tratado de revertir los guantes de la Invocadora de Hielo —murmuro. Deberían haber sabido que la Aniquiladora Estelar no permitiría que nadie echase un vistazo a alguno de sus inventos.

Creo que la doctora espera que prosiga. Me tiro del calcetín, me inclino hacia delante y saco otro terrón de azúcar del plato. Con el moño rubio tirándole de las sienes, Fray se tensa, pero yo me limito a echarlo en el té intacto, reprimiendo la risa.

A Enyo le encanta. Dice que sus notas tienen una cuadrito en la esquina donde guarda la cuenta del azúcar. En nuestra última sesión, frunció el ceño diez veces casi de manera imperceptible, así que coloqué diez terrones en fila sobre la madera. Más tarde esa noche, había diez marcas sobre las que Enyo y yo nos reímos.

Como siempre, en cuanto dejamos de hacerlo, le pregunté por todo lo demás. Qué más había escrito Fray mientras yo hablaba, me removía nerviosa o permanecía sentada en silencio. Ella siempre le entrega las notas después de cada sesión. Aunque no hago referencia a eso al principio, sino al final de nuestra conversación. Es mejor sacarle el tema con tacto, para que no note que estoy tratando de husmear, que estoy nerviosa, un poco desesperada y también un poco cabreada. Todo se arremolina como telarañas en el fondo de mi garganta, y empiezo a sonsacárselo cuando aún sigo riéndome, para que no perciba la irritación en mi voz.

«Creo que me considera superficial porque me arreglé el pelo con el reflejo del ojo modificado».

«Eres superficial, Bellsona. Tienes el pelo fenomenal».

«Lo sé. Seguro que no es lo peor que ha pensado sobre mí».

«Estás muy en lo cierto. De hecho, justo aquí ha escrito que "Bellsona Steelcrest es una zorra"».

«¿Ese es el diagnóstico oficial?».

«Sí. También ha escrito que cree que no estás durmiendo bien».

«Pues le he dicho que sí».

«¿Has mentido?».

«¿Le importa más que mienta o que tenga insomnio? ¿Es señal eso de que vaya a matarte mientras duermes?».

«No específicamente. ¿Vas a matarme mientras duermo?».

«No específicamente. ¿Y la asfixia?»

«Eso tampoco me gusta».

«No, que si ha mencionado algo sobre la asfixia».

«Ah. Bellsona...».

«¿Te ha dicho que deberías cerrar la puerta con pestillo esta noche?».

«Venga».

«Me lo puedes contar».

—¿Qué es lo último que recuerdas sobre tu periodo con los Asesinos de Dioses? —pregunta Fray, sintiendo que he acabado con el otro tema.

Despacio, me paso la palma por la clavícula hasta llegar al otro hombro. En voz baja, respondo:

—Caer.

La ingravidez. El cielo contra mi columna y, a lo lejos, mis pies separados del cristal. Una bocanada de aire que no necesitaba en la garganta.

Siempre repito lo mismo. El mismo hecho. Fray no necesita que me explaye a menos que le dé razones para pedírmelo.

La primera media hora de nuestra sesión siempre es ruido blanco. Fray me pregunta cómo me siento, cómo duermo o lo que sueño. La conversación no me interesa lo más mínimo, por lo que le respondo con aburrimiento. A ella no le gusta, así que pongo un terrón de azúcar en la mesa.

Pero entonces empiezan las preguntas que sí importan, por lo que presto atención.

—¿Qué es lo primero que recuerdas?

—Su escondite —respondo—. Después de que la Invocadora de Hielo me capturara.

—¿Qué parte en concreto?

—La multitud. Caminar entre los árboles.

—¿Recuerdas alguna cara?

—No. Algunos se mostraron cordiales, pero la mayoría parecían enfadados.

—¿Algo más?

—Un bosque frondoso.

Me resultaba un coñazo repetir las mismas respuestas para las mismas preguntas cada varios días, pero las pequeñas omisiones arraigaban como hierbajos en mis palabras y me mantenían alerta.

Me da miedo herir a Enyo. Ya le he hecho suficiente daño. La única razón por la que sobrevivió a mi ataque fue por pura suerte. O tal vez esa no sea la mejor palabra.

También me da miedo él. Lo que podría llegar a hacer, o más bien lo que debería, si los Asesinos de Dioses siguen apoderándose de una parte de mí.

Así que menciono el bosque frondoso, pero no el cielo de arriba. Azul, no rojo, por razones que desconozco.

—¿Qué es lo último que recuerdas de la Invocadora de Hielo?

—Estaba conmigo en el Arcángel. Para cerciorarse de que llevaba a cabo la misión. —«Y lo hice»—. No recuerdo si hablamos.

—¿Recuerdas alguna conversación que mantuvieras con ella?

—No hubo muchas. Sobre el Arcángel y la prueba de pilotaje.

«Una luz blanquecina sobre un empapelado más blanco aún, una alfombra bajo mis pies desnudos...».

Hay algo en mi voz que insta a Fray a esperar. Desvío la mirada hacia su izquierda, hacia la ventana ancha tras ella. Su despacho da al este. El desierto de las Tierras Yermas es como un hilo roto y fino que se extiende entre el horizonte y la ciudad. Hace unos meses, cualquiera podía ver la torre oscura y brillante de la Academia, la vena que anclaba la tierra a los cielos. Ahora, en lugar del rascacielos hay un pequeño bosque de árboles dorados; una hoja por cada vida perdida, y un tronco por cada Zénit fallecido.

—¿Bellsona? —me insta a responder Fray.

No hallamos su cuerpo. Los pilotos fueron avariciosos al intentar hacerse con ella, cosa que entiendo. Enyo me dice que recaí en la corrupción después de verla. Los detalles están borrosos. Juraría que recuerdo verla llorar.

—Creo... —Mis palabras están tiznadas con una pizca de supervivencia. Flexiono los dedos en torno a la tela del sofá y los abro—. Creo que una vez hablamos de mis padres.

Inexpresiva, Fray acerca el bolígrafo a la tableta.

—¿Lo has recordado hace poco?

«No».

—Tras el suceso de esta mañana. Yo... no lo entiendo.

—¿Qué no entiendes, Bellsona? —inquiere Fray con suavidad.

—Por qué me lo preguntó. Y por qué se lo conté. —La vergüenza tiñe mis palabras mientras me fijo en la tinta digital que crean los dedos de Fray—. Por qué no quebró la corrupción, aunque solo fuera un poco, contarle que el edificio colapsó. O que la Academia me acogió cuando no me quedaba nadie más. ¿Tan ida estaba ya?

Su silencio me hace apartar la vista de la ventana y clavarla en ella.

—Bellsona, es esencial que sepas que fueron crueles contigo.

—Lo sé —respondo con tono ponzoñoso.

La amabilidad de su mirada me causa dolor.

—Fueron crueles contigo, así que el miedo es una respuesta natural. Considera la posibilidad de que actuaras así por miedo.

Me la quedo mirando.

—No.

Ella enarca una ceja perfectamente depilada.

—¿No?

—No. —Esbozo una sonrisa—. No estaba tan asustada como para hacer todo lo que me pidiera, o como para hablarle de mis padres muertos, o para matar a un montón de niños deidolianos. Me peleé con ella. T-tuve que hacerlo; no pude...

—Bellsona.

Me callo. Siento saliva en las comisuras de los labios, por lo que me paso la manga por la boca. Una racha de aire me roza el dorso de la mano.

Estoy respirando.

Fray deja de escribir.

—Bellsona —me vuelve a llamar, y el frío resquebraja mi pecho. Debería haber mantenido el puto pico cerrado. Sabía que me pasaba algo, y también sabía que, si me quedaba callada, seguiría viva.

La blusa de Fray ondea en torno a su cintura cuando se inclina ligeramente hacia delante.

—Bellsona, no pasa nada por tener miedo.

Abro la boca.

En voz baja, suelto algo fuera de lugar.

—Yo...

«Dime, Enyo».

—Yo... yo no le tengo miedo.

«¿Estoy mejor?».

—Es solo que estoy tan... *cabreada*. —Me he puesto de pie y al instante me he tropezado con las botas. Me yergo, enredo las manos en los cordones y arrojo las botas contra la puerta. Fray pega un bote ante el impacto. Suelto una risita seca antes de proseguir—: Dioses, ¿no le basta? ¿Cuándo será suficiente para ella? Quiere matar, cosa que es poco creativa e indulgente. Así que no, Fray, no pienso entregarle mi miedo ni nada tan sensato; le daré una muerte sin sentido alguno. Después de todo lo que nos ha hecho a Deidolia, a Enyo y *a mí*... creo que me merezco ser yo quien lo haga.

Fray levanta la mirada hacia mí con la pantalla de la tableta apagada. No mueve el bolígrafo. Las partes heladas de mi interior se quedan de piedra, inmóviles.

Entonces, vuelve a sonreír, pero su expresión no es ni acogedora ni amable, sino real.

—Bueno —dice—. Creo que lo dejaremos aquí por hoy.

CAPÍTULO CUATRO

ERIS

La daga vacila en mi sien. Se ladea y se cierne sobre mí, indecisa, arrojando una fina línea de luz sobre la pared. Dudo un poco sobre el ángulo. En el espejo de ocho centímetros apoyado sobre el marco de la cama, mis dientes encuentran el labio inferior. Ambas manos —una sosteniendo el pelo y la otra, la daga— están perdiendo el riego sanguíneo, y se está formando energía estática en mis dedos.

«Le estás dando demasiadas vueltas», me digo, y la hoja se mueve.

Los mechones de cabello negro caen sobre mis pantalones de chándal. Me inclino hacia atrás un momento y me contemplo, luego me pongo de rodillas para verme mejor en el espejo. La única bombilla que hay dificulta de cojones la tarea de cortarse el pelo. Aunque tampoco es que pueda quejarme. Estamos a bastantes metros bajo tierra y cuando las luces están apagadas, una nueva clase de oscuridad nos asola. Y deberían estar apagadas a esta hora. Pero ¿sabes? Tiene gracia. Últimamente no he podido dormir muy bien; a saber por qué.

Corto un poco más arriba y luego me detengo para pasar el pulgar por el corte. Cuando me echo hacia atrás para volver a empezar, otras dos caras aparecen en el espejo, abarrotando el pequeño cuadrado. Dejo la daga en el suelo y me giro.

—¿June? —pregunto.

—Sí —dice Theo, pasándose una mano por el pelo de recién levantado. Nova vuelve a estar en una de sus fases mudas, pero asiente y se balancea angustiosamente sobre los dedos de los pies.

Los sigo un trecho a través del conducto, descalza, aunque no toco el suelo de piedra gracias a un caminito de alfombras dispares que los pilotos Hidra han usado para guiarnos hacia nuestras habitaciones. Todos ellos duermen en el hangar para así dejarnos a nosotros la pequeña red de túneles naturales; puede sonar muy primitivo, pero tienen unas plataformas erosionadas donde colocar las camas y lámparas de calor para aislarnos del frío, además de eco, por lo que puedo estar pendiente de los chicos. Mi equipo ocupa un conducto que sale del túnel principal, con forma de medialuna y sin salida por los dos lados. Nova y Theo duermen en uno, June y Arsen en el otro, y yo en mitad de la curva, donde, si me inclino por el borde del colchón, obtengo buena vista del túnel, además de un atisbo del conducto donde descansa el equipo de Jenny.

Las luces enganchadas a los marcos de la cama de June y Arsen están curvadas hacia el techo irregular y bajo, por lo que unas sombras parecidas a dientes afilados cubren las paredes. Hay dos almohadas y mantas entre las camas; Theo y Nova están durmiendo en este lado esta semana. June y Arsen migrarán en un par de días, así que los otros dos podrán dormir en sus propias camas. Yo antes dormía con todos ellos, o al menos me tumbaba ahí y esperaba a que alguien viniera a decirnos que el sol ya había salido, pero solo fue durante la primera semana. Me ponía nerviosa no poder vigilar. Donde ahora tengo la cama, la brisa me llega, señal que me dirá si los mechas se han empezado a mover.

Me arrodillo frente al marco bajo de la cama a la izquierda. Theo me ha contado que los terrores nocturnos de Juniper empezaron hace todos esos meses, cuando yo no estaba aquí, cuando creían que había muerto (otra vez). Arsen no podía dejar de llorar. Y ahora aquí estaba, sentado sobre el colchón junto a ella, más agotado de lo que debería por su edad, cada vez que ella se despertaba por culpa de los malos pensamientos.

—Eh, June —murmuro. Coloco una mano sobre la suya y le acaricio los nudillos con el pulgar. Cuando despierta, siempre tiene miedo al principio, y luego se queda callada, sintiendo una pena tan profunda que es imposible de expresar con palabras.

Sus ojos marrón oscuro están anegados en lágrimas y tapa su labio inferior con los dientes. Pensando en Xander, en Sona y en todos los demás, porque hay *tantos.*

Todos nos acordamos de ellos; June con sus pesadillas, Nova con su silencio, Theo y Arsen reaccionando con miedo a cosas que antes no. Y yo... ¿qué? Ja. No, yo estoy bien. De veras. Yo solo quiero pelea todo el tiempo; el impulso nunca pasa. Al igual que esa sensación extraña de mareo desde que volví a ver a mi equipo. A los cuatro se los veía tan pequeñitos desde la mano del mecha mientras me bajaba hacia el hangar. Aunque cuando Sheils me dejó en el suelo mientras pilotaba aquel Berserker prestado, tampoco es que los viera mucho más grandes.

El hangar Hidra —con el que Jenny se topó hace meses— tiene acceso al sistema de radio de Deidolia conectado a las ciudades mineras, a unos treinta kilómetros al sureste. Así es como se enteraron de mi ejecución, de que Deidolia estaba invitando a todos los pilotos a que asistieran en sus Ráfagas. Para ver a su Valquiria, rescatada de la salvaje corrupción de los Asesinos de Dioses por la gracia del Zénit, cortarle la garganta a la Invocadora de Hielo.

Mi equipo solo quería verlo con sus propios ojos; el no saber si ya había terminado habría sido peor. Escribir esa nota en la palma del Berserker fue idea de June, pero era solo por fingir, por hacer algo. En realidad, no esperaban que Sheils me cogiera. Ni siquiera creo que Sheils esperara que yo saltara, y mucho menos que saliésemos de allí con vida, caminando de vuelta al desierto junto con el resto de los Ráfagas, que se dispusieron a regresar cuando la diversión tocó a su fin.

El equipo estaba raro, más raro que la caverna llena de mechas; más incluso que el hecho de que sigan vivos después de lo que me han contado que ocurrió en Calainvierno. Es como si todo el espíritu de lucha que tenían hubiera desaparecido, como si no hubiera sido más que una pegatina superficial y no el rojo en sus mejillas.

El corazón me dio un vuelco en el pecho y se me enganchó, y desde entonces no se ha vuelto a desenganchar.

Nova se sienta a mi lado y nos cubre las piernas con la manta. Theo se deja caer con cuidado en la cama detrás de Arsen para acariciar a June entre los omóplatos. Durante un rato solo se oye el silencio; cuando sus lágrimas han parado, cuando se ha arrimado las rodillas a la barbilla y ha desviado la mirada hacia la puerta. Nova y Theo, que tienen los tobillos juntos, balancean los pies de un lado a otro cual metrónomo. Yo tengo una mano en el pelo de Nova, donde el rubio ha dejado paso a las raíces de color castaño oscuro porque ya no puede decolorárselo —de forma brutal— todas las semanas, como hacía en La Hondonada; y la otra apoyada en la mejilla. En La Hondonada solíamos hacer lo mismo por la noche: acompañarnos los unos a los otros en el silencio mientras la leña crepitaba en la chimenea, pero ahora la sensación es distinta. Como si ya no fuera por elección, sino una ausencia de cosas y gente; una paz efímera.

Después de un buen rato, June me mira y dice:

—¿Qué le ha pasado a tu pelo?

—Quería cortármelo. Solo por un lado. —Vuelvo a pasar el dedo pulgar por los trasquilones—. Por mi cumpleaños.

June sonríe y da un golpecito a la cama bajo ella.

—Bueno, pues ven aquí. Este año tampoco es que haya podido conseguirte un regalo, así que... ¿me das la navaja, Nov?

Horas después, cuando el sol probablemente ya está arriba en el cielo, Jenny nos encuentra a Nova y a mí dormidas en la cama de Arsen, y los otros tres acurrucados en la de June con Theo en el medio. Mi hermana me toca en el hombro y se cierne sobre mí mientras yo parpadeo. Su oscura melena me roza el lado rapado de la cabeza.

—Oye, eh... —Se rasca la nuca con lo que yo llamaría una mirada avergonzada si se tratara de otra persona que no fuera Jenny, claro—. Escucha. Solo para que lo sepas... Puede que haya matado a Sona.

El resto de la mañana pasa de forma borrosa.

Para cuando la visión se me vuelve a esclarecer, he llevado a Jenny de vuelta al hangar. Aparto las manos de mi equipo y asesto otro gancho. Jen lo esquiva, pero a juzgar por la rojez en su labio y el dolor en mis nudillos, le he tenido que dar al menos una vez. Tenemos público; un mecha desconectado se cierne sobre nosotras, con un montón de pilotos Hidra curiosos agolpados a sus pies.

Por alguna razón, son los dedos de los pies de los Ráfagas Hidra lo que me perturba. ¿Por qué cojones querrían ponerles *dedos* a los pies? Aun sin esas estrechas protuberancias de metal del color de las larvas, habría pillado la apariencia de esqueleto. Mi equipo se creía que sufría delirios cuando exigí saber el motivo de esa horrorosa decisión creativa; fue mi primera pregunta después de que Jenny terminara de explicar que Sona no fue la primera en desertar, que los Hidra habían terminado aquí, en Los Desechos —como llaman ellos a este hangar oculto y olvidado— después de ver para qué habían construido a sus mechas. Jen me explicó que la primera y única ola de Hidras debutó hace cuarenta años, y los Zénit hicieron un trabajo soberbio para encubrir la vergüenza cuando todos huyeron. Con ese diseño borrado de la historia, la Academia ordenó que se vigilara a cualquiera que preguntase por ellos.

Los Hidras desertores también hicieron lo suyo, claro, matando a los pilotos de su clase que no quisieron huir con ellos, que resultaron ser casi todos. Esa clase de moralidad mola. También es inútil, puesto que tuvieron que cargarse a los que decidieron quedarse, pero mola. Entonces, detonaron otro hangar en los Picos Iolitos de cuando la Guerra de los Manantiales para destruir algunos de sus mechas y que así Deidolia pensara que todos habían muerto, aunque en realidad habían migrado al este. Décadas después, yo no había oído de la existencia de las Hidras hasta que no me llevaron de vuelta al hangar de Los Desechos.

Cuando Jenny acabó de relatar toda la historia, yo me la quedé mirando y pregunté muy acaloradamente: «¿De quién cojones fue la idea de ponerles *dedos*?».

Jenny me agarra de la muñeca, pivota para salir de mi trayectoria y tira lo justo y necesario para que yo misma me tropiece con mi impulso. Para cuando me doy la vuelta, ella ha agarrado a Zamaya y se ha escondido detrás de ella.

La experta en demoliciones, impertérrita al verse transformada en un escudo humano, se gira y le muerde el lóbulo de la oreja a Jenny. Mi hermana se sobresalta, pero luego se ruboriza y sonríe sin vergüenza alguna. Zamaya la ignora y se deshace de su agarre. Yo me vuelvo a abalanzar sobre Jenny, pero Z me atrapa el codo y empuja hacia atrás antes de rodearme el cuello con el brazo.

—Escúchala —dice con suavidad, y no es una petición. Me quedo inmóvil. A mi hermana solo le da miedo una persona en este mundo, y eso sigue teniendo relevancia pese a la suspensión temporal de mi miedo por Jenny. Sobre todo, cuando esa única persona está pegando su mejilla tatuada y con hoyuelos contra la mía ahora mismo.

Jenny juguetea con la hinchazón de su labio.

—Gracias, cari.

Zamaya la fulmina con la mirada y ella se pone firme.

—Y después vamos a hablar tú y yo.

—Ah. Vale. Eris, eres libre de seguir persiguiéndome, ya sabes, para alargarlo y eso. Z, si no te importa soltarla... Eh, ¿no? ¿Que acabe rápido, dices? Sí, querida. —Jenny coge aire y desvía la mirada hacia mí—. Vale... Pues, cuando escapaste de la Academia la primera vez, le puse un rastreador a tus guantes. —Le echó un vistazo rápido a Z, la cual asiente para que continue—. Hoy se ha desactivado.

—¿Y? —inquiero rechinando los dientes, decidiendo ignorar el hecho de que cogió mis guantes sin que yo lo supiera.

—La última vez que dio señal fue en Deidolia, probablemente donde sea que construyeran su nueva Academia. E... intentaron examinarlos. —Jenny levanta la barbilla—. Le puse una válvula de seguridad. El rastreador se ha desactivado, así que eso significa que han abierto los guantes más de la cuenta. Por lo que... han detonado.

Tengo la garganta en carne viva; debo de haber empezado a gritar en algún momento.

—Puede que la hayas matado.

—Dijiste que estaba junto al Zénit. Que parecían amigos —suelta Jenny con voz ronca y expresión sombría. Eso es lo que siempre ha hecho Jenny: golpear por el mero hecho de hacerlo primero. Así que sé lo que va a decir antes de que lo diga, porque este mundo es cruel y ella va a mantener con vida a muchísima gente solo porque ella también lo es. Espero haberla matado.

Aunque es un Zénit, suponemos que Enyo está falto de apoyo en Deidolia, un apoyo que debería haber sido incuestionable para él dentro de treinta años. Pero la cosa es que a la gente no le gusta recibir órdenes de niños. Él ha heredado las consecuencias de la deshonra del Arcángel —un tipo de mecha que parece que ya no van a producir, a juzgar por la ausencia de alas en los cielos—, del ejército de pilotos y también de una gran fracción del grandioso arsenal de los Ráfagas, ambos arrasados. Los subordinados se han visto de pronto ascendidos a puestos para los que no están preparados, cabreando probablemente a otros oficiales de mayor rango que lograron sobrevivir a Celestia. Incluso con el milagro de la Valquiria corrompida —un Zénit que ha reparado un alma hecha pedazos por los Asesinos de Dioses—, no me imagino a todo su ejército alegrándose de dejar a Sona con vida. No después de lo cerca que estuvo de matarlos a todos.

Protegida en el interior de las manos del Berserker, pensé en que Sona se había cortado el pelo.

La decisión de dejarla vivir, de mantenerla a su lado, se vuelve menos cuestionable si Enyo le dio las tijeras y ella no trató de clavárselas en la sien al instante, o si llamó a otro para que se lo cortaran y ella se quedó quieta sin más. Y es incluso peor si él la llama «querida» y ella no hace por querer partirle el cuello.

Las palabras salen candentes de mis labios.

—Retíralo.

—No pienso hacerlo.

Zamaya me suelta, pero yo me quedo clavada en el sitio.

—Retíralo, he dicho.

«Por favor».

En vez de responderme, Jenny se gira hacia nuestros equipos, que nos están observando, y a los pilotos curiosos, una de los cuales está apoyada de forma casual contra el lateral de los pies del mecha, el brillo rojo de su ojo un complemento llamativo para sus rizos morenos y canosos. Lleva unas botas oscuras que le llegan por encima de la rodilla y pantalones negros, y también se le atisba el extremo de un tirante por debajo de la chaqueta verde oscuro de los Hidras. Unos guantes sin dedos dejan a la vista los tatuajes que decoran sus nudillos, los cuales tiene entrelazados detrás de la cabeza mientras contempla el espectáculo con interés morboso y total descaro.

Cada vez que veo a la capitana Soo Yun Sheils, mi primer pensamiento es: «Dioses, si alguna vez consigo llegar a ser tan mayor, por favor, quiero ser tan guay como ella».

—¡Escuchad! —grita Jenny, y los murmullos y las apuestas se enmudecen—. Algunos de vosotros ya lo sabéis, pero anoche, muy tarde, algunos exploradores de Sheils regresaron de Ira Sol. Ya sabíamos que estaban construyendo algo en aquel tramo despejado del norte, pero hasta ahora no teníamos ni idea de qué. Según parece, está claro que es otra Academia.

Se me corta la respiración. Los pilotos reaccionan de la misma manera que mi equipo: entrecerrando los ojos y soltando tacos por lo bajo.

Una de ellos, Nyla, se abre paso entre la multitud. Es una Berserker desertora, y fue su Ráfaga el que usó Sheils para rescatarme.

—¿Otra Academia? ¿En las Tierras Yermas?

—No creo —jadeo—. El Zénit apenas es capaz controlar Deidolia tal y como está.

—Ya sabéis que las ciudades mineras no son como los otros pueblos de abastecimiento —repone Jenny—. Son fanáticos de los Ráfagas. Pero los Prosélitos no son un problema. La decisión de montar otra Academia a un desierto de distancia es, cuando menos, extraña. —Suelta un suspiro y luego se encoge de hombros—. A menos que esa Academia no instruya a los niños deidolianos.

Se gira hacia mí conforme la indignación de los demás se acrecienta a nuestro alrededor y el miedo me atenaza por dentro, y se inclina hasta colocar una mano en mi manga. Soy capaz de distinguir esa mirada agotada y torturada y de oír la pesadez en su voz cuando dice:

—No puedo retractarme. Y tú también deberías desear que estuviera muerta. —Jen también se preocupa por Sona, lo sé. A alguna parte de ella le duele, solo que no es a la que le concede más poder. Afianza el agarre alrededor de mi brazo—. Porque, si no, todo empeorará.

Empeorará para todos nosotros. Pero lo único en lo que puedo pensar es en que ya lo ha hecho.

Niños de las Tierras Yermas enviados allí para que poco a poco les sorban el cerebro y se vuelvan fanáticos, criados para convertirse en Dioses de una nación que usa a sus familias como carne de cañón. Una nueva Academia, un nuevo ejército que elimina su problema de población, que los vuelve en contra de los suyos.

Más pilotos. Más Ráfagas. Y menos Asesinos de Dioses que nunca.

Siento la mente confusa y la piel alrededor de mis dedos demasiado tirante. Obligo a mis pies a moverse y paso junto a Jen y junto a mi equipo.

—Pues entonces será mejor que nos preparemos, porque está viva.

«Está viva». Tengo que pensar así, porque llorarla creo que me mataría. A estas alturas sé que la aflicción empieza en la garganta, como cuando estás a punto de resfriarte. Estoy demasiado harta de eludirla. De que sigan muriendo niños. De este mundo que obliga a sus hijos a matar a otros hijos.

—Coged los abrigos —ordeno a mi equipo con voz ronca—. Vamos a salir.

Necesito echarme una cabezadita y pelear, en ese orden, pero sé que ahora mismo no podría dormir.

Sheils se ha colocado junto a Jenny mientras nos encaminamos hacia la salida.

—¿Tienes un plan B, señorita Aniquiladora Estelar? —pregunta, con los dedos metidos en los bolsillos delanteros del pantalón. Por si tu válvula de seguridad no ha eliminado a esos pobres niños, digo.

—Un plan B, C, y así hasta la Z, *halmeoni-nim*[2] responde Jen. La piloto sonríe al oír el honorífico, como siempre—. Pero no sabemos si el A ha funcionado todavía.

Me abotono la chaqueta y le meto a Nova un mechón de pelo que se le ha soltado bajo la gorra, muy consciente de la mirada que me dedica Sheils por encima del hombro.

—Es demasiado fácil —medita la capitana.

Como lo fue que nuestro hogar se redujera a cenizas. Que arrasaran con los Asesinos de Dioses, y, aun así, no hallamos a muchos a quienes enterrar.

—Eso vosotros lo sabéis muy bien, ¿no? —digo por lo bajo mientras paso por su lado. Sé que puede oírme perfectamente. Lleváis décadas aquí escondidos.

—¿Has olvidado quién te ha traído hasta aquí? —Sheils me mira a los ojos sin alterarse—. Nosotros hemos cumplido con nuestra parte, Shindanai. Vuestros Asesinos de Dioses no podrían haber luchado contra las Hidras.

---

2 (N. de las T.) Palabra coreana que significa «abuela» para dirigirse a mujeres de mayor edad, con o sin relación de parentesco.

—¿Seguro? —pregunto—. Un Ráfaga es tan bueno como su piloto. Y lo único que os he visto hacer es esperar a morir. Así que... —Me echo el bolso al hombro. El hangar de Los Desechos enmudece de golpe. Miro al resto de mi equipo y los veo con las mandíbulas desencajadas. Sheils me atraviesa la nuca con la mirada—. Bueno, ¿nos vamos?

CAPÍTULO CINCO

BELLSONA

El ascensor atraviesa la niebla. Se extiende, inmóvil y con apariencia acolchada, a través del paisaje de la ciudad. Da la impresión de que, si quisiera dar un paso, no me dejaría caer al suelo, sino que me tragaría hasta el cuello y me resguardaría allí, con los dedos de los pies rozando el aire sobre las farolas.

Una vez se lo dije a Enyo esperando que se riera de mí. Él solo me miró, serio, y me dijo que se imaginaba lo mismo, salvo que él siempre se lanzaba de cabeza y los ojos le lloraban debido a la contaminación, y también que nunca le dijera a la doctora que pensaba en saltar de las ventanas.

«¿Y si me hubieran empujado?», le pregunté como si nada, a lo cual él respondió: «Entonces estarías paranoica en vez de ser suicida, y yo tendría que lidiar con ello como corresponde».

Estábamos en su despacho, tumbados bocabajo en su escritorio; la luz de una única lámpara encendida, un rayo de sol en la brisa nocturna que se colaba por las ventanas. Él garabateaba algo en su cuaderno. Se había rapado el pelo, por lo que la luz delineaba sus pálidas orejas.

«¿Y tú qué?», le pregunté. «¿Te empujaron o saltaste?».

Recuerdo cómo detuvo el bolígrafo en mitad de una letra, así que la tinta se amontonó en el papel.

Me miró, y eso me sorprendió. No fue solamente que no pareciera él en aquel destello de rabia, sino que también parecía *querer* dejarse llevar por ella. Como si, en el caso de pegarle, él estuviera dispuesto a devolverme el golpe y a no detenerse.

Luego parpadeó, y lo que fuera que hubiera en su cabeza desapareció. Me sonrió mientras respondía: «Me empujaron, querida».

Las puertas del ascensor se abren. Parpadeo ante el tramo familiar y frío del pasillo de la planta de las salas de entrenamiento casi idénticas a las de la antigua Academia— en vez de la elegancia sin igual de los apartamentos de los Valquiria. Crispo los dedos a los lados. ¿He pulsado el botón que no era?

Nunca he bajado aquí, aunque se me permite ir a donde quiera. Normalmente suelo entrenar en la sala que hay al fondo del pasillo desde mi habitación, donde solo voy yo y no hay posibilidad de toparme con ningún otro piloto.

Oigo el sonido del entrechocar de espadas, del metal contra metal en rápidas sucesiones. Las notas vibran a través de mi piel. ¿Alguien se está riendo? Suena muy alegre. «Vaya, eres buena». ¿Soy buena? Alguien está cargando contra mí con el arma en alto... no. Está a un lado en el suelo, indefensa. Rizos rojos. El rojo mana de su cuello, primero despacio, luego más rápido... Buena, lo hice para poder ser buena. ¿Soy buena?

Me apoyo en la pared mientras suelto un jadeo. He salido del ascensor sin siquiera darme cuenta. Trago saliva y retrocedo. Pulso el botón de la planta donde se alojan los Valquiria y me apoyo contra el cristal al tiempo que las puertas se cierran.

«Aquí». Cierro los ojos con fuerza. Estoy aquí.

Soy *así*.

La desesperación tras ese pensamiento me destroza. Me llevo las manos a la cara y... me estremezco.

La odio *tanto*. La Invocadora de Hielo me ha hecho esto, me ha quebrado. Aún sigo buscando los trozos, pero creo... creo que algunos se los ha llevado consigo.

No me quejo a Enyo de las veces que me despierto en mitad de la noche, asustada, arrancada de un sueño donde no era yo misma. No me quejo porque podría haberme matado por lo que hice y, aun así, me salvó. Sigo viva solo porque cree que me arregló.

Pero yo no creo que esté arreglada.

Las mismas palabras. Otra persona. El aire frío. La bilis en mi garganta. Los granos de arena clavándoseme en los tobillos, su mano contra la mía —«¿por qué?»—, la luz de las estrellas brillando del color de los moratones al curarse. «Asustarse es normal».

Creo que me faltan trozos, pero Deidolia necesita que sus Dioses estén enteros.

CAPÍTULO SEIS

ERIS

Me ato la bufanda con más fuerza en torno a la barbilla, exhalo despacio y estiro la mano. Delineo la ladera que conforma un extremo del paso de montaña con el pulgar. Nosotros estamos mirando al norte, pero el Ráfaga se moverá hacia el sur, el camino por donde solían hacer las rondas marcado por los puntos pálidos que son el duramen visible de los árboles, cuyos troncos se inclinan rotos por ambos costados en la estrecha cresta. Trazo el dedo hacia abajo, donde los rápidos sisean bajo el acantilado, a unos diez metros.

—Llegará al río.

Agachado en la rama junto a la mía, Theo se recoloca la correa del rifle en el hombro.

—¿Estamos lo bastante lejos, Eris?

—Los Fantasmas miden aproximadamente cincuenta metros de alto y este no tendrá ocasión de prepararse. —Estiro el cuello levemente y una hoja me roza la frente. La aparto de un manotazo—. Ese paso es demasiado estrecho como para ir recto. Va a tener que pasarlo por encima. Si apoya el pie derecho primero, genial, aunque con el izquierdo también nos vale. Creo... —Señalo hacia el borde del agua bajo nosotros, que se atisba ligeramente entre el follaje a causa del brillante reflejo de la medialuna en su superficie—. La cabeza caerá ahí, ¿ves? Justo en la ribera. Seguramente contemos con unos quince segundos antes de que se ponga de pie. Nos haremos con un brazo si nos lo da. O con la cabeza. Tal vez tengamos que apartarnos del camino para eso. —Vuelvo a calcular el ángulo—. ¿Sabes qué? Da igual, está perfecto. ¿Qué, Nova?

Ella se revuelve; está haciendo equilibrios sobre una rama un poco más arriba a la izquierda y tiene los ojos verdes clavados en el follaje.

—Yo no he dicho nada.

Miro a Arsen, callado a mi derecha, y veo que desvía la mirada cuando lo hago. A continuación, vuelvo a posar los ojos en June, que tiene la espalda pegada al tronco y las piernas colgando a los lados de la rama. Está acunando el detonador en el brazo cual bebé, y con la otra mano está entretenida agrandando los agujeritos de sus pantalones de camuflaje, la mirada gacha y concentrada.

—Si tenéis algo que decir, hacedlo —gruño ante el silencio de los demás. Theo tose de forma inofensiva y yo suspiro—. Chicos, después de todo lo que ha pasado, la sinceridad no será lo que me mate. ¿Estoy como una cabra?

—Sí —responden todos.

—Ah, ¿sí? Pues que os jodan, me da igual —replico, borde, en lugar de preguntar un «¿por qué creéis que estoy como una cabra?», a lo cual ellos responderían erróneamente con un «Eris, esta forma de sobrellevarlo no sirve de nada». Porque es verdad, no lo sobrellevo, puesto que directamente no pienso en ello. He elegido volverme loca. ¿Ves? Es un bucle que se resuelve a sí mismo. Puede que no lo entiendan, no como yo, y no los culpo.

Porque puede que me esté desmadrando, pero sigo siendo una Asesina de Dioses de puta madre; soy capitana por varias buenas razones, y sigo viva por una sola: matar a las deidades de metal. Y con eso me basta.

Me coloco las gafas protectoras y digo:

—¿Os relajáis un poquito y me ayudáis a reventar a esta deidad o qué?

—Te estás comportando como una capulla, Eris —murmura Nova inexpresiva, y me tira una ramita.

—¿Porque soy una insensible que te cagas y no reparo en el dolor ajeno sino solo en el mío? ¿Porque estamos colgados de un árbol, pasando de mis problemas y también de los vuestros? Os conozco mejor que nadie, idiotas, y estáis de bajón. Puedo hacer algo para remediarlo, y es lo que pienso hacer. —Me quito la ramita del pelo—. Por cierto, no hay pruebas de absolutamente nada, así que es absurdo darle demasiadas vueltas. Sería malgastar la energía. Esto... esto es más productivo.

Vuelvo a clavar la vista en ellos. Esta vez no desvían la mirada. Nova tiene la boca curvada. Tiene otra ramita preparada, pero no la suelta.

—¿Qué? —pregunto con las mejillas arreboladas.

Theo me mira boquiabierto.

—¿Esta es tu manera de animarnos?

Pongo los ojos en blanco.

—Por los Dioses, ¿por qué te sorprendes tanto? Sé que me cabreo enseguida, pero claro que me im... ¡Mierda! Ya seguiremos hablando. El cabrón ha llegado. ¿Lista, June?

—Eh... ¡Sí! —chilla, y su bote balancea la rama—. ¿Cuándo...?

—No lo veo —dice Arsen.

—No te hace falta. —Muevo los ojos de la bandada de pájaros que se eleva de detrás del punto más alto hacia la entrada del paso estrecho. Diez segundos en los que aguantamos la respiración y después... una mano enorme y negra rodea la roca.

—Espera, Juniper —murmuro.

La cabeza del Fantasma aparece por detrás del acantilado. Sus ojos carmesí relucen en las cuencas hundidas. La boca es fina, una línea de metal curvada en una mueca hambrienta. Siento una incomodidad instintiva en el pecho. Es imposible oírlo mientras te persigue, así que imagínate levantar la vista de esas piernas huesudas, ese torso raquítico y ese cuello enjuto y encontrarte de pronto su asquerosa cara casi a sesenta metros sobre ti mientras te observa con una sonrisa perversa. Te quedas helado —y poco después, muerto— si no lo ves venir.

Los Fénix tienen su grandeza y las Valquirias, su elegancia extraña y aterradora. Pero con los modelos como los Fantasma o las Hidras... creo que los arquitectos de Deidolia lo clavaron. Son deidades capturadas en su forma física. Los dioses son criaturas felices, enfermizas. Asquerosas. Tras toda la ponzoña con la que permitieron que el mundo se marchitase, no podían ser hermosos; por mucho que sonrían, deben de poder pudrirse como nosotros.

—Eris —me advierte Arsen cuando aparece el extremo de la cadera, casi indistinguible contra el paisaje montañoso oscuro y boscoso.

—Ya lo veo —respondo, mordiéndome una parte del labio inferior. El andar del Fantasma es raro; apoya el peso contra el acantilado más de lo que debería. Choca el antebrazo contra el tronco de un árbol, quebrándolo al instante, y se pega deprisa contra el lateral de la montaña para seguir avanzando. La luz de la luna se refleja en el brillo opaco del metal de su muslo derecho al tiempo que lo levanta para pasar por encima del paso—. ¿Me estás vacilando?

Tiene un agujero en el maléolo.

Escucho una risa siniestra detrás de mí.

—June, espera —susurro.

—Ya lo hago, capi —responde, y escucho la sonrisa malévola en sus palabras.

—Tal vez no deberíamos... —interviene Arsen.

—Nos echaron —estalla Juniper—. Ni de coña se van a quedar también con nuestro derribo.

Algo brillante y con los dientes afilados surge tras mis costillas. Tras lo de Calainvierno, los Asesinos de Dioses supervivientes escaparon a los refugios Iolitos, cabañas ocultas a unos kilómetros más allá de la ladera. Mi equipo sabe cómo defenderse, pero cuando Jenny se fue por su cuenta, eran ellos contra todos los demás que los culpaban por haber aceptado a Sona. Jenny lo había previsto y les dejó pistas para que las siguiesen, pero eso no significa que no tenga asuntos pendientes con los Asesinos de Dioses que creyeron poder abandonar a mis chicos sin sufrir represalias.

El Fantasma cruza el paso apoyando el peso en el pie izquierdo. «¿Te importaría quitar la mano de la ladera? Gracias».

Levanta la rodilla y el brazo izquierdos, aunque deja los dedos apoyados en el peñasco. Con eso basta.

—Ahora.

Hemos estado todo el día colocando explosivos. Ha hecho buen tiempo; un día típico para ir de escalada, con el cielo azul sobre nosotros. Hubiese preferido más piques, pero hemos hecho un buen trabajo.

O eso pensaba.

—Ahora, June.

Me vuelvo y la veo pulsar el detonador frenéticamente una y otra vez.

—¡Eso intento!

—Se mueve —informa Theo.

—¡Está fuera de alcance, Eris! —exclama Arsen.

—¡Lánzamelo! —June me hace caso, lo cojo y aprieto el dedo contra el botón negro.

No pasa nada.

El otro pie del mecha llega al paso. Los míos resuenan debajo y la tela de mis pantalones se rasga cuando me muevo por la rama. Aprieto. Nada. Me pongo de pie, mi equipo chilla y me muevo antes de tambalearme. Aprieto. Nada. Aprieto. Nada. La rama se vuelve fina demasiado rápido. Junto los dedos de un pie con el talón del otro y el mecha empieza a alejarse del paso.

Extiendo el brazo con el detonador bien agarrado en los dedos y aprieto.

—Cablu…

Una explosión quiebra la ladera e impacta contra la parte trasera del hombro del Fantasma. La onda sísmica se extiende por el valle, haciéndome caer.

La caída es repentina. Choco con ramas, pero no siento dónde hasta que impacto contra el suelo —milagrosamente sobre tierra en lugar de piedra— y me enredo con las raíces de los árboles antes de rodar demasiado lejos. Me levanto enseguida, un error que consigue que me maree, y echo un vistazo a los arañazos en los brazos y los hematomas que ya empiezan a aparecer.

Aturdida, alzo la mirada a través del follaje hacia el cielo oscuro y me percato de que las estrellas han desaparecido.

—¡Eris! —grita alguien por encima de mí, y enseguida comprendo qué es lo que va a suceder.

Retrocedo de espaldas sobre pies y manos y logro alejarme unos tres metros antes de que la cabeza del Fantasma impacte contra el suelo con un gesto violento en el que la tierra y la madera ceden ante el metal. Me elevo durante un segundo y medio a causa del choque y aterrizo con fuerza. Estoy boquiabierta y medio riéndome.

Toco con la puntera la curva del cráneo del Fantasma. Ni siquiera tengo que estirar el pie del todo.

Pues sí que ha estado cerca.

Mi equipo desciende de lo que queda del árbol a la nuca del Fantasma cuando la cabeza de este empieza a levantarse.

—¿Cómo es que sigues viva? —se mofa Theo con una sonrisa. Todos llevan expresiones similares, lo cual me hace sentir bien aparte del alivio de que no me haya espachurrado.

—¡Os dije que saldría perfecto! —exclamo, sacándome el mazo del cinturón. La luz roja empieza a reflejarse en mis zapatos—. Nos vemos dentro.

La cabeza del Fantasma se alza. La coronilla, la ceja, la cuenca... la noche se compone de bordes negros y reflejos carmesíes, y me dirijo a la fuente del color rojo en cuanto se despega de la tierra. Con un esprint, salto y pego los pies y la mano a la cuenca derecha. Soy consciente de que una mano metálica viene a por mí mientras quiebro el cristal con el mazo. El brillo abrasador provoca que me lagrimeen los ojos, por lo que los entrecierro y vuelvo a golpear, rompiendo la capa exterior. Rechino los dientes cuando el suelo se vuelve más pequeño. Más vale que mi equipo haya llegado a los hombros.

Empuño el mazo una tercera vez y mis dedos topan con el pequeño disparador en el mando. Las palabras exactas de Jenny fueron «A ver, liberará la suficiente energía acústica como para romper el cristal, pero no a ti el cráneo, creo».

«Entonces, ¿para qué es el mazo?» le pregunté yo.

«Bueno, es que no sé si funcionará».

Se me viene a la cabeza que lo dijo para tomarme el pelo, y ha funcionado.

Clinc.

Los dedos del mecha se cierran a mi alrededor con la intención de reventarme la caja torácica como si no fuera más que una ampolla.

Yo me cuelo por la apertura del ojo y suelto un gritito cuando algo frío y sólido se me engancha en el tobillo. Caigo de bruces antes de torcerme por el tronco para revisar que esté todo intacto. Tengo el calcetín a medio sacar y ni idea de dónde leches está la bota.

—Gilipollas —murmuro, levantándome.

Me vuelvo hacia la piloto, que se ha alejado del suelo de cristal con la nariz torcida y ensangrentada. Me mira a los ojos y exclama un «Mierda», pero esa palabra no debería ir dirigida a mí.

La piloto se toca el cuello, el extremo de una línea que está enrojeciendo y que lo cruza de lado a lado.

El Asesino de Dioses tras la piloto la agarra de su chaqueta para que no pueda revolverse. Ella apenas consigue llevarse las manos al cuello y sacudirse mientras el mecha se estremece y muere en torno a nosotros.

Él la suelta en cuanto acaba; al mismo tiempo, Juniper se introduce en la cabeza seguida de cerca por el resto del equipo. Se quedan inmóviles al reparar en él. El Asesino de Dioses los saluda con la mano y yo doy un paso al frente. Él se gira para mirarme con esa sonrisa suya tan característica, con un hoyuelo en la mejilla izquierda.

—Hola, Eris —dice Milo—. ¡Ah, feliz cumpleaños!

Le asesto un puñetazo en la cara.

—¡Expulsaste a mi equipo! —escupo, y me llevo la mano herida al pecho—. Aj, púdrete...

Siento algo incómodo y húmedo empapándome el calcetín. Agacho la mirada y veo la cabeza de la piloto cerca de mis pies, con los labios abiertos y casi rozándome el tobillo. El asco y la desesperanza se arremolinan en mi interior.

—Deidades. —Estiro la mano y paso por encima del cadáver.

Milo se yergue con un quejido similar a un gruñido y se pasa el pulgar por la mejilla hinchada antes de deslizar la mano hacia los engranajes tatuados desde su mandíbula hacia el cuello de la camiseta. Reconozco el gesto: la barbilla alzada, la arrogancia. Solía parecerme atractivo. Creo que antes era más divertida.

—¿Adónde vas?

—Necesito echarme la siesta. —Compruebo que está todo el equipo y poso la mano en el hombro de Theo con suavidad. Su mirada es inexpresiva, pero tiene la mano algo oculta detrás de la espalda, para que Nova junte el meñique con el suyo—. Vámonos.

Milo se acerca a mí y se apoya como si nada contra el casco de la cabeza del Fantasma.

—¿Adónde?

—Que te jodan —responde Arsen, cogiendo a June de la mano para ayudarla a bajar al cuello.

—Solo quiero cerciorarme de que habéis encontrado un sitio donde vivir —insiste con voz suave.

—Y una mierda. —Aparto de un manotazo su intento de revolver el pelo de Nova. June se queda quieta en la escalera con la cabeza asomando por el conducto del cuello para observarnos.

Milo se pasa una mano por el pelo, que le ha crecido y lo tiene algo rizado. Presenta ojeras bajo los ojos azules y una barbita incipiente, a pesar de que sé que no le gusta la sensación de tener vello en la cara. Se lo ve demacrado, cosa que no debería hacerme sentir satisfacción, pero así es.

—Mirad —empieza Milo—, no quería exiliaros. Desde entonces apenas puedo dormir.

—Qué pena —responde Nova con voz monótona.

—Pues nosotros dormimos genial en el bosque —replica June desde abajo. Todos saben que no es buena idea contarle que vivimos con un grupo de pilotos rebeldes y un puñado de guardias, médicos y alumnos de la Academia desertores en un hangar de mechas construido antes de la Guerra de los Manantiales—. Vete a la mierda. En serio. A la mierda, Milo, ca...

—Ya han pasado un par de meses. Los demás están un poco más tranquilos y somos pocos, ya lo sabéis. Lucháis en el bando correcto, obviamente. —Se pasa los nudillos por el cráneo—. Puedo convencerlos para que os dejen volver.

Suelto una carcajada.

—Mira, déjalo. No sabemos dónde está Jenny.

La máscara compasiva desaparece. Milo vuelve a mostrarse cabreado, tanto que hasta duele. Le hace parecer mucho mayor. Sé que pensarlo es raro, pero es lo que se me viene a la cabeza. Parece como si hubiera explorado todo el mundo y hubiese visto que cada rincón está afilado.

Pero entonces vuelve a hablar, y suena cansado.

—Estamos divididos —dice Milo, señalándonos—. No importa, de verdad. Defecto lo hizo bien. —Se ríe, pero es una risa agotada, más sorprendida que malévola—. He tenido tiempo para darle vueltas. Hicimos lo que pudimos. Vuestro objetivo era igual que el mío: acabar con todo. Sigue siéndolo, Eris, y creo que, para ti, también. Puede que no me haya gustado tu manera de combatir, y sigue sin hacerlo, al igual que a ti no te gusta cómo queríamos pelear nosotros, pero no pasa nada. Haber acabado aquí está bien.

Respira lentamente. No usa ese «bien» en el sentido pleno de la palabra, sino en plan «al menos no hemos muerto».

—Pero lo que Jenny le hizo a Voxter...—Milo vuelve a soltar una carcajada, rota y punzante—. Eso jamás estará bien.

Su voz se ha vuelto fría, dura, y resuena en la cavidad de la cabeza del mecha. Me encojo sin moverme y lo miro a los ojos.

—¿Recuerdas alguna vez en la que Jenny se haya equivocado?

El equipo me contó que se despertaron mientras Jenny arrastraba el cuerpo partido en dos de Voxter por el suelo de la cabaña. Que el asombro de todos inundó el aire. Que estaba llorando, y que logró mirarlos a todos a los ojos para evitar que se movieran de sus camastros.

Sé que Jenny jamás mataría a un Asesino de Dioses. Si ella no consideraba a Voxter uno, confío en su juicio. Era consciente de que no todo el mundo lo vería igual, y por eso se fue, cosa que debió de haberle dolido. Me refiero a marcharse, cuando tantos se habían ido ya.

—Bueno —respondo al tiempo que intento limpiarme la sangre del calcetín en el suelo—. Ha sido divertido, pero nos vamos. Púdrete en otro lado.

Milo se encoge de hombros, despreocupado.

—Imagino que te veré en Ira Sol la semana que viene, ¿no?

—¿Para qué?

—Para la inauguración de la Academia de las Tierras Yermas. Va a haber un baile de máscaras organizado por el mismísimo Zénit. —Estira las manos y habla con falso asombro—: El inicio de una nueva era.

—Ja —responde June en voz baja tras un instante de silencio—. Qué miedito.

Es un gesto colmado de generosidad deidoliana con el fin de embelesar a toda una generación de críos de las Tierras Yermas para que se den de leches para entrar, aunque Deidolia solo seleccionará a los más devotos. Se llevarán a los niños más asombrados y creyentes y les ofrecerá un regalo por el cual harán cualquier cosa por mostrarse merecedores de él.

Enyo no está usando el miedo, sino la grandeza, la religión.

June tiene razón; es lo más aterrador que se me ocurre.

—Supongo que habrás escuchado las transmisiones —prosigue Milo—. El único Zénit superviviente de Celestia, ¡qué milagro! Y, para colmo, es compasivo. —Curva la boca en una leve sonrisa—. Ha salvado a la Valquiria perdida de la corrupción de los Asesinos de Dioses y la ha traído a casa.

Cabluzo de mierda.

—¿Estás mal de la cabeza o qué?

—¿Yo? —responde Milo—. ¿Vas a ir a por el Zénit? Porque también tendrás que matarla a ella.

Oigo los latidos del corazón en los oídos. «Bellsona acabará con todos los Asesinos de Dioses».

Theo escupe a Milo en la cara.

Seguramente lo haya hecho por sí mismo y en parte también por mí, dado que el equipo me cuida y sabían que alguno tendría que hacer algo antes de que el monstruo en mi pecho lograra perder el control. Antes de llevar el mazo a la sien de Milo como si eso fuese a solucionar algo. Como si con eso consiguiera que dejase de tener razón.

—En fin —murmura Arsen suavemente.

—En fin —repite Milo, limpiándose con cuidado la saliva de la barbilla—. Recuerda, Eris, que esa será la única vez que el Zénit salga de Deidolia, así que, si vas a mover ficha, deberías hacerlo hasta el final.

Le lanza una última miradita a Theo y después June se pega a un lateral de la escalera para dejarle pasar. A continuación, se marcha.

Siento los ojos cautos del equipo sobre mí. Yo clavo los míos en el suelo mientras sigo dándole vueltas al tema.

«Traerla a casa».

Pero Sona no estará en Deidolia. Estará junto a Enyo, donde a él le gusta tenerla. Y él vendrá a las Tierras Yermas.

A Ira Sol. A tan solo una caminata de distancia.

CAPÍTULO SIETE

ERIS

—Habla —ordena Sheils.

Jenny y ella me están mirando. Mi hermana lo hace con la misma expresión divertida de siempre, que he aprendido a soportar, y la capitana Sheils fríamente, con un ojo oscuro y el otro carmesí, sin desviarla en ningún momento. Me levanto demasiado rápido no sé por qué y me doy en la muñeca con el borde de la mesa. Aprieto los labios para no gritar. Theo suelta una risita y la mirada que le lanzo provoca que el resto del equipo le copie.

Hay una mezcla rara de fugitivos de Deidolia y Asesinos de Dioses sentados a la mesa. Cuando llegué, esa combinación no dejaba de asombrarme, aunque me cuesta recrear el impulso de querer pelear o escapar cuando la capitana Sheils me mira sobre su taza de té, y Nyla está detrás de Nova trenzándole el pelo medio teñido. A ambos lados están sentados el pálido y taciturno Hyun-Woo, el enfermero de Los Desechos, y la doctora Park, una mujer bajita de tez morena y la cabeza rapada, ambos desertores del hospital de la Academia en Deidolia. Escaparon volando en un helicóptero médico robado. Muy *heavy*. Al otro lado de la mesa, Nolan le susurra algo a una piloto Hidra llamada Astrid; el equipo de Jen está encantado de tener a más gente apostando. Seguramente estén haciendo justo eso ahora mismo sobre qué voy a decir, si una genialidad o algo más bien suicida.

—Puede que el Zénit muriese ayer por la mañana, yo qué sé. No lo sabemos —empiezo, segura de mí misma—. Pero si no, van a celebrar un baile en Ira Sol para inaugurar la nueva Academia de las Tierras Yermas. Ajá. Sí. Así que, si sigue vivo, en plan que no ha muerto de una explosión, significa que acudirá a ese baile.

—¿Vivo? —reitera Seung secamente, y le pasa un caramelo de tofe a Gwen.

—Joder, sí, vivo. Por los Dioses.

No me importa que los pilotos me miren —excepto tal vez Sheils, pero eso es porque quiero impresionarla, como si fuera una cría—, son los mechas de detrás los que me enervan. Una hilera de plataformas enormes e impactantes construidas contra la pared delantera del hangar hacen las veces de dormitorios, una pequeña armería, la enfermería y esta sala de reuniones, que también se usa como comedor y cocina. Esta planta está justo a la misma altura que los ojos de los Ráfagas Hidra. Sheils no malgasta energía del generador para iluminar el hangar; no obstante, la luz de la plataforma alumbra lo suficiente como para ver el primer par de caras con las cuencas hundidas observándome desde atrás.

Rodeo la mesa, pero tampoco es que me sienta mucho mejor, porque ahora tengo sus miradas fijas en la espalda. Inspiro hondo e intento ignorar que Nolan parece haber perdido su apuesta y le da a Astrid un carrete de hilo.

—Si sigue vivo —repito—, estará en Ira Sol en menos de una semana. Estará bastante vigilado, pero fuera de Deidolia, en las Tierras Yermas, en nuestro terreno. El baile es el único lugar en el que sabemos a ciencia cierta que estará en público. Puede que jamás tengamos una oportunidad como esta.

—¿Una oportunidad para qué? —inquiere Sheils, delineando el borde de su taza con el dedo. June me ha explicado que el tatuaje en su nudillo es una hoja de belladona, cosa que me parece flipante.

—Para matarlo.

Decirlo sin más me resulta un poco feo. Ya he matado, y mucho. Cada vez es más fácil, o eso parece hasta que te pones a pensar en ello. Ese es el error; darse cuenta de que hay asesinos en ambos bandos. Ahí es cuando la cagas.

Sona pensaba mucho en eso y lo pasaba mal. Me preocupa que pudiese haberla asqueado al mostrarme tan insensible ante toda esa violencia.

Aunque puede que insensible no sea la palabra, sino que me haya acostumbrado hasta el punto de olvidarme, de que a veces no me resulte complicado.

Porque no lo es, la forma en que todo podría suceder, me refiero. El Zénit muere. Se crea una lucha interna de poder en Deidolia que sesga la cadena de mando del ejército de Ráfagas. Los mechas dejan de salir a masacrar a la gente de las Tierras Yermas por las cuotas que se incumplen o para mantener a raya a la gente, o porque simplemente les dé la gana. Dentro de la ciudad se crean facciones. Los pilotos eligen bando. La gente sigue muriendo, pero yo puedo dormir por la noche. Puede que mal, con alguna que otra pesadilla, pero con la gente que me importa vivita y coleando en la habitación contigua.

Es simple; ellos o nosotros.

Salvo por el hecho de que tienen a una de los nuestros.

—Hay una piloto que el Zénit mantiene a su lado. —Cierro los ojos—. Es una Asesina de Dioses corrompida por Deidolia. No sabemos exactamente qué le ha implantado el Zénit en la cabeza, pero ahora mismo le es leal a él. Sin embargo…

—La piloto —interrumpe Sheils—. Bellsona Steelcrest.

—Sona —la corrige todo mi equipo, cosa que consigue que se me suba el corazón a la garganta.

Sheils toma un sorbo de té con total tranquilidad y espera. Mi cara lo dice todo respecto a lo que Sona significa para mí.

—Sigue ahí. —Ya no murmuro—. Lo sé. La he *visto*. Y muchos de vosotros no me creéis, pero ¿sabéis qué? El Zénit tampoco.

Sheils permanece callada durante un momento antes de recostarse contra el asiento.

—Prosigue.

—La rescatamos. Deshacemos la corrupción. Y entonces… la volvemos a mandar allí. —El nudo en el pecho, el que nunca desaparece, se tensa—. Ella le dirá a Enyo que la hemos secuestrado, que ha escapado. Que... que dejó cadáveres a su paso. Él piensa que la corrupción es infalible y el hecho de que ella vuelva lo demostrará.

Sheils curva la boca en una fría sonrisa porque sabe lo que estoy a punto de decir. De repente me entran ganas de quedarme callada, pero me obligo a acabar—. Y, cuando tenga la ocasión, lo matará.

La sala se sume en el silencio. Tras Sheils, la luz del fogón titila. Se toma su tiempo observándome y le da otro trago al té.

—Conque deshacer la corrupción —repite Sheils al final—. No sabes cómo ha alterado el Zénit sus recuerdos. Y Sona Steelcrest no te creerá cuando intentes demostrárselo.

—Pero puede que sí si viene de otra Valquiria.

Su pequeña sonrisa se crispa con vacilación, y la mirada bicolor cae brevemente sobre los tatuajes que me asoman por el cuello de la camiseta.

—Ah, por eso acudes a mí; quieres a mi prisionera.

Su voz seca me desmorona y me hace esbozar una sonrisa vacilante.

—Te he oído decir en varias ocasiones que no es más que un incordio para ti.

—Ella y tú tenéis eso en común.

Va a decir que no y necesito a esa Valquiria para despertar a Sona...

—¿Esto es por lo que he dicho esta mañana? —inquiero. Por el rabillo del ojo veo que June me mira con recelo y que Arsen hace lo mismo y sacude la cabeza—. Lo de que os estás escondiendo aquí abajo. ¿Te ha dolido o qué? ¿He mentido acaso, o me vas a joder porque...?

—Te estás jodiendo a ti misma con ese plan absurdo —me interrumpe Sheils duramente—. Os he acogido a todos y no me arrepiento. *Eso* es lo que estoy haciendo aquí abajo, Shindanai. Que los Asesinos de Dioses arméis con pistolas a cualquier huérfano que atraviese las puertas no significa que yo deba hacer lo mismo.

Sus palabras son como un jarro de agua fría.

Jenny se aparta el pelo de los ojos de un soplido y musita para sí misma:

—Sí. Ajá. Nos ha traído aquí.

Jen tiene una cicatriz feísima bajo la mandíbula por la que no le he preguntado, aunque seguramente la recibiera en el ataque de Calainvierno. La masacre de los Fénix en La Hondonada fue horrible, pero allí todos éramos soldados. En Calainvierno había civiles. Los Paladines sumergieron bajo el hielo edificios enteros llenos de inocentes de las Tierras Yermas, y ellos sufrieron el mismo fin cuando los derribaron, con los Asesinos de Dioses atrapados en su interior. Jenny logró escapar del Ráfaga que derribó medio helada, e intentó sumergirse para salvar a otros. Seung y Gwen la sacaron del agua a rastras mientras se revolvía y gritaba.

Ahora, Jen mira a Sheils con los ojos oscuros y unas ojeras visibles. El pelo negro le cubre los hombros de forma desordenada. No hay rastro de su sonrisa.

—Te marchaste cuando viste para qué habían construido los mechas —le dice Jen a Sheils en voz baja y firme. Los demás Hidras alrededor de la mesa se tensan—. Puede que ya no fabriquen Hidras, pero sí otros Ráfagas. Siguen convirtiendo a los chavales en asesinos. Tal vez la gente de las Tierras Yermas ya no esté muriendo espachurrada, pero siguen muriendo, de otras maneras mucho más divertidas, fíjate. Ahora serán sus hijos los que maten y *nosotros* los que los tengamos que matar *a ellos*. Y no quiero hacerlo.

Jenny se agarra un mechón de pelo y empieza a retorcerlo.

—Ese Zénit... —Se lleva la otra mano a la cicatriz del cuello—. Te adoro a rabiar, *halmeoni-nim*, pero ese Zénit me ha cabreado. Y, digas lo que digas, vamos a usar a tu prisionera.

Intercambian una mirada. Sheils y Jen comparten una conexión extraña que no logro definir. Si ahondo en ella, creo que su relación se parece a la que Jenny mantenía con nuestra madre. Un poco intensa y mucho de amor mezclado con mano dura. En parte se debe a que fue una adolescente un tanto dramática, pero sobre todo porque ambas eran muy inteligentes y tercas.

Sheils acaba encogiéndose de hombros.

—De acuerdo, señorita Aniquiladora Estelar, quítamela de encima. No puedo impedir que los que quieran vayan contigo.

Alguien de la mesa murmura algo y volvemos la cara para ver que el enfermero Hyun-Woo está hablando en voz baja con la doctora Park, que frunce el ceño con expresión preocupada. Hyun-Woo se calla y se recuesta con las mejillas sonrosadas. Creo que desvía la mirada hacia Jenny antes de volverla a posar en la doctora. Y entonces, en ese silencio breve y abrupto, el ambiente cambia. No he entendido nada.

—Jenny —le dice la doctora Park en tono cuidadoso, no sé por qué—. No te recomiendo que salgas tan pronto y después de...

—Lo que le digas no servirá de nada —la interrumpe Zamaya apresuradamente. Miro a Jenny para ver qué narices pasa, pero esta se muestra impertérrita. Tal vez se aburra porque Sheils no está peleándose con ella.

—Eris —me llama la capitana. Giro la cabeza hacia ella—. No traigas a Sona Steelcrest aquí. ¿Entendido?

Asiento, abiertamente entusiasmada, pero me da igual. Sheils deja la taza en el fregadero y se dirige a las escaleras, dejando a la vista la serpiente de dos cabezas y mostrando los colmillos de su chaqueta.

Los pilotos Hidra se ponen de pie y la siguen. A continuación, Hyun-Woo y la doctora Park se marchan y nos quedamos el equipo de Jen y el mío aparte de Nyla, que termina de trenzarle el pelo a Nova y se lo coloca suavemente sobre un hombro. June le pasa un coletero para atársela.

Nova se pasa una mano por el pelo.

—Mola.

—Sí —responden Nyla y Theo a la vez.

—Nyla —me dirijo a ella—, ¿estás segura de que quieres participar en esto?

Es una de las pocas pilotos jóvenes. No es Hidra; se escapó un par de meses después de la operación. Supongo que no todo el mundo se ha tragado que corrompimos a Sona, y que no todos los pilotos son distintos a ella, que necesitan escapar. Porque Nyla, durante su primera patrulla, paró su Berserker en los picos Iolitos y se desconectó. Entonces mató a sus guardias y aguardó. Aguardó a que los Asesinos de Dioses llegaran y se cercioraran de que no se movía.

Tuvo suerte; semanas después de que acampara en su Ráfaga, mi equipo empezó a seguir el rastro de Jenny hacia Los Desechos, encontraron el mecha de Nyla y la hallaron esperando en su interior. Más suerte tuvo aún de que ellos conocieran a Sona y no la mataran *ipso facto* al avistar la modificación de su cuenca izquierda.

Ha pasado bastante tiempo con el equipo e incluso me ha prestado su espejo para cortarme el pelo.

—Quiero ayudar. —Nyla le coloca a Nova un mechón de pelo detrás de la oreja—. Por favor... no me dejéis sola con la Valquiria de Sheils. Me da miedo.

—¿Y qué ganas con ayudar? —inquiere Nova con una sonrisita reluciente y atrevida. June le da un golpe en la rodilla por debajo de la mesa.

Las mejillas de Nyla se tiñen de rojo, pero logra recomponerse.

—No quiero que otros niños tengan que huir. No deberían.

Nova inclina la cabeza hacia atrás para que Nyla vea lo satisfecha que se siente. Arsen le murmura algo a Theo, que sacude la cabeza y le da una palmada en el hombro. Me alegro de que puedan mostrarse así ahora, porque me contaron cómo fue su primer encuentro. Que pasaron junto a los cuerpos descomponiéndose de los guardias de camino arriba. Que Nyla se encontraba sentada con las piernas cruzadas en la cabeza del Berserker, con la ropa manchada de sangre, las manos levantadas y los ojos clavados ansiosamente en sus engranajes tatuados. «¿Es verdad que aceptáis a pilotos?», preguntó temblándole el labio inferior. «Si no, ¿podéis matarme rápido?».

—Qué conmovedor —dice Jenny con un bostezo mientras se masajea la barbilla con la palma de la mano—. Oye, Eris, ¿qué sabes del baile? ¿Las invitaciones son en papel o biométricas?

—Sé que hay un pueblo de abastecimiento cerca, Nivim. Es el más cercano a las afueras de las ciudades mineras.

—Lo conozco —dice Jen—. Un pueblo de Prosélitos.

—Exacto. La Academia solo reclutará a los chavales de las Tierras Yermas que hayan crecido venerándolos.

—Entonces, ¿qué hacemos? ¿Buscamos a quienes hayan invitado y les robamos?

—Sí. A ver, nos hacemos pasar por ellos.

—Qué puta mierda.

—Mirad, sé que no es un plan sin fisuras y que apenas conocemos los detalles, pero tampoco hay tiempo. —Hago una pausa para coger aire, o puede que porque ya no me quedan cosas útiles que decir, y entonces mi memoria vuelve a funcionar. Aprieto las uñas contra las palmas, bien cortas y sin pintar.

Ambas estábamos en el suelo, con las fibras de la alfombra de la sala común pegadas al pelo. Las larguísimas piernas de Sona estaban sobre el sofá, los dedos en el regazo de Juniper para que esta le pintara las uñas y conjuntaran con las mías. Sona tenía la cabeza ladeada hacia mí, pero yo estaba leyendo y no me di cuenta hasta que su respiración chocó con mi mejilla. Me sorprendí y ella me preguntó:

—¿Cuánto dura esto?

Al principio no me di cuenta de que se refería al pintauñas. No recuerdo lo que le dije. No sé en qué parte del libro me quedé.

—No lo sabemos —respondí—. No sabremos en qué nos estaremos metiendo hasta que lleguemos. Pero encontraremos la manera, y deprisa, porque es lo que debemos hacer. Porque no podemos... no podemos quedarnos aquí sentados de brazos cruzados.

Y no lo hemos hecho. El derribo del Fantasma de hoy no ha sido el primero desde que estamos en Los Desechos, pero todos sabemos que las cosas no son como antes. Esta guerra ha dejado de ser lenta. No podemos ir de Ráfaga en Ráfaga porque apenas quedamos unos pocos. Añadir más Asesinos de Dioses a nuestras filas le da tiempo a Deidolia a hacer lo mismo con las suyas, y volveríamos al punto de partida.

No pensamos hacer eso. No cuando estamos tan cerca de acabar con todo. No cuando ya hemos perdido tanto.

—Entonces… —comienza Jenny. Sigue apuntando al techo con la barbilla y con los pies sobre el brazo de la silla de Zamaya. Su pose es normal, aunque tiene los ojos entrecerrados. Se dirige a su equipo—: ¿Lo hacemos?

Seung se lleva las palmas de la mano a la cara y se la frota enérgicamente.

—¿Habéis pasado alguna vez por ese momento en el que os dais cuenta de que el resto de vuestra vida se basa en la decisión que toméis ahora? ¿Y que seguro que es la que terminará matándonos a todos?

—No. Creo que eso es lo más estúpido que he escuchado nunca —responde Gwen, y mira con cansancio a Jenny—. Pero sí.

—Somos el mismo equipo, aunque algo más jóvenes, ¿no? —murmura Arsen.

Yo pongo los ojos en blanco.

—Vaya, menuda dictadora soy.

—No, capi —interviene June—. Porque somos todos o ninguno, ¿ves? Ya sea en una situación u otra. —Pasa los dedos por la trenza de Nova—. No tiene gracia hacerlo solo.

CAPÍTULO OCHO

BELLSONA

La doctora te ha dado el visto bueno para Ira Sol —me informa Enyo más tarde esa misma noche. Estamos en su dormitorio y él está en el escritorio tomando pequeñas decisiones para la nación, perfectamente relajado y con una taza de café que le he dicho que evite llevarse a los labios.

—¿Qué te parece esta? —pregunto, de pie en el umbral de su vestidor, sosteniendo una de sus chaquetas de vestir sobre mi pecho.

—Pediremos que te hagan algo. No tienes por qué cogerme prestado nada.

—Sería malgastar el dinero. Y a mí me gusta esta.

—¿Has oído lo que te he dicho?

—¿Sobre lo de Ira Sol? Sí. —Me giro y vuelvo a colgar la chaqueta antes de seleccionar otra. Creo que es gris—. ¿Y esta?

—¿No vas a preguntarme por tu sesión con ella? Sutilmente, claro. —Asiente hacia la secretaria esperando junto a su escritorio—. Mueve cuatro Fénix de la segunda rotación del sureste a la guardia del sur. Reemplázalos con los Fantasmas del cargamento de la semana pasada, los de la tanda catorce-A.

—Los Fantasmas están dispersos por diferentes rotaciones alrededor de los Iolitos —le recuerdo.

—Sin guardia —dice Enyo, mirando al mapa de la secretaria—. Aquí, aquí y aquí... y aquí.

Sin guardia; en otras palabras, apostar a un mecha sin piloto para prevenir la actividad indeseada. Es una nueva táctica, una que solo funciona para los Fantasmas, los cuales suelen quedarse muy quietos hasta que algo les pasa por delante. Los Fantasmas son visibles en una noche despejada solo si se sabe mirar bien. Dando por hecho que se tenga un poco de sentido de supervivencia, esto conseguirá que un buen rebaño de personas decida asentarse en territorio protegido por Ráfagas pilotados.

Lo cierto es que los Asesinos de Dioses se equivocaron al ir a por los mechas, o incluso a por los Zénit. Los primeros pueden volver a fabricarse y los últimos, sustituirse con niños y aun así ostentar autoridad, como en el caso de este muchacho adicto a la cafeína, que se hincha a dar órdenes militares en un intento por ofrecer la suficiente protección con una sexta parte del ejército que tenían antes, e incluso con menos pilotos. Esos sí que no se consiguen tan fácilmente.

—¿Y? —dice Enyo.

—Y... —repito, levantando la chaqueta.

—No estoy muy seguro del azul.

—¿Azul?

—Bellsona.

Elijo una de sus camisas del cajón y me coloco en el umbral para probármela. Tengo el cuello de la prenda en mitad de la cara cuando hablo.

—He lanzado los zapatos.

—Eso he leído.

—¿Y sigue pareciéndole bien que vaya a Ira Sol?

—Siempre que no me mates antes de que partamos para la gran ceremonia. —Enyo deja el café en la mesa y mira a la secretaria—. Tal vez debamos dejarlo por esta noche. Sí. Buenas noches.

La secretaria, ruborizada, asiente con la cabeza y se marcha. Enyo se inclina hacia delante para apoyar la frente en el borde del escritorio. Me coloco frente al espejo de su puerta y me pongo la chaqueta gris/azul/roja. Las mangas me están demasiado largas; me llegan hasta la mitad de las palmas.

—Tú eres la única en el mundo que no me toma tan en serio, Bellsona.

—Eso es porque eres un mocoso consentido y dramático, pero todos tienen miedo de tratarte como tal —digo, aderezando el cuello de la chaqueta.

—¿Eso parezco?

Me paso el pulgar por el labio inferior y por el rabillo del ojo izquierdo. La luz ilumina la uña.

—¿Cómo estoy?

Él no levanta la cabeza.

—No eres mi tipo.

—Lo sé.

Alza la mirada.

—Estás guapa.

—Lo sé. Y sí, eso es lo que pareces. —Me remango la tela alrededor de las muñecas, frunzo el ceño frente al espejo y desecho la chaqueta—. ¿Quieres que te ayude?

Él enseguida se espabila, aunque yo culpo al café.

—¿Puedes?

Me acerco a su escritorio y empiezo a rebuscar en los cajones. Incluso lo aparto cuando se pone en medio.

—Pide hielo. Y un mechero. Y pendientes.

De soslayo veo que palidece.

—Eh...

Cuando doy con el costurero, abro la tapa de plástico y acerco la pequeña hilera de agujas a la lamparita sobre su escritorio.

—No te preocupes.

—Puedo decirle a alguien que...

—Mi *umma*[3] me lo hizo con seis años.

—Pero no llevas pendientes —apunta, y en su voz se percibe una risilla nerviosa.

Saco una de las agujas por el ojo y me acomodo en el reposabrazos de su silla.

—Me senté en nuestra mesa de comedor. Y no llevó ni un segundo en cada oreja.

Enyo permanece muy quieto cuando la aguja se encuentra a diez centímetros de su mandíbula.

---

3 (N. de las T.) Palabra coreana que significa «mamá».

—¿Te dolió?

—No. —Un latido—. Pero lloré después.

—No me gusta llorar.

—Pues no lo hagas. Pide lo que te he dicho.

Lo hace. Llegan en una bandejita de plata: un cuenco de cristal con hielo y gran una variedad de pendientes preciosísimos en cajitas acolchadas con terciopelo, solo por alardear. Seleccionamos los que queremos y los ayudantes los traen nuevos y aún en sus bolsitas de plástico esterilizadas. También traen guantes, y yo me los pongo, pero rechazo las agujas que me ofrecen.

Enciendo el mechero y paso la aguja por la llama.

—No termina de convencerme todo esto.

Se sienta sobre el escritorio con los cubitos de hielo pegados a la oreja. El agua gotea y le oscurece las mangas.

—Estás intentando matarme.

—El problema no es que los demás te tomen demasiado en serio, querido Enyo, sino que eres tú el que lo hace. Cuando se te caigan las orejas por culpa de esta chapuza, podrás relajarte un poco. ¿Listo?

—¿Tengo elección?

Sonrío con suficiencia y apoyo la cadera en la mesa junto a él. Me apoyo porque, en serio, no tengo ni pajolera idea de lo que estoy haciendo, y le agarro el lóbulo de la oreja con dos dedos. Levanto la otra mano y él aguarda en silencio mientras yo pondero cuál es el mejor ángulo. La chimenea encendida al fondo del despacho arde poco a poco, bañándonos de un calor soporífero. La típica algarabía del tráfico en las calles de la ciudad reverbera contra el cristal de las ventanas, aunque estamos lo bastante alto como para que los pitidos no se oigan demasiado.

Al principio, el escritorio estaba orientado hacia la puerta. Nos pasamos la mitad de una tarde girándolo hacia la ventana; Enyo se negaba a pedir ayuda —además de a mí— porque, por alguna razón, le avergonzaba su deseo de contar con vistas a la ciudad. Ambos acabamos sudando la gota gorda y bebiendo té helado en el suelo delante del escritorio, con la espalda apoyada en las patas y las rodillas levantadas para que los dedos de los pies rozaran el cristal de la ventana.

—¿Lo has hecho ya? —pregunta Enyo, esperanzado. Veo perfectamente su sonrisita dentuda y nerviosa.

—No.

Le muevo un poco la mandíbula para que su oreja quede directamente bajo el foco de luz, cerniendo la aguja sobre la piel. Deseo aferrarle la barbilla y estamparle el cráneo contra la mesa.

¿Qué?

Empiezo —físicamente empiezo— y el impulso es inexistente; ha desaparecido de golpe. Estaba ahí en mi cabeza y en mis dedos por un fragmento de segundo, y después nada. Sin provocación, ni advertencia, nada... no, no, no... estaba *mejor.*

—Enyo —murmuro.

Él ya se ha tensado en el borde del escritorio, tan perceptivo de mí como lo es de los demás; la diferencia es que, conmigo, coloca la mano en mi manga porque sabe que necesito que lo haga.

—¿Bellsona?

—Acabo de pensar en abrirte la cabeza —susurro, con la voz firme pero prácticamente inaudible. La calidez que se ha acumulado en mi ojo izquierdo rompe primero, y el derecho le sigue justo después. Las lágrimas resbalan en silencio hacia mi barbilla—. Por un instante. Era yo, o... no, *no,* era alguien que quería... ay, Dioses. Ay, *joder.*

Me desplomo sobre su silla con la aguja aún aferrada en una mano y la suya en mi manga. La vergüenza me quema las mejillas con tanta intensidad que hasta siento dolor, pero me obligo a mirarlo pese a todo, porque es lo mínimo que se merece después de todo lo que le he hecho. Soy capaz de mirarlo a los ojos, aunque, a juzgar por la expresión de su cara, estoy segura de que está a punto de desintegrarme en el sitio.

Pero Enyo no me está mirando como si fuera una extraña, y eso me rompe igual o más por dentro. Tiene el pelo oscuro desordenado y ondulado. La tenue luz de la lámpara le ilumina solo un lado de la cara, y ha clavado sus ojos negros en los míos. Se lo ve tan joven y preocupado para su edad, tan preocupado por *mí*. Aún no lo entiendo. No entiendo cómo he podido reprenderle, dejarlo huérfano y amenazarlo, y él solo me levanta de la silla de la manga y me abraza.

—¿Ya se ha ido? —pregunta en voz baja.

Yo contemplo las llamas titilar en la chimenea por encima de su hombro.

—Sí —respondo, y la palabra sale pegada a la tela de su camisa.

—¿Por qué me lo has dicho?

Me encojo de un hombro.

—Es demasiado para mí sola.

—¿Y yo te ayudo o lo empeoro?

Una risotada fracturada escapa de mi garganta.

—Dioses, ¿y yo a ti?

—¿A qué te refieres?

Una parte del fuego suspira, y las cenizas se apagan. Cierro los ojos.

—¿Qué va a pasarme ahora?

Enyo se queda callado. Siento el pulso de su corazón, lo cual significa que él también es capaz de sentir mis latidos frenéticos y rábidos. Me aferro al momento, a la sensación de su camisa contra mi barbilla, la calidez, su voz ronca al hablar. Venga lo que venga, podré soportarlo siempre que recuerde este momento.

—¿Te tiemblan las manos? —pregunta él.

—Sabes que no.

—¿Vas a terminar?

Me echo hacia atrás.

—¿Qué?

Enyo me da unos toquecitos en la mano, la que aún sostiene la aguja. Lo miro, incrédula, y él dice:

—Adelante.

Y lo hago, antes de perder el valor, antes de que alguien irrumpa aquí y me inmovilice las manos y los pensamientos en mi cabeza.

La aguja abre la carne y luego el pendiente ocupa su lugar. Hago lo mismo con la oreja izquierda. Me echo hacia atrás y Enyo parpadea y seguidamente se baja del escritorio y pasa por delante de mí para detenerse frente al espejo. Yo lo sigo y me detengo detrás de él.

—¿Qué tal estoy? —pregunta Enyo.

Lo veo toquetearse uno de los pendientes y, por supuesto, se encoge de dolor, pero no puede evitar esbozar una media sonrisa.

—No eres mi tipo.

—Lo sé —responde. Sonríe del todo y los hoyuelos se le marcan aún más—. Ni siquiera he llorado.

—La noche es joven.

Enyo desaparece en el vestidor durante unos segundos y emerge con otra chaqueta de vestir. Me acerca al espejo y me la ofrece muy vehementemente.

—Pruébate esta.

Lo hago. Tengo los ojos ligeramente hinchados, el brillo de la modificación arroja pequeñísimos haces de luz a mis pestañas húmedas. Me saco el pelo atrapado bajo el cuello de la chaqueta.

—¿Mejor?

A mi espalda, Enyo asiente.

—Mejor —dice, y a juzgar por la sonrisa y esa mirada amable tras sus sedosas pestañas, lo cree de verdad. Tiene ojos de anciano; no en apariencia, sino en el modo en que los clava en los míos, como si me sopesara con todo ese conocimiento recopilado al cabo de su larga vida, aunque no haya vivido mucho más que yo.

Ladeo la barbilla y los rizos resbalan por mis hombros.

—¿De verdad crees que funcionará? ¿Atraer a los Asesinos de Dioses a Ira Sol?

Atraer a la Invocadora de Hielo, si es que sigue viva.

Diablos. Bien podría quedarse aquí y ordenar a sus subordinados que supervisen la inauguración en su lugar. Es lo que *debería* hacer.

Pero no. Él prefiere hacer de cebo en su propia trampa, lo cual reivindica el inicio de una nueva era.

Su era.

Deidolia y las Tierras Yermas trabajando codo con codo.

Y los Asesinos de Dioses acabados y destruidos.

Y yo, los dientes de su trampa. Tal vez esto también cuente como misericordia. Que Enyo me permita despedazarlos como ellos ya hicieron conmigo.

—Sí. —La mirada oscura de Enyo se prolonga sobre la mía en el espejo, y entonces apoya la barbilla en mi hombro y cierra los ojos—. Todo lo que desean estará en Ira Sol. Así que sí, creo que irá como la seda.

CAPÍTULO NUEVE

ERIS

—Qué bonito —dice Juniper, contemplando el valle donde se extiende Nivim, con sus animadas estructuras salpicadas por las colinas verdes y todo lleno de flores—. Yo viviría aquí.

—Es un pueblo de Prosélitos —responde Arsen—. Tú eres más espiritual que religiosa.

—Sí, pero me gustan las flores silvestres. Ay..., ¡y mira ese río! —Levanta la mano y bordea con la punta de un dedo lleno de cicatrices la línea donde el cielo azul se topa con el paisaje—. Sí que viviría aquí. La vida bajo tierra no es para mí.

Arsen y ella están sentados en un tronco en el borde de un pequeño claro donde hemos acampado. El viaje desde Los Desechos hasta Nivim, el pueblo de Prosélitos más cercano, ha sido de más o menos medio día. No entiendo cómo puede haber personas de las Tierras Yermas que adoren a los Ráfagas como si estos fueran deidades encarnadas, a Deidolia como si esta fuese el cielo en la Tierra, y a los Zénit como si fueran... yo qué sé, alguna especie de superdioses. Argentea era igual; Sona podría haberlo sido de no haber visto a las deidades asesinar a todo su pueblo. De haber crecido con su familia y haber bajado la cabeza en cada comida y cena para dar gracias a Deidolia por permitir que los Dioses caminasen entre ellos.

¿Habría sido mejor así? ¿Que creyera en algo tan poderoso? ¿En algo tan retorcido y oscuro, pero con sus padres aún respirando a su lado, cuidando de ella, queriéndola y alimentando su fe en un lugar donde la rabia y el dolor están ahora tan arraigados?

Sí. Habría sido mejor.

Pero yo no la habría podido amar igual.

Qué puta broma, de verdad.

Cerca, Nova se agacha para arrancar una flor y luego se yergue y se la ofrece a Nyla. Nov sonríe y señala a Theo, tumbado bocarriba en el claro. Nyla le arrebata la flor y se escabulle con tanta rapidez que sus rizos negros salen despedidos hacia atrás.

Yo me doy unas palmadas fuertes en la cara para dispersar la espiral de pensamientos. Estoy tan cansada de que den vueltas y vueltas y más vueltas.

Camino hacia donde están sentados Arsen y Juniper y apoyo la frente donde se tocan sus hombros. Sus manos, las de los tatuajes, me agarran las muñecas al instante.

—¿Estás bien, Eris? —me pregunta Arsen.

—Vivamos aquí —digo contra sus camisetas—. En algún sitio parecido a este cuando se haya acabado todo, ¿vale? Tendremos nuestras propias casas. Yo me sentaré en el porche y os gritaré a vosotros en el vuestro siempre que esté de mal humor. Vosotros tendréis que manteneros alejados del río para que no caiga accidentalmente en él cualquier experimento químico que tengáis entre manos; aunque, bueno, June, tú podrás cultivar todas las plantas venenosas que quisieras en tu jardín. Y harán falta mínimo dos dormitorios en cada casa para que Nova vaya rotando cada vez que su casa eche a arder. A lo mejor también vendría bien un muro por si acaso Jenny intenta atacarnos, pero aparte de eso, sería genial.

Los siento mirarse por encima de mi coronilla.

—Me encanta. Dioses... sí, *me encanta* —comenta Juniper en voz baja pero forzada. Corre a secarse los ojos y su manga me roza la sien—. Me estás poniendo muy triste, Eris.

Por suerte, no necesito pensar en una respuesta, porque justo entonces vemos a Jenny regresar de una ronda de reconocimiento en Nivim, la luz del sol reflejándosele en los cristales de las gafas protectoras, que lleva colgando del cuello. Zamaya y Seung caminan detrás de ella; hemos dejado a Gwen y a Nolan en el antiguo refugio de Asesinos de Dioses, a unos ocho kilómetros de allí y a unos pocos fuera de los muros de Ira Sol, para que vigilen a la prisionera de Sheils. Creía que trasladarla desde Los Desechos sería un auténtico calvario, pero hasta disfrutó del paseo, incluso con las manos atadas. Esperó hasta que llegamos a la cabaña antes de intentar matar a uno de nosotros, lo cual fue todo un detalle por su parte.

La expresión en el rostro de Jenny hace que me enderece de golpe y coloque las manos sobre los hombros de June y Arsen.

—Algo no va bien.

Jenny no me dice nada cuando pasa por mi lado. La seguimos hasta el claro, donde Theo se pone de pie y se sacude las pinochas de la camiseta. Por encima, el cielo es de un azul brillante. Hace un día precioso.

Una brisita cálida sopla y levanta el pelo negro de Jenny cual cortina negra sobre sus hombros.

—Hay jazmín amarillo en el valle, Juniper.

Todas las cabezas se giran hacia nuestra química. Antes se teñía el pelo de verde cuando estábamos en La Hondonada, pero ahora las raíces castañas le llegan hasta las orejas. Una sonrisa tira de sus labios, más reflexiva que de felicidad.

—¿Eh? Ah...

Silencio. Jenny mantiene la vista clavada en Juniper, lo cual hace que esta última se ruborice. Yo meneo una mano.

—¿Hola? ¿Qué pasa?

Juniper me mira.

—Jenny quiere a una paralítica.

—¿Has encontrado a alguien con invitación? —pregunto, embargándome el alivio.

—No ha sido difícil —responde Seung. Se gira y señala un punto brillante en el pueblo—. ¿Veis eso? Toda su casa está adornada con flores. Para celebrar, imagino. Lo cual es muy adorable.

Su tono y expresión en realidad dicen «está chiflada».

—¿Cuántos viven en la casa? —pregunto.

—Dos —contesta Zamaya al ver que Jenny no dice nada. Me doy cuenta, con un sobresalto, de que se está mordiendo la uña del pulgar. No es buena señal—. Pero hay una ligera complicación...

La complicación: la puta ostentación tecnológica de Deidolia. ¿Cómo iban a hacer las invitaciones con algo tan cutre y superficial como el papel? No, Deidolia prefiere chips que implantar y guardar a buen recaudo en los antebrazos de los Prosélitos. Lo cual significaba que... tendríamos que *escarbar*.

Nova se ríe cuando Z termina la explicación, pero sin humor ni alegría.

—Ah. Vale. ¿Eso es todo?

—Espera, espera, espera. —Niego con la cabeza y me paso una mano por el pelo—. Vale. Vale, entonces...

Me callo de golpe. No sé qué decir, y no sé qué hacer a continuación.

—Eris... —empieza Zamaya.

—Aun así, tenemos que ir a Ira Sol. —Me fijo en que estoy yendo de aquí para allá en el claro, pisando pinochas. Me doy otras dos palmadas en la cara para ver si con un poquito de dolor mis pensamientos vuelven a hilarse—. Podemos usar los mismos túneles que Sheils, ¿no? Mezclarnos con la multitud cuando el baile empiece. Tal vez necesitemos una distracción. Lo más seguro es que comprueben las invitaciones en la entrada, así que dudo que vayan a prestarnos mucha atención una vez logremos entrar. Por lo que...

—Eris —pronuncia Jenny con dureza—. Nos haremos con las invitaciones antes del amanecer.

El sotobosque se detiene bajo mis pies. Me giro hacia ella y veo que tiene la vista clavada en mí; sus ojos negros un calco perfecto de los míos.

—Dioses, Jenny —exclamo en tono áspero—. No lo dirás en serio.

—He oído que la familia Nivim debe estar temprano por la mañana en la Confluencia Gillian —comenta—. Allí habrá un ferri esperándolos para llevarlos tanto a ellos como a los otros reclutas hasta Ira Sol. Tenemos que hacernos con las invitaciones antes de que embarquen.

—Ah, ¿que has «oído»? —espeto—. ¿O es que has dejado medio muerto a un Prosélito en algún matorral del pueblo?

Ella entrecierra los ojos de forma amenazante.

—Yo no haría eso.

—¿Pero *esto* sí?

—¡No tenemos elección, Eris!

Su expresión destella con intensidad y, con el ceño fruncido, esboza una sonrisa cruel, como retándome a continuar. Cuando era pequeña, esa sonrisa me daba miedo.

—¿Primero los guantes y ahora esto? ¡Esa es *nuestra* gente, Jenny! Sé que ha sido duro… ¡Joder! Ha sido un puto infierno, pero te olvidas de…

—Púdrete —me suelta Jenny. Aún se encuentra a medio claro de distancia, pero el desdén que rezuma su voz me quema igualmente—. No me olvido.

Siempre que mi hermana se ponía de pie, lo hacía con un aire de agudeza y perspicacia, vestida con esa chaqueta de cañamazo gris oscura y las mangas remangadas, el pelo recogido en una coleta alta, los hombros cuadrados y esos rasgos bonitos que siempre, *siempre*, te miraban de frente. Pero ahora…

Ahora, la chaqueta tiene rajas en los costados, justo encima de los bolsillos, y tiene las mangas bajadas para ocultar las muñecas. El pelo le cae despeinado y apelmazado sobre los hombros, que la harían parecer más grande de no tener el abdomen tan hundido, a juzgar por cómo la camiseta le cuelga bajo las costillas. Sigue mirándome a los ojos con las mismas patas de gallo de siempre, pero ahora su mirada parece vacía.

Donde antes su presencia contaba con una imagen más cuidada y natural, ahora sus rasgos parecían serrados.

—Estás siendo temeraria —me oigo decir.

Se ríe y retuerce las manos en los costados.

—Mira quién fue hablar.

Alrededor del claro, nuestros equipos nos contemplan en silencio.

—Muy bien, Eris —prosigue Jenny—. ¿Cuál es el plan B, entonces? Y por el amor de los Dioses, asegúrate de mantener los ánimos arriba, ¿eh? ¡No vaya a ser que su majestad angelical y empática caiga en desgracia!

Hace una reverencia pronunciada y su pelo negro roza los cardos.

Yo me la quedo mirando cuando vuelve a levantar la cabeza. Podría echarme a llorar, pero no lo hago, porque cada vez me doy más cuenta de que no sirve de nada, solo me canso más. No tengo ningún otro plan y Jenny lo sabe. Supongo que ella también podría echarse a llorar, si tuviera la capacidad de hacerlo ahora mismo, claro. Al igual que yo, ella tampoco quiere tener que hacerlo.

Me giro hacia mi equipo. Nova tiene otra flor en la mano con el tallo bien envuelto en el puño; Juniper, una sonrisa enfermiza que no termina de pegarle; y Arsen se está frotando los ojos para no tener que mirarme. Incluso a Nyla se la ve taciturna, con su pequeño rostro con forma de corazón oculto tras sus rizos mientras mira al suelo.

Theo respira despacio y luego suelta una risotada seca.

—No lo digas, Eris.

—Va en serio —digo. Estiro el brazo y le agarro la muñeca. Él desvía sus ojos verdes hacia mí—. Si queréis quedaros fuera, decidlo ahora. Con que lo diga uno de vosotros… así se hará. Sin preguntas.

Dejo que intercambien miradas los unos con los otros. Una parte de mí espera que uno diga: «No. Ni de coña, Eris. Nosotros no somos así. Ni lo seremos nunca».

—Muy bien, Eris —pronuncia Arsen con voz queda—. Nos apuntamos.

Jenny no parece sentir tanta satisfacción como me gustaría. Preferiría que hubiese celebrado más que resoplado, cuadrado los hombros y asentido, tensa, antes de alejarse murmurando algo sobre recoger flores. Nuestros equipos salen poco a poco del claro para seguirla, yo me rezago.

—Zamaya.

La demoledora se detiene junto a la linde del bosque y me mira por encima del hombro de manera que vea el tatuaje que tiene en la mejilla, justo donde se le formaría el hoyuelo si estuviera sonriendo, cosa que no está haciendo.

—Querida.

Algo en mi expresión debe de preocuparla mucho, porque gira todo su cuerpo en mi dirección y frunce el ceño.

De repente, recuerdo nuestra antigua sala común, no la que pertenecía a mi equipo, sino al de Jenny, con las hierbas secándose en las ventanas y las potentes lucecitas que caían del techo. Movíamos —o empujábamos— una pizarra con ruedas de un lado a otro siempre que hacía falta, llena de símbolos y gráficos que nunca comprendía y con la tiza emborronándola toda la mayor parte del tiempo. Había un sofá feísimo de color verde aceituna pegado a la pared, donde Jenny se sentaba en el regazo de Z y se morreaban y yo gritaba quejándome de las muestras de afecto en público. Cuando me quedaba dormida en la alfombra, Nolan, Seung o Luca me llevaban en brazos hasta mi habitación y luego me lanzaban a la cama desde el umbral. Gwen ocupó el alféizar de mi ventana con casquillos de balas sembrados con semillas de flores silvestres. Zamaya escondía paquetitos envueltos en papel manteca por todo el apartamento para que yo los encontrara, algunos con caramelos de tofe dentro y otros con tetrápodos que me arañaban los dedos si los abría con demasiado entusiasmo.

Trago saliva con fuerza.

—¿Jenny está bien?

Zamaya se toma un momento para colocarse el pelo violeta detrás de las orejas y luego dice con calma:

—Eso no es de nuestra incumbencia, ¿verdad?

Soltaría cuatro borderías de no ser básicamente la respuesta que estaba esperando.

—Pero estás preocupada por ella.

—Jen lleva preocupándose por mí desde el día en que nos conocimos.

—Z.

Ahora sí sonríe, y el tatuaje se hunde, pero la alegría no parece llegarle a los ojos. Se pasa los dedos por la mejilla, cada nudillo con un engranaje tatuado, y suelta el aire con cautela.

—Solo se siente... acorralada. Está acostumbrada a hacer las cosas a su manera, ya sabes. Y siempre encuentra el modo de arreglar las cosas. Pero después de lo de Calainvierno, después de lo de La Hondonada... Dioses, ¿sabes qué, Eris? No, no está bien. —Se le quiebra la voz un poquito, pero mueve la bota por el suelo para que el crujido de las pinochas lo disimule. Aparta la mirada y, por un momento, permanece allí de pie, dejando que la luz del sol se refleje en el intenso color cobrizo de su piel—. Jenny está muy triste, Eris. Joder, muchísimo.

Zamaya se lleva los talones de las manos a los ojos. Sigo sin saber qué decir cuando los aparta, pero cuando habla esta vez, su voz ya no suena suave; sus palabras tienen espinas, y me mira con los labios crispados para asegurarse de que cada una de ellas se clave donde quiere.

—Pero también es muy lista, ¿vale? Que no se te olvide nunca. Jenny puede ser imprudente, arrogante y una auténtica cabrona, pero no es estúpida, y está haciendo todo lo que puede. Así que más te vale agradecérselo. Está intentando salvarnos a todos pese a tener que ocuparse de sí misma al mismo tiempo.

Trato de hablar a pesar del nudo que se me ha formado en la garganta, pero las palabras suenan ahogadas igualmente.

—¿Qué puedo hacer?

El viento arrecia y las hojas silban por encima de nuestras cabezas. Zamaya tensa brevemente los dedos a los costados y contra el borde de las mangas. Luego se obliga a relajarse y deja las manos lacias antes de hacer un gesto indefenso y desesperado a partes iguales. Algo me tira del pecho; es como si tuviera las manos bajo mis costillas y me retorciera los nervios conforme las mueve.

—No mueras. —Se da la vuelta—. Dioses, si puedes... no mueras.

CAPÍTULO DIEZ

BELLSONA

La ladera de la montaña es como un diente astillado donde el tren del Zénit ha salido volando de las vías. Yo me inclino y mi inmensa sombra se cierne sobre el valle, silenciosa y oscura. Rebusco entre los raíles enredados y averiados y los vagones en llamas como si fueran juguetes de plástico junto a mis dedos. Uno tiene un agujero en la parte inferior lo bastante grande como para introducir el pulgar. Lo levanto a la altura de los ojos y, en algún punto a mi izquierda, Enyo tararea, tan interesado en el entorno que hasta me entran ganas de estrangularlo.

—Me entran ganas de estrangularte ahora mismo —digo.

—Igual que siempre, Bellsona, ¿no crees? —responde Enyo de manera despreocupada—. ¿Hay explosivos en las vías?

—Lo más probable es que estén en la ladera. —Dejo caer el vagón y la caída de treinta metros destroza las piezas que habían resultado ilesas en la explosión. Creo que ambos estamos pensando lo mismo: ¿cuántos Asesinos de Dioses quedarán?

Conectada a mi Valquiria, no veo a Enyo, ni tampoco cómo se le crispa la mandíbula, o las manos que tan bien conozco y que deja inmóviles a los costados siempre que se cabrea. Nunca las cierra en puños, sino que separa los dedos de la palma con una máscara fría y prudente en el rostro. Me imagino que tiene la cabeza ladeada hacia el cristal, con el pelo azabache cubriéndole las orejas, mientras observa con amargura cómo se elevan las columnas de humo desde la masacre de metal de más abajo.

La amargura no tiene cabida en un Zénit. Tal vez solo sea un gesto infantil que debe dejar atrás. Para su divinidad lo que mejor encaja es la frialdad. Distanciarse del objetivo. Deshacerse de su alma humana para proteger la de los demás. Se supone que los Zénit no deben ser buenos, sino proteger a su gente.

Sin embargo, Enyo no es frío. Lo sé porque sigo viva y me sonríe a pesar de lo que he hecho. Llora a sus difuntos. Duerme con las cortinas abiertas y dice que le gustan las luces de la ciudad. No le confesaré nunca que sé que le da miedo la oscuridad.

—¿Quieres que los busque?

Sacar a los Asesinos de Dioses de su escondrijo. Llevarlos de vuelta al barro. No lo preguntaría de haber estado Enyo en el tren. En ese caso, ya me estaría arrastrando en mi Ráfaga, buscando a esos enclenques tan molestos. Ya estaría cazándolos.

—No realmente. Creo que, abrumado por la que podría haber sido mi cruel muerte, me gustaría llegar a Ira Sol y tomarme una taza de té.

En mi cabeza, mi cuerpo humano se muerde el interior del carrillo. Enyo es consciente del peligro de salir de Deidolia y de dejarse ver en público, sobre todo en las Tierras Yermas, por lo cual se tomó la decisión de mandar a un cebo desprotegido con el símbolo del Árbol del Éter de los Zénit y que él me acompañara en mi Valquiria en lugar de ir en helicóptero. Sabemos que hay Asesinos de Dioses que siguen vivos; no muchos tras lo de Calainvierno, pero tampoco conocemos la cifra exacta, y ese es el problema.

—Voy a volver.

—*Ani*[4]. No lo hagas, por favor, Bellsona —dice educadamente, aunque con amargura—. Te lo suplico.

—Suplícame entonces. —Me giro hacia el norte. Cuando levanto los pies del suelo, estos han dejado cráteres en la tierra. Un pequeño grupo de ciervos se dispersa hacia el bosque a unas decenas de metros a lo lejos.

Enyo pisa el suelo de cristal donde estoy. Lo sé porque, cuando doy el siguiente paso, se mueve y sé que cae con un jadeo. Molesta,

4 (N. de las T.) Palabra coreana que significa, en este caso, «no».

me yergo y me arranco los cables de los antebrazos. Cuando parpadeo, el cielo rojo y claro y las colinas moteadas de cardos se convierten en la sonrisa ancha de Enyo. De golpe el mecha se queda en silencio a nuestro alrededor.

—¿Y si vienen los Asesinos de Dioses? —pregunta, a contraluz del brillo atenuante del suelo.

—No sé si llegas a asimilar —empiezo a decir apretando los dientes— que en estos tres últimos días ha habido dos intentos de asesinato hacia ti.

—Lo de los guantes fue un accidente, creo.

—¿Se lo quieres poner fácil o qué? ¿Es que quieres morir?

—Yo diría que igual que los demás.

—De acuerdo, te mataré cuando regresemos sanos y salvos a Deidolia.

Hace amago de tocarse las orejas agujereadas y yo le doy una patada en el tobillo para que no lo haga. Entonces, en cambio, se lleva las manos detrás de la cabeza.

—Esta división... —empieza a decir. Lo hace en tono ligero, pero yo me estremezco—. El distanciamiento entre Deidolia y las Tierras Yermas... Los asfixia a ellos y terminará por ahogarnos a nosotros. Los que no nos adoran nos desprecian, y tenemos la culpa nosotros. No me mires así. Apenas le hemos dado oportunidad a las Tierras Yermas, pero yo puedo convertirlos en algo más. Puedo hacerlos buenos. Puedo volverlos Dioses. —Usa un tono soñador que me deja fría—. Porque no podemos albergar este odio, Bellsona. No podemos dejarnos infectar por él. Puedo hacer que se sientan como los dioses, amados. Puedo evitar que la situación empeore.

Enyo desvía sus ojos oscuros hacia el suelo. Hay algo febril adherido a sus palabras teñidas de devoción.

—La gente de las Tierras Yermas ya no tendrá por qué aborrecernos. Mi gente no tiene por qué seguir muriendo. ¿Cómo es? —pregunta de repente, desviando la mirada hacia el techo, del que cuelgan los cables como plantas extrañas. Por un breve momento, creo que se refiere a matar—. Vincularse. He hecho simulaciones, pero me refiero al principio. El salto a una forma superior. ¿Se considera salto? ¿O es una caída?

El cambio repentino de tema me deja atónita.

—La primera vez, la de prueba... fue como una sacudida. Como si saliese de mi cuerpo. Como si todo se amplificara.

—¿Y ahora?

Paso la mano por encima de uno de los cables que penden sin tocarlo. Sigo teniendo los paneles del brazo abiertos y lo plateado refleja la luz del mediodía.

—Ahora ya no es nada. Solo yo. Como despertarse por la mañana, que es lo que dijo Lucindo, mi antiguo capitán de los Valquirias.

Enyo me ha dicho que fue él quien luchó contra mí en Celestia. Fracasó porque soy una piloto fantástica y porque había partes de mí que habían bloqueado, excepto las habilidades, la malicia o la crueldad, que no puedo recordar si era mía de antes o si la Invocadora de Hielo me obligó a desarrollarla porque la necesitaban.

Recuerdo a Lucindo. El color de sus ojos, de cuando quería ver en color. Su sonrisa con hoyuelos mientras cenábamos y los demás pilotos Valquiria brindaban por mí. Ahora están todos muertos. Gané a Lucindo y alimenté las llamas con el resto.

¿Todos? ¿Seguro? Apenas me acuerdo de sus nombres. Enyo dice algo más con ese tono soñador, pero no lo oigo. Hay algo más que... se me había olvidado. A mi lado, en la mesa del comedor... hay un chico. No, es una chica, y después un chico. Ella tiene la mano en mi mejilla y me tira de ella. No recuerdo su cara. El chico a su lado se inclina para mirarme.

Enyo se sienta y añade algo más con voz amortiguada. Los ojos de la Valquiria arrojan luz a la piel pálida de su mano cuando este la levanta. Me siento tan lejos de donde estamos.

«¿Dónde está Rose, Sona?». Una mano en mi pelo. Y yo que creía que había muerto, como el resto, pero no es así, porque esto pasó después, porque él... Jole. La mano de Jole enredada en mi pelo, levantándome la cabeza y estampándomela contra la mesa.

Las luces fluorescentes a ambos lados. ¿Quién es Rose? «Dilo, Sona».

Enyo deja de hablar porque lo miro. Se pone de pie en silencio y aguarda mientras lo observo con un frenesí que soy incapaz de ocultar.

—Jole —digo el nombre—. Jole, era un Valquiria y sobrevivió… ¿Dónde está?

Enyo no me responde. En lugar de eso, me pregunta:

—¿Te acuerdas de Jole?

Y eso me da miedo. Eso me dice que he metido la pata. Doy un paso hacia él y lo agarro de los hombros. Él me deja que lo sacuda. Podría matarme por tocarlo, pero creo que no le importa.

—No recuerdo matar a Lucindo —digo con voz ahogada. Tengo mil pensamientos en la cabeza y apenas soy capaz de centrarme en Enyo, que está frente a mí—. ¿Dónde están? ¿De verdad soy la única Valquiria superviviente?

Él sacude la cabeza.

—Bellsona…

—Por favor.

Enyo posa las manos en la parte de atrás de mis brazos y creo que se debe a que estoy temblando.

—Por favor —repito bajando el tono y con la voz rota—. Por favor, Zénit, siento que me estoy volviendo loca.

—Eso no me gusta —dice con dureza, y desvía la mirada como si estuviera avergonzado—. No me gusta que me llames así.

Permanezco aferrada a él, ansiosa, quebrándome, y, cuando dejo escapar un sollozo, me vuelve a mirar. Me siento asqueada de mí misma al instante, por lo que trato de retroceder, pero él no me deja.

—Eres la última Valquiria —murmura, y yo me quedo quieta—. Jole vivió. Lucindo vivió. Sobrevivieron a Celestia, como yo.

«Sobrevivimos a ti».

—¿Qué pasó? —susurro—. ¿Dónde están?

Veo que traga saliva con fuerza y que curva los dedos ligeramente en mi brazo.

—Se enfadaron porque te dejé vivir. Una noche... fueron a hacer algo. Los pillaron.

Me centro en los pequeños hilos de su camiseta.

—Los mandaste matar.

—Hicieron caso omiso de mis órdenes. Me desautorizaron...

—Era contra mí. —Hay una raya en la ropa, una arruga que necesita que la planchen—. Iban a hacerme daño y los mataste.

El ambiente silencioso es cálido a causa de los rayos del sol. Al otro lado de los ojos de la Valquiria, el cielo se hunde entre las montañas.

Enyo asiente.

Le doy un empujón. Podría ordenar que me matasen por eso. Repito el gesto, pero él solo suelta una carcajada incrédula.

—*¿Hwanan*[5]? —pregunta, volviendo a reír. Cree que estoy bromeando, que estamos jugando—. ¿Te has cabreado?

—¿Por qué lo hiciste? —Las palabras salen en una mezcla entre sollozo y chillido. Enyo deja de reír con los ojos como platos. Yo rompo a hacerlo y casi me atraganto en el proceso—: Sobrevivieron. Eran dos vidas que sobrevivieron a lo que hice. Dos cuerpos cuya sangre no me habría manchado las manos. Y tú... tú los podrías haber salvado de mí.

—Iban a...

—¡Pues haberlos dejado!

Cierra la mano en torno a mi muñeca al instante.

—Ni se te ocurra —gruñe.

—Deberías haberlos dejado, y lo sabes. —No me sujeta con fuerza, apenas me toca, y lo odio por eso—. Tendría que haber muerto. Tendría que estar pudriéndome. Lo estoy, de hecho, y es lo único que me mantiene cuerda.

Permanecemos cerca dentro de la deidad, aborreciéndonos con ganas, pero no de forma duradera.

Dejando a un lado los sentimientos de autocompasión y la penosa oscuridad que estos brindan, me doy cuenta de que quiero

5 (N. de las T.) Palabra coreana que significa «enfadada».

que me mate. No quiero morir, pero mucho menos permanecer impune.

Solo quiero que pare.

Preferiría no sentir nada que sentirme bien.

—Iban a matarte. —Los dedos de Enyo liberan mi muñeca y me asesta un capirote entre las cejas. Parpadeo y él sonríe. La sonrisa le llega a los ojos, pero tiene la mirada cansada y sin fuerzas, como si estuviera demasiado cansado como para llorar siquiera—. Eres mi mejor amiga e iban a matarte. Yo...

Le cubro la boca con la mano.

—Para —le digo, con brusquedad y en voz baja. ¿Me da miedo que nos oiga alguien? Se supone que él no debería tener amigos, y yo tampoco. Al callarlo, tal vez su expresión demude y me sienta mejor. Redimida—. Hablas como un crío.

—Es que lo somos —dice Enyo bajo mis dedos—. Tú has hecho cosas horribles, y yo... yo las haré.

La culpa que siente Enyo es similar a la mía. A pesar de a cuánta gente he matado, tan fácilmente como arrojar sombra a una calle, sigo viva. A él le pasa igual. Se siente culpable por ser el único superviviente.

Al principio, me odiaba. Tuvo que hacerlo, vaya. A veces, de madrugada, me pregunto si me hizo daño cuando yo deliraba, corrompida, y me moría de ganas por hacerle daño.

Pero, más allá de su instinto, de la aflicción, él no es así. Creo que cualquiera podría cometer actos horribles por culpa de ese sentimiento, al igual que yo movida por la pena, o el cabreo.

—Te conocí en el fin del mundo. —Sus palabras se cuelan bajo mi piel—. ¿No podemos desear quedarnos solos aquí?

No quiero estar sola.

Es tan distinto a los Zénit que gobernaron antes que él. Lo he cambiado; debería haberlo hecho más cruel.

Pero, cuando aparto la mano, mueve sus dedos hasta agarrar los míos.

—¿Podemos ser horribles aquí, Bellsona? —me dice—. ¿Juntos?

CAPÍTULO ONCE

ERIS

Estiro la mano y la cierro en torno al cristal frío de las jeringas para quitárselas a Juniper. Le sujeto los nudillos con la otra y ella desvía hacia mí sus ojos marrón oscuro, vastos y turbados bajo el sol antelucano.

Me pongo de pie. Estamos un poco más allá de Nivim, por donde los Prosélitos invitados deberían pasar para coger el ferri rumbo a Ira Sol. Sobre nosotros, el cielo es una banda oscura sin estrellas cubierta por una gruesa capa de nubes. El aire está como cargado. Lleva media hora tronando y los relámpagos anaranjados caen sobre las cumbres septentrionales.

Jenny está tumbada bocarriba en la hierba a un lado de la carretera. Mueve la mirada hacia mí y arquea la espalda, levantando los brazos a la vez que bosteza.

Le tiendo una de las jeringuillas. Jenny se sienta y la coge. Con la mirada perdida hacia el cielo, dice:

—Esto antes era océano, ¿sabes? —Da una palmadita sobre la hierba, distraída—. Todo esto era fondo marino. Casi inexplorado. Seguro que costó menos cuando se secó, tras todas las bombas, los desastres medioambientales y demás. Pero, por otro lado, quizá no quedase mucha gente que quisiera investigarlo. Seguro que tenían otras cosas de las que preocuparse.

Miro en derredor. Ahora el verde parece negro, pero sé que hay bastante, puesto que el paisaje montañoso se extiende hacia el este hasta donde se encuentra actualmente el mar.

—¿Desde entonces hemos estado siempre en guerra? —No sé por qué, pero la voz me sale ronca.

—A saber. —Jenny se levanta con la jeringuilla en la mano y se sacude los pantalones de camuflaje—. Al menos los árboles han crecido bien.

Se oyen pasos en la carretera. Giramos la cabeza y vemos a Seung y a Zamaya, nuestros exploradores, acercándose por el camino de tierra. Para cuando llegan, está lloviendo; primero apenas unas gotas, pero luego empieza a caer todo un aguacero. Nos colocamos en el césped. El agua ya se está encharcando en el suelo mientras miro a cada uno de los integrantes de mi equipo. Veo que tienen los labios apretados y los hombros cuadrados. Nyla se ha tapado el ojo con una tela para que el brillo de la modificación no se vea, y, por supuesto, eso me recuerda a Sona.

Soy incapaz de escuchar las palabras de Seung por culpa de la lluvia, pero sigo la mirada de Jenny hasta la carretera. Han aparecido unas luces en la curva del camino que enseguida flanquean dos personas que se acercan rápidamente a nosotros.

Hay una parte de mí que es consciente de que estoy agarrando la jeringuilla con demasiada fuerza. Otra de que no respiro bien y de que estoy a punto de cometer un acto horrible. El peso de la ropa empapada es asfixiante y la lluvia hace tanto ruido que ni siquiera me percato de que Jenny, Seung y Zamaya han avanzado hasta que Arsen no me da un empujón en el hombro y me llama:

—¡Eris! ¿Eris?

Piso el suelo resbaladizo y salgo a la carretera, abalanzándome sobre ellos. Las linternas salen despedidas de sus manos y los rayos de luz iluminan un lado del camino. Seung y Zamaya están sujetando a una mujer que grita. Jenny se cierne sobre ella y la luz destella contra la jeringuilla cuando levanta la aguja y se la inserta en el cuello. La lluvia suena como la electricidad estática. Jenny me gruñe al tiempo que un rayo cae seguido del retumbar de un trueno que siento entre las costillas... no, no es un trueno, sino un puñetazo.

Me tambaleo con un grito ahogado. La otra Prosélita se cierne sobre mí mientras un haz de luz baña sus rasgos; está acojonada, pero levanta la mano igualmente. Debe de ser la hija de la mujer, uno o dos años menor que yo. Podría haber escapado, pero ha vuelto, igual que lo haría yo. Dirige su siguiente puñetazo a mi estómago.

Pero no es una guerrera. Aún no, al menos.

Esquivo, la empujo para apartarla y queda atrapada entre mi equipo. Chilla y se revuelve tanto que tienen que sujetarla contra el suelo. A través de la lluvia oigo el sollozo desconsolado de Nova, que reprime en cuanto le sujeta el brazo contra la tierra húmeda. Apenas soy consciente de que la madre se encuentra inerte en el suelo y que Jenny está a su izquierda con un cuchillo, rebuscando, *escarbando.*

Por lo visto, los reclutadores de la Academia de las Tierras Yermas vinieron hace unas semanas para implantarles las invitaciones. Seguro que les pareció todo un honor que los eligieran, que los obsequiaran con ese pequeño trozo de metal con la promesa de no ser ese el último regalo que recibirían.

Me inclino sobre la Prosélita. Está llorando, chillando, pero la lluvia sofoca el ruido y la única muestra de resistencia es la de su cuerpo al retorcerse. Entonces, le inserto la aguja en el cuello, vacío el contenido y se queda inmóvil.

La lluvia no deja de caer.

—¿Jen? —la llama Zamaya, y, al girar la cabeza, medio aturdida, veo que mi hermana se ha quedado muy quieta. Ha tirado la daga a un lado. Le ha abierto un agujero en la palma a la mujer y, sobre él, Jenny sujeta un par de pinzas y, entre ellas, un trocito de metal brillante y redondo, como una pastilla.

Jenny ni se inmuta.

—¿Jenny? —Yo también la llamo; aún tengo el peso de la jeringuilla vacía en los dedos.

—No sirven para nada —murmura ella, y es entonces cuando lo veo: el hilito de cable que sale de un extremo de la invitación y se interna en la herida abierta de la palma—. Solo para estar... arraigados. —Agarra la muñeca de la mujer y añade con voz distante—: A la vena radial... Pásame las cizallas, Nolan.

—Espera... —No puedo apartar la mirada de la palma de la mujer de la que salen cables finísimos y manchados de sangre—. ¿Cómo sabes para qué son?

—Porque ya los he visto antes. —Nolan le pasa las cizallas de su mochila a Jenny y esta las agarra, las abre y cierra y las acerca al implante. Su mirada se torna tormentosa—. Porque no son cables.

Es entonces cuando me fijo bien. No forman parte de la invitación, sino que van separados; están arraigados al brazo de la mujer y enredados en torno al implante como enredaderas.

Jenny corta y los hilos se mueven.

Los extremos más cortos permanecen inmóviles en torno al implante, como si no fueran más que cuerdas, y caen al suelo. Los otros parecen reptar de vuelta a la palma de la mujer. Las venas de su muñeca sobresalen y la piel sobre ellas retrocede hacia dentro. Las líneas oscuras resaltan contra su cuerpo y, a continuación...

Todo su antebrazo se abre.

La extremidad sufre un fuerte espasmo. Me llevo las manos a la boca. Ella vuelve a retorcerse, como una réplica del anterior espasmo, y después permanece inmóvil. De la muñeca salen tejidos, huesos y venas que manchan el suelo. La sangre se entremezcla con la lluvia. Tiene los ojos medio abiertos, la mirada vidriosa...

Juniper chilla y pasa por mi lado para taponar la hemorragia. Es inútil. Yo soy inútil, aquí plantada y helada en el camino...

—No... No dijimos... No queríamos...

—No nos habríamos podido hacer con el implante si no. —Jenny habla en voz baja y vacía, como si no estuviese aquí—. A lo mejor podría haber probado el electrochoque. Eso la habría electrocutado y los Gusanos se habrían aflojado y retirado con facilidad. Pero no habrían soltado el implante. —Aprieta la invitación con la mano—. Y no pensaba insertarnos esas mierdas a nosotras.

—Gusanos —murmura Nyla a mi lado. Se aparta la tela del ojo para mirarlos bien, y la luz roja ilumina la zona—. No sabía que Dedidolia los siguiera usando.

Jen sacude los hombros y profiere una risa silenciosa.

—No hicieron nada mientras los técnicos se los introducían en las venas. Primero les insertaron los Gusanos y luego la invitación. Y se quedaron tan tranquilas y sentaditas como si nada. Dioses. —Se pasa el dorso de la mano por la boca—. Es absurdo.

Jenny da un paso hacia mí, hacia la chica a mis pies. Todo vuelve a su sitio; el rugido de la lluvia, el sabor de la sangre en el fondo de la garganta, los dientes en el interior del carrillo. Juniper tiene ahora la cabeza apoyada en el hombro de la mujer.

—No. —La palabra me araña la lengua—. No podemos, Jenny…

—¿Quieres volver a verla?

Suelto una carcajada, aunque más bien parece un sollozo.

—Serás zorra. Ponme ese a mí. Iré yo sola y la rescataré por mi cuenta.

—Han marcado dos cuerpos en Nivim, así que debemos ir dos. —Las cizallas relucen en su mano—. ¿Quieres abortar la misión?

Sí que quiero. Quiero parar.

Lo haría si solo se tratase de Sona. Pero esto solo demuestra aún más que el Zénit debe morir. La Academia de las Tierras Yermas va a llevarse a niños que luego no podrán renunciar.

«Que los Asesinos de Dioses arméis con pistolas a cualquier huérfano que atraviese las puertas no significa que yo deba hacer lo mismo».

Ya hemos atravesado las puertas y somos peores que nunca.

Me paso la mano por los labios antes de levantarme y mirar a mi equipo. Arsen es el pobre desdichado sobre el que recae mi mirada. Retrocede medio paso, pero creo que ni se da cuenta.

Suelto la jeringuilla y estiro la mano para que me pase las cizallas.

—Encuéntralo —le digo a mi hermana—. Yo lo cortaré.

Sigue lloviendo, aunque yo apenas soy capaz de oír el chaparrón. Tengo agua en las botas y a una chica de las Tierras Yermas muerta a mi espalda. Incluso cuando mi equipo nos deja a Jenny y a mí en la ribera, llevándose los cuerpos de las Prosélitas consigo de vuelta al refugio, soy incapaz de sacarme sus chillidos de la cabeza.

Me froto la parte baja del cuello con los dedos hasta que Jenny me amonesta. Me estoy dejando la piel en carne viva. Menudo desastre. Ella me sujeta la mano y me hace un pequeño corte con su daga. Me inserta el implante antes de que a mí me dé tiempo a encogerme siquiera. Después hace lo mismo con la suya, impertérrita. Empieza a salir el sol al oeste, y los nimbostratos se dividen y dejan paso a la luz del amanecer.

Cuando acaba, Jenny posa la vista en la orilla del río y solloza en silencio.

Yo desvío la mirada aunque ella no se tape la cara, aunque jamás se haya avergonzado de nada.

Creo que sí se avergüenza. Que el peso en mi pecho se asemeja al suyo. Y que cada vez que permanecemos despiertas por la noche es por las mismas razones.

Aquí estamos.

Cuando la recupere, tal vez a Sona le asquee en qué me he convertido. Pero volverá a casa, así que solo me importa eso. No puedo dejar que me importe nada más. La lancé a los lobos y ellos la destrozaron.

Hice algo horrible para salvarla y eso la ha condenado, así que haré algo peor para recuperarla.

Y ya está. No me importa.

CAPÍTULO DOCE

BELLSONA

—Por los infiernos, vas a pasarte la mitad de tu vida inconsciente como sigas así.

Abro las cortinas del dormitorio sin ceremonia alguna y la luz matutina cae de golpe sobre las sábanas enmarañadas y el Zénit enredado en ellas. Este abre uno de sus ojos negros, claramente agitado. Las almohadas han acabado en el suelo a lo largo de la noche.

Recojo una para que, cuando el «Eso es lo que quiero, querida» emerja de la cama con voz adormilada, pueda estamparla junto a su cabeza.

—Este no es mi trabajo, ¿sabes? —digo una vez Enyo pega un bote y se endereza de golpe. Su sonrisa nerviosa y reflexiva combina con sus facciones elegantes y finas de un modo muy extraño. Los cortesanos aquí tienen miedo de sacar al Zénit de la cama, aunque les he dicho que en casa te despiertan echándote agua helada en la cama.

Se queda inmóvil y se frota los ojos antes de mirarme a través de sus larguísimos dedos.

—Eso no es verdad.

Me encojo de un hombro y me giro hacia la ventana.

—Merecía la pena intentarlo.

El paisaje de Ira Sol irrumpe en el perfil de los Picos Iolitos en forma de daga. Los rascacielos se elevan en el valle estrecho entre dos montañas, unos bloques gigantescos de basalto que sobrepasan la altura de los pinos como dientes puntiagudos.

Sigo con la mirada los puentes que enlazan varios rascacielos a lo lejos. Todos están conectados por un solo camino que atraviesa la ciudad en diagonal: hacia el norte están las minas y hacia el sur, los hangares de los mechas. Esos ocupan la mitad de Ira Sol, aunque no se vean. Por debajo de la ciudad, se interconectan túneles enormes por los que se transportan los materiales necesarios desde las minas.

Estamos —bueno, más bien *yo* estoy; Enyo sigue quejándose en la cama a mi espalda— en la recién construida Academia de las Tierras Yermas, erigida en la delgada punta de la daga, bordeada de bosque por un lado y el río Gillian al otro, pasada la pálida muralla que limita con la ribera de la ciudad. Un extenso jardín conforma el campus de la Academia, con algunas fuentes de piedra repartidas por el césped bien cuidado. La carretera que lleva a la ciudad atraviesa el jardín por la izquierda. Ya hay aerodeslizadores llegando a la entrada. Las figuras de los invitados de las Tierras Yermas parecen alfileres desde esta distancia, pero me imagino cómo inclinan la cabeza hacia atrás mientras ascienden por las escaleras murmurando oraciones de gratitud y devoción.

—Pareces nervioso —le digo sin girarme.

—Puede que se deba a la ansiedad —responde Enyo, cuya voz proviene ahora del interior del vestidor.

Esta planta es la que un día será la casa de los Valquirias, una vez la Academia seleccione a aquellos que sean merecedores. Dormitorios espaciosos y ufanos, una cocina y comedor relucientes, una biblioteca que es más un museo que libros... Aún no le he dicho a Enyo que todo eso me pone los vellos de punta; recordar a los Valquirias y el modo en que lanzaban las chaquetas sobre los sofás de piel del salón sin orden ni concierto, cómo colocaban los pies sobre las sillas y nos tumbábamos en la alfombra mientras contábamos cómo nos había ido en las misiones del día...

Qué rápido debió de haber ardido todo. Un momento estaban suspendidos en el aire y, al siguiente, achicharrados y ennegrecidos.

Algo me revuelve el estómago, aunque lo obligo a desaparecer antes de que cobre demasiada fuerza, y me encamino hacia el vestidor.

—No estoy decente —comenta Enyo con calma.

—¿Qué voy a hacer esta noche? —quiero saber, abriendo la puerta aún más. Una idea me atraviesa—. No me presentarás ni nada, ¿no?

—Esta es Bellsona Stellcrest. —Enyo se yergue de repente, con la camisa desabotonada y una mano estirada en mi dirección—. Capitana de las Valquirias y voyeur ocasional.

Aunque odio el intento de humor en sus palabras, no puedo evitar fijarme en la ecuanimidad que desprende. Incluso podría estar leyendo un libro de recetas y hacerlo parecer una declaración de estado.

—Enyo —lo llamo con voz débil. Él me mira al instante; la risa muda se ha evaporado de golpe. Apenas soy consciente de que estoy aferrándome a la jamba de la puerta como un clavo ardiendo.

Soy una Diosa para la gente de Deidolia, pero solo en ocasiones —cuando tengo los cables conectados a los brazos—, y una vez intenté borrarlos a todos del mapa. Ahora soy la Valquiria a la que el muchacho Zénit le perdonó la vida, el comienzo de un reinado misericordioso. Pero, a juzgar por lo que me dijo Enyo ayer sobre Lucindo y Jole, no a todos les importa dónde recaigan mis lealtades.

—Es un baile de máscaras, Bellsona. Puedes esconderte tanto como quieras —dice abotonándose el cuello de la camisa—. Estoy tan cansado de las preguntas sobre ti. Eres la capitana de las Valquirias...

Una risotada seca abandona mi garganta.

—Porque soy la única que queda.

Enyo se encoge de hombros sin más.

—Cualquiera puede tratar ese tema conmigo. Preferiría que lo hablaran directamente y no trataran de matarte mientras duermes. Si no, no me dejan más remedio que ocuparme de ellos como corresponde.

Su tono de voz es ligero. No obstante, cuando me giro hacia él, veo que tiene los ojos negros, esos ojos de Zénit, clavados en mí. Lo dice completamente en serio, aunque ahora haya esbozado una pequeña sonrisa debido a mi reacción. Me asusta. Él me asusta a veces.

Y me alegro. Enyo estaría acabado si alguien se entera de lo amable que puede llegar a ser.

No le importan los cotilleos o el ojo público; su imagen es irrelevante siempre que sus actos hagan prosperar a la nación. Este es el dogma que siguen todos los Zénit: lo individual es inmaterial comparado con su rol en la tierra. Pero los tiempos de crisis hacen que los humanos olviden y Enyo, a su edad, parece ser un objetivo seguro al que cargar de inseguridades que nadie se atrevía a atribuir a sus predecesores. No sé cómo ha lidiado con ello hasta ahora. Solo sé que sigue aquí frente a mí, por lo que debe de llevarlo bien.

—He oído —digo en voz baja— que anoche saltó una alarma en la muralla.

Se queda callado.

—¿Los has encontrado? —pregunto. A los Asesinos de Dioses, digo.

Ahora me mira a los ojos. Sus profundos iris negros; un destello de algo; un peso en mi palma; una habitación a oscuras... que se disipa en cuanto Enyo murmura:

—Los Leviatanes lo hicieron.

Retrocedo medio paso y me tomo un breve instante para separar el alivio de la incredulidad y de un temor atenazador. Me muerdo el interior de la mejilla.

—Había diecinueve —me informa con suavidad—. A juzgar por lo que los guardias encontraron, planeaban volar el muro, inundar los jardines y usar el agua como ayuda para cargar contra nosotros.

—¿Y matar a su propia gente?

—Puede que solo fuera una distracción. Tal vez tuvieran algo peor planeado. —Se coloca a mi lado—. Parecía una operación a la desesperada. Estaban desesperados, Bellsona.

—Se acabó, entonces —digo febrilmente—. Ella está...

—Ella no estaba con ellos. Ni la Aniquiladora Estelar. —Enyo exhala despacio—. La Invocadora de Hielo lidera su propia secta de renegados. Separada de los demás.

El sabor a sangre llega hasta mi lengua.

Quiero que esté sola. Quiero acabar con su vida.

Pero había otros. No recuerdo sus caras más allá de su presencia, cómo pululaban a su alrededor, cómo la temían, cómo la adoraban. La querían, creo. Esa atención tan fuerte es, a la vez, prudente, y esa prudencia... se parece mucho al amor.

Si sobrevivieron a La Hondonada, si consiguieron sobrevivir a Calainvierno, estarían a su lado. Esas figuras a las que no puedo ponerles nombre. Las que no odio tanto como a ella, pero casi.

Enyo hace amago de salir del vestidor, pero yo extiendo el brazo para cortarle el paso. Su mirada recae sobre la manga de mi chaqueta de Valquiria.

—¿Cómo lo sabes? —murmuro. Hay algo que no me estás contando.

—Estará aquí esta noche —responde con suavidad, aunque no tendría por qué decirme nada si no quisiera.

—Tendría que hacerse con una invitación para eso. —Sé lo que eso implicaría, con los Gusanos.

—Tendría, sí.

—Hay algo que no...

—Sí, querida. Hay algo que no te estoy contando. —Desvía los ojos hacia mí—. No lo repitas.

Bajo el brazo y él pasa por mi lado.

—Lo siento —digo, pero no por mi insistencia. Por las muertes. Enyo quería que todos los implantes estuvieran incrustados en los invitados, en los Gusanos, para protegerlos. Creía que los Asesinos de Dioses no se atreverían a tocar a su propia gente, a los habitantes de las Tierras Yermas. No es lo que esperábamos. No es lo que habíamos planeado.

—Dioses. —Me paso una mano por la boca; el horror y el frío me embargan despacio. Empiezo a pasearme por la habitación al tiempo que me tiro del pelo—. Dioses, Enyo. Ya podría estar dentro. Ella...

—Ah —exclama Enyo—. Sí. Ya está dentro.

Me suelto el pelo y los mechones resbalan por mis dedos. Llego hasta la ventana y pondero muy brevemente la idea de estampar el puño contra el cristal; en cambio, apoyo la mano suavemente contra la imagen de la ciudad y la frente contra la fría superficie. Oigo a Enyo aproximarse y detenerse detrás de mí a una distancia prudencial.

—¿Bellsona?

—¿Qué planta?

—Todavía no.

Otra risotada llena de espinas se me escapa de la garganta.

—¿La viste entrar y no hiciste nada?

—A ella y a la Aniquiladora Estelar.

—Por los Dioses, voy a *matarte*.

—En realidad, voy a estar rodeado de guardias. —Se apoya contra la ventana y, pensativo, alza la mirada donde el cristal se une con el techo.

Esto es absurdo. Giro la cabeza para decirle justo eso y mi próximo pensamiento muere en la lengua cuando veo la furia oscura y sombría que endurece sus rasgos.

—Los Asesinos de Dioses los mataron —dice Enyo sin más. Cierra los ojos por un instante y luego baja la mirada—, para llegar hasta aquí. No quiero que mueran antes de ver el espectáculo principal.

No tenía constancia de que hubiera ningún espectáculo principal. Pero que Enyo quiera a la Invocadora de Hielo y a la Aniquiladora Estelar vivas para presenciarlo me hace pensar que tiene algo que ver con los renegados capturados anoche.

—Y después —prosigue Enyo—, sacaré a Jenny Shindanai de entre la multitud y recordará que, pese a todos sus dones y al alcance de su ego, nunca podrá ganar; que su destino es morir, al igual que los demás de su clase. Pero, por ahora —sonríe—, dejemos que piensen que están a salvo.

—¿Y la Invocadora de Hielo?

—Ella tiene a otros, los últimos Asesinos de Dioses, fuera de Ira Sol.

—¿Quieres que la siga hasta su refugio? —Mi mente topa con los recuerdos fracturados, la cercanía de sus renegados—. No abandonará a la Aniquiladora Estelar. No te dejará vivo.

La mano de Enyo roza la mía.

—No ha venido aquí solo por mí.

La rabia me asola con sorprendente fuerza. ¿Quién sabe qué persona podría haber sido de no ser por la Invocadora de Hielo? Podría haberme sentido más ligera. Podría haber sido capaz de dormir por las noches.

—Bellsona. —Al sacarme una cabeza, baja la mirada para mirarme. La intensidad de sus ojos me atraviesa como una descarga eléctrica. Trato de mirar a la izquierda, pero me ha agarrado la cara con las manos y me ha elevado la barbilla para evitar que lo rehúya—. Creen que eres de los suyos.

—Yo no soy nada suyo —rebato con voz ronca. «Ya no».

Enyo esboza una sonrisa que hace que se me retuerza la garganta.

—Lo sé, querida.

Pega la cabeza a la mía y mueve los labios justo sobre mi oreja. A veces, me olvido de lo que implica estar tan cerca de él. Lo extraordinaria que es la situación. Este niño mimado. Esta divinidad. Ese pequeño Dios mortal, respirando contra mi mejilla, con el recodo de su brazo contra mi hombro. El pulso de mi corazón tropieza a causa del asombro que siento en el pecho.

—Quiero darte la oportunidad de matar a tus propios demonios —dice Enyo en voz queda—. Podrás liberarte, Bellsona. Esta noche. Esta noche estarás en paz.

Tensa, niego con la cabeza.

—Te equivocas. Ella no quiere llevarme con ellos. Me disparará en cuanto me vea.

—La Invocadora de Hielo te tiene en gran estima. Actúa como si su corrupción aún influyera en ti, y no dudará en llevarte de vuelta con los demás. —Me agarra del brazo e inspira con normalidad—. Ya sabes lo que tienes que hacer.

Tengo la oportunidad de matar a mis propios demonios. De matarla a *ella*. Una oportunidad, una prueba; no, una confirmación. Me va a soltar con ellos porque sabe lo que haré; sabe quién soy, independientemente de lo que haya hecho. De lo que le haya hecho *a él*. Ha distinguido al monstruo de la chica que se encuentra frente a él y, por los Dioses, ¿sabe siquiera lo que eso significa? Que él ha hecho lo que yo no soy capaz de hacer por mí misma.

Un peso en la palma, una habitación a oscuras. Ella me coge de la mano, me habla con ternura; estoy segura de que, en algún momento, me he despertado con su cuerpo pegado al mío… todo se desvanece de golpe.

Este momento, con los ojos de Enyo sosteniéndome la mirada con tanto cariño, es el *real*. Es por lo que puedo luchar, matar, morir.

—Sé lo que tengo que hacer.

Hay un instante de silencio —Enyo no es de los que suele vacilar—, pero es breve. Entonces, con palabras que salen de sus labios un ápice más rápidas, llevándose por delante la calma como si nunca hubiese ocurrido, dice:

—Deberías saber una cosa. Se llama Eris Shindanai.

Algo delicado me tira de las costillas, y me detengo un momento.

«Me llamo Eris».

Se lo diría enseguida, si no le hubieran temblado un poco las manos. Teme mi reacción, que es sosegada, porque he aprendido a serlo, porque sé que necesita que lo sea.

Si no estuviera tan segura de que no importa, si no estuviera tan segura de que no significa nada, de que no *puede* significar nada, le diría que eso ya lo sabía.

CAPÍTULO TRECE

ERIS

—Falta algo —dice Jenny, y ladea la cabeza. De esa forma, la línea de su mentón queda más cerca del espejo. Con una mano enguantada (no con los guantes de magma, sino con otros negros y hechos de seda que relucen y le cubren los brazos) delinea su cuello pálido y desnudo—. Sí. Necesito joyas, está claro. ¿No tienes nada por el estilo?

La cortesana pone una brevísima expresión de agotamiento antes de volver a mostrar pasividad. Inclina la cabeza y desaparece de la estancia una vez más, dejando los descartes de Jenny desparramados por todo el espacio; trajes de chaquetas doblados como muñecas de papel sobre el sofá de raso o vestidos hechos de un material vaporoso tirados de cualquier manera sobre la alfombra. Probablemente todo sea muy caro, aunque no tengo ningún concepto de dinero, ya que nunca usamos nada parecido en La Hondonada. A menos que cuentes los caramelos de tofe que fundaron el descontrolado sistema de apuestas.

—No actúas como una Prosélita embobada —le reprocho una vez dejo de oír los pasos de la cortesana—. Vas a conseguir que nos pillen.

Llegamos a las compuertas de Ira Sol esta mañana temprano. El plan de Jenny consistía en decir que nos habíamos caído por el camino, resbaladizo por culpa de la lluvia, y que por eso teníamos heridas en las manos. Pero en el ferri, rodeadas de los invitados de la Academia y de sus familiares, ruborizados y la gran mayoría rascándose los chips bajo la piel sin cesar, nos entregaron Arañas en cuanto embarcamos para curarnos las heridas. Antes, no obstante, tuvimos que subir al desvencijado muelle de la Confluencia

Gillian junto con los demás invitados de las Tierras Yermas y cruzar la rampa donde los guardias nos aferraron las muñecas y nos abrieron las manos para inspeccionar los chips con un aparato fino y parecido a un bolígrafo. Yo contuve el aliento, y tal vez Jenny también —no teníamos ningún arma; ella había desechado su daga en el río, puesto que sabíamos que nos registrarían—, pero la luz del artilugio cambió de roja a azul y nos indicaron que subiéramos a bordo.

Mientras el río nos llevaba rumbo al este, hacia Ira Sol y las otras dos ciudades mineras adyacentes —Ira Terra al sur e Ira Luna al norte—, me incliné sobre la barandilla y contemplé el casco del barco moverse a través del agua. Jenny permaneció en silencio a mi lado, pero pude sentir el momento en que se tensó y yo alcé la mirada para ver a un Paladín desplazándose despacio por el borde del cañón que se elevaba a nuestro alrededor.

Todas las cabezas se giraron y movieron los labios, pero la cubierta se sumió en un silencio sepulcral mientras admirábamos a la deidad hasta que desapareció de nuestra vista. Seguía pareciendo enorme, incluso a ciento cincuenta metros por encima de nuestras cabezas, mientras sus pisadas creaban ondas en el agua. En mitad del ferri, un chico de las Tierras Yermas vació el contenido de su estómago por la borda y luego se irguió con los labios brillantes y continuó murmurando plegarias en silencio.

Las ciudades mineras eran diferentes a los demás territorios de las Tierras Yermas. Su población vivía en ciudades, pero en las montañas y los bosques entre los tres municipios abundaban los Ráfagas; los que descansaron en Celestia son una buena parte de las filas que les quedan, desplegados ahora más escasamente por todo el territorio, pero aún bastante comunes por los alrededores de las ciudades.

Funciona en ambos sentidos. Es fácil mantener la fe de los fieles cuando ven a sus Dioses a diario. Y también atrapar a los que se escapan. Nadie ha oído hablar de ningún refugiado que sea de las ciudades mineras; las tres están rodeadas de agua y cercadas por los riscos del cañón en forma de medialuna, convirtiéndolo así en un magnífico territorio de caza natural.

Pero ha sido bastante fácil entrar. Demasiado, diría.

«Algo no va bien».

Después de llegar a las compuertas, nos guiaron hasta unos coches aerodeslizadores que nos llevaron hasta la Academia de las Tierras Yermas, luego nos separaron en habitaciones en la décima planta —en la que sería el ala de los instructores, nos informaron muy amablemente después—, donde la cortesana nos aguardaba para prepararnos para el baile de máscaras de esta noche.

Jenny se ha aprovechado al máximo. Ahora, solo menea una mano en mi dirección y se pasa el pulgar por el borde de la boca; tiene los labios pintados de un intenso rojo oscuro. Se sonríe en el espejo antes de continuar.

—Confianza, enana. Siempre funciona, aunque no case mucho con la situación.

Pongo los ojos, que la cortesana me ha delineado de negro, en blanco y, sinceramente lo digo, me han quedado de puta madre. La última vez que estuve frente a espejos durante un extenso periodo de tiempo fue en la celda de la Academia y ahí seguro que no tenía tan buen aspecto como ahora.

—Ah, ¿y qué es lo que va con la situación, entonces?

—Ser unos lamecu... ¡Vaya! ¡Maravilloso! —La cortesana ha regresado con un fardo de seda de colores crema. La aparta y revela una fina cadenita de oro aderezada con una gema negra y cilíndrica. Jenny, ansiosa, se echa el pelo sobre un hombro y facilita que el collar se cierre en torno a su cuello. Delinea la cadenita hasta donde la gema reposa sobre su esternón —que normalmente lleva cubierto de tatuajes de engranajes, pero lo primero que hizo fue echar a la cortesana para poder cubrirnos la piel con maquillaje— y luego se pasa las manos por las costillas, cubiertas por el vestido que al final ha elegido, elegantísimo y de un color rojo intenso; el color de la sangre seca.

La cortesana me sonríe con agotamiento.

—Señorita Stillwater, ¿hay algo más que pueda hacer por usted?

Le devuelvo la sonrisa aunque se me hiela la sangre en las venas.

—No, gracias.

Después de decirlo, me doy cuenta de que me tiembla la voz.

—A mi hija y a mí nos gustaría disfrutar de un poco de espacio, gracias —repone Jenny con brusquedad, desviando la atención del espejo a la cortesana, que, habiendo aprendido después de la vez pasada, o reparando en que debe aprovechar cualquier excusa disponible para dejarnos a nuestro aire, sale sin mediar más palabra.

—Jenny...

Se gira hacia mí.

—¿Y yo soy la que va a conseguir que nos pillen?

Me siento en un sillón demasiado mullido y dejo encima de mi regazo el peto para poder introducir los pulgares en las hebillas. Ella sacude brevemente la cabeza y luego tira de mí hasta ponerme de pie y llevarme frente al espejo. Me agarra la barbilla y me mueve el rostro de lado a lado para inspeccionarme por encima del hombro. Yo me retuerzo, pero ella solo dice:

—Quédate quieta.

—¿Por qué?

—Es que no eres más que una cría. —Me mete el pelo por detrás de la oreja izquierda, donde me han colocado aretes de plata por todo el cartílago—. Mírate. Venga, di que estás impresionante. Así al menos no vomitarás cuando la veas.

Profiero una risotada seca.

—¿De verdad crees que es eso lo que me preocupa?

Clava sus ojos negros en los míos en el espejo. Me acojona lo mucho que en realidad parecemos hermanas. Lo mucho que me parezco a ella. Su cara es más estrecha, y tiene el mentón un poco más puntiagudo, pero los pómulos y la frente son iguales, al igual que los ojos, aunque los suyos normalmente están arrugados por una sonrisilla y yo siempre ando frunciendo el ceño. Es más la mirada realmente; como si estuviera retando a cualquiera a pegarle.

No me he dado cuenta hasta ahora que así es como yo describiría también la mía.

—No —dice Jenny—, pero te preocupas por muchas cosas, y esta al menos sí tiene remedio. —Abro la boca, pero ella vuelve a tirar de mi barbilla para que mantenga la vista clavada en mi reflejo—. Así que, vamos, alto y claro. Di «Soy un pibonazo». Di «Esta noche estoy buenísima y voy a recuperar a mi chica».

Se me ruborizan automáticamente las mejillas, pero, aunque la sonrisa de Jen se ha ensanchado, no me da la sensación de que se esté burlando de mí. Solo asiente para alentarme a que lo haga.

Esto es ridículo. Jenny lo ha dicho antes: el mundo está acabándose y aquí estoy yo, luciendo un vestido negro abotonado y una falda vaporosa hasta las rodillas, con medias negras de encaje de flores por toda la pierna y zapatos con correas en forma de T. Vamos a una fiesta y el objetivo final es matar a un crío, y en lo único que puedo pensar es en ver a Sona otra vez. En cómo espero que le guste mi vestido y en cómo sé que le gustará, porque a mí también.

Así que, sí, todo es muy ridículo. La esperanza, pese a todo. El ramalazo de emoción, como una chiquilla entusiasmada, al pensar en que vuelva a casa. Es absurdo lo mires por donde lo mires, así que abro la boca y lo digo:

—Estoy guapísima. Soy una puta diosa celestial y Sona va a volver a casa.

Creo que jamás he visto a Jenny sonreír tanto. Me suelta y va flotando hasta la mesa donde están nuestras máscaras, sencillas y grises para los familiares, que cubren desde la frente hasta la nariz, y algo un poco más ostentosas para los reclutas de las Tierras Yermas. Máscaras negras con los ojos delineados en plateado, los pómulos acabados en picos y venas de metal delgadas y estriadas que cuelgan del borde inferior. Un parecido mínimo con los mechas. Tengo que contener un escalofrío mientras Jenny me ayuda a colocarme la mía alrededor de la cabeza.

—El refugio está al oeste —murmura bajito una vez termina—. Dime la ruta de los exploradores de Sheils.

—Lo sé. Y tú te la sabes y estarás con nosotras —digo, con el miedo atenazándome el pecho.

—Eso no se sabe —replica Jenny como si nada.

Endurezco la voz.

—Sí que se sabe.

—No jugamos en casa, cabronceta —dice, copiándome el tono, pero sonando mucho más terrorífica, no sé cómo—. Dime la ruta.

Se la digo. Como los muelles de dentro de los muros de la ciudad se usan a menudo para cargamentos más pequeños, como personas o alimentos de las ciudades circundantes, hay otro puerto en el lado más alejado del río Gillian donde las piezas de los mechas procedentes de los hangares de Ráfagas de las montañas se transportan bajo el agua. Ese sistema de transporte cuenta con algunos túneles de servicio, incluyendo algunos más antiguos con tendencia a inundarse y que han ido dejando abandonados. Los exploradores de Sheils los usan para colarse dentro y fuera de la ciudad con el fin de robar suministros médicos y otras provisiones.

—Saldremos por el túnel del extremo más alejado del río y seguiremos el sendero hacia el noreste, de vuelta al refugio, más o menos a unos cinco kilómetros. Dos golpes si somos Sona y yo y ella está bien; cuatro si solo llego yo. —Y entonces, porque ya me ha dejado hablar y tal vez porque no tendré oportunidad de decírselo cuando haya silencio, termino con un—: Y, Jenny, por favor, ten cuidado ¿vale? Necesito que tengas cuidado.

Lo digo, aunque sé que no le gusta, porque me doy cuenta de que ya la he visto en este estado antes. Por aquel entonces también estuvo hecha polvo, cuando nuestros padres no regresaron y ella sí, cuando fue directa a su habitación y Zamaya me sentó en la sala común en aquel horroroso sofá verde y me contó lo que había ocurrido. Cuando no comía, cuando se comió todas las uñas y se afeitó la cabeza y permanecía apostada fuera de mi cuarto toda la noche, su presencia traicionada por la sombra de sus pies contra la luz del pasillo, pero sin atreverse a entrar. La odié por ello durante un tiempo, porque yo también los había perdido.

En mi caso, con el tiempo el duelo fue pasando, pero Jenny se aferraba a él de un modo distinto, al igual que hacía con nuestra madre. Tal vez si, mientras crecíamos, los Asesinos de Dioses no nos hubieran inculcado que la ternura es sinónimo de debilidad, habría sido más fácil para ella. Para ambas. Ella podría haber cruzado la puerta y yo también habría podido estar ahí para ella.

Y, aunque ahora parece estar bien —cosa de la cual ella es consciente—, sigue sin poder mirarse a los ojos en el espejo.

—No me digas lo que tengo que hacer —refunfuña, y empieza a reírse.

Le agarro la muñeca, soporto su expresión iracunda y le espeto:

—No jugamos en casa, ¿recuerdas? Necesito que tú también vivas, porque contigo al menos aún me queda una persona, ¿vale?

—Ten un poquito de instinto de supervivencia y suéltame —suelta con frialdad.

—Dime que irás con cuidado.

—Ay, tendré *muchísimo* cuidado.

—Júralo.

—¡Ja!

—*Unnie*[6], por favor.

Se me quiebra la voz y la vergüenza sale corriendo a la superficie hasta que me doy cuenta de que eso la ha sorprendido; tan solo transcurre un instante antes de recuperar la compostura y de deshacerse de mi agarre. Jenny se lleva las manos enguantadas a sus caderas estrechas y cubiertas de seda.

—No me comprometo a nada —dice Jenny, inclinándose sobre mí y obligándome a echar la cabeza hacia atrás, lo que probablemente fuese la intención desde el principio—. Pero voy a estar aquí para el último acto. Tengo que ver cómo acaba todo, ¿no crees? Me lo merezco. Y no voy a quedarme sentada esperando a que alguien lo haga por mí. No pienso permitir que nadie me mate antes de

6 (N. de las T.) Palabra coreana que significa «hermana mayor». Usada exclusivamente por mujeres y no solo para referirse a la familia.

haberme dado ese lujo. Voy a hacer lo que me dé la gana, incluido sobrevivir a lo peor que pueda venir.

CAPÍTULO CATORCE

BELLSONA

—Respira —le digo a Enyo.

—Tú primero.

Así que lo hago, aunque ha pasado bastante tiempo desde la última vez. Estirar el vientre es raro, como la lenta expansión entre las costillas que causa que la piel me roce la fría tela de la camisa. Miro a Enyo para cerciorarme de que él repita el gesto una y otra vez. Tras la tercera ya no parece con tantas ganas de escapar, así que paro y me quedo quieta. Mis latidos retumban solos en el pecho una vez más. A veces recuerdo que este cuerpo no siempre había sido así.

Ahora posee más cosas que antes, pero también es más liviano. No es el cuerpo que creció conmigo, que fue testigo de la muerte silenciosa de mis padres bajo el hormigón quebrado y el metal de nuestro bloque de apartamentos.

Pero ahora... Este cuerpo es un regalo.

Observo que Enyo se toquetea la pajarita negra, que está perfecta, y después se lleva la mano al cuadrado de seda del bolsillo del pecho, que también está impoluto.

—¿Listo? —pregunto en cuanto vacila tras comprobar que toda la ropa está bien.

Seguro que responde con un «¿Importa acaso?», y ya estoy pensando que no puedo añadir nada a eso. Conozco la respuesta, lo que no sé es si recordárselo cambiaría algo.

En lugar de contestarme, tras un instante en el que batalla consigo mismo de manera casi imperceptible, relaja los dedos largos y su mirada oscura se desvía a la sala de banquetes. En lugar de responderme con lo que esperaba, no dice nada y empieza a andar.

La sala, al igual que el resto de la Academia de las Tierras Yermas, es como un monumento a la elegancia; es lujosa, pero no llamativa. El suelo de mármol negro reluce bajo las arañas de cristal que penden como un bosque de dagas a treinta metros de altura. La pared izquierda está formada por ventanales enormes de hierro que dan a la arboleda de cerezos del jardín, y más allá se irguen los muros de Ira Sol. El leve brillo del río separa el reflejo de la luna en hilos blancos. Una orquesta toca desde una gruta en la pared de enfrente y hay flores frescas colocadas en nichos cada tres metros. Las mesas curvadas y con mantel están llenas de comida humeante, cuyo calor sube hasta las vigas blanquecinas y enormes. Hay pequeñas montañas de fideos cristalinos con champiñones y semillas de sésamo; redomas de champán y té de cebada frío; bandejas de *mandu* frito y de color dorado con los picos tan prensados como el borde de mi camisa entre los dedos; hay tantos y tantos pilotos...

Me obligo a dejar las manos quietas y me centro en el peso de la máscara. Me cubre de la ceja hasta por debajo de la nariz. Es negra y brillante, y muestra las constelaciones cuando me giro, parecidas a las que tengo cosidas en la chaqueta de Valquiria. La de Enyo también es negra; es sencilla, salvo por la forma. Es en ángulo y va de la mandíbula izquierda a la ceja derecha. No sé por qué, me acuerdo de su sonrisa, pensativa y ansiosa, y lo cruel que parecería con la máscara puesta.

Enyo no está sonriendo. Cinco guardias lo flanquean a cada lado, y la multitud se aparta en torno a la pequeña armería. Yo lo sigo a su izquierda, observando su perfil mientras nos dirigimos a la tarima colocada frente a las ventanas.

Tal vez el baile de máscaras provoque que los Asesinos de Dioses se confíen, pero la idea también fortalece el concepto de Zénit. Es mortal y camina entre nosotros, pero también es algo más. Es el único que podría quitarse la máscara y seguir pareciendo de otro mundo.

Hace unos momentos, antes de cruzar la puerta, pensaba que las máscaras eran para ayudarlo. Para mantener una parte de su cara oculta cuando los ojos de los demás lo repasasen de arriba abajo. Para ocultar el sonrojo que suele teñir sus mejillas.

Pero entonces, Enyo llega a la tarima, se vuelve para encararse a la sala y el movimiento me asombra.

Más allá del metal que le oculta la cara, solo con darse la vuelta sume la sala en el silencio.

Alza el brazo lenta y elegantemente y, a continuación, se lleva la mano al corazón y escruta la sala, el mismo recorrido que haría una bala entre un centenar de caras ocultas.

Tras la máscara, paso la mirada por la multitud, comprobando que todas las caras estén fijas en él. Algunos mueven los labios, rezando en silencio. Otros se quedan completamente inmóviles, aunque con la atención fija en él. Tal vez de eso se trate la adoración. La adoración es atención; ya sea por odio, miedo, o incluso por amor.

Los guardias permanecen en el borde de la tarima, en círculo. Las largas pistolas en sus caderas brillan contra la luz. Yo permanezco de pie con las manos entrelazadas y la espalda contra un escalón de hierro junto a la ventana, y cruzo la mirada sin querer con un piloto. Lleva una máscara negra y los ojos perfilados con rojo de verdad; forma parte de la unidad de los Ráfagas Fantasma. Curva los labios y, de repente, el cielo se llena de humo y unas alas cromadas se expanden como el firmamento. Sin embargo, siento los pies ligeros, al igual que una sensación rara en el pecho, y entonces me acuerdo de gruñir. El Fantasma vuelve a fijar la atención en el Zénit, que ha abierto la boca.

—La próxima hora comenzará una nueva era —empieza Enyo con la voz como la seda—. No obstante, no podemos desperdiciar la actual. Es esencial que contemplemos su totalidad. Los ascensos y las caídas, aunque estas no del todo irreparables. Los Dioses están de nuestro lado, pero eso acarrea consecuencias. Hemos sido testigos de una gran confusión y de la enorme fuerza tanto de Deidolia como de las Tierras Yermas. Aquí, esta noche, renovaremos nuestra asociación. Es extraordinario y también profundo como solo la supervivencia llega a serlo.

«La supervivencia».

Y, de repente, la veo.

Delgada, entre la marea de máscaras. Vestida de negro y prácticamente en los huesos. La expresión de su boca está relajada bajo la máscara de metal que parece que esté a punto de desgarrar su mandíbula. Una tira recorre la zona rapada de su cuero cabelludo. Un instante después me percato de que no sé cómo he podido reconocerla así.

Y de que no tengo nada en el pecho. Ni aire, ni latidos.

«Corrupción», pienso, atacada. Me llevo la mano al costado y noto que el corazón me palpita de nuevo. Pero no ha revivido solo.

Muevo la mano en cuanto mis costillas se expanden. Y en cuanto reconozco el gesto, en cuanto reconozco que no sé *por qué* he empezado a hacerlo, la Invocadora de Hielo clava sus ojos en los míos.

CAPÍTULO QUINCE

ERIS

Hostia puta.

CAPÍTULO DIECISÉIS

BELLSONA

—Vivimos en una época posterior al fin del mundo, una época de deidades otra vez. Mi deseo y propósito en esta vida mortal es brindar paz y prosperidad. Y, con gran admiración y gratitud, doy la bienvenida a la primera clase de pilotos de la Academia de Ráfagas de las Tierras Yermas.

El Zénit baja el mentón con humildad para aceptar el aplauso que se extiende por el salón. La orquesta vuelve a tocar y la multitud se mueve, y con ella la Invocadora de Hielo se desvanece entre los invitados.

De inmediato busco la mirada de Enyo, que ya tiene los ojos clavados en mí.

Tiene ojos por todas partes, siguiendo a la Invocadora de Hielo y a la Aniquiladora Estelar. Esta mañana creía que se estaba confiando. Pero no hay necesidad de apresurarse. Tiene toda la noche en la palma de la mano.

Me doblo por la cintura con la mano sobre el corazón.

En otras circunstancias, él despreciaría este gesto. Pero no sé cuándo volveré a verlo y aquí no puedo tocarlo, no puedo despedirme agarrándolo del brazo y diciéndole «Ni se te ocurra hacer nada estúpido mientras no esté». Así que, cuando me enderezo tras la reverencia, veo con sorpresa que él no ha reculado.

De hecho, Enyo me mira como si estuviera intentando grabarse el momento en la memoria; sus ojos negros están fijos en los míos, nuestras expresiones aderezadas con máscaras de metal. Él contempla mi traje, mis tacones y los rizos que se me escapan del moño con esa atención minuciosa e inusitada que nunca sé cómo gestionar.

—Has estado maravilloso —susurro, y luego me giro y me fundo con el gentío justo cuando él abre los labios para decir algo.

Los invitados de las Tierras Yermas retroceden enseguida y desvían rápidamente las miradas de mi ojo izquierdo mientras se apartan de mi camino. Soy demasiado consciente del repiqueteo de mis tacones sobre el suelo de mármol, incluso bajo el gran estruendo del salón; un clic clac clic que combina con la cadencia de mis dientes al morder y soltar el interior de mi mejilla.

«¿Dónde estás?».

Un vaso se hace añicos por allí cerca, a lo que le sigue una risita bastante aguda y nerviosa. La música llega a su punto más álgido antes de suspirar y dejar el ambiente gobernado por una exquisita melodía en *legato*. La gente se mueve ahora más despacio en contraste con la frenética inseguridad que siento en el pecho.

El frío se me aferra de golpe a la columna y me giro para volver a mirar a Enyo, pero un reluciente chapitel de seda me bloquea la vista; una chica se me ha acercado más de lo que nadie se ha atrevido nunca, y luego se sigue acercando y una mano enguantada me agarra por la cintura. Y entonces nos movemos.

—Mmm —dice cuando abro la boca. Con estos tacones llego casi al metro ochenta, y, aun así, sigo teniendo que inclinar la cabeza hacia atrás para poder mirarla a esos ojos oscuros y pintados. Cuando lo hago, veo que está sonriendo de oreja a oreja—. Se te ve un tanto ofendida, Defecto. Eso no me lo esperaba. ¿Qué? ¿No me vas a saludar con un «Hola, Jen, *unnie*, preciosa»? Sí que me llamaste guapa una vez, y eso si solo contamos lo que dijiste en voz alta.

Tiene la otra mano alrededor de la mía, a una altura que no llamaría la atención mientras nos movemos entre las demás parejas de baile, aunque sus dedos constriñen los míos con tanta sutileza como puede. Extrañamente, no he sentido tanta calma desde que llegué a Ira Sol. Con la amenaza donde puedo verla, donde puede bajar la cabeza para volcar esa voz audaz y lustrosa en mi oído.

—Vaya —musita la Aniquiladora Estelar. Por el rabillo del ojo vislumbro el suyo, que tiene fijo en el filo de su daga, y cuando reconozco la oscura y casi relajada diversión asentada en él, el miedo me atenaza la garganta. ¿De verdad no me conoces?

La suavidad de su voz se entrelaza con mi pelo; es un lobo cerniéndose sobre la madriguera de una liebre, y da igual que solo sea humana.

—Bueno. Y a mí qué. Al fin y al cabo, tú nunca has sido la razón por la que he venido hasta aquí.

Bajo la mirada hasta la piel desnuda de su clavícula. La perspectiva de que el ojito derecho del Zénit le arranque el hombro de un mordisco a una Asesina de Dioses en plena ceremonia de inauguración de la Academia sería inmejorable, pero las uñas de la Aniquiladora Estelar se clavan en la piel de mis manos y responde:

—Cuidado, Defecto. Ah, ahí está Eris. ¡Uy! Se la ve cabreada.

Ella se deshace de mi agarre. Bajo la mano para tomarle la muñeca, porque acaba de amenazar sin tapujos la vida del Zénit, pero la aparta hasta estamparla contra mi esternón. Yo me tambaleo hacia atrás y ella desaparece entre la multitud como si fuera una fuerza inmaterial de la naturaleza. En cuanto me doy cuenta, en cuanto recupero el control de mi cuerpo, una mano se cierra en torno a mi manga.

Bajo la mirada. Su boca, pintada de negro, se abre, pero permanece en silencio antes de atrapar el labio inferior entre sus dientes. Afianza el agarre alrededor de mi manga y abre mucho los ojos tras las rendijas de su máscara.

«¿Qué está pasando? Esto no está bien... ¿Qué está pasando? ¿Qué diablos está pasando? ¿Por qué no puedo moverme...?».

Es el odio. El *miedo* personificado, ataviado con un vestido negro. Cinco dedos curvados que me anclan al momento, que parecen internarse en mí, acariciándome con suavidad y firmeza, y de pronto oigo una voz en la cabeza. No sé de dónde procede, pero no importa: «Esas no son tus raíces».

«Enyo». Me giro para buscarlo por encima de la multitud, con miedo de que la Aniquiladora Estelar ya haya llegado hasta él. Pero la Invocadora de Hielo se mueve y, de pronto, pega la mejilla a mi pecho.

«¿Por qué...?».

Permanece así solo durante un instante, y luego retrocede. Baja la mano de mi manga.

—Sabes quién soy —dice con tanta dureza que no parece una pregunta.

Me obligo a permanecer inmóvil. Luego, con muchísimo cuidado, le agarro la mano.

—¿Bailas conmigo... —pronuncio con voz queda—, Eris?

—Gracias a los Dioses. —Se le corta la respiración; cierra los ojos durante un momento y suelta el aire muy despacio—. Joder, sí, Defecto. Bailemos.

No hablamos cuando empezamos a movernos. Tiene la cabeza apoyada justo debajo de mi barbilla. Yo, una mano en mitad de su espalda y la otra bien aferrada a la de ella, de manera que no pierda de vista el salón en ningún momento.

Enyo sospechaba que la Invocadora de Hielo había venido a Deidolia la primera vez con la intención de llevarse consigo a un piloto. Que se dejó capturar a propósito para que los Asesinos de Dioses pudieran llevar a cabo el plan de Celestia. Desconoce si mi corrupción comenzó, de alguna manera, en la Academia o en su base. Si esto último es cierto, no sabe cómo consiguió sacarme de los límites de la ciudad. Lo que más me molesta de todo es ese vacío en mis recuerdos. Que fue mi debilidad —una debilidad que ni siquiera puedo nombrar— lo que marcó el comienzo de todo.

—Estás sangrando —dice la Invocadora de Hielo, pero no separa los dedos de los míos aunque la sangre ha alcanzado sus propias cutículas.

—La Aniquiladora Estelar tiene un sentido del humor muy peculiar.

—Las dos tenéis eso en común.

—¿Y eso por qué?

—Vas a intentar matarme, ¿verdad?

Siento literalmente cómo mi corazón se salta un latido, pero, cuando miro hacia abajo, veo que está sonriendo. Hay tal emoción en ese gesto que me recuerda lo joven que es, y entonces reparo en lo pequeña que es y en la ligereza de su mano sobre mi hombro.

—Esto... Eh... estás muy guapa.

Enarco una ceja.

—Lo sé.

—Ja. Pues claro que lo sabes.

No importa la fragilidad que ha provocado tanta muerte. Yo voy a ser la que lo arregle, la que acabe con todo; el final se aproxima...

Ella está tan cerca que, cuando la canción termina, puede levantar el mentón y rozar la parte inferior de mi mandíbula con los labios mientras los grandísimos ventanales a nuestra izquierda empiezan a abrirse y a llevarse a la multitud a los jardines.

Me tenso, solo por un instante, antes de obligar a mi cuerpo a relajarse. Ella no se da cuenta, puesto que tiene la cabeza ladeada hacia las inmensas puertas de cristal abiertas hacia el interior del salón y por las que penetra una brisita nocturna de lo más placentera con olor a flor de cerezo. «Esto no tiene sentido». Así no es como debería ser. No debería haber *afecto.*

Porque entonces la historia cambia. Entra en juego un nuevo contexto. Todos esos recuerdos de cercanía, los momentos tensos vistos a través de una ventana empañada, el fantasma de su piel contra la mía arrancándome del sueño...

Una cercanía blandida como una amenaza.

Es lo que es. Por supuesto. Una muestra de su poder, solo porque cree que no corre peligro. Se está divirtiendo y me está tratando con la misma malicia que tenía la Aniquiladora Estelar antes, como si ellas fueran el gato y yo el ratón. La rabia que bulle en mi interior es repentina, sombría y muy muy necesaria.

No está a salvo. No cuando está tan cerca de mí.

En cuanto afloja su agarre, yo muevo una mano hacia su delicada barbilla y la obligo a inclinar la cabeza hacia atrás para que me mire a los ojos. Con el otro brazo, le rodeo la cintura y luego la estrecho contra mí mientras delineo su mandíbula con la punta del dedo. Detengo el pulgar justo en el borde de su labio inferior.

—Qué haces —espeta Eris con voz ronca, moviendo la boca pintada de negro bajo mi contacto. Sigue sin preguntar. Permanecemos quietas mientras la multitud nos rodea para salir al bosquecillo de fuera.

«Allanar el terreno».

—Te he echado de menos, Invocadora de Hielo.

—Te estás burlando de mí.

—Menos mal que te encanta mi sentido del humor.

—De eso nada. —Pone los ojos en blanco antes de moverse hacia la izquierda, separándose de mí. Pero puedo intuir que está complacida por el modo en que se endereza después, y por cómo sigue agarrándome de la mano—. Salgamos de aquí, ¿vale?

—Sí, por favor.

Ella se ríe. Ya lo ha hecho otras veces conmigo. Es un gesto tan monstruoso y significativo solo por el mero hecho de poder reírse de mi expresión suplicante cuando me lavó el cerebro pensando que nunca me daría cuenta, que nunca pagaría por ello.

—Sí —dice. Juraría que fruncía más el ceño—. Volvamos a casa, Def…

Eris se detiene en seco. Me suelta la mano y yo siento de pronto la mía más fría.

—*No.*

Y entonces echa a correr.

—Inv… ¡Eris!

La sigo, abriéndome paso entre la multitud que se traslada del salón a la arboleda. El suelo cambia de mármol a adoquín una vez atravesamos las puertas de cristal. Siento el aire nocturno frío contra la piel. El paisaje del cielo cubierto de nubes enseguida queda oculto tras las ramas de los cerezos, que tienen lucecitas enredadas que reemplazan a las estrellas. Ahí es cuando la pierdo de vista. Poco después me percato de que esto es más un bosque que una arboleda. Y seguidamente veo el primer cuerpo, colgado por los tobillos tatuados en la boca de un matorral.

—...prueba de que los Dioses nos desean una era de paz... —la voz de Enyo, un mero murmullo desde el salón, se vuelve más clara en cuanto llego hasta el gigantesco pabellón de piedra ubicado en mitad de la arboleda. Otra tarima se erige en el centro, circundada por la guardia del Zénit, donde Enyo está caminando despacio en círculo a la vez que habla para poder posar la mirada en todos y cada uno de los cadáveres de los Asesinos de Dioses que se balancean ligeramente entre las flores de cerezo.

»...nos han enviado el mensaje de que la destrucción de sus efigies en la Tierra y el asesinato de sus recipientes no quedarán impunes. Es un despliegue cruel como toda violencia debería ser, pero no se ha cometido sin razón, no como la que sufrimos todos nosotros en Celestia. Deidolia sabe que su fuerza depende de la demostración que se haga de ella, porque los actos innecesarios y sangrientos llaman a reacciones necesarias y sangrientas.

La encuentro bajo los árboles, justo apartada del camino. Eris tiene los talones medio hundidos en el césped bajo el cuerpo de un Asesino de Dioses que cuelga de las muñecas. La barba incipiente alrededor de su boca y los engranajes tatuados de su cuello están llenos de sangre seca procedente de la herida de bala que tiene en la sien.

No le veo la expresión, pero soy capaz de oírla en su voz cuando me acerco. Nunca le hicieron falta los guantes criogénicos para ganarse su apodo, solo la tundra que imbuye a sus palabras.

—¿Lo sabías?

—No —respondo. «El espectáculo principal»—. No lo sabía.

Con suavidad, Eris toca el bajo de la pernera del Asesino de Dioses.

—Theo... —murmura. Los dedos resbalan al igual que sus lágrimas, teñidas de negro por culpa del maquillaje—. Pobre chaval. Dioses, Defecto, ¿cómo voy a decírselo a los demás?

Las personas necesitan sentirse protegidas, porque el miedo solo saca lo peor de ellas. La función de los Zénit es colocar ese escudo de nuevo en su sitio, por muy drásticas que sean sus acciones. Debido a todo el poder que poseen, su posición no es una deseada por muchos. Todos los elogian por lo que hacen, pero los veneran por lo que esos actos implican.

Todos los Zénit van al infierno.

Enyo debería haber contado con décadas para aprender a lidiar con esa responsabilidad, y cuatro personas más con quien compartirla, así como también su destino, puesto que los pecados que deben cometer por el bien de su gente marcan su castigo en la próxima vida.

Aún con la cabeza girada hacia el Asesino de Dioses, a Eris se le suelta el pelo de detrás de la oreja y le oculta el rostro. Yo alargo el brazo y vuelvo a colocárselo en su sitio, pero entonces reparo en que ha bajado la mirada hacia el suelo.

—Se lo contaremos juntas, Eris —digo con suavidad—. ¿Vale? Voy a estar ahí contigo.

Sigo teniendo los dedos en la curva de su oreja y, cuando ella levanta la mirada, la desliza despacio desde mi muñeca hasta el codo y luego hasta mis ojos, que vierten una luz roja sobre sus rasgos enmascarados.

—Bellsona —pronuncia la Invocadora de Hielo en voz baja —. Dame tu mano.

Y lo hago. Sus dedos se tensan de inmediato alrededor de los míos y, por un momento, aprieta la boca en una fina línea negra y a mí se me pasa por la cabeza que está a punto de echarse a llorar. Luego parpadea, se le crispa un músculo en la mandíbula y coge aire. Una quietud imposible acomete a sus dedos donde antes solo había temblor y nos empezamos a mover rumbo al pabellón.

—Mierda —exclama entre dientes cuando pasamos por debajo de otro cuerpo, este colgado por los tobillos de la rama más alta sobre el pabellón. Presenta tres heridas de bala muy juntas en las últimas costillas. Las manos le cuelgan flácidas por encima de la cabeza y tiene engranajes tatuados sobre las venas de sus muñecas que se pierden por debajo de las mangas de su chaqueta de cañamazo.

Algunos están bastante peor que otros, víctimas de los Leviatanes en vez de las pistolas de los guardias, y cuelgan mutilados de los árboles—. Jenny va a perder la cabeza...

Un disparo, el primero de muchos, atraviesa el aire.

Eris me mira y me doy cuenta, con una claridad perfecta y apacible, de que me quiere.

No puede mirarme así —con tanto, tantísimo miedo por mí— y pretender que no sepa lo que eso significa. No se puede querer a alguien y pretender que los demás no lo noten.

No sé cómo podría haber sucedido. Lo que sí sé, un latido después, es que no importa. Eris ha cometido un error: enamorarse de alguien a quien iba a usar. Tal vez ella también se diese cuenta a la larga, por poco que importase, porque pensó que las ideas que me metiera en la cabeza serían permanentes. Incluso hasta que podríamos haber sido felices.

Y que no quiera tenerme lejos, sino *cerca,* lo facilita todo. Dioses, me entran tantas ganas de reír. Es que se merece acabar así.

Todo eso se me pasa por la mente en un instante, y entonces regreso al presente, en mitad de una marabunta asediada por el pánico.

Con el corazón latiéndome a mil por hora, escudriño los rostros enmascarados en busca de Enyo mientras Eris tira de mí hacia el pabellón a contracorriente de la estampida que se dirige a toda prisa hacia la seguridad que ofrecen las puertas de la Academia. No me doy cuenta de que está hablando consigo misma —«¿Qué has hecho, Jen? ¿Qué narices has hecho?» — hasta que se detiene en seco y yo colisiono contra ella, provocando que ambas caigamos al suelo de piedra y seamos objeto de las pisadas histéricas de la gente.

«¿Qué...?».

De repente, me estoy ahogando con la tierra. La tengo en la garganta y por toda la boca.

«Bellsona».

El cielo se está cayendo a pedazos; no, se está *deshilvanando,* rasgando el suelo y arqueándose sobre nosotros como una costura rota.

«¡Bellsona!».

Algo. Alguien más. Mis padres. Estoy... gritando... ¿Qué...?

—Sona —resopla Eris, tirando de mí para ponerme de pie—. Tenemos que irnos.

—Espera... —¿Dónde está Enyo? Solo los guardias tenían armas. Estoy segura de que me habría dado cuenta si la Aniquiladora Estelar hubiera tenido una. Habrá hecho algo y ellos seguro que han disparado, lo cual significa que se ha acercado. ¿Cuánto? Joder. Se suponía que no le iban a quitar el ojo de encima. Me entran náuseas; el pánico se vuelve real, al igual que las ganas de vaciar mi estómago sobre el adoquinado. No puede estar...

Diviso una máscara negra entre la multitud. O ella me divisa a mí. Enyo está en el suelo, con una mano sujetándose la manga del traje y algo húmedo colándose por entre sus largos dedos. Está mostrando los dientes por debajo del borde de su máscara y tiene los hombros combados además de costarle respirar. El pensamiento extraño y pulsante de que están a punto de salirle un par de alas enormes y horribles de la espalda se me cruza por la cabeza. Tiene los ojos fijos en mí.

Eso es lo que importa: sus ojos sobre mí, y sus labios crispados que se mueven para articular una única palabra: «Ve».

Escapamos internándonos en el bosque de cadáveres, cada uno colgado de forma que sus tatuajes queden a la vista. El modo en que están desperdigados por toda la zona, en las sombras y fuera del camino iluminado, me indica que no eran solo un espectáculo, sino también ofrendas. Sacrificios. Eris sigue agarrándome con una mano y con la otra se cubre la boca. Solo cuando pienso que ya no puede aguantarlo más, salimos de la arboleda hacia un patio de lirios y estatuas cubiertas de hiedra, y entonces corremos rumbo a la compuerta.

Me doy cuenta de que le inquieta lo despejado que está el camino. Cómo el muro no se ilumina con focos ni con disparos mientras nos precipitamos hacia la torre de vigilancia. Echa un vistazo a la altísima compuerta negra y luego a nuestra espalda, donde la Academia parece crecer con cada paso que damos en vez de disminuir, iluminándose planta a planta hasta el ático con luces de alarma. Se tropieza con sus propios pies en cierto momento, pero se pone de pie aún agarrándome de los dedos y se deshace de sus tacones de una patada. Yo sigo su ejemplo.

Conseguimos llegar hasta la linde de las casas de mantenimiento apiñadas junto a la compuerta y nos introducimos en un callejón estrecho justo antes de llegar a la secuencia de muelles más grandes. Nos detenemos en la primera curva y Eris se quita la máscara y la arroja sobre el asfalto mojado bajo nuestros pies, y entonces —parece que sin pensarlo casi— estira los brazos para quitarme la mía. Milagrosamente, no me sobresalto cuando sus dedos rozan la piel de mi mejilla, y poco después solo veo metal mientras me retira la máscara.

Por un instante, estoy segura de que está a punto de decir algo. La máscara le ha dejado marcas, como grietas en la porcelana, en los pómulos.

—Jen estará bien —digo con suavidad, pero no me lo creo. La razón por la que hemos llegado aquí y hemos escapado con tanta facilidad es porque Enyo lo ha permitido. Pero sabe que solo hace falta una Asesina de Dioses para que me lleve junto al resto. La Aniquiladora Estelar ya no es necesaria.

Eris cierra los ojos brevemente, inspira —lo cual le mueve los hombros hacia arriba— y luego los abre y echa un vistazo por encima de mi cabeza. Yo sigo su mirada.

Sobre un canalón por donde cae agua, un hombro gigantesco se alza hacia los cielos.

Un Leviatán, un guardia de la compuerta de Ira Sol. Al estar diseñados para llevar a cabo tareas submarinas durante la Guerra de los Manantiales, fueron los que menos producción tuvieron de todas las unidades de Ráfagas; este solo es uno de los diez que quedan. Dos se encuentran apostados en las compuertas de las otras ciudades mineras y otros dos patrullan la principal red de túneles del río Gillian hacia los Picos Iolitos; el resto están al este, a lo lejos, al borde del océano.

La cabeza del Leviatán se mueve hacia nosotras y recorta el cielo con luz roja. Su diseño es humanoide como todos los demás Ráfagas, salvo por la nariz aplanada y hendida y la amplia rosca de la boca. El grabado de su piel imita las escamas y el trío de aletas retráctiles que le salen de los hombros están bordeadas de válvulas para los torpedos.

—Qué feo es ese maldito cabluzo —sisea Eris mientras el Leviatán se aleja, dando zancadas ahogadas por el rugido del agua al otro lado de la compuerta.

Se agacha sobre lo que parece una alcantarilla y yo la ayudo a levantar la abertura redonda y a apartarla a un lado. Ambas nos inclinamos sobre ella. A escasos centímetros por debajo, la oscuridad se traga la luz roja que desprende mi ojo y la escalerilla desaparece también en la negrura.

—Esto resulta vagamente familiar, ¿verdad? —susurra Eris, y siento su mirada clavada en la mejilla.

—Fue hace mucho tiempo.

—Sí —conviene tras un momento—. Es verdad.

El túnel está a oscuras y medio inundado; el agua me llega a las caderas, y a Eris, a las costillas. Lo único que guía nuestros pasos es un cable de metal que tenemos que ir palpando a ciegas y que agarramos mientras avanzamos en silencio. No sé cómo, he terminado yendo delante y me doy cuenta de que ha sido un error. No me gusta tenerla a la espalda. Al menos no me da miedo la oscuridad.

—Lo hemos conseguido —dice cuando el cable llega hasta una pared un buen rato después y encontramos otra escalerilla que lleva a la superficie. Suena más resentida que sorprendida.

—Suenas eufórica.

—¿Ah, sí, Defecto? Pues pretendía sonar *cabreada.*

Emergemos en el lado contrario del río, un poco más al norte de donde nos introdujimos bajo tierra. Eris coge una piedra y la arroja bien alto y a lo lejos hacia el bosque que se alza sobre nosotras, y entonces permanece allí plantada, moviendo los hombros ligeramente al respirar, señal inequívoca de que esto no ha servido para mejorarle el ánimo.

—Por los putos Dioses —gruñe por lo bajo pese a estar hirviendo de rabia—. Jen es una auténtica idi... Ojalá fuera una auténtica idiota, joder.

Lanza las palabras hacia el agua, hacia donde las alarmas de la Academia han cesado. La planta del ático está iluminada; es una muesca brillante en mitad del cielo nocturno.

Encuentro la mano de Eris en la oscuridad. Espero a que continúe andando sin hablar y, entonces, descalzas, emprendemos un camino sinuoso y pedregoso. Si le duele seguir adelante, no soy capaz de verlo. Tiene la cara volteada hacia el otro lado.

Separada del río por un puñado de kilómetros y un bosque de indiscriminada extensión, llegamos a una cabañita cuando aún es de noche. Las cortinas están corridas, pero en los bordes se ve que dentro hay luces encendidas. Tiene un porche pequeño con ganchos en el techo donde tal vez hubo un columpio antaño. En algún punto del camino, algo debe de haber cortado a Eris en los pies, porque deja huellas sangrientas al cruzar el porche. Me detengo junto a la última y ella me suelta la mano y da cuatro golpecitos en la puerta. Toc toc toc toc.

El número se me antoja extraño. O tal vez no el número, sino la tensión en el aire después de ellos; quienquiera que esté dentro se mueve en silencio, pero es evidente que está ahí por cómo se mueve ligeramente la cortina a nuestra izquierda. Un escalofrío me recorre la espalda.

—Eris —digo en voz baja.

Ella solo niega con la cabeza y la frágil luz procedente de la cortina roza la piel rugosa de su mejilla, churreteada con la sal de las lágrimas. Brotaron en exceso y luego se secaron, y yo no me di cuenta en la oscuridad mientras su mano tiraba de la mía.

La manilla se gira y mis opciones se suceden en fogonazos en ese mismo instante. Si lucho, podrían matarme al instante. Si espero y finjo, podría tener otra oportunidad de acabar con esto.

«¿En qué momento he fallado?».

—Eris —repito, pero esta vez alargo el brazo hacia ella. Ella se aleja y luego la puerta se abre de par en par. Alguien me aparta de ella y retrocedo sobre el porche. Cuando grito no es por el empujón, ni tampoco por los cortes que me producen las astillas, sino por los muchos que son. Lo fácil que las imágenes borrosas de mis recuerdos se convierten en rostros tangibles a meros centímetros de mi cara.

No puedo evitarlo. El pensamiento borbotea en mi interior: siento más miedo por los Asesinos de Dioses que odio por ellos.

Ella coloca la mano en la parte de atrás de mi hombro, temerosa —lo sé a juzgar por la poca presión que ejerce—, cuando ve que no me he movido.

—Estoy bien —murmuro, más para mí misma. Y reparo muy vagamente en que mis pies también están sangrando.

CAPÍTULO DIECISIETE

ERIS

—Vale —digo, arañándome la cosa que sigue enterrada en la palma de mi mano. Paseándome. Arrancándome las cutículas en pequeñas tiras rosadas—. Valevalevale...

La cabaña es lo más adorable del mundo mundial. Estoy abriendo círculos en el suelo de madera, rodeando el sofá polvoriento y de ahí hacia la chimenea y vuelta a empezar. Mi equipo está apiñado en el centro, viéndome caer en barrena. El de mi hermana ha decidido volver y esperar junto al túnel de servicio, para estar allí si... no, *cuando* Jenny se las ingeniara para salir.

—¿Lo tenéis controlado? —nos había preguntado Seung mientras se echaban los petates al hombro y le dedicaba una miradita a Zamaya, que estaba en la puerta mirando al cielo oscurecido. Llevaba callada desde que vio que Jen no había regresado conmigo, y para cuando encerramos a Sona, ya había guardado todas sus cosas; todas sus cosas, sí, lo cual dejaba claro que no pensaba volver sin Jenny. No pude evitar sentir gratitud hacia ella, igual que un miedo que te cagas.

—Sí —respondió Arsen, porque yo tenía un nudo en la garganta que no me permitía hablar.

Gwen me tocó el brazo con muchísima suavidad.

—Si sale mal —me dijo, y yo pensé para mí misma: «ya ha salido mal»—, nos vemos en Los Desechos, ¿vale?

Tras aquello, Nolan me ordenó que espabilara y Zamaya me dedicó una mirada por encima del hombro antes de marcharse. Luego yo empecé a hablar. Nada en particular, cosas sin sentido realmente, a juzgar por las caras de mi equipo. Aún sigo con el vestido puesto, con algunas ramitas enganchadas a la falda, las medias rasgadas y los pies llenos de cortes.

El baile. Sus ojos encontrándose con los míos como un imán o algo inevitable. Su mano en la curva de mi espalda. Todo parece haber ocurrido hace años. «Era tan joven por aquel entonces», pienso para mí, o tal vez lo digo en voz alta. Con teatralidad en ambos casos, pero sin terminar de verle la gracia, como creía.

Nyla vuelve de la cocina y me tiende un trapo húmedo. Yo lo cojo y me lo quedo mirando sin saber qué hacer con él.

—Tienes el maquillaje un poco... eh... corrido —me explica.

Aún sigue sin encajar en la cabeza. Arsen me quita el trapo y me lo pasa por debajo del ojo izquierdo. No sabía que seguía moviendo la boca, así que la cierro. Me siento en el sofá, mareada. Pasa al otro ojo.

—Vale —dice Juniper en cuanto ha acabado y me apoya una mano en la rodilla—. Vuelve a intentarlo, Eris.

—Es solo que pensé que lo sabría al instante —murmuro con voz ronca—. Si no era ella. Como si fuera a ser otra persona completamente distinta. Pero no lo es.

Pensaba que la corrupción te cambiaba por completo; pensaba que te vaciaban y te llenaban con algo prefabricado. Debería alegrarme por no tener que recordarle quién es desde cero, que es un poco arrogante y también un pelín retorcida, que sonríe primero con los ojos. Pero es peor así. No me dolería tanto de ser alguien a quien no reconociera.

—Milo está muerto —suelto, y de inmediato sé que había una forma mejor de comunicárselo—. Y los que quedaban de los equipos de Junha y Holland también. Nadia. Benny. Dex. Los tenían colgados en á-árboles. Lo siento. —Me paso el dorso de la mano por los ojos, pero me sorprendo al hallarlos secos. La voz se me rompe igual—. Lo siento mucho.

Tengo mucho por lo que disculparme, pero no por esto. Jenny no se disculparía. Estaría triste y tal vez incluso lo mostraría, pero no pediría perdón.

Theo se pone de pie. No sé si quiere salir, pero se queda allí plantado, temblando como una pinocha. Nova tiene uno de los dedos enganchado en la trabilla de su pantalón, con lágrimas en las mejillas.

Hoy he aprendido algo nuevo sobre Sona: miente muy bien. Es decir, hasta el momento en que susurró «Se lo contaremos juntas, Eris» con tanta delicadeza, con los tobillos de Milo colgando inertes junto a mi sien, pensé que todo saldría bien. Pensé que la traería al refugio y que no intentaría matarnos a todos.

Porque, por supuesto, esa es la razón por la que está aquí, por la que ha estado aguardando al momento. Al Zénit se le ha ocurrido la misma idea que a nosotros.

Eso significa que somos tan crueles como él.

Y eso me acojona lo más grande.

—¿Fue rápido? —pregunta Theo en voz baja después de un rato.

—Parecía que sí. —Aunque nunca lo sabremos seguro.

—Yo... eh... —El pelo le ha crecido; algunos mechones enmarcan su cara y el resto los lleva atados en una coleta en la nuca. Se lleva las manos atrás y se tira de la coleta. Los tatuajes de sus muñecas asoman por debajo de las mangas—. Necesito salir.

—No vayas solo.

—No lo haré.

—No te alejes mucho —le pido con voz ronca, sabiendo que sueno como una madre muy pesada.

—No, Eris.

Se marcha con Nova y Nyla siguiéndole de cerca. Yo paso un brazo sobre los hombros estrechos de Juniper. Es más alta que yo, pero apoya la cabeza en el hueco de mi cuello igualmente. No está llorando, pero su respiración es entrecortada. Arsen, sentado en el suelo entre nuestras piernas, coloca la mejilla contra mi rodilla y pega los rizos contra la tela de mi falda.

—¿Por qué siento que las cosas no hacen más que empeorar y empeorar? —murmuro.

—Porque es así —repone Arsen con los ojos cerrados.

—¿Cómo? —dice June con dureza—. ¿Y ya está?

—Seguimos siendo los afortunados. —No vacila, pero tampoco pronuncia las palabras a la ligera. Dioses. Cómo me gustaría que pudieran sentirse y comportarse como gente normal de su edad.

A nuestra espalda hay dos puertas y una Valquiria encerrada detrás de cada una de ellas, con las manos atadas a la espalda. Ambas, creo, quieren matarnos a todos los que estamos aquí.

«Afortunados». Tiene razón. Y eso es lo gracioso.

—Eris —dice Juniper cuando me levanto del sofá—. ¿Qué vamos a hacer si no funciona?

«Qué vamos a hacer con Sona», quiere decir.

—¿Sabes? —respondo con suavidad—. Realmente no tengo ni idea.

Creo que siempre se sobreentendió que Jenny sería la que lo hiciera si llegábamos a ese punto. Probablemente nos destrozara, porque yo no podría evitar sentir un poco de odio por ella, pero también tendríamos medio camino resuelto.

No obstante, eso ya no importa porque Jenny no está aquí. Y yo tampoco he pensado si podría llegar a hacerlo o no. Si después de todo este tiempo podría pulsar el gatillo junto a la sien de Sona y sentir el disparo en la mano.

Sona está sentada contra la pata del canapé de metal de la cama y tiene los ojos cerrados cuando abro la puerta y dejo que la luz penetre en la habitación. Con la cabeza ladeada hacia atrás y hacia la izquierda, la línea de su mandíbula y la mejilla reflejan las últimas luces de las estrellas que se cuela por entre las cortinas raídas.

Creo que esto no va a ir bien, porque abre los ojos cuando oye mis pasos y dice, sin mirarme:

—¿Serías tan amable de quitarme la corbata?

Me agacho delante de ella y muevo los dedos contra el cuello de su camisa.

—¿Quieres que te quite también la chaqueta? —Tendría que haberle preguntado antes de esposarle las manos a la cama. Voy a tener que rasgarla si quiere que lo haga.

Ella parece saberlo también y dice:

—No, hace frío. —Un segundo de silencio—. Pero te agradecería que me desabrocharas el botón de arriba.

—Claro. —Vuelvo a levantar los brazos y cuando saco el botón, ella gira la cabeza. No he traído ningún arma porque June y Arsen están en la puerta, pero sigo sintiendo que voy a cortarme con algo.

La luz roja me baña el rostro. Sona ladea la barbilla para rozarme los nudillos con los labios.

Me quedo helada.

—No.

—Él lo intentó. —Las palabras viajan a través de mi piel; el calor de su aliento me achicharra los nudillos—. Intentó sacarte de mi cabeza. Pero siempre volvías.

Me pongo de pie y le golpeo en la barbilla en el proceso, pero ella solo la levanta con la expresión más triste del mundo. Es cruel; estamos siendo crueles la una con la otra. Incluso cuando hablo me alivia sobremanera oír mi voz completamente helada. Espero que case con la expresión de mi cara.

—¿Así es como vamos a hacer esto?

—Sé que es difícil de…

—¡No! ¡No lo sabes! Estás… *mintiendo* y no… no tienes ni idea de lo que eso significa para nosotras. Joder, es que ni siquiera puedo preguntarme cómo hemos llegado hasta aquí porque *tú* no estás aquí.

Me he olvidado de respirar. Inhalo de manera irregular y ella se inclina hacia mí y los grilletes resuenan contra el metal de la cama. Está llorando. Dioses, qué buena es.

—Madre mía, Sona. —Lo digo igualmente, con los talones de las manos presionados contra los ojos. Oscuridad, y luego fuegos artificiales—. ¿Cómo hemos llegado hasta aquí? ¿Cómo cojones hemos llegado hasta aquí?

—Eris —susurra. Con tiento, con la voz tan rota que casi corta—. Estoy delante de ti, *por favor,* mírame.

Llevo las manos a su camisa y la agarro y retuerzo con fuerza, pero no lo siento como una atadura, no lo siento como nada más que dolor por todo el cuerpo; piel, músculos y hueso, donde no puedo tocarlos.

—¿Entonces por qué no huiste, Sona? —Lo estoy gritando y las palabras ni siquiera suenan mías. Salen de mí como cercenadas y retorcidas—. Si sabías quién eras, si sabías lo que significábamos la una para la otra, ¿por qué te quedaste?

Está sollozando con todo el cuerpo. Las lágrimas le caen en surcos por la cara y, de repente, se dobla hacia delante, hacia mí, y apoya la cabeza en mi regazo para que pueda sentir cómo tiembla, para que pueda ver sus manos atadas a la espalda y sus muñecas rojas y en carne viva.

—¡No sabía dónde estabas! —me suplica. Mi llanto podría derribar las paredes. El suyo, la puta habitación entera—. Por favor, Eris, ¡no sabía dónde estabas! Habría ido a por ti, sabes que habría ido a por ti. Por favor, Eris, sabes que te quiero, te quiero, te quiero...

No puedo respirar.

—Ay, Dioses. —Lo repito una y otra vez. Ahora estoy de rodillas, con la cabeza hundida en el regazo, moviendo los labios contra la tela y repitiendo el «quiero, quiero, quiero». Ay, Dioses. Por favor, *por favor,* para.

Estoy helada de pies a cabeza. Es como si tuviera que sacar los dedos de un gran bloque de hielo para obligarla a apartarse de mí. Ella se echa hacia atrás y rueda la cabeza para que los rizos le caigan sobre la base del cuello, húmedo por las lágrimas. Levanta la cabeza y deja los hombros inmóviles. Relajados. Tiene las mejillas enrojecidas y, sin importarle la sal, parpadea con sus ojos grandes y rasgados. Pensativa, se pasa la lengua por el labio inferior y traga saliva. Yo niego con la cabeza. No puedo dejar de llorar.

—Joder —se lamenta Sona, con la voz tomada por las lágrimas, pero ya sin temblar. Se mueve para secarse la mejilla con el hombro. Tiene los ojos hinchados, pero me mira con impasible escrutinio. Es como si no me considerase siquiera una persona. Como si fuera un negativo que está observando a contraluz, girándolo despacio. Su luz carmesí me baña de pies a cabeza—. Estaba segura de que funcionaría.

CAPÍTULO DIECIOCHO

ERIS

Necesito aire. Salgo y, cuando vuelvo, veo que June está cerrando la puerta de la habitación de Sona.

—Estaba doblando el canapé de la cama —me explica Arsen—, así que la hemos movido al radiador.

Se está sujetando una mano. Sé que por eso Juniper tiene esa cara; por eso se aferra a la puerta como si tuviera ganas de volver a entrar.

Cruzo la estancia y le agarro la mano a Arsen antes de volteársela.

—Ja —digo, vacía—. No me jodas.

Marcas recientes de dientes.

Sona lo ha mordido.

No queda nada de ella, ¿verdad?

Tal vez sea mejor así. Porque ahora Arsen tiene pequeñas heridas en la piel.

Y nadie toca a mis chavales.

Me doy la vuelta. Tras la puerta de la derecha está Sona. Voy a la de la izquierda, donde está encerrada la Valquiria de Sheils. La que recogieron los pilotos Hidra medio congelada en uno de los caminos hace meses. La que no hablaba y apenas podía moverse. La que pensaron que había huido de Deidolia… hasta que se descongeló en Los Desechos y trató de vincularse a un Ráfaga. Tal vez hubiera destruido todo el hangar de no haber perdido casi todos los dedos de la mano izquierda por culpa del frío, de haber podido agarrarse bien a la escalera y de no haberla encontrado los demás revolviéndose entre una maraña de nervios artificiales. De no haberle roto la nariz y la muñeca al primer piloto que intentó liberarla.

Sigo sin entender por qué Sheils no la mató después de aquello. Nunca se lo he preguntado. Tenía la sensación de que, si lo hacía, me tendería una daga y diría «Haz los honores, Shindanai» sin siquiera apartar la vista de su té.

Abro la puerta. Está tumbada bocabajo, con las manos esposadas bajo la espalda. No la hemos inmovilizado a nada porque este cuarto no cuenta con ventanas, y tampoco es que se haya resistido mucho. Sheils me comentó que últimamente, desde que se dio cuenta de que nadie vendría a rescatarla, no lo hace mucho.

—Levanta.

Ella no se mueve. Cruzo la habitación y la agarro de la camiseta para levantarle la cabeza, el cuello y los hombros del suelo. Sube la barbilla y su cabello dorado cae en cascada sobre el suelo sucio, pero por fin ha abierto los ojos. Estos arrojan una luz carmesí sobre la pared más lejana y luego sobre el techo antes de clavarlos en mí. Uno rojo y otro verde.

—Victoria —la llamo, y ella esboza una sonrisita enfermiza y distante—. Vas a hacer una cosita por mí.

CAPÍTULO DIECINUEVE

ERIS

Parecía un buen trato. Si Victoria le contaba a Sona que se marchó por propia voluntad y los detalles de la huida, la dejaríamos irse. Pero al final resulta que Victoria todavía tiene ganas de liarla; solo hacía falta meterla en la misma habitación que Sona.

—Joder —murmuro, con Theo a la izquierda para ayudarme a separar a Victoria.

La agarramos y la levantamos del suelo. Tiene la cabeza ladeada y está chillando y pataleando con el objetivo de darle a Sona en la mandíbula. Al final tenemos que sujetarla contra el suelo, medio encima de ella. Ahora intenta patear el aire. En el rincón junto al radiador, Sona permanece impertérrita. Ni siquiera se la ve sorprendida; tiene la cabeza ligeramente gacha para poder echar un vistazo por debajo de las cortinas.

Me obligo a apartar la mirada y gruño con voz violenta e irreconocible:

—Mira, cabluza...

—¡No pienso ayudaros! —escupe Victora, y después echa la cabeza hacia atrás y rompe a reír. Tiene los dientes más perfectos que he visto nunca—. ¿Por qué cojones debería ayudaros?

—Ahí le ha dado —interviene June desde el umbral.

Victoria vuelve a soltar una carcajada. Yo fulmino a June con la mirada y después agarro el pelo rubio de Victoria y tiro para que se yerga.

—Escucha —murmuro, con los labios tan cerca de ella que hasta le rozan la oreja. Tengo la extraña sensación de que Sona me está prestando atención pese a tener la cabeza ladeada—. No tiene ni puta idea de quién eres. Deidolia no ha venido a rescatarte. Ninguna Valquiria lo ha hecho. Encima, la Academia le ha borrado a Sona todo recuerdo que tuviera de ti. Solo eras cabo suelto. Pasaron de tu culo porque había cosas más importantes.

—Qué cruel, Invocadora de Hielo. —La voz de Sona resuena por la habitación. Ni siquiera tengo que mirarla para saber que está sonriendo.

Cree que estoy fingiendo. No sabemos cómo han integrado a Victoria en la mente de Sona, si la han trasladado a otra parte o la han eliminado sin más, como sospechábamos que harían con nosotros. El proceso de corrupción arraiga de manera caótica, y se remonta a antes de la Guerra de los Manantiales. La religión llevaba entrecruzada con la tecnología desde el siglo cuarenta —más o menos; la humanidad lleva viva un montón de tiempo y hay mucha historia que no me he preocupado en aprender, aunque parece que la religión suele estar presente siempre que hay derramamientos de sangre—, pero el desarrollo de las drogas psicodélicas marcó un punto de inflexión, o más bien una espiral destructiva.

Lo que sí sé es que el diseño es parecido a las simulaciones que usan para los alumnos de la Academia; con un casco y una luz entre las orejas, tu forma de percibir la realidad podría variar a través de la lente que elija el programador. Los primeros programadores de esas drogas psicodélicas eran devotos, pioneros religiosos, y crearon esta tecnología para comunicarse con sus seres superiores.

Por supuesto, hubo casos esporádicos en que esas realidades no desaparecieron, ni siquiera después de quitarse el casco. Consiguió que, lo que se denominó como «chamanismo neuroretroalimentario», pasase a la clandestinidad. Después lo ilegalizaron y posteriormente lo despenalizaron, y, al final, pasó al olvido gracias a los constantes avances tecnológico-religiosos.

Con el tiempo, los devotos religiosos lo rescataron por la misma razón que lo habían abandonado en un principio: alteraban el componente empático del paciente en lugar de la percepción. Era más fácil ganar prosélitos si se cambiaba su forma de ver la vida hasta encajarla con sus creencias, como un molde.

Seguramente exista un término científico más preciso. La población simplemente lo llamaba «corrupción», tanto por lo que le hacía a tu cabeza como por lo mucho que contaminaba todo lo bueno que pudieras tener dentro de ella.

Uff. Pues sí que sé de historia, oye. De puta madre.

—Sona cree que sería capaz de morir por Deidolia. Menudo insulto, ¿verdad? —susurro—. No está en sus cabales. Deidolia la ha dejado vivir para hacerle creer que es la más devota de todos ellos.

—¡Vaya! Qué pena. —Victoria esboza una amplia sonrisa, pero sin enseñar los dientes.

Pensaba que despojar a Victoria de su orgullo nos ayudaría a que colaborara; se cabrearía de la leche si yo no fuese otra chica de las Tierras Yermas más a la que le encantaría limpiarse de la suela de su mecha cual chicle. No le importo lo más mínimo. Tal vez ya ni siquiera le importe Deidolia. Estar cautiva te cambia las prioridades, lo digo por experiencia. Lo mucho que pretendías ayudar al mundo queda en un segundo plano cuando dicho mundo se reduce tanto.

Solo soy capaz de describir la expresión de Victoria como una cargada de odio, y no va dirigida a mí.

—Ahora no le duele, pero lo hará. —Las palabras me dejan la garganta en carne viva. Victoria desvía los ojos hacia mí y estos se tornan hambrientos al momento. «Trágate esa, sádica cabluza de mierda»—. Cuando descubra lo que le han hecho... le dolerá muchísimo.

La corrupción de Deidolia dista mucho de la que se usaba antes de la Guerra de los Manantiales; ahora pueden eliminar recuerdos, cosa tremendamente útil cuando quieres labrarte lealtades. Pero el diseño de la corrupción varía según el programador. Seguramente el Zénit pidiese que establecieran los vínculos empáticos de alguna forma en particular, pero a saber cómo.

Recuerdo que, antes, la operación donde obtuvo las modificaciones era algo que la carcomía por dentro. Una noche le pregunté y me contestó que se sentía como un jardín. Eso no me gustó. Lo cierto es que me dejó helada y no dormí bien después. Pero esto es peor; después de la operación, siguió conservando la cabeza, aunque lo suyo le costó. Y, pese a su fortaleza mental, el Zénit ha conseguido manipularle los pensamientos como si nada.

La va a destrozar. Ella querría volver en sí, eso lo sé. Pero, como funcione, lo vamos a pasar mal un buen tiempo.

—Soltadme —pide Victoria con voz suave y una media sonrisa, aunque igual de frívola. Le acabo de revelar lo desesperada que estoy y ella lo está gozando.

Le hago caso a pesar de lo cabreada que me siento, a pesar de creer estar más triste que enfadada. Por lo visto, sigo teniendo las mismas ganas de retorcerle el cuello a Victoria que de echarme a dormir hasta que el mundo se vaya a la mierda. Theo hace lo propio y ella cae de rodillas.

—Ah —suspira Victoria, estirando el cuello. Tiene las manos esposadas y una encima de la otra, así que apenas se le nota que le faltan tres dedos. Sheils me ha dicho que ese gesto es puro teatro, para parecer recelosa. Victoria y yo sabemos que es igual de peligrosa que si no le faltase ninguno. Desvía los ojos bicolores hacia mí por encima del hombro.

—¿Sabéis qué? He tenido muchísimo tiempo para darle vueltas a qué os haría a las dos.

—Tranquilita —le dice Theo con sequedad. No sé si se lo dice a Victoria o a mí.

—Arrancarle los cables de las venas centímetro a centímetro, como si lo hiciera con la raíz de una planta. —Victoria se estremece—. O… matarla de hambre y hacer que te coma poco a poco y trocito a trocito. *Ah.*

Le sonrío antes de darle una patada entre los omóplatos. Me inclino hacia delante cuando su mejilla impacta contra el suelo de madera y le piso la espalda para retenerla ahí.

—Yo que tú tendría cuidado —susurro.

—Me necesitáis —me recuerda Victoria, dejándose sujetar. No le hace falta usar los pulmones para hablar, por lo que su voz suena alta y clara—. Pero mi lugar preferido donde os imaginaba era el congelador. Os encerraría y luego bajaría al máximo la temperatura. Pensé que sería como quedarse dormida... Pero ambas sois unas luchadoras, y muy fuertes. Una de las dos caía dormida. A veces eras tú; otras, Bellsona... pero siempre acababais igual; una abrazando a la otra, chillando...

Contengo la rabia que siento, me aparto de ella y me alejo para no estamparle la cabeza contra el suelo.

—Ja, ja —respondo, pasándome la manga por la boca—. Vale, vale. Pues más te vale hacer bien lo que te toca, porque no la veo muy por la labor de llorarle a mi cadáver, ¿eh, Defecto?

Sona sopla para apartarse un rizo castaño de la mejilla y me lanza una sonrisa socarrona e hiriente.

—Solo lloraría de felicidad, cariño.

—Ya basta —digo, medio en risa. Incluso cuando estoy a punto de llorar y ella se ha desmoronado sin siquiera ser consciente de ello, nuestros piques son lo más. Ella suelta una risita y, mientras el sonido me rompe por dentro, pienso: «Tiene que acabar bien. Esto tiene que acabar bien».

CAPÍTULO VEINTE

BELLSONA

Sujetan a la piloto, como lo harían con un perro rabioso, cuando esta se calienta demasiado e intenta venir a por mí otra vez. Estoy sentada con la columna entre dos barras del radiador y espero a que deje de hablar, o a que se acerque lo suficiente. Lo que ocurra primero. No está en su mejor momento. Podría partirla en dos tan fácilmente como al rabito de una cereza.

Yo liberé a la Invocadora de Hielo de su celda, me dice la Valquiria. La dejé escapar, la dejé meterse en mi Ráfaga. Ella se vinculó al suyo y luego se vio arrojada al hielo, y poco después, había perdido una mano. Victoria vino en mi busca; entró por la cuenca del cráneo de mi mecha. Iba a cortar los cables conectados a mi cuerpo y a reventarme bajo sus dedos apretados.

Cuánto dramatismo. No recuerdo que fuera tan grosera.

Me paso la mitad del tiempo observando el rostro de Eris. Ella me mantiene la mirada cada vez, mordiéndose el interior de la mejilla. Esperando a que la expresión de mi rostro cambie. Me relamo despacio, solo para ver si consigo ruborizarla, pero sigue teniendo las mejillas enrojecidas por el llanto de antes y cuesta distinguirlo.

—Más te vale mirarme cuando te hablo —espeta Victoria con desprecio. Su voz es veneno líquido—. Bellsona, más te vale mirarme como si me *suplicaras*...

—Te crees que no me acuerdo de ti, pero te equivocas —digo—. Me acosabas, y yo te pegué un puñetazo, te avergoncé delante de todo tu séquito. Y entonces te marchaste, asustada y azorada.

Estoy aburrida, y tremendamente preocupada por Enyo. Pronto él también se preocupará por mí, ahora que un amanecer tenue y lluvioso se ha cernido sobre el hueco entre las cortinas y la pared. Eso es lo que me digo. Que está lo bastante bien como para preocuparse por mí.

Las llamativas facciones de Victoria se retuercen en una máscara de odio.

—Tuvieron problemas conmigo, ¿verdad, cielo? Con el tiempo que pasé en tu cabeza. Mi presencia estropeaba la historia que tenían preparada para ti. Los detalles de cómo conseguiste escapar acompañada de esa puta Asesina de Dioses, cuando rebosabas lealtad por Deidolia. Ah, pero de eso seguro que no te acuerdas bien, ¿verdad?

Mi rostro es un libro abierto. Sigo aburrida, e inalterable. Ni oigo los latidos con más fuerza en mis oídos.

—La razón por la que te cuesta recordar es porque mi presencia allí es difícil de explicar. ¡Mejor la quitamos de en medio! ¡La borramos de su preciosa mente! Pero, que lo sepas, Bellsona, todos en las Tierras Yermas ya tienen la cabeza medio tocada.

La voz de Victoria se ha vuelto estridente y deshilachada; es irónico, ella se deshace mientras que yo me mantengo más centrada. Esto es lo que hacen los Asesinos de Dioses: te despedazan, hilo a hilo y trozo a trozo.

—Estás insultando a nuestros anfitriones —digo.

—Venga, por favor, ¡dime que me equivoco! —canturrea Victoria—. Dime, ¿cómo consiguió una asquerosa renegada persuadirte para que la dejases subir por las venas de un Dios…?

—Cállate.

—…venga, dímelo, ¿o es que solo ves negro, negro y más negro…?

Y así es; lo único que recuerdo está oscuro y borroso, y en blanco a la vez. Lo único consistente es Eris. Eris a mi lado, Eris cambiando el peso del aire en mi habitación. No lo entiendo; cómo esta cercanía es lo que ha permanecido en mi cabeza; cómo navego a ciegas a través de estos recuerdos y aun así consigo desdibujar su perfil en la negrura. Una cicatriz que se cura, pero que mantiene la misma forma que la herida. Su cercanía es esa cicatriz que nunca desaparece. Conocía su nombre. Siempre lo he sabido, aunque eso no tiene sentido, *no tiene sentido...*

Estampo la sien contra el filo de metal del radiador. Espero a que la estancia vuelva a enfocarse y luego repito el gesto. No me duele, no puede, solo me emborrona la visión, me emborrona las náuseas que me suben por la garganta, y otra vez...

—¡Sona! —chilla Eris, pero debo de haberla distraído porque, de repente, Victoria se ha liberado de la sujeción de los Asesinos de Dioses y se ha abalanzado sobre mí antes de clavarme la rodilla en el estómago.

Se cierne sobre mí, con el pelo andrajoso sobre los ojos enfebrecidos y sonriendo de oreja a oreja.

—Espera —le espeta Eris al chico a su lado; los demás se agolpan en la puerta. Tiene la mano alzada, ordenándoles que no se acerquen. Unos ojos negros y entrecerrados se cruzan con los míos por encima de la curva del hombro pálido de Victoria—. Espera...

Victoria ladea la cabeza y el pelo le resbala por encima del pómulo hasta dejar el brillo de su modificación a la misma altura que la mía. Se acerca más.

—No lo recuerdas todo de mí —rechina Victoria, sus labios avanzando despacio hacia los míos. Un momento de pausa y luego me besa como si estuviera intentando devorarme: con una rabia agresiva, horrible y perfecta. Se aparta de mí con el mismo chasquido que produciría un hueso al romperse. Ya no sonríe—. ¿Y eso, cariño? ¿Eso lo recuerdas? Tal vez ni siquiera pueda culparte. Ha pasado un tiempo desde la última vez que fui un Dios.

—Estás loca —digo entre dientes y con la sensación pegajosa de su mano ensangrentada contra mi mejilla, con la calidez de su boca aún sobre la mía, y el sabor... ¿su mano en mi mejilla?

Victoria tiene las manos atadas.

El recuerdo; en algún otro lugar, oscuro... otra persona. No. Estábamos corriendo. Nosotras... ella se inclinó primero...

Miro a Eris. Tal vez haya sido un acto reflejo, como el de encogerse al sentir dolor. Un error.

—Sacadla de aquí —gruñe la Invocadora de Hielo, y los demás la levantan y se la llevan. Victoria ya no está enseñando los dientes, sino que me dedica otra sonrisa seguida de una risotada seca y estridente que se corta de golpe al cerrarse la puerta con un portazo.

Me quedo en silencio mientras Eris atraviesa la estancia. Con cuidado, se arrodilla delante de mí.

—¿Qué? —me pregunta con voz baja—. ¿Has...?

—Fuiste cruel conmigo —digo, y mi intención es que suene frío, pero me horrorizo al oír que mis palabras están azotadas por la pena. El calor me invade la garganta—. ¿Alguna vez te sentiste culpable por ello, Eris? ¿Tu amor por mí te hizo vacilar? ¿Dudaste a la hora de usarme como lo hiciste?

Eris aguarda un instante. Las cortinas están hechas jirones, por lo que la luz se cuela ligeramente a través de la tela. Ella estira el brazo a mi lado para abrirlas unos centímetros y el amanecer penetra de pronto en la habitación.

—Sí —dice. Pero no lo suficiente. Nos chocamos con el suelo en Deidolia y... Dioses, Sona, creía que estabas muerta. De verdad que pensaba que estabas muerta, y todo eso... no merecía la pena. Todo se había ido a la mierda, joder.

»Entonces te pusiste de pie. Tendría que haber dejado que muriéramos. Estaba intentando sacarte de allí, pero no fue de mutuo acuerdo, y yo... fui cruel contigo. Tienes razón. Fui *muy* cruel, y lo siento mucho. Dioses, yo... —Eris se gira y coloca las manos en mis mejillas.

Está buscando algo en mi expresión, y no lo encuentra, pero sabe qué buscar porque antes solía dárselo.

Me suelta.

Abre los labios y su siguiente exhalación sale entrecortada. Las lágrimas empañan sus ojos, pero no las deja caer.

—Ni siquiera sabes de qué estoy hablando. Te he hecho muchas cosas, ¿vale? Y tú siempre fuiste maravillosa conmigo. Eres maravillosa, e iba a compensártelo. —Se encoge de un hombro—. Sin embargo, tal vez sea mejor así. Yo he ido a peor y a peor, pero voy a seguir intentándolo. Voy a seguir intentándolo aunque ya no pueda hacerlo por ti.

Me besa una vez, rápido, entre las cejas. El aire que separa su piel de la mía es un frente de electricidad estática. Aquí pasa algo. Tal vez una vez ella fuera mi hogar. Pero ahora otra persona me espera.

Quiero a Enyo, el consentido, con esos ojos de anciano y esa sonrisa nerviosa, y lo quiero *ahora*. Es un sentimiento tan real que no me queda más remedio que confiar en él.

Eris aprieta las manos, pero no demasiado, de modo que noto lo que hay oculto bajo la piel de la palma izquierda. Luego las aparta. Yo sigo el trayecto de su mano hasta su regazo con los ojos y me fijo en el contorno del bultito bajo su piel, como una píldora pequeñita. Arrancada del cadáver de una niña.

Giro la cabeza para adivinar qué hora es según la posición del sol, pero Eris me agarra la barbilla. Su contacto ya no es amable. Me obliga a mirarla a los ojos, que hierven de rabia.

—¿Qué ha sido eso? —Su voz es un gruñido. Menudo cambio. No se pierde nada.

—Ahora ya no merece la pena, ¿verdad? —susurro—. Lo que tuviste que hacer para conseguir esa invitación.

Un destello de dolor cruza su rostro, y yo me aferro a él.

—En realidad, el mismísimo Zénit me invitó personalmente. ¿Le hablaste bien de mí?

—Mientes, Invocadora de Hielo. —Sonrío justo cuando sentimos la primera pisada.

«Hay algo que no me estás contando». No me hace falta saber cómo sabe él exactamente dónde estamos.

Los gritos nacen de pronto en la otra habitación y Eris deja de tocarme. Se pone de pie y llama a su equipo a la vez que la siguiente pisada hace retumbar el suelo. Eris se tambalea y luego cae al suelo de madera. Se levanta con un medio quejido medio gruñido, mientras alguien tras la pared del fondo empieza a chillar.

Luego la pared se derrumba bajo el peso de un pie de metal, junto con la mitad del techo.

Lo último que veo es a Eris cubrirse la cabeza con las manos mientras lo que queda del techo resuena y luego se viene abajo.

CAPÍTULO VEINTIUNO

ERIS

El mundo está oscuro, pero sigue aquí. Yo sigo en él, me refiero, que es lo raro, porque debería haber quedado aplastada contra el suelo. Pero, Dioses, me duele todo.

En algún lugar más allá de la madera astillada y el techo destrozado, se escuchan gritos y hay un torso soltando un montón de explosivos. Hay mechas, dos por lo menos, y sus pisadas hacen rebotar mi cuerpo maltrecho en el suelo a destiempo.

Entonces, algo me cae encima de la pierna. Yo me arrastro para salir de debajo y me rasgo la piel y la ropa un poco, pero los huesos de la rodilla y la pierna permanecen intactos. Estoy bocabajo y no puedo levantar la cabeza más que unos pocos centímetros. Lo sé porque lo intento demasiado rápido y me golpeo la coronilla con algo, lo cual no ayuda al dolor que me martillea en la cabeza.

Sona está a mi lado, con la cabeza cerca de mis costillas. Muevo la mano hacia ella en la oscuridad, pero no es buena idea. Ella no está, y no pienso marcharme con ella.

Mierda. Lo cierto es que la situación es de lo más trágica.

Le compruebo el pulso. Tiene, pero se ha quedado inconsciente. El radiador se ha hecho añicos bajo su espalda. Los grilletes probablemente estén rotos. ¿Debería comprobarlo? No tengo tiempo. Tal vez por eso me esté alejando.

Repto por el suelo. Hay una rendija de luz iluminando el suelo, debajo de la pared de la izquierda, probablemente en la base de la casa. Avanzo con cuidado y pegada al suelo, aunque tengo demasiadas ganas de incorporarme incluso cuando podría haber otro pie de Ráfaga que me aplaste en cualquier momento. También podría hacer que lo que queda de techo se venga abajo si me entra el miedo y golpeo algo.

Me doy cuenta de que el agujero es demasiado pequeño solo cuando lo alcanzo. Veo el césped cubierto de escombros y la parte baja del bosque; la tierra huele a mojado de la lluvia de ayer, pero no consigo meter los hombros por la abertura.

El miedo me atenaza el pecho; estoy atrapada. Saco el brazo por el agujero. Ahora estoy gritando. ¿Gritando el qué? Nada en particular. Otra pisada de Ráfaga me levanta del suelo y me golpeo la mandíbula cuando aterrizo.

—¡Retrocede! —brama alguien—. ¡Retrocede si puedes!

No puedo, no realmente, pero me encojo tanto como me permite el espacio. Luego se oyen unos golpes y la pared de madera se astilla hacia dentro, y entonces veo luz, y manos. Tiran de mí y me sacan antes de dejarme sobre el césped mientras toso en un intento por inspirar aire limpio; es como si no hubiera respirado en todo este tiempo.

—Estás bien, estás bien. ¿Puedes ponerte de pie? —Nolan no me da mucha más alternativa, porque me levanta hasta que estoy erguida.

—¿Y Jenny? —jadeo una vez tengo suficiente aire en los pulmones—. ¿Está...?

Él sacude la cabeza; tiene el pelo empapado en sudor y pegado a la frente.

—Vimos a los mechas venir hacia aquí. Nos dimos la vuelta, pero esos cabrones son rápidos.

Entonces, la sombra de un Ráfaga se nos echa encima, y luego su mano.

Algo rechina sobre nuestras cabezas seguido de otra fuerte explosión. El Argus que ha emergido del bosque trastabilla hacia atrás saliéndole humo y fuego del hombro izquierdo. Pero la pisada de antes era de un Paladín, lo sé por la forma del pie, así que ¿dónde...?

La siguiente flecha hace diana justo entre los ojos del Argus justo cuando este está intentando erguirse, por lo que cae de espaldas al suelo con un estrépito que nos derriba a Nolan y a mí sobre el césped.

Ruedo hasta colocarme bocabajo y me pongo de pie, pero justo después me vuelvo a tumbar al ver a Zamaya preparada en la boca del sendero con otra flecha apuntando hacia donde antes se encontraba la cabaña, ahora destrozada. Y ahí está el Paladín, obligado a retroceder hasta el bosque, pero casi a veinte metros cernido por encima de ella y estirando uno de sus gigantescos brazos hacia su pelo violeta.

Z dispara a la palma, pero ya está demasiado cerca; la explosión la arroja hacia atrás también y su cuerpo aterriza sobre el suelo y luego contra el tronco de un árbol.

—¡Ve! —le grito a Nolan, que no duda en salir corriendo hacia ella. Una columna de humo sale del tobillo del Paladín; probablemente Seung o Gwen ya estén dentro.

Rodeo lo que queda de la casa, pero ni siquiera sé por dónde empezar. El Paladín solo llegó a aplastar la habitación de Victoria antes de que el equipo de Nolan apareciera, pero fue demasiado para la vieja cabaña. No sé por qué pienso en eso mientras atravieso los escombros en busca de supervivientes; la casa no tiene culpa por venirse abajo tras un solo pisotón. La culpa es solo mía.

Un amasijo de ladrillos marca lo que antes era la chimenea, donde un humillo sedoso asciende de los restos de las brasas. Alguien está tosiendo bajo los dientes del tejado destrozado y yo aparto con esfuerzo la madera y los ladrillos hasta que veo la cabeza rubia de Nova, acurrucada contra Juniper, que está consciente y con los ojos marrones llorosos debido a la suciedad.

—¿Y Arsen? —me pregunta con un hilillo de voz.

—No sé —es lo único que respondo, y entonces—: Venga, vamos...

Levantamos el cuerpito de Nova de los escombros. Ella se revuelve con un quejido, pero no puedo evitar soltar un sollozo de alivio al oírlo.

—¿Theo? —murmura—. ¿Arsen? ¿Nyla?

—Madre mía. Yo también me alegro de verte —le digo de verdad.

—Fuera de... la cosa... del bosque —dice Nova arrastrando las palabras—. Arsen ha colocado...

Luego intenta mantenerse de pie por sí sola, pero las rodillas le fallan y su cabeza choca con mi brazo, manchándolo de sangre.

—No pasa nada. Te tengo, preciosa. —La voz me sale atropellada mientras la sujeto entre mis brazos, y a June le espeto—: Yo me quedo con ella. Ve a buscar a los otros.

El Argus se ha conseguido levantar en parte; está a cuatro patas y solo le brilla medio ojo carmesí, pero su sombra todavía cubre las ruinas de la cabaña. Alguien del equipo de Jen ha inutilizado al Paladín desde dentro: el mecha está bocabajo, con las piernas colgándole por el valle y los brazos derribando y arrancando los árboles mientras se arrastra por el sotobosque. Las raíces crujen con suspiros atronadores y desgarradores. El Argus se mueve en un estado similar.

Están reptando y gateando en dirección a la cabaña. Odio cuando lo hacen, ese cambio de elegante a salvaje, y los dos siguen ocultando el cielo de nuestra vista.

Veo que Zamaya se pone de pie mientras yo me alejo de los escombros. Ni siquiera sé a dónde voy, ni qué hacer; tengo Ráfagas por ambos lados. Y sigo con el maldito vestido negro puesto. Tumbo a Nova en el césped y echo la vista atrás hacia June, que está sacando a Arsen por los hombros de los escombros. Sus rizos están espolvoreados de gris. Tiene los ojos abiertos y está contemplando el paisaje inundado de mechas. Entonces empieza a revolverse contra los brazos de June, de un modo loco muy propio de Arsen, y se lleva las manos a los bolsillos incluso antes de que ella lo suelte cual peso muerto en el suelo.

Y en ese momento lo entiendo. Me llevo las manos alrededor de la boca y grito:

—¡Alejaos de los árboles! ¡Alejaos! —Levanto una mano y, teniendo en cuenta que aún mantengo los pies en el suelo, intuyo que Arsen la ve y aguarda. Zamaya y Nolan me han visto y han salido de la linde del bosque. Miro a Z a los ojos. Ella sabe lo que está a punto de suceder, sabe que Gwen y Seung siguen dentro del mecha, y que Theo y Nyla aún no han dado señales de vida. Y también sabe que no tenemos más elección.

—¡Espera! —El Argus está a unos cuatro metros del claro; me giro y veo que la cabeza del Paladín está ensombreciendo el camino que lleva hasta el porche derribado—. ¡Espera! Vale, *¡ya,* Ars...!

Empieza a mi derecha, así que me veo lanzada hacia la izquierda, donde me golpeo el hombro contra el césped y luego contra algo más robusto. Entonces empiezo a gatear a ciegas. El oído lo he perdido gracias al rugido del suelo al explosionar, pero veo la linde del bosque y sus mechas desvanecerse detrás las columnas de tierra y las llamas. Siento la fuerza de cada bomba como si fueran puñetazos gigantescos. Es como si Arsen hubiera estado intentando crear una isla solo para nosotros.

Lo primero que encuentro es la mano de Nova, la cual sigo hasta hallar todo lo demás. Deslizo el brazo por debajo de su cabeza para colocarla bajo mi cuerpo. Reparo, aunque apenas, en que está consciente y que mueve los ojos presa del temor a la vez que se aferra con sus dedos diminutos a mi falda y el suelo parece abrirse a nuestro alrededor. Mueve los labios, pero no oigo nada de lo que me está diciendo. Tiene sangre en la sien.

Me separo de ella cuando la tierra deja de temblar, pero aún siento que lo hace en el mismo centro de mi pecho. Zamaya y Nolan están cerca, y Nolan coge a Nova mientras Z me rodea con un brazo y me aúpa para ponerme de pie.

—¡Escúchame, Eris! —me grita, pero apenas distingo su voz por encima del pitido que me atraviesa los oídos—. Vendrán más. Hay que moverse.

—No sé dónde está mi equipo...

—La vida es dura, Shindanai —repone Nolan, y yo reculo; no me lo dice por decir, sino como si me suplicara. Zamaya me suelta sin oponer mucha resistencia. Sabe que he tomado una decisión.

—Llevaos a los otros —rujo, y luego observo cómo Zamaya y Nolan se abren camino hacia los escombros, donde Arsen está ayudando a June a ponerse de pie. Ambos levantan la mirada cuando Zamaya les grita. Al principio ellos no entienden lo que les dice, pero reparo justo en el momento en que sí, porque June brama a todo pulmón «¡Y una mierda!» antes de seguir rebuscando entre las ruinas.

Nova chilla en los brazos de Nolan mientras Zamaya y él se encaminan al bosque. Al final termina soltándola también y ella permanece tumbada e inmóvil en el césped durante unos instantes antes de ponerse de rodillas.

—Echo de menos mi maldita camioneta —dice mientras nos ayuda a mirar.

Yo no pierdo de vista a los mechas mientras rebuscamos. El Argus y el Paladín están fuera de combate, ambos estampados de bruces contra la tierra. El Paladín llegó a acercarse tanto que la coronilla está sobre los escalones del porche. La cabeza de color bronce y con una altura de dos pisos refleja la luz del sol mientras nosotros escarbamos. La habitación donde encerramos a Victoria quedó completamente aplastada con aquella primera pisada. No puedo evitar morderme el lateral de la boca mientras el pensamiento surge lleno de veneno: «Menuda manera de morir, ¿eh? Zorra».

Encontramos a Theo y a Nyla después de apartar un trozo de tejado que ha caído sobre un extremo del sofá. Esta vez no suelto ningún sollozo de alivio —estoy demasiado alterada—, pero sí que les estampo a los dos un beso en la frente una vez los sacamos al exterior. Tras un paso y la consiguiente caída, intuimos que Nyla tiene una pierna rota; Theo y Arsen la agarran por los brazos.

Ahí es cuando veo al Berserker dar la curva de la sien del Paladín y aparecer alrededor del borde afilado de la cresta de la montaña, tal vez a quince metros más allá de los talones.

—Moveos —susurro mientras nos pegamos contra la cabeza del mecha. Nos abrazamos al Paladín y usamos su cadáver como escondite mientras nos dirigimos hacia el bosque.

Pero no solo vienen del oeste. Otro Berserker sale de detrás de la ladera que sube por el lado este de la cabaña, al otro lado del valle boscoso que podría cruzar en cuestión de cinco pasos. En el desierto de las Tierras Yermas, los Ráfagas son más grandes que cualquier otra cosa, pero aquí los Picos los superan con bastante facilidad, aunque... ¿acaso importa? ¿Importa que no sean lo más grande cuando seguimos siendo como hormigas para ellos? ¿Cuándo tienen decenas de cañones listos y preparados para destruirnos...?

«Joder».

Las bombas de Arsen han dejado hoyos en el suelo junto al cuello del Paladín; nos deslizamos al interior de los terrones y aterrizamos sobre un suelo pringado de barro a la vez que la primera ronda de misiles sale volando hacia el claro. El metal rechina y, a pesar del humo y de la tierra fisurada, veo el agujero abierto en el hombro de hierro del Paladín, llameante y bordeado por tres capas de piel de casi un metro de grosor rasgadas. «Joder, Arsen...».

Sin mediar palabra, mi equipo escala, sale del terrón y se interna en el bosque. Yo soy la última en subir. Mis pies descalzos encuentran un punto de apoyo en el suelo mutilado y asomo la cabeza a tiempo para verlos, menos mal, ya corriendo. Nyla sigue entre Theo y Arsen. Se mueven deprisa. Nyla ha aterrizado sobre su pierna mala, pero permanece alerta al no sentir ningún dolor.

Consigo impulsarme sobre el estómago y luego una mano me envuelve el tobillo y tira de mí hacia el interior de la zanja.

Caigo de espaldas en el barro y entonces Sona se encuentra sobre mí, con los rizos alrededor de sus orejas y un tajo en su mejilla que chorrea sangre sobre la mía.

—Tengo que deshacerme de uno de vosotros al menos —dice con voz ronca, y luego lleva las manos a mi cuello antes de apretar.

Tengo barro en los oídos y empapándome la espalda mientras pataleo debajo de ella. «Así no. Ni de coña». Estoy gritando y ella está callada, y luego yo también me callo. Todo sucede tan rápido; la oscuridad se cierne sobre mí y yo llevo el puño a su estómago una vez, y dos, pero no es suficiente. Estoy demasiado débil. Lo hago otra vez y…

Ella me suelta. Es imposible que me la haya quitado de encima. No tiene sentido, pero jadeo en busca de aire y me ahogo con él antes de moverme. Me levanto y salgo corriendo hacia el bosque. Me hago con uno de los fragmentos que ha dejado el magnífico trabajo de Arsen y me corto la palma de la mano para sacarme el chip. Me tropiezo con mis propios pies y luego suelto el chip en la tierra.

Al principio, creo que estoy llorando y que por eso el mundo está borroso. Pero solo es el bosque mientras lo cruzo a toda prisa. Debería haber mirado atrás. La última imagen que tengo de ella es viéndome morir. Matándome. Aquello me impresiona tanto que no creo que pueda llorar por mucho que quiera hacerlo.

CAPÍTULO VEINTIDÓS

BELLSONA

Ella se escabulle y se marcha. Ya me ha golpeado en las costillas, una, dos y tres veces, y creo que tengo algo roto.

Creo que he dejado que lo haga.

Espera…

Creo

Esto no Yo no bien

Mi mano contra el costado busca

algo

¿Estoy aquí? Pero eso no tiene sentido

PUES A MÍ ME PARECE QUE ESTÁS AQUÍ ENTERITA ***porque por qué pienso eso*** en qué otro lugar iba a estar

JUSTO DONDE DEBES ESTAR.

¿No te parece, Sona?

No. No. No.

Yo…

Yo no debería ser así.

CAPÍTULO VEINTITRÉS

SONA

—Eris —jadeo.

Pero ella ya se ha ido.

Si hubiera esperado un segundo... pero la he asustado.

«Mejor», pienso al tiempo que rozo la tierra con la frente y presiono los dedos contra la parte trasera de mi cabeza, e incluso cuando estoy gritando. «Mejor estar aquí después de que huyera que después de haberle partido el cuello».

Trago aire y barro a la vez. Intento poner en orden todo lo que ha pasado. La tierra intenta tragarse mis pies y vibra por culpa de los Berserkers que se aproximan y sus misiles. Mejor así. El chasquido de los pinos al partirse se combina con el rebote de las balas, mis pensamientos dispersos y el trinar de los pájaros asustados.

Debería echar a correr.

Pero para cuando me doy cuenta de que podría hacerlo ya es demasiado tarde. Dejar a Enyo y no volver la vista atrás, me refiero.

Un Berserker se inclina sobre la zanja, pero me deja intacta porque Enyo se lo ha ordenado. En lugar de eso, me subo a su mano estirada y veo cómo el suelo se reduce al tiempo que otro Berserker asola el bosque con llamas y plomo, quebrando troncos de árboles hasta dejar el corazón blanco.

No podría mirar atrás.

Si no tuviera que matar a Enyo, podría sin más volver a casa.

El pensamiento aparece con rabia y, a la vez, con una extraña tranquilidad. Me percato de que tal vez esté aturdida, de que me he desvinculado por completo de la realidad.

Da igual, creo. Lo que Enyo me hizo, que le importe... son minucias.

Formamos parte de un tablero más grande que los sentimientos que nos profesamos el uno al otro.

¿Verdad?

El Berserker me deja en el extremo más alejado del río. Un ferri me transporta por el agua y después un coche aerodeslizador me aguarda en el muelle. Tengo la sien pegada contra la ventanilla mientras nos dirigimos a la Academia de las Tierras Yermas, resplandeciente en la cúspide de la ciudad. Observo la línea del agua por encima de los muros. No hay Leviatanes. Deben estar en el norte, buscando a los Asesinos de Dioses en el agua.

Cierro los ojos y dejo que todo se funda en negro.

Hay guardias esperándome en los escalones de la Academia y un cortesano entre ellos que me lanza una sonrisa triunfante al tiempo que el conductor abre la puerta. Paso junto a él y me dirijo hacia el cortesano descalza, con los pies heridos, los pantalones embarrados y la camisa medio abierta y sacada. A su favor debo decir que ni se inmuta, solo se le congela la sonrisa cuando me detengo a unos treinta centímetros de él.

—Llévame ante el Zénit.

—Por supuesto, capitana Steelcrest —responde con suavidad, y me entran ganas de reírme cuando usa mi rango, como cuando lo hizo Enyo. Solo soy capitana porque no quedan más Valquirias. Rose fue la primera, y me cargué a los otros después. En su momento me reí porque era absurdo y me odiaba a mí misma. Era reírme o quedarme tirada en el suelo ahogándome en mis miserias.

«Repítelo», pienso con agresividad. «Repítelo».

Me *odiaba* a mí misma.

Ya no me río.

Con los guardias detrás, cautelosos, el cortesano me guía hacia los ascensores que conducen al ático. Un entramado de ramas y hojas indica la linde de la arboleda de cerezos. Se me forma un nudo en la garganta. Los Asesinos de Dioses muertos siguen aquí, seguramente hasta que ya no quede nada que los cuervos puedan picotear. Milo... Puede que no le cayera bien, pero estaba haciendo algo bueno por el mundo. Seguía salvando vidas, y no se merecía esto.

—Por aquí, capitana Steelcrest —informa el cortesano una vez llegamos al final del pasillo. Cruzo las puertas dobles y entro en el comedor. Me quedo helada al ver que la estancia se encuentra totalmente vacía.

No me giro al oír que cierran con pestillo. El miedo me clava en el sitio, transforma la sala en algo falso, como hecha de plástico; el brillo de la cubertería frente a los asientos vacíos; el plato de *japchae* brillante volviéndose mate; el vapor elevándose de una tina con té de cebada. Cruzo la estancia y me sirvo una taza sin que me tiemblen las manos. Observo que la taza se llena y rebosa, y la piel de mis manos enrojece al quemarse.

Debería huir. Podría hacerlo, cargarme a cualquiera que esté de guardia en el pasillo; lo complicado sería romper la cerradura. Pero necesito ver a Enyo.

«¿Por qué?», pienso con dureza, y la respuesta es igual de agresiva. «Porque voy a matarlo. Porque *tengo* que matarlo».

Me dejan encerrada todo el día. No dejo de dar vueltas por la estancia, observando cómo el sol traza una línea curva y luego desaparece del cielo. Cuando la luna ha avanzado bastante, un helicóptero aparece a lo lejos. Los rotores martillean contra la ventana cuando se aproxima a la Academia y después se desvanece. Creo que está en el tejado.

«Por los Dioses. Tranquilízate».

Unos cinco minutos después, las puertas se abren y se vuelven a cerrar después de que haya entrado una persona. Toma asiento con los ojos fijos en la comida intacta y la mancha de té frío en el mantel.

—Doctora Fray. —La saludo sin sonreír porque ella me conoce arrogante y también un poco enfadada. Tosca. Me digo que eso es algo bueno. No tengo que mentir mucho, solo lo suficiente para que me lleve hasta Enyo—. ¿Está nuestro Zénit preocupado por mí?

Y yo que pensaba que confiaba en mí. El pensamiento se dispersa como si nada.

Y, de repente, me asola otro; me duele un poco. ¿Por qué me siento dolida? ¿Porque crea que necesita protegerse de mí? Es verdad.

La doctora Fray me lanza una sonrisa amable. Tal vez quiera que vea que se compadece de mí.

—El Zénit Enyo entiende lo complicado que era lo que te ha pedido —y hace una pausa—, por mucho que no haya salido bien.

A pesar de decir aquello sin juzgarme, curvo el labio. Ya nos reiremos Eris y yo luego.

«No podrías matarme ni aunque lo intentaras, cariño».

Me siento frente a ella, recobrándome todo lo que puedo en mi estado. Me abrocho un par de botones y me aparto el pelo detrás de las orejas. Me remango el tejido embarrado de los brazos. Ella lo observa con atención. Es lo que le toca; yo mantengo mi expresión aburrida y normal al tiempo que mi antebrazo izquierdo queda a la vista.

Nada de engranajes. Solo piel sucia y suave. No hay indicios de que él...

Enyo...

Me

Los

Ha

Quitado.

—¿Empezamos? —digo como si nada, a pesar de sentirme aterrorizada. ¿Dónde me enseñaron a sentarme tan quieta mientras los pensamientos me carcomían? Estoy tan asustada y desolada que poco más siento. Tengo muchísimas ganas de esconderme debajo de la mesa y hacerme un ovillo. No obstante, hablo sin vacilar. Apoyo la barbilla en la mano y miro a Fray como si me molestara, como si no deseara levantarme y salir pitando de aquí—. Ha sido un día largo.

—Claro —responde Fray acomodándose en la silla. Tiene la tableta apoyada en el hueco del brazo y el bolígrafo sujeto en una de sus bien cuidadas manos. Es entonces cuando me doy cuenta.

Es la técnica de mi corrupción y está revisando su programación.

—¿Qué te parece si comenzamos por la razón por la que abandonaste tu posición junto al Zénit? —exclama.

Eso sí puedo contestarlo. No necesito mentir mucho. El baile, la arboleda, el túnel. La cabaña, mi secuestro, Victoria. El techo viniéndose abajo y después mis manos en torno al cuello de la Invocadora de Hielo. Que no esperaba que actuase como lo hizo, ni que fuese como es. No esperaba que llorase. Que me quiera.

Le digo lo último a Fray con una sonrisa victoriosa. Por mi tono dejo entrever que me parece divertido, decepcionante y patético, pero lo que realmente estoy transmitiendo es: «Escucha atentamente, préstame atención. Por esto mismo vais a perder».

Eris Shindanai me quiere. A la mierda lo demás. Por muy en contra que esté el mundo, por mucho que nos haya destrozado, nos lo haya hecho pagar y nos haya mantenido separadas, ella no me ha abandonado. En Celestia luchó por mí, lucho por todos nosotros. Yo habría hecho lo mismo.

Eris no me dejó otra opción. No me la dio, pero no es que la hubiese aparte de morir juntas, y yo solo quiero que eso pase dentro de mucho muuuuucho tiempo. Porque necesito estar con ella durante toda mi vida.

La asusté, ella escapó y todo irá bien. Es el caos personificado y la quiero, la quiero, *la quiero,* y tenemos que acabar bien...

Termino de hablar. El bolígrafo de Fray se detiene medio minuto después. Deja que la pantalla se apague y la apoya en la mesa con un ruidito. Levanta la mano para apartarse un mechón rubio que se le ha escapado del moño y me doy cuenta de que es la primera vez que le pasa. Siempre está de punta en blanco, tanto ella como esta ciudad. Porque todos son delicados y están unidos por los mismos hilos de la fe.

A Enyo jamás le ha dado miedo un golpe de Estado, incluso cuando había gente escéptica por su edad. Ahora me doy cuenta de que sería un miedo innecesario. Los Zénit, los capitanes, los pilotos... es una jerarquía cuidada y bien pensada. Deidolia se mantiene en equilibrio sobre esta fina base, cual fractura capilar.

Todo el mundo es capaz de ver lo frágil que es. Tal vez hasta vean que Enyo solo no es suficiente para todo el peso que debe cargar. Pero no importa, porque a todos les aterra el caos sin sentido que provocaría el cambio. Y bien que hacen. El pánico es la emoción humana más fácil que existe.

Fray alza la mirada del mantel y la cruza con la mía. Detiene la mano cerca de su oreja antes de dejarla caer en el regazo.

«Algo va mal».

—Bellsona —dice Fray. La calidez ha desaparecido de su voz; y, en cambio, la dureza ha aflorado, pero creo que no va dirigida a mí. Más bien intenta mantenerse compuesta...

No tiene que decirlo.

«Esto era lo que querías». El pensamiento es desesperado e inútil ante el agujero negro que se abre en mi pecho. «Esto era lo que querías».

No lo digas, por favor.

Pero lo hace, en voz baja. Como si pudiera ser cierto de no ser por lo que se viene después. De no ser por la anarquía que está a punto de asolar el mundo.

—El Zénit ha muerto.

CAPÍTULO VEINTICUATRO

ERIS

Al final termino alcanzando a los demás, aunque me duele el cuello, donde los dedos de Sona han apretado. A juzgar por las caras que ponen al verme, sé que ya se me están formando moratones. También sé por la sangre que mancha la pechera de la camisa de Theo que le han disparado.

Me arrodillo en la maleza donde lo han tumbado y me limpio la mano antes de acercarla a su frente llena de pecas. Él levanta la muñeca y busca mis dedos con los suyos, aunque dan la impresión de ser diminutos.

—¿Qué te ha pasado? —me pregunta Theo con voz débil. Y encima tiene la audacia de estar preocupado.

«Púdrete», quiero decir, pero solo niego con la cabeza —de todas formas, sé que todavía no puedo hablar; Sona debe de haberme destrozado las cuerdas vocales— y frunzo el ceño, ahora que veo que no se va a morir. Le han disparado en el hombro, herida que ya le han vendado, aunque la bala probablemente siga enterrada dentro, y tiene lo que parecen uno o dos rasguños en el brazo. Nova también está sangrando por la cabeza. Y Arsen y June tienen cortes en las piernas y los brazos; sus heridas de guerra están siempre inexplicablemente sincronizadas. Pero ya hace tiempo desde la última vez que acabamos tan maltrechos. Nyla sigue teniendo la pierna rota, qué sorpresa; está tumbada bocabajo en la maleza, y su respiración roza el musgo y la mejilla de Theo.

Asiento. «Bien». Muevo los labios para articular la palabra y ellos lo ven. «Bien. Estamos bien».

Avanzamos despacio, rotando sobre quién se apoya Nyla, quien medio sujeta a Theo y cuida de Nova cuando se detiene para vaciar su ya vacío estómago a un lado del sendero. Pero conseguimos regresar —que es lo que importa: regresar— mucho después de la puesta de sol, porque no podemos parar. No tras divisar la escarpada elevación de Los Desechos arañando el cielo despejado y estrellado.

Sheils ha apostado a algunas Hidras junto a donde la entrada se abre bajo la protección del bosque —lo que antes había sido una cueva natural, pero que luego ampliaron cuando construyeron el hangar durante la Guerra de los Manantiales; piedra fría, erosionada, estriada y excavada hasta conseguir una cavidad de veinte metros de ancho—, pero no es un gesto amable. Probablemente hayan sentido los temblores de la emboscada incluso en las cavernas. Seguramente habrían disparado a cualquiera que saliera del bosque que no fuéramos nosotros. Aunque los Berserkers se les han adelantado parcialmente. Menos mal que no puedo hablar, si no, tal vez lo mencionaría. O no. En realidad, no hace tanta gracia.

Por un momento nos quedamos mirándonos los unos a los otros, inmóviles. Los pilotos en la boca de la cueva y los Asesinos de Dioses en la linde del bosque. Además de Nyla, que está en el medio, y quien avanza cojeando tras unos segundos de silencio y dice:

—No seáis capullos. Por favor.

Los Hidras nos conducen hasta el interior de Los Desechos, que es sinónimo de llevarnos hasta el viejo ascensor de rejilla integrado en la pared de la entrada, seguido de unos cuantos minutos envueltos en el chirrido del metal y el castañeo de nuestros dientes mientras el cubículo se sacude. Todo está a oscuras salvo por una lucecita amarilla encendida en un rincón.

Pero me alivia todo eso. Y, cuando me doy cuenta, he apoyado la mejilla contra el brazo de June y cerrado los ojos. Es demasiado alta como para llegarle al hombro cuando estoy descalza.

¿Cómo infiernos habéis podido llegar aquí antes que nosotros? —escupe June.

Seung levanta la mirada desde la cama de la enfermería; se le salen mechones de pelo moreno por entre los resquicios de la venda que le envuelve la cabeza. Gwen, sentada junto a sus pies, parece estar bien, pero sonríe casi por inercia y con muchísimo agotamiento. Nolan y Zamaya flanquean la cama, maltrechos y sucios y ambos cabreadísimos conmigo. Pero sujetando aún a Theo con una mano, la verdad, no podría importarme menos.

Mientras el enfermero Hyun-Woo y la doctora Park llevan a Nova, Theo y Nyla a distintas camas, Zamaya y Nolan cruzan la estancia. Yo me quedo inmóvil mientras se turnan para abrazarme —Nolan se toma su tiempo y Zamaya lo hace deprisa y prácticamente apartándome de un empujón después—, y yo, por un instante, solo hundo la cara en la suavidad de sus camisetas como si con ello pudiera sentirme completamente a salvo.

Luego miro a Zamaya, aún con este puto vestido puesto, y le digo:

—Tenemos que ir a por Jenny.

Es imposible. Un desvarío. Pero porque Jenny es para Zamaya lo que Sona es para mí, y porque Jenny podría seguir viva, ella asiente. Asiente como si Jen estuviera ahora mismo en la habitación de al lado.

Y ahí es cuando empiezo a llorar.

Me siento con la espalda apoyada contra la pata de la cama de Nova y sollozo con todo el cuerpo. Lloro mientras Arsen me obliga a beber agua. Lloro mientras Hyun-Woo se arrodilla para vendarme los pies. Y lloro con más fuerza que cuando murió Xander, o que cuando murieron mis padres —lo siento, X, *appa*[7] y mamá;

7 (N. de las T.) Palabra coreana que significa «papá».

ojalá pudiera decir que esto no me duele más, ojalá *no* me doliera más, pero es como si me hubiese hecho pedazos y ahora me faltara uno de los trozos—, y me abrazo y me sacudo hasta que me quedo sin lágrimas.

No está. La han sacado de su cabeza.

El puto amor de mi vida, y no está.

Me despierto de costado en lo que debe de ser la mitad de la noche, aunque tampoco es que pueda saber qué hora es aquí abajo. Las luces fluorescentes de la enfermería están apagadas, solo el brillo de la cocina una planta por debajo asciende por la barandilla. Me pongo de pie despacio y me veo a Arsen y a Theo acurrucados en una cama, y a Nov y a June en otra, así que me fijo en sus torsos para asegurarme de que respiran.

Nolan está sentado en una silla junto a la cama de Seung, encorvado sobre el colchón, dormido y con la mejilla en el brazo de Gwen mientras ella duerme con la cabeza pegada al rodapié. No hay rastro de Zamaya. Seung está roncando como un viejo *halabeoji*[8], como siempre hacía cuando mi dormitorio estaba junto al suyo y planeaba asfixiarlo por las noches. Pero ahora me gusta.

Nyla se encuentra en la cama junto a la suya. Está despierta. Me siento en el colchón, con los pies sobre el canapé de manera que casi le doy la espalda mientras contemplo el hangar y a las Hidras apostadas allí. Los tubos —las venas— que corren por sus brazos y se introducen por las aberturas que tienen en las palmas de las manos siguen llenas de veneno líquido. Cada dedo está conectado por un tubo a un tanque de setenta litros introducido en la parte baja del bíceps. Jenny me dijo que Sheils no estaba muy segura de deshacerse de esa cosa, ni de usarla incluso, aunque probablemente eso fuera más un psicoanálisis por parte de Jen que que la capitana le dijera realmente que le daba miedo.

Así que los Ráfagas Hidra no se mueven y nadie los toca. Una de las peores partes de la historia de Deidolia, encerrada bajo tierra

8 (N. de las T.) Palabra coreana que significa «abuelo» y que se usa para referirse a los hombres ancianos independientemente del parentesco.

para que nadie tenga que conocerla, lo cual nunca fue la intención de Sheils, lo sé, pero las cosas son como son.

—Yo no la conocí —dice Nyla por fin, y yo la miro, sorprendida. El brillo distante de la cocina contrasta con sus mejillas, siempre ruborizadas, y suaviza sus patas de gallo mientras se extiende por su piel—. A Steelcrest, me refiero. Sé que llevas tiempo queriendo preguntarme. Estaba en mi mismo año y probablemente oyera hablar de ella más que verla, pero no llegué a conocerla. No creo que nadie lo hiciera nunca.

Me froto los churretes que han dejado las lágrimas en mi cara. No quiero hablar de Sona, así que le pregunto:

—¿Sabías que a lo mejor huías cuando te alistaste?

Nyla sacudió la cabeza.

—Joder, no. Me alisté porque la Academia era el único lugar donde podría llegar a ser algo. Algo... increíble. —Mira a mi espalda, al hangar. Levanta una mano para tocarse la mejilla izquierda, justo debajo de su ojo modificado—. Para muchos estudiantes es igual, ¿sabes? Van a la Academia porque la alternativa es que se los trague la ciudad. Y lo digo en el peor de los sentidos. —Se le ha endurecido la voz—. Por mucho que las Tierras Yermas estén controladas, hay partes de Deidolia que son prácticamente anárquicas. Pero la Academia nos acoge a todos. Por eso los críos se convencen de que es buena. Te dan de comer y dan de comer a tu familia. Te convierten en un Dios.

—Lo cierto es que suena muy bien —digo con sinceridad.

Nunca lo había mirado así. Me sorprende, y luego me avergüenza, no haberlo hecho. Deidolia es inmensa. No todo podía ser como ellos evangelizan que es. No cuando estuvieron fabricando a todos esos mechas los días previos a Celestia y dedicaron todos sus recursos al poder militar, incluso cuando había partes de su país muriéndose de hambre.

—Sí. —Nyla se ríe por lo bajo. Espero que lo haga con resentimiento, porque así es como yo lo habría hecho, pero no es así—. No fue la cirugía lo que me acojonó. En realidad, me gusta. —Sin pensar, se lleva la mano al panel incrustado en el antebrazo, cubierto de cortes por el derrumbe de la cabaña—. Luego superé el periodo de prueba y las misiones que me encomendaban. Posteriormente varias personas de las Tierras Yermas asaltaron un tren que iba al este con la esperanza de salir de su pueblo de abastecimiento, y tal vez dirigirlo al océano, pero no cambié el chip hasta después. Ya sabes, cuando acabé de...

Estiro el brazo y le agarro la mano. Ella me lo permite y usa la otra para frotarse los ojos anegados de lágrimas.

—No pasa nada —digo, y esta vez estoy mintiendo. Ella está bien, pero el mundo no.

Levanta los ojos hasta los míos. Uno rojo y el otro castaño. La expresión en ellos me recuerda a la de Sona, pero no solo a la de ella, sino a la de todos ellos, los chavales que están dormidos aquí al lado con los cuerpos destrozados, y también a la mía. Con un cansancio y con una resolución que ahora mismo parece inamovible, pero que cualquier paso en falso podría mandar por la borda.

—Sí —espeta Nyla al rato—. Sí que pasa.

Un instante de silencio.

—Pero —añade—, creo que pronto acabará. Antes o después. Solo tenemos que confiar.

—¿Confiar en qué? —pregunto.

Me sonríe. Y lo hace con un poco de timidez.

—Los unos en los otros.

CAPÍTULO VEINTICINCO

SONA

No sé cuánto tiempo llevo aquí, contemplando mis dedos aferrar la mesa con fuerza, tanta que se me han puesto los nudillos blancos. Nunca me había quedado tan quieta. «Estoy rota», caigo en la cuenta. «Si me muevo, me haré pedazos».

Por fin, digo:

—No.

No, no puede ser verdad.

No, no puede ser que *no* quiera que sea verdad.

No, no quiero que Enyo muera. Nunca lo quise, nunca podría... ¿y por qué? Si me ha hecho muchísimas cosas.

Porque yo maté a su familia.

Deidolia mató a la mía y yo les hice algo muchísimo peor a ellos. Le hice lo mismo a él.

Y no arregló nada. La violencia. La muerte. Hasta que no pasó, no lo reconocí. Enyo se dio cuenta mucho antes que yo. Tal vez ocurriera cuando me clavó el bolígrafo en la piel. Tal vez ocurriera la primera vez —todas esas veces atrás— que la corrupción arraigó en mí y yo lo sorprendí tratándolo como lo traté. Como si pudiésemos ser amigos. Como si no tuviera que matarme.

Sé lo que yo habría hecho de ser él. Y ahora hasta eso tiene menos sentido —por qué me trató como lo hizo, cuando durante todo este tiempo yo no era una soldado leal, sino una amenaza, cuando lo hacía reír y él pegaba su hombro al mío y se portaba con tanta prudencia— y tampoco creo que lo que sienta por él sea algo que él haya agregado a mis pensamientos.

Eso me aterroriza.

Que haya podido enamorarme de él por mí misma.

Que él me quiera también, creo, pese... pese...

Así que lo vuelvo a decir:

—No.

Estoy temblando. Deshaciéndome. Hundo la cabeza en las manos y trato de obligarme a parar, porque de verdad que voy a romperme en mil pedazos; voy a hacerme añicos, como ya ha ocurrido demasiadas veces. Ya me he tenido que rearmar demasiadas veces.

Siento que alguien apoya una mano sobre mi hombro con suavidad. Por un instante, pienso que es Fray, y creo que voy a matarla por ello.

—¿Bellsona?

Me sobresalto al oír su voz. Lo aparto con un jadeo y luego con un gruñido, y luego mis manos aferran su pechera y lo estampan contra la pared. Él inclina la cabeza hacia mí, lo que hace que su pelo desordenado se deslice sobre sus sienes, y *sonríe.*

—Yo también te he echado de menos —dice Enyo—. La doctora ha dicho que te ha dado el visto bueno para verme, así que he venido de inmediato.

Lo suelto y me abalanzo por encima de la mesa hacia Fray, que emite un gritito sorprendido, y el bolígrafo y la tableta caen con un repiqueteo al suelo. Una prueba. Por supuesto que era una prueba, y ahora voy a matarla aquí mismo en el salón.

Pero Enyo me agarra el tobillo y tira de mí hacia atrás. Yo me retuerzo. Tengo la parte baja de la espalda contra el borde de la mesa cuando planto el pie en su esternón para apartarlo de un empujón. Me podrían ejecutar por ello, pero me importa bien poco.

—Espera tu turno —escupo, pero él me vuelve a sujetar cuando me giro hacia Fray, solo que esta vez me levanta de la mesa rodeándome la cintura con un brazo.

—Eso será todo, doctora —la despacha con la voz forzada, y Fray se escabulle corriendo hacia la salida.

Las puertas se cierran a su espalda y yo me deshago del agarre de Enyo respirando con dificultad. Respirando... y me doy cuenta de eso después que él, y entonces veo, con total sorpresa, que a él le da igual.

—¿Estás bien? —Apoya una mano con suavidad sobre mi brazo—. ¿Te han hecho daño?

—He fracasado —digo con malicia. «Gracias a los Dioses, he fracasado»—. Se han escapado.

Espero a que me interrogue, pero él solo me acaricia el tajo que me cruza la mejilla con el pulgar.

—Pediré que te traigan una Araña.

—No me toques. —Él se separa al instante, lo cual me duele más—. ¿La has matado ya?

—¿A quién? —pregunta, aunque solo hay una chica a la que me podría estar refiriendo.

—A la Aniquiladora Estelar. —Observo su reacción, y tengo la sensación de que él está haciendo lo mismo conmigo, aunque su rostro permanece neutral.

—No.

El alivio me embarga. Tengo que ver a Jenny. Tengo que sacarla de aquí. Pero ¿cómo llego hasta ella? Le doy vueltas en mi cabeza, pero, tras un momento, Enyo vuelve a hablar.

—¿Quieres verla?

El corazón me late fuerte en el pecho. «Ten cuidado».

—No sé de qué podría servir.

—Otra oportunidad, tal vez.

Me tiende una mano.

—Y —añade—, tengo que enseñarte algo increíble.

Percibo algo sombrío en su voz, pero igualmente le agarro la mano.

CAPÍTULO VEINTISÉIS

ERIS

Nos quedamos dormidas en algún momento. Cuando despierto, veo que las luces de la cocina siguen encendidas. Esta vez además de reparar en la luz oigo voces hablando en voz baja. Me levanto de la cama y me acerco a las escaleras sin hacer ruido gracias a los vendajes en mis pies.

Me agazapo en los escalones justo antes de la esquina. Si me concentro, soy capaz de oír lo que dicen.

—... no es debatible, Haan.

Es Sheils dirigiéndose a Zamaya por su apellido, cosa que ambas sabemos que a Z no le gusta. Llevo sin ver a la capitana desde que llegamos.

—No te estaba pidiendo permiso —responde Zamaya con un deje peligroso en la voz—. El Zénit sigue en la ciudad. Tenemos una oportunidad.

—Usas al chico como excusa para rescatar a la señorita Aniquiladora Estelar. Ambas sabemos cómo acabó eso con Eris.

Yo me encojo y se hace una pausa, por lo que creo que han debido de verme, pero no estoy al alcance de su vista.

Entonces, Sheils dice:

—¿*Mwo*[9]? —Tras otra pausa, añade—: No, dime a qué viene esa cara, Eunji.

Alguien carraspea.

—Bueno, Soo Yun, no sé si te acordarás, pero Jenny ha estado mejorando las... modificaciones de los pilotos...

9 (N. de las T.) Palabra coreana que significa «¿Qué?» de registro informal y puede sonar brusca.

¿Es la doctora Park? ¿Modificaciones? ¿Mejorando? ¿Pero qué...?

—Lo sé —responde Sheils—. Jenny es lo bastante lista como para inmolarse antes siquiera de que la vean acercarse.

Mala jugada. Siento el cambio de ambiente desde aquí.

—Que te jodan. —El veneno en la voz de Zamaya causa que me estremezca. Después se encamina hacia las escaleras; me levanto y doy un paso para que me alumbre la luz—. Eris...

—¿Qué pasa con Jenny? —En cierto momento, me he cambiado y me he puesto la sudadera de Nolan. Me queda grande y las palabras que salen de mi boca me hacen parecer una niña pequeña—. ¿Qué mejoras?

Zamaya aparta su mirada de la mía.

—Le he pedido a Sheils que asedie Ira Sol con las Hidras.

Sé que intenta distraerme, pero funciona.

—¿Destrozarlos con los Desechos?

—No lo vamos a hacer —interviene Sheils fríamente, de brazos cruzados. Parece que lleve sin dormir desde la última vez que la vi. Tiene el pelo cano recogido en una trenza de hace días y está totalmente tensa.

—Tenéis que hacerlo. —Las palabras no tienen poder. Tal vez sean hasta patéticas. Sheils no tiene por qué hacer nada.

Ninguno tiene por qué hacer nada.

Podríamos haber huido, yo y mis chavales, ajenos a lo demás. Los Asesinos de Dioses nos habrían llamado desertores, cobardes, pero no habrían venido en nuestra busca, no como hace Deidolia con los que tratan de escapar de los pueblos. Nunca hemos tenido que pelear, nunca hemos tenido una pistola en la cabeza ordenándonos que nos demos prisa y salvemos el mundo; y, sin embargo, aquí estamos otra vez. Rotos, otra vez.

Sheils me lanza una mirada de mala leche y curva los labios.

—Pídele a otro piloto que saque su mecha. Ya sabes cómo dirijo yo este sitio. Las Hidras están bajo tierra y ahí se quedarán.

Fue tras su primera misión, después de que Sheils regresara y les contara a sus pilotos para qué se habían construido sus

Ráfagas. Ellos ya lo sabían, claro, pero verlos en acción es distinto. Había un pueblo de abastecimiento —del que jamás había oído hablar— que había hecho explotar las vías del tren, que había aguardado a los Ráfagas, listos para cuando estos llegaran. Llevaban meses planeándolo; habían colocado cuerdas de trampa en el bosque y agujeros de seis metros de largo llenos de pinchos. Se cargaron a un Berserker, a un Fantasma y a una Valquiria que fue a masacrar a la rebelión, algo impensable para la gente de a pie salvo por un pequeño grupo de gente que se denominaba a sí mismo como Asesinos de Dioses y que cada vez se estaba volviendo más famoso al otro lado de las Tierras Yermas.

Pero no habían oído hablar de las Hidras. Nadie sabía nada.

Había demasiada humedad como para que los Fénix fuesen efectivos durante el lluvioso verano, pero a Sheils ni siquiera le hizo falta entrar en el bosque. Simplemente se quedó en la linde y abrió las manos esqueléticas de su mecha para que el gas venenoso se expandiera bajo tierra. Usó un solo tanque, un solo dedo.

Jenny me lo contó. No sé cómo le sonsacó la historia a Sheils, pero, si hago cuentas, lo hizo más o menos cuando tenía la misma edad que Jen ahora. Aunque Jen tampoco es que sea muy inocente que digamos, pero eso no es lo importante ahora.

Miro directamente a la doctora Park, que tiene los labios apretados en una fina línea.

—¿Qué mejoras? —repito.

La doctora no responde, pero sea lo que sea, veo que desearía que Jenny no lo hubiese hecho.

—¡De acuerdo! —Me doy la vuelta, subo las escaleras y enciendo las luces de la enfermería a la vez que entro como una exhalación—. ¡Arriba! ¡Hora de levantarse! —Tiro las mantas al suelo y hago ruido con la mano en la estructura de las camas—. Hago un llamamiento al Consejo de Asesinos de Dioses. ¡Levantaos!

Tal y como pensaba, me han seguido hasta aquí arriba. La doctora Park está atónita y Sheils, algo cabreada.

—Ya no hay Consejo de Asesinos de Dioses, querida —responde Zamaya al tiempo que se apoya contra el umbral de la puerta.

—Soy capitana, y la única aquí presente. Tengo dieciocho años, así que eso significa que sí que lo hay. Anímate un poco, soldado —digo, inclinándome para darle una palmadita a Nolan en la mejilla.

—Te voy a matar —gruñe él.

—Primero tendrás que levantarte. ¡Venga! —Me doy cuenta de que estoy actuando como Jenny. Me detengo en el pasillito entre las camas y me vuelvo para quedar frente a todos—. ¡Escuchad, vamos a asolar Ira Sol!

Theo levanta la cabeza de la almohada.

—¿Cuándo?

—Lo antes posible.

—Uf.

—Cierra el pico. Tú no vienes.

—Espera, que estaba de coña...

—Te han disparado. —Señalo a Nyla—. Tú tienes la pierna rota. —Ahora a Nova—. Tú, la cabeza. —A continuación, a Seung—. Tú también la cabeza.

—Ya estaba así de antes —interviene Gwen bocarriba con el pelo rubio desparramándosele por los pies de la cama y observándome por entre los barrotes con sus ojos marrones—. Por lo visto la tuya también.

—Rescataremos a Jenny.

Eso capta su atención. Sheils resopla y se aparta un mechón de pelo de los ojos al tiempo que pasea la vista por el hangar.

—Vamos a hacer varias cosas a la vez, Sheils —espeto, y ella se enfurece.

—¿No me digas? Ya intentasteis matar al Zénit. Tu hermana, también. ¿Qué te hace pensar que tú lo conseguirás? —replica ella, pero yo ya me esperaba esa pregunta.

—Lo haremos a mayor escala. El objetivo de Jen era el crío, pero nosotros iremos a por la ciudad. Tenemos personas y Ráfagas suficientes como para conseguirlo.

—Pero esa no es tu prioridad.

—Sí que lo es. —Suelto una carcajada y me sorprendo de cómo suena. El tono de mi voz es suave y alegre debido al cansancio, y tal vez algo histriónico, pero la risa suena ronca—. Esos Prosélitos se convertirán en máquinas de matar y Deidolia se granjeará su enorme agradecimiento. No era consciente de que hubiera niños tan devotos en las Tierras Yermas, pero los he visto con mis propios ojos. —A eso se refería Nyla con respecto a los alumnos de la Academia—. No me digas cuáles son mis prioridades. Deidolia les está ofreciendo a esos chicos una salida de la horrible situación que ellos mismos han creado, y los adorarán por ello. Dime, en serio, ¿cómo coño podemos permitir que lo hagan?

Sheils también se ríe sin humor, como yo.

—Los Asesinos de Dioses sois unos hipócritas. Salváis a los niños de tener que matar, ¿no? Miraos al espejo. —Se vuelve y agarra a Zamaya de la muñeca, poniéndola bajo la luz para que veamos cada engranaje tatuado en sus nudillos morenos—. ¿Cuándo te hiciste el primer tatuaje? ¿Y cuándo fue tu primera muerte? A los diez, ¿no? Es cuando os empujan frente a los mechas. ¿Queréis hablar de qué es lo correcto? Pues echad la vista atrás. Sois *críos,* estáis tan saturados de violencia que ni siquiera veis lo horrible que es que os obligasen a formar parte de ella. No distáis mucho de esos estudiantes de la Academia…

Se queda callada. Se da cuenta de que incluso Zamaya tiene la vista en otro lado, de que todos nos estamos mirando los unos a los otros. Esperando a que termine.

—¿Qué? —inquiere Sheils con voz dura—. ¿Qué pasa?

—Sheils… —Me cruzo de brazos y me yergo tanto como puedo. Tengo las palmas pegadas a las costillas—. Lo sabemos.

Por un momento se queda inmóvil. Sigue agarrando la muñeca de Zamaya, pero entonces la deja caer y hunde las manos en su pelo para deshacer la trenza que lleva. Se vuelve a reír brevemente, pero ahora no suena cabreada, sino sorprendida.

—Yo... por los Dioses. —Jamás la había escuchado decir eso, o titubear, vaya. Sus ojos oscuros contemplan la estancia, llena de chicos magullados y esperando recuperarse para volver a hacerse daño.

—No lo buscamos, pero es lo que somos. —Nos dijeron que el mundo estaba pasando por un mal momento y que podríamos solucionarlo, así que lo intentamos. Seguimos intentándolo—. No debería ser así. No queremos que más niños sean como nosotros.

Miro las caras de mi equipo. Nova tiene apoyada la cabeza en el brazo de June. Theo y Arsen están hombro con hombro, con los brazos enredados. Hace tiempo los miré desde una extremidad de un Fénix y les pedí que huyesen. Les dije que yo me encargaría de la Valquiria sin problemas, y no tenía miedo... ¿Cómo iba a tenerlo? ¿Para qué perderse en él?

Hemos dejado atrás tanto. Se nos ha ido tanto la pinza que ni recordamos cómo es respirar. El mundo está demasiado oscuro como para fingir que lo que sale de las sombras no nos acojona.

Soy incapaz de ocultarlo. Estoy asustada. Todos lo estamos, pero esto no va de nosotros, así que tiraremos para adelante.

—Soo Yun... —la llama la doctora Park al tiempo que posa una mano en la manga de Sheils.

La sorpresa de la capitana ha dejado paso a una expresión impasible. Pero es su mirada la que lo vuelve real.

Inspiro. No de alivio. Ni siquiera para tratar de calmarme. Sino para moverme. «Vale, vale».

—De acuerdo —dice Sheils con una mueca que deja a la vista los dientes y también crispando los dedos a los costados. De repente, la imagino de joven, con la edad de Jen y la misma energía, y a Deidolia prometiéndole que se convertiría en una diosa. Pero la diosa en la que la convirtieron no fue una divinidad, ni tampoco buena. Quedarse aquí sentada no va a cambiar las cosas, y creo que lo sabe—. Bueno, señorita Invocadora de Hielo, ya tienes a tu ejército.

CAPÍTULO VEINTISIETE

SONA

—Joder —susurro.

Los ojos negros de Jenny viajan de la sala fastuosa a mí, aún atónita.

¿Debería estarlo? Se trata de Jenny. Es capaz de cualquier cosa y, como es consciente —tal vez por eso mismo—, haría de todo. Pero jamás me hubiera esperado esto.

Tiene un panel en el brazo. Está abierto, así que la luz ilumina las clavijas plateadas. Enyo aprieta levemente la nariz de Jenny y le tapa la boca para enseñarme. Me sorprendería que no le mordiese la mano —aunque tal vez eso sea más de Eris— de no ser por su mirada. Le gusta el numerito.

Enyo aparta las manos. El pecho de Jenny sigue sin hincharse al respirar. Ella me sonríe como si no deseara estar en otro lado ahora mismo. Incluso atada a la silla, encaja con la sala —que es la biblioteca de la futura planta de los Valquirias—. El paisaje de la mañana se refleja en su vestido rojo, y el hematoma de su perfil izquierdo se tensa con su sonrisa.

Enyo deja sus guantes de seda en el escritorio a su derecha, se yergue y me mira por encima del hombro. Me quedo con la boca abierta. Está más entusiasmado que nunca.

—Por los Dioses —digo—. ¿No me digas que estás impresionado?

—¿Qué? Es increíble.

—Ah, *kamsahamnida*[10], niñato —responde Jenny con una sonrisa.

10 (N. de las T.) Palabra coreana que significa «gracias».

—*Aniyo, aniyo*[11]. El mérito es tuyo —dice Enyo—. ¿Te has puesto una lentilla de color?

—Ah, todavía no he mirado bien lo del ojo. Lo voy a diseñar para que vea en color. Es un añadido, lo del daltonismo. Por cierto, recuérdame que te quite el tuyo, Defecto. Es una de esas sutiles modificaciones opresoras que les gusta poner. Y voy a quitar esto del sistema nervioso artificial. Es supersádico e innecesario, que lo sepas; simplemente lo implantan para darle una debilidad a vuestros Dioses. ¿No se puede tener deidades todopoderosas, eh, En? Su propósito se iría al traste.

—Pues sí —contesta Enyo, animado—. ¿Y cuál es el tuyo?

—¿Qué?

—¿Cuál es tu propósito, *noona*[12]? —Sus palabras quedan en el aire, cargándolo a pesar de la cordialidad con la que las pronuncia—. Cuando me enteré de que abandonaste a los Asesinos de Dioses, a Voxter... Aunque más bien lo hiciste pedazos... me quedé con la duda.

Jenny resopla para apartarse un mechón de pelo de los ojos.

—Ser Asesina de Dioses es una actitud, querido. Al marcharme no me perdí a mí misma. Dejé trocitos de Voxter aquí y allá, sí, pero yo sigo intacta.

—¿Y por qué lo hiciste?

—¿A qué te refieres?

—A hacerle pedazos —responde Enyo con una leve sonrisa.

Jamás habríamos adivinado que Jenny fue la que mató a Voxter; nos lo ha confesado ella misma.

Ahora recuerdo cómo, unos minutos después de conocerla, Jenny me amenazó con hacerme lo mismo que a él: desmembrarme y tirarme al fondo del lago. Después empecé a conocerla mejor y, aunque la veía capaz de cualquier cosa, seguía sin imaginármelo. La he visto romper narices, escupir veneno y armar cosas

11 (N. de las T.) Palabra coreana que significa «no».

12 (N. de las T.) Palabra coreana que los hombres utilizan para dirigirse a una hermana o una mujer mayor.

despiadadas y retorcidas, pero lo que le hizo a Voxter… Tengo estómago para mucho, pero me dejó helada.

Creo que nos asustó tanto a Enyo como a mí. La Aniquiladora Estelar ya era una leyenda de por sí. Ahora que ha dejado trocitos del fundador de los Asesinos de Dioses —dos piernas, dos brazos, el torso, y la cabeza— dentro de los cuerpos de seis mechas medio derretidos para que todo el mundo supiera que ha sido ella, se ha convertido en algo más. Ya no es solo una leyenda, sino también una historia de terror.

A Jenny no le importa que la consideren una sádica o una desquiciada. Solo muestra interés por el tipo de mundo que dejará a los demás.

—Soy sociable —suelta ella.

Enyo se toma su tiempo analizando su expresión. No saco nada de ella, pero Enyo tiene esos ojos, profundos y sabios, y la voz suave cuando inquiere:

—¿Te pesa lo inteligente que eres?

—No. —Jenny lo mira a los ojos—. Pero puedes reformular la pregunta, Zénit.

Él sonríe.

—¿Querrías saber menos del mundo que ahora?

Ella no responde. Solo se inclina hacia delante y esboza una sonrisa sádica y enorme que me deja helada.

—Ya lo vas pillando.

—Gracias —dice Enyo, como si de verdad se lo agradeciese. Y hay algo en su voz que no consigo descifrar—. ¿Estás siendo amable porque crees que vas a poder salir de aquí?

Jenny frunce el ceño levemente. Sus ojos vuelven a pasearse por la sala; por los guardias apostados en la salida a mi espalda, por los libros en las estanterías, por la chimenea limpia y por Enyo. Por último, me mira a mí, y me doy cuenta de que sabe que soy *yo* la que está aquí.

—No estoy segura —replica, pensativa, dejando de arrugar la frente. La veo analizar mi expresión, mis manos cerradas en puños a los costados, el hecho de que Enyo sigue respirando frente a ella aunque yo podría haberle partido el cuello a estas alturas. Vuelve a mirar al Zénit con la barbilla en alto de modo que el sol ilumine bien su hematoma—. Tú, tampoco.

Su sonrisa es como una grieta extendiéndose por un espejo. Hay tristeza en ella, y también algo parecido a la ira. Y frustración, provocada por un cansancio tan grande que yo también albergo en el pecho.

Él se vuelve hacia mí. No sé desde cuándo tiene una daga en la mano; es tan fina que parece hasta frágil cuando me la ofrece y yo la tomo. Es como si pudiese dejarla caer en la alfombra sin hacer ruido y pudiéramos fingir que nunca ha aparecido.

—Bellsona —pronuncia Enyo con la cabeza ladeada hacia mí. Lo hace con suavidad, como siempre; la pista me la dan sus dedos, que aprietan un poco demasiado mi muñeca. Quiere huir, pero solo un poco. Una vez, Eris me dijo que a mí también me delataban las manos. Enyo y yo somos iguales. Casi. Es esa clase de parecido que podría hacer que nos odiáramos de no necesitarnos tan desesperadamente.

Por eso espera hasta que lo miro a los ojos para decirme:

—Mátala.

CAPÍTULO VEINTIOCHO

ERIS

Cuando el sol asoma por el horizonte, los mechas salen en fila de la montaña.

La escena me resulta tristemente familiar. Yo, en la cabeza de la Hidra de Sheils, viendo cómo el suelo de cristal se extiende bajo sus pies y los cables salen de sus antebrazos abiertos. June y Arsen se encuentran a mi lado, cada uno a un costado, mirando a través de los ojos hacia el paisaje montañoso iluminado por el amanecer. Es su primer viaje en mecha.

Bueno, el primero al que los hayan invitado, me refiero.

Trece Hidras, un Berserker, dos Fénix, un Paladín y un Fantasma. No hubo ningún piloto desertor que quisiera quedarse fuera de la lucha. Tendrá que bastar.

El objetivo es tomar el control del rascacielos de la Academia de las Tierras Yermas, donde está el Zénit. Sheils ladra las órdenes logísticas mientras la conduzco a través del hangar de Los Desechos, rodeado por el chirrido del metal de los Ráfagas al abrirse uno a uno; cada Dios activándose y bañando las paredes de la caverna en una luz roja e intensa. Algunos mechas llevan intactos cuarenta años, desde que los Hidras huyeron en masa, pero se mueven perfectamente.

Pero sin gas. Sheils fue muy clara con eso. Sus Hidras solo usarían la fuerza.

El Paladín, el Berserker y un Fénix marchan hacia abajo, unos tres kilómetros, mientras nosotros nos desplazamos hacia el este en busca de los Ráfagas que nos atacaron en la cabaña. El Paladín soporta los golpes mejor que el Berserker, pero con suerte ninguno de los dos tendrá que luchar; a fin de cuentas, son iguales que los de Deidolia salvo por la pintura, que está más desgastada. Eso es a lo que nos aferraremos, hasta que, cuando nos acerquemos lo suficiente a la ciudad, ya sea demasiado tarde para que pidan refuerzos a los Ráfagas que patrullan por los Picos Iolitos. Deidolia piensa que todos los Dioses aquí fuera están de su parte.

El Fantasma y el otro Fénix se adelantan para indicarnos dónde se encuentra el Leviatán que vigila el río, que Sheils ha supuesto que se había desplazado hacia el norte, en caso de que estuviéramos planeando cruzar el agua tras huir de la cabaña. Por aquel entonces no era el plan, pero ahora sí. La idea es cruzar el Gillian y luego ir hacia el sur, donde atacaremos el campus de la Academia antes que el resto de la ciudad. Mientras nuestros mechas rodean el rascacielos, los Asesinos de Dioses entrarán y buscarán a Enyo. Y a Jenny, si podemos. Si sigue viva.

Nolan, Gwen y Zamaya están en la Hidra de Astrid. Es mejor dividirnos, por si acaso alguno de nosotros no consigue llegar hasta el final.

Para cuando llegamos al valle que bordea el Gillian, el sol que se alza en el cielo pega con fuerza en el río. Lo vemos todo de rojo a través de los ojos de la Hidra. Bajo la pendiente del terreno, más o menos a un kilómetro y medio de distancia, el Fantasma y el Fénix vacilan en la orilla. Los otros Ráfagas nos flanquean a la izquierda y derecha, firmes. Sheils tiene la cabeza ladeada y está pendiente del intercomunicador.

—Id —dice, y sé que está contemplando la apacible superficie del río.

El Fantasma y el Fénix se internan en el agua hasta la cintura, despacio, y se detienen a un cuarto del trayecto a través del río. Luego se colocan bocabajo y dejan que el agua se escurra por encima de sus extremidades gigantescas y de las láminas de metal de su espalda, que hacen las veces de músculos, antes de empezar a nadar.

—Hay un salto de terreno —nos informa Sheils y yo la miro.

Cuando vuelvo a centrarme en el agua, los dos Ráfagas han desaparecido.

—Vaya... —empieza Juniper, y el río se ilumina.

—¡Moveos, moveos, moveos! —grita Sheils y yo me choco con los miembros de mi equipo al tiempo que la Hidra comienza a esprintar. Me separo del cristal de los ojos rechinando los dientes y entre las palmas de mis manos el Gillian se precipita hacia nosotros.

La superficie del agua se abre en columnas imponentes que atraviesan la luz y las llamas y el Ráfaga de Sheils sale disparado hacia la izquierda con una convulsión que siento en las costillas. Caigo de rodillas y el río sisea contra el cristal mientras descendemos.

Es entonces cuando lo veo, a través del brillo rojo que arroja la Hidra, en lo más profundo del río: al Fantasma retorciéndose de rodillas en el lecho rocoso del río. Algo grande y oscuro lo tiene envuelto; una mano garruda y palmeada le está arrancando el metal de la cara al Fantasma. El mecha se encoge antes de quedarse flácido.

El Leviatán levanta su cabeza de pez y con ella su mirada carmesí, y me doy cuenta de por qué Sheils quería moverse: tenía que recargarse. Ha enviado a los dos primeros Ráfagas como carne de cañón.

Pasamos por encima de los restos del Fénix muerto y destrozado y nos impulsamos hacia la superficie. Veo al Leviatán desenredarse del Fantasma, lanzarse a por la Hidra más cercana y tirar de ella hacia abajo por el tobillo mientras trata de llegar a la orilla opuesta. Los movimientos del mecha de Deidolia son naturales y fluidos en el agua; las aletas de su espalda se giran en respuesta a sus movimientos para permitirle adelantar con facilidad a la Hidra, que avanza despacio en aquel entorno tan resistente.

Nunca he estado en el interior de una cabeza de Leviatán. El único derribo del que he oído hablar fue el que llevó a cabo el Asesino de Dioses, Engarfio, muerto desde hace unos veinte años (lo cazó y atrapó un Fantasma), que pescó uno como a un pez con una red gigantesca de alambre y explosivos. El lugar de vinculación es distinto al de los otros modelos. La cabeza del Ráfaga está inundada, así que el piloto puede nadar en vez de estar atado a un suelo de cristal, y puede echar agua en el interior del resto del mecha o disiparla, dependiendo de la profundidad a la que desee nadar. Jenny cree que el diseño es una pasada. Yo opino que es espantoso.

Intuyo que Sheils quiere darse la vuelta y ayudar a la Hidra atrapada, pero no lo hace. Simplemente saca la cabeza por encima del agua cuando alcanza la superficie. El verde de la frondosa vegetación en la orilla opuesta, así como el valle que la bordea, nos saluda. El cielo del amanecer está salpicado de bandadas de pájaros alejándose.

Y entonces desaparece. El agua hace espuma contra el cristal y volvemos a hundirnos con tal fuerza que me muerdo el labio inferior sin querer. Sheils cae contra el suelo de cristal con un jadeo ahogado. Me limpio la sangre de la boca con el dorso de la mano y la miro: está bocabajo, con una pierna levantada a su espalda. Nos han agarrado.

—Mierda... —susurra Arsen, de rodillas y abrazando a Juniper contra su pecho—. ¿Qué...?

Ella lo aparta y, con esfuerzo, se dirige a los ojos del Hidra. Su tez avellana ha palidecido y está teñida de rojo. El fondo del río se encuentra bajo nosotros mientras nos vemos arrastrados cada vez más y más debajo de la superficie del agua. Después de lo que parece una eternidad, el suelo se nivela. Debemos de estar a más de cien metros de profundidad; solo hay oscuridad, salvo por los haces carmesíes que arrojan los mechas y los finos hilos de luz solar que penetran por encima de nuestras cabezas. Da la sensación de que no debería haber un río tan profundo como este, pero sí que es verdad que Jenny dijo que toda esta zona antes era océano.

Sheils está sacudiéndose, forcejeando. Se retuerce sobre su espalda con la barbilla pegada al pecho, y entonces la repentina pendiente del suelo nos derriba a los demás contra la nuca de la Hidra. Me agarro al cráneo para ver que Sheils ha levantado la rodilla hacia su pecho y se está irguiendo con mucha más lentitud que como lo haría normalmente. Hay un Leviatán agarrado a la Hidra, con las aletas arqueadas y por encima de nosotros. Sheils le asesta una patada en el estómago justo cuando sus tres garras se le hunden en el costado izquierdo, justo debajo de donde estarían las costillas.

Sheils chilla mientras el Leviatán se ve separado de ella. Durante un instante, recuerdo el grito de Sona en el lago helado mientras Victoria introducía las manos en el ojo de la Valquiria para buscarla.

—¡Hay tres! —brama Juniper, atónita ante la escena desplegada frente a nosotras, una batalla entre Dioses. Tiene razón; hay dos Leviatanes más de lo que pensábamos en un principio, no solo el que protege Ira Sol. Deben de haber pedido refuerzos a Ira Terra e Ira Luna. El lecho del río está cubierto de Hidras peleando y piezas rotas de Fénix y Fantasma. El brazo cañón del Fénix se extiende hacia nosotros tal vez a veinte metros de distancia, descolgado de un hombro rasgado. Uno de los Leviatanes se lo ha arrancado de cuajo.

—¡Necesitamos ayuda! —grito, erguida, pero sin mucho equilibrio por culpa del suelo inclinado. Sheils está medio salida del suelo de cristal, aunque todavía conectada a los cables. Sigue luchando—. ¡Sheils!

—¡Estoy ocupada, joder! —El Leviatán se ha acercado en círculos otra vez, ya recuperado de la patada y separado del fondo del río. Sheils levanta las manos justo a tiempo y sube la pierna para darle un rodillazo al Leviatán en las costillas. Y, tal que así, ha girado las tornas y nos colocamos encima del mecha.

—¿Qué tanque tienes vacío? —Me encojo cuando la mano del Leviatán alcanza a rasgar la mejilla del mecha, pero Sheils se la aparta de un manotazo—. ¡Sheils...!

—Mano derecha, índice —repone rechinando los dientes y con dificultad mientras trata de colocar todo el peso del Ráfaga sobre el cuello del Leviatán—. ¿Por qué cojones...?

—Haremos estallar el cañón del Fénix. Acerca tu mano derecha allí. —Trato de agarrar la manga de Arsen, cruzo la mirada con la suya y escupo las palabras con rapidez—: ¿Qué tienes?

—Suficiente —me devuelve, y él, Juniper y yo bajamos por la escalerilla hacia el cuello de la Hidra.

Está muy oscuro; los nervios artificiales nunca han iluminado una mierda, pero ahora es incluso peor: desde el torso hacia abajo, su luminiscencia está sumergida, por lo que el brillo que ofrecen es débil e inútil, y el nivel del agua está subiendo muy deprisa.

—Vamos —rujo, y saltamos de la escalerilla hacia una viga, hacia la parte de la pared que no deja de moverse y de revolverse. Los Asesinos de Dioses normalmente no solemos trastear con los brazos de los Ráfagas: se estrechan y los mecanismos de engranajes de allí se mueven mucho más rápido que los demás. Quedarse enganchado significa verse arrastrado y acabar con los huesos hechos picadillo.

La entrada al brazo del mecha es como una boca de cuatro metros de diámetro, que además cuenta con una escalerilla que se extiende desde allí hasta el bíceps. Fácil, salvo por el hecho de que hay ruedas de engranaje girando por todo el borde, y que todo este maldito trasto está retorciéndose mientras Sheils se defiende. Como se mueva mal, la tumben de espaldas o la golpeen sin más, todos acabaremos hechos papilla.

—Iré yo —digo, mientras la Hidra se estremece a nuestro alrededor. El nivel del agua ha subido unos tres metros por debajo de nosotros, colándose por el brazo—. Lánzame lo que tengas, Arsen. La mochila…

—Voy yo, Eris…

—Luego regresarás a la cabeza. Lo digo muy en serio.

Él aprieta los labios en una fina línea.

—En el bolsillo delantero. Saca la anilla de esa la última; tarda más en explotar.

Espero a que los movimientos de Sheils se detengan lo máximo posible y salto de la viga. Mis pies sobrepasan los engranajes y luego el arco de un pie golpea el peldaño de la escalerilla. Caigo hacia delante, hacia la oscuridad, y me repongo dentro de la extremidad. Me giro y la mochila de Arsen ya viene volando hacia mí.

Cuando esta me golpea en el pecho, mientras la atrapo, un temblor violento procedente del caos de fuera estremece al mecha entero, y Sheils mueve el brazo. De pronto, los pierdo de vista a ambos; yo subo a la escalerilla y luego regreso para ver que Arsen ya no está. Ha caído al agua.

June ni siquiera me mira antes de saltar de la viga. No es más que un borrón de pelo castaño y verde antes de desaparecer también.

El pánico me petrifica. Con un brazo, estrecho la mochila contra mi pecho, y con el otro, me aferro a la escalerilla, con el latido de mi corazón martilleando en cada uno de mis dedos. Luego el agua asciende y penetra en el brazo. Yo me empapo y recupero el control de mi cuerpo justo antes de reptar hacia abajo. Están bien. Joder, joder, tengo que... no, *no pienses* en...

Las paredes del bíceps están enfiladas con nervios artificiales que iluminan el camino hacia cinco gigantescos tanques de metal que rodean la escalerilla justo por encima del codo. El agua está entrando en torrente y me moja los ojos, me pega la ropa a la piel y vuelve los peldaños resbaladizos mientras me coloco de espaldas a ellos.

«Mierda». ¿Cuál lleva al índice? Cada tubo baja en espiral hacia el hueco de la mano, ya sumergido. Aguanto la respiración y estampo el puño contra uno de los tanques, luego contra el siguiente, y el siguiente. Bang, bang, clang —y luego— clang. Vacío. «Por favor, que esté vacío».

Palpo el borde del tanque en busca del tapón. Es casi tan grande como mi mano y se encuentra cerca de la escalerilla. «Piensa, piensa», me suplico mientras lo giro para abrirlo conteniendo la respiración. Según la historia de Jen sobre Sheils, debería estar vacío, y si no... No lo pienses.

Con el tapón en la mano, veo que no emerge ningún humillo venenoso que me derrita la piel de los dedos. Dejo que el tapón caiga al abismo y cojo aire mientras otro chorro de agua helada me empapa desde arriba. El río ya ha inundado el brazo de la Hidra hasta mis tobillos y está colándose dentro del tanque abierto. «Bien, bien, haré uso de eso para transportar las bombas».

En los dedos de la Hidra hay algo, o tal vez en la muñeca, que transforma el veneno líquido en gas venenoso. No va a poder filtrar algo tan sólido como una granada, que es lo único que parece que tenemos nosotros; y muchas, además.

—Por todos los Dioses, Arsen —musito, echando un vistazo a su mochila.

Bueno. La primera granada conseguirá hacer estallar la mano. La segunda tanda podrá salir sin impedimento del mecha. Que una de ellas caiga dentro del cañón del Fénix, lleno de gasolina, es nuestra mejor baza.

Paso la mano por el lateral del brazo y sobre la larguísima extensión de los nervios artificiales. El agua del tanque empieza a retroceder al instante; Sheils ha pillado el mensaje. Da la sensación de que el mecha esté agarrado, defendiéndose desde una posición encorvada; sobre el Fénix, espero. Voy a tener que confiar en Sheils. Y ella va a querer asesinarme por lo que estoy a punto de hacer.

Saco una granada de la mochila. Le quito la anilla con los dientes y suelto el explosivo en el interior del tanque. En algún rincón de mi cabeza recuerdo que Arsen artísticamente ponía etiquetas en las manillas señalando el tiempo de espera de cada granada, pero no creo que sepa leer ahora mismo. Voy a decantarme por siete. «Siete. Seis. Cinco». Saco otra anilla, la suelto; otra anilla, la suelto, otra... BUM.

El agua casi al instante sale volando hacia arriba hasta llegar a la mitad de mi muslo.

«Joder». Lo demás lo hago de forma automática; me muevo casi por inercia: giro la mochila y vuelco todas las granadas en el tanque, luego saco de un tirón la bomba del bolsillo delantero, le quito la anilla, la suelto dentro, me deshago de la mochila y empiezo a subir, subir, subir por las escaleras como si mi vida dependiera de ello.

Esta agua, fría y rápida y que me llega hasta la cintura, probablemente también esté mezclada con veneno. Es su inhalación lo que me mataría, pero, aun así, no puede traer nada bueno.

Llego hasta lo alto de la escalerilla. El agua del brazo ahora me llega al cuello, y más que está cayendo por encima de mí desde el torso de la Hidra. Yo me ahogo con ella. Trato de ver a través del torrente, de hallar una manera de *salir,* y me doy cuenta de que tengo que esperar a que me cubra la cabeza. No puedo subir por una cascada y pasar por entre los engranajes de la abertura. Tendré una mejor oportunidad si espero a que se inunde el brazo entero.

Sin contar con el pequeño detalle de que podría ahogarme, pero bueno, detalles.

«¿Qué diablos estoy haciendo?», pienso mientras el agua alcanza mi mejilla y me sobrepasa la nariz justo después de inspirar tanto aire como puedo. «Voy a acabar hecha papilla. Joder, voy a mor...».

Bum.

¿Hay otra palabra para ello? Porque esta explosión es distinta de la primera. Siento el temblor atravesarme el cuerpo como si lo tuviera completamente hueco, y pierdo pie en la escalerilla.

Negrura, y luego estrellas. Mi espalda se estrella contra algo amplio y duro y luego me veo clavada en el sitio, ciega, bajo el agua y sin oxígeno en los pulmones por culpa del golpe.

«Ya está. Este es mi final, y *duele...*».

Una mano me agarra la muñeca, y luego tres, y entonces tengo la cabeza por encima de la superficie y estoy boqueando en busca de aire. Arsen y June me sujetan fuerte, y juntos, pataleamos rumbo a la escalerilla que lleva al cuello de la Hidra. Puntitos negros me nublan la visión mientras me aferro y me impulso por los peldaños hasta aterrizar en la cabeza con un salto renqueante. June y Arsen, los dos espetando una idéntica sarta de obscenidades, se giran y sellan la trampilla del cráneo.

Me inclino sobre los antebrazos, vomito agua y exclamo con voz ahogada:

—Sheils...

Nos estamos moviendo. Sheils está de rodillas y apoyada en una mano; la otra cuelga inerte en su costado. El lecho del río se encuentra bajo nosotros. El ojo izquierdo está fracturado y el agua se filtra por el cristal y gotea en el suelo, pero aguanta. Aguanta y luego... el sol está brillando, y el mecha se estremece antes de desplomarse sobre la orilla, lo cual significa que Sheils se ha desmayado. El suelo se pone en vertical bajo nuestros pies mientras ella se desliza de cabeza hacia el lateral de la cabeza, pero Arsen planta los pies contra la pared y la atrapa por la cintura. Yo caigo en redondo sobre el metal junto a Juniper con el cuerpo dolorido.

—Dioses —exclama June con voz ronca. Las dos tenemos las costillas empapadas y pegadas a las de la otra—. Por favor, no repitamos esto nunca más.

—¿Ha funcionado? —susurro, mirando por el cristal de los ojos. Un puñado de Hidras están de pie contra el fondo montañoso, inmóviles contra el césped, abandonadas allí como muñecas rotas—. ¿Ha...?

A lo largo del cauce del río, veo un único brazo de Leviatán, medio sumergido y reflejando la luz del sol mientras flota por la superficie.

—Ha funcionado. La bomba del Fénix. Tengo que apuntarla para luego —dice Arsen con voz débil, desconectando a Sheils de los cables.

Sheils regresa a su cuerpo y se aparta de él de un empujón, luego envuelve mi brazo con una mano y tira de mí hasta ponerme de pie. Se le ha aflojado la coleta y tiene los rizos grises pegados a las sienes por el sudor.

—Lo siento... —empiezo.

—Hay que cambiar de mecha —gruñe, y su mirada es intensa y abrasadora—, ahora saben que vamos.

CAPÍTULO VEINTINUEVE

SONA

Enyo lo sabe.

¿Se ha dado cuenta al instante, incluso después de ver que la idea de que muriese me destrozaba, de que no soy la misma persona que cuando me fui?

¿Que no soy la misma persona en la que me convirtió?

No del todo. Esa parte de mí que él moldeó, aunque sin querer, es la que ha permanecido. Esa parte de mí que lo ama con todo mi corazón.

Esa parte de mí que no podría arrancarme por mucho que quisiera, y no quiero, porque me duele cuando lo sopeso con la otra parte que necesita acabar con todo esto, que necesita vengarse.

Así que empuño el cuchillo. Camino hacia Jenny con sus ojos clavados en mi nuca, y luego en la mejilla cuando me giro y quedo a contraluz con el paisaje de la ciudad.

Primero le corto las ataduras de la izquierda, y luego las de la derecha.

Jenny se ríe y mueve la cabeza para mirarme. Soy capaz de ver el interior de su garganta conforme el sonido repta y sale por su boca, afilado y brusco en contraste con la suavidad de la biblioteca.

—Vale —pronuncia Enyo en voz baja, y se le quiebra la voz con esa única palabra.

Luego Jenny me arrebata el cuchillo de la mano y se abalanza hacia él.

—¡No! —Me muevo más rápido de lo que lo haya hecho en la vida y me interpongo entre ellos. Le aparto el brazo, pero ella parece haber previsto ese movimiento. Enyo le ladra a los guardias que no se acerquen mientras Jenny me agarra y las dos caemos sobre el escritorio cercano.

Trato de mover el puño, pero hallo resistencia, así que levanto la mirada y me doy cuenta de que tengo la manga sujeta a la superficie de la mesa con la punta del cuchillo. Un pisapapeles redondo se materializa en la palma de su mano, que levanta por encima de mi cabeza, y recuerdo la primera vez que intentó matarme, en el hielo de Calainvierno hace un millón de años. Por aquel entonces vaciló, al igual que ahora.

Muevo la rodilla hacia su estómago y, tras retorcerse para volver a hacerse con el cuchillo, le golpeo en las costillas con la espinilla. Y entonces las dos nos quedamos paralizadas y un silencio abrupto asola la estancia.

Lo ojos de Enyo ya están sobre los míos cuando lo miro. Tenemos la boca torcida, y ambos torsos respiran con el mismo dolor.

—*Gada*[13] —le dice a Jenny con voz ronca.

Ella se vuelve a reír, pero esta vez el sonido sale crispado. Se pasa una mano por el pelo, un gesto nervioso que reconozco de Eris, pero que nunca le he visto hacer a Jenny.

—¿A qué te refieres con que me vaya?

—¡Que te vayas he dicho! —Agarra una lámpara y la estampa contra la estantería que tengo justo detrás de la cabeza. Los añicos se enredan con mis rizos. Me sobresalta tanto que suelto el cuchillo, aunque la hoja cae sin hacer ruido sobre la alfombra afelpada. ¡Vete! ¡Vete de una puta vez!

Los guardias en la puerta dan un paso al frente, dubitativos, y él se gira hacia ellos con la misma rabia. Sus rasgos son marcados, líneas claramente definidas, pero la preciosa delicadeza en cada una de ellas se ha disuelto bajo el tono sombrío de su voz.

—Dejadla pasar u os colgaré en el patio junto a los renegados.

Jenny se acerca a mí. Al principio creo que va a atacarme otra vez; estoy tan atónita que no creo poder detenerla. Enyo nunca

13 (N. de las T.) Palabra coreana que significa «ir».

ha perdido los papeles de esta manera, no delante de mí. Después de Celestia, su serenidad habitual le flaqueaba, pero nunca había llegado a romperse como ahora.

Pero Jenny solo se inclina un poco para sacar sus guantes de seda del escritorio y se toma su tiempo colocándoselos. Me dedica una mirada de reojo y luego pasa junto a Enyo. Esta le guiña un ojo, aunque él no está tan entretenido como hace un par de minutos. Ella tampoco, puesto que no percibo ni un atisbo de sonrisa en sus labios con el pintalabios corrido.

Jenny se detiene entre los guardias. Se da la vuelta y, cómo no, saborea el momento en que sale viva de allí.

Y creo, por un segundo, que no entiende *por qué*. Luego me mira.

—Sois tal para cual —dice, pero lo que realmente quiere decir es: «Os estáis jodiendo la vida».

Y entonces desaparece. Enyo manda a los guardias al pasillo y él mismo cierra las puertas con un golpe seco que siento en la garganta.

Estoy paralizada.

—La has dejado escapar.

Se ríe sin humor.

—Sí —espeta, como si ni él mismo se lo creyera—. Creo que debería importarme más.

Entonces Enyo se gira hacia mí y simplemente... se viene abajo.

Me deja recoger el cuchillo de la alfombra.

Me deja colocarme delante de él con la hoja temblándome en la mano.

Ahora tengo una mano en su hombro. Lo empujo hacia el suelo y caigo de rodillas. La punta del cuchillo se detiene sobre su corazón.

Sus manos caen lacias, inmóviles, indefensas, y una muñeca me roza la espinilla.

Recuerdo aquel día que movimos su escritorio, cuando dejamos que los vasos de té helado formaran charcos de agua en el suelo mientras él trasteaba desde el suelo con los pies levantados y sobre la ventana, y yo conté las veces que me miró solo para dedicarme una sonrisa.

Abre los labios, pero no dice nada. Me está esperando.

¿A qué estoy esperando?

Saco los dientes y suelto un sollozo mudo.

—¿Dónde descargo todo este odio que me has dado?

Todo este tiempo me he odiado a mí misma. Por lo que le hice a esta ciudad, a él. Su amabilidad me salvaba y me asqueaba a la vez.

Y ahora me doy cuenta de que todo ese odio ya existía de antes. No fue algo fabricado y producto de la corrupción, no; ya llevaba dentro de mí mucho tiempo, aunque enfocado a algo distinto.

Lo hicieron muy bien, la verdad.

Pero ahora ya distingo de dónde procede ese sentimiento, porque antes solo tenía odio para una cosa.

La corrupción cogió ese odio que sentía por Deidolia y lo trasladó hacia mí misma.

—Quería morirme —susurro, y Enyo emite un ruido ahogado. Nunca lo había dicho en voz alta. Apenas me permitía darle forma al pensamiento. Pero sé que siempre ha estado ahí. Y creo que él también lo sabía. Se me quiebra la voz—. Tú me hiciste eso.

Él levanta un brazo y se lo lleva a los ojos. Se seca las lágrimas que le caen por las mejillas con la manga. Lo hace solo un momento antes de obligarse a apartarla. La ira ha desaparecido por completo de su expresión, como si supiera que su anfitrión no estaba hecho para ella.

Me mira a los ojos de esa forma que siempre me llega al alma; esa que me desnuda y me hace sentir completa, como si nadie me juzgara. Esta inmovilidad es su forma de disculparse. Porque él nunca podrá permitirse ser esa clase de persona en voz alta.

—Di algo. —El calor me invade los ojos. Me doblo hacia delante y el cuchillo se queda junto a su oreja. «Húndelo». Pero *no puedo*—. ¡Di algo!

Él levanta la mano y la apoya con suavidad en la parte de atrás de mi cabeza. Me rompo. Pego la frente a su clavícula con el cuchillo aún aferrado en la mano.

—Lo siento —me dice. Tenía mucho miedo. El pueblo necesitaba un milagro.

Yo. Un alma salvada. Una piloto que vuelve a casa.

Los Asesinos de Dioses muertos en la arboleda.

Una nación que se sostiene por la fe en un joven Zénit, diminuto en comparación con el gran poder que alberga, superado por el peso de las mil millones de almas de las que es responsable en este mundo tan salvaje y frenético.

—No fue por tu lealtad, Sona. —Su voz sale ronca y pesada. Siento sus dedos en mi pelo—. No era real. Ese no es el motivo por el que me enamoré de ti. Yo... nunca tuve intención de hacerlo. No tendrías que haberlo visto.

—¿Ver el qué? —susurro.

Él gira la cabeza y yo levanto la mía. Me besa en la muñeca y luego dice:

—Que no quiero ser así.

«¿Lo ves?». En mi Valquiria, con los cables vertiendo divinidad en mis venas. «¿Ves que no soy *así*?».

«¿No podemos desear quedarnos solos aquí?».

—Yo también tengo miedo —repongo. Y también lo siento.

CAPÍTULO TREINTA

ERIS

—Algo va mal —murmura Sheils.

Estamos junto al equipo de Jen reunidos en la Hidra de Astrid, que salió del río magullada aunque operativa, y nos dirigimos al sur de la ciudad. Debería haber muchísimos Ráfagas en las murallas a estas alturas, cualquier cosa que tuviera el Zénit contra nosotros y más. Sin embargo, aparte de un Argus patrullando más al norte y un Berserker merodeando cerca de la ciudad —y que tal vez estuviera terminando su turno—, no hay nadie más. Los miembros del equipo de Sheils se ocuparon de ellos dos.

A continuación, pasamos por encima del valle hacia la parte trasera de la Academia y entramos en la ciudad, un mecha rebelde detrás de otro.

—Mirad —dice Gwen a mi lado cuando llegamos a los jardines.

Sigo su mirada, aunque preparándome para lo peor, como siempre hasta ahora. Pero solo es un helicóptero negro con dos pares de rotores cruzando el río en dirección este.

Siento miedo en la base del estómago.

Tras la lucha con los Leviatanes, solo nos quedan dos tercios de los Ráfagas. Una mitad se ha desplazado hasta las murallas que bordean el río y la otra se ha apostado en círculo en torno a la Academia. Astrid es la que más cerca está. Bajamos por la escalera, salimos por el talón y llegamos a los escalones de la Academia con Zamaya en cabeza y una flecha preparada.

Nos detenemos delante de las puertas de dos pisos porque están abiertas, dándonos la bienvenida al vestíbulo donde bailé con Sona hace poco más de un día.

Más cabreada que nunca, Zamaya gruñe:

—¿Qué cojones?

Jenny está sentada en el suelo mirando hacia las ventanas que dan al patio. Lo primero que pienso es que no han limpiado la sala; Jen se ha servido un plato con la comida del banquete intacta que había en la mesa de al lado. Eso significa que tampoco han descolgado los cadáveres de los Asesinos de Dioses. Mi segundo pensamiento también va en la línea de «¿Qué cojones?», pero no con rabia, sino con sorpresa.

Zamaya corre hacia Jenny, cae de rodillas y gatea los últimos metros. Entonces acuna la cabeza de Jenny con sus manos tatuadas. No oigo lo que se dicen; llego hasta ellas justo cuando Jenny sacude la cabeza, y espeto:

—¿Dónde está?

Jen abre la boca, pero no sale nada de sus labios oscuros y manchados de pintalabios. Me percato de que se ha quedado sin habla. Eso jamás le había pasado, así que me asusto. Entonces recuerdo ver las luces del ático desde el otro lado del río; era la única planta que se iluminó cuando dejaron de sonar las alarmas.

Corro hacia los ascensores. Estará ahí arriba, con las mejores vistas y el mejor puto sitio del edificio. June y Arsen gritan y salen en mi busca por el pasillo. Hay un guardia inconsciente desplomado junto a un par de puertas dobles al lado de los ascensores, seguro que obra de Jenny, y yo me inclino para arrebatarle la tarjeta llave guardada en el interior de su chaqueta. Por el rabillo del ojo veo las puertas abiertas y la sala que estaba vigilando, que está a rebosar de reclutas de las Tierras Yermas y sus familiares aún engalanados y como peces fuera del agua, y que se encogen cuando Juniper y Arsen me alcanzan y los ven. Ellos dos se miran y es entonces cuando yo atravieso las puertas del ascensor y deslizo la tarjeta llave antes de pulsar el botón del ático.

Las puertas se cierran tan deprisa que veo a June y Arsen sobresaltarse a través de la rendija. Después solo hay silencio y me quedo sola. Me desplomo contra el cristal por el que se ve la imagen de la ciudad.

Aquel helicóptero. El puto cobarde ha escapado, lo sé. Me dirijo como una exhalación hacia una habitación vacía; hacia el siguiente mal agüero. Podría darle al botón de emergencias, pero eso no cambiaría nada. Tengo que seguir moviéndome o me sobrevendrá todo y…

¿Ayudaría realmente matar al Zénit? Quizá a los demás, pero ¿y a mí? Soy egoísta… No, tal vez lo que intento es darle vueltas porque no quiero que siga muriendo gente, pero me estoy pudriendo por dentro… ¿no es normal preguntármelo?

Las puertas del ascensor se abren. Tengo una daga enfundada en la cadera y la saco en cuanto salgo al pasillo, totalmente en silencio y sin hacer ruido al caminar por el oscuro suelo de madera. Hay espejos que cuelgan de unas paredes con empapelado de flores. Paso por delante de una habitación con la puerta abierta y veo que es la cocina, con encimeras relucientes. Hay una bifurcación en el pasillo con una pequeña salita en la que distingo sillas de aspecto delicado con cojines y un jardincito de piedra sobre una mesa baja.

Veo más puertas a la izquierda; a la derecha, dos cuerpos inertes con el cuello rajado y la sangre secándose contra sus uniformes.

Paso por encima de ellos y entro en lo que me figuro que es la biblioteca. Por extraño que parezca, hay una silla en mitad de la estancia y unas cuerdas cortadas bajo los brazos. Veo los trozos de una lámpara rota. Papeles tirados por la alfombra y manchas blancas por toda la sala.

Dejo caer la daga. Me abrazo a mí misma.

La luz del mediodía se ha vuelto brumosa; las nubes se arrastran por el cielo. Ella está levemente iluminada junto a la ventana. Sigue llevando el traje hecho jirones, con el cuello arrugado y los botones desabrochados.

Sona se vuelve hacia mí.

—¿Eris?

Y lo sé.

Lo sé por su forma de pronunciar mi nombre. Y, cuando se le quiebra la voz al repetirlo, yo también lo hago. Doy un paso hacia ella y no nos besamos con desenfreno, sino que nos pegamos como si los hilos de mi interior hubiesen encontrado su pareja en los de ella.

—Dioses —susurro con los labios contra su hombro. Ella me ha estrechado entre sus brazos y me aprieta tanto que no puedo ni respirar, pero la tengo tan cerca que ni quiero hacerlo—. DiosesDiosesDiosesDioses…

—Lo siento —susurra. Hunde la cara en mi pelo—. No he podido hacerlo.

—¿Hacer qué, cariño?

—No me odies.

—Nunca.

Siento que se le entrecorta la respiración y dice:

—He dejado que se fuera.

CAPÍTULO TREINTA Y UNO

SONA

Cuatro meses después

Tengo un sueño raro. Creo, creo... pero me despierto con la respiración agitada y el sueño se esfuma.

«Estoy aquí».

«Ella está aquí».

Aquí, bajo el aire seco y frío de los conductos de ventilación, que apenas se escuchan bajo el peso de las sábanas, y con la tenue luz de la mañana. Siento los dedos de los pies de Eris bajo la rodilla. Respiro. Mi pulso se regula.

Me quedo mirando la luz estriada en el techo. Me aparto los rizos pegados a las sienes por el sudor y me siento. Eris está bocabajo con una mano sobre mis costillas, dormida; ahora, la mano cae a mi regazo, y yo agacho la cara para acariciar su hombro con los labios.

—Buenos días —murmuro, admirando las pestanas negras y suaves pegadas contra sus mejillas—. ¿Quieres café?

—Púdrete —murmura Eris, hundiendo la barbilla aún más en la almohada. Después, cuando acaricio su cuello con la boca y ella me aparta ligeramente, añade—: Té.

Me pongo su camiseta —el dobladillo apenas me llega a la cintura, cosa que me encanta— y unos *bóxers* y camino por el pasillo en dirección a la cocina. Al entrar veo a Juniper inclinándose sobre una tetera humeante. Me da un beso en la mejilla a modo de saludo y me pasa una taza. Ella también es madrugadora, al contrario que Arsen, que está dormido como un tronco sentado en el suelo alicatado junto a sus piernas.

Envuelvo las manos en torno a la taza caliente de porcelana estampada con el símbolo de las Valquirias. Esta habría sido su planta si la Academia de las Tierras Yermas hubiera llegado a abrir sus puertas. Si esto fuese Deidolia y no las Tierras Yermas, el ático normalmente se reservaría para los Zénit. Pero no lo es, así que hay chaquetas de Valquiria por todos lados y Enyo está de vuelta y a salvo en su ciudad. Tal vez se esté preguntando cómo borrar este sitio del mapa.

—Me gusta tu pelo nuevo —digo, apartando esos pensamientos de mi mente. El vapor que emana de la taza me calienta las mejillas.

—Gracias. —Juniper sonríe y se pellizca un mechón azul claro entre los dedos. Ayer lo llevaba rosa, y el mes pasado, violeta. Eris y yo no sabemos de dónde saca el tinte—. Es para sentirme segura de mí misma.

—¿Vas a revisar hoy los explosivos de las minas?

Ella asiente.

—Como todas las semanas.

—Al menos está funcionando.

No me refiero a los explosivos exactamente; todos esperamos no verlos en funcionamiento nunca. Es la idea de tenerlos de lo que dependemos, porque así es como controlamos la ciudad y el motivo por el que el ejército de Deidolia nos está dejando en paz. Se le ocurrió a Jenny y a la capitana Sheils. Ira Sol, Ira Luna e Ira Terra se ubican sobre el mismo núcleo minero de todas las Tierras Yermas, pero Ira Sol cuenta con la zona más rica. Podría suministrar a Deidolia durante los próximos trescientos años, así que lo tenemos como ventaja.

Con eso en mente, Jenny instaló explosivos de magma que se cargarían todo el sistema de túneles como un solo Ráfaga enemigo se atreviera a acercarse a quince kilómetros de la frontera de Ira Sol.

Deidolia sigue creyendo lo de siempre, que todas las rebeliones se terminarán sofocando con el tiempo, así que vivimos en un endeble equilibrio. Cuánto más nos fortalecemos en Ira Sol, mayor es la posibilidad de que Deidolia contemple cortar por lo sano. Y mayor es la posibilidad de que Enyo de la orden de reducirla a cenizas.

Las puertas de la cocina se abren. Es Nyla, frotándose el ojo modificado con el talón de la mano y bostezando.

—Bonita camiseta —murmura al tiempo que me roza el brazo como saludo—. Y bonito pelo, June.

—Yo soy bonita —replica June animada, y le da un golpecito a Arsen con el pie—. Levanta, porfa. Ya estoy lista para salir.

Arsen hace un gesto con la mano mientras June se lo lleva a rastras. Nyla pasa un dedo por el borde de su taza, pensativa, mientras yo lleno una para Eris.

—¿Tienes planes importantes hoy? —pregunta.

—Ubicar a los refugiados, ¿tú? —respondo.

—Ronda por las vías —explica con una sonrisa tímida.

—Fascinante.

—Pues sí.

Lo decimos en serio. Tengo una sensación de calidez en el pecho. Apenas creí a Eris cuando me habló de los pilotos de Los Desechos, otros rebeldes como yo. Me gusta estar aquí con Nyla, en este bando. Se parece a mí.

De vuelta en nuestro cuarto, dejo el té de Eris en la mesilla y hago la cama mientras la escucho rebuscar en el armario. Un minuto después sale en sujetador y con los tirantes del peto sueltos, sobre las piernas.

—Oye, estaba buscando esa camiseta —espeta, con el mismo buen humor de todas las mañanas.

Observo su vientre plano antes de darle un sorbo al té, dejarlo en la rodilla y responder:

—Pues ven a por ella.

Me lanza una mirada pétrea al tiempo que se acerca y se coloca entre mis muslos. Yo le acuno la mejilla con la mano y trazo la línea de su mandíbula con el pulgar, y justo antes de que nuestros labios se rocen Eris aparta la cara y se lleva la taza. Se separa para darle un sorbo mientras me acaricia el costado desnudo con la mano. Mi respiración se agita. Se oye el inocente ruido de la taza contra la mesilla. Su boca huele a té cuando la desliza de la clavícula hasta mi cuello. Yo bajo la barbilla para atrapársela antes. Ya sabes, un atajo.

Siento el mismo chispazo de siempre. Cuando espero que la parte buena desaparezca, no lo hace.

—Acabo de hacer la cama —digo en cuanto ella se separa para quitarme la camiseta, que más bien es suya. Estoy tumbada bocarriba y ella ha pegado su torso al mío.

—Te ha quedado bien.

Acaricio la parte alta de su columna y ladeo la cara hacia la puerta justo cuando Eris me besa bajo la mandíbula.

—E-esa es tu hermana.

—¡Vete! —grita Eris bruscamente con la voz ronca y pegada a mí. De todas formas, la puerta se abre. Ella me vuelve a besar, impertérrita, y habla en el instante en que se separa para coger aire—. He... dicho... que... fuera... ¿Qué quieres?

—Evitar la hambruna masiva hoy, y puede que tal vez la de mañana también —responde Jenny entrando y deteniéndose ante el espejo de la pared.

Cuando Eris se da cuenta de que Jenny ha dejado la puerta entreabierta, se quita de encima. Jenny no es de las que se burlen, o directamente le importe, pero el equipo sí, aunque no a malas; solo es porque Eris lo detesta. Me siento y me paso el dorso de la mano por la boca para limpiarme la humedad. A continuación, me vuelvo a poner su camiseta. Ella me fulmina con la mirada antes de coger la mía de la silla del escritorio, colocarse bien el peto y preguntar con prisa:

—¿Ira Terra ha mandado la comida?

—No. Cabluzos de mierda —resopla Jenny antes de darle la espalda al espejo y poner los brazos en jarras. Lleva su chaqueta de cañamazo gris oscura aunque estemos en pleno verano solo para tapar los paneles de los brazos. A mí se me seca un poco la boca.

El trato es el siguiente: Jenny me modifica el ojo para que vea en color y yo no le cuento a Eris que su hermana se está transformando en piloto pieza a pieza. «A menos que pregunte, claro», había dicho Jenny guiñándome el ojo, porque Eris no lo hará. Porque es tal disparate que ni siquiera se le pasará por la cabeza.

Y lo es, además de peligroso. Lo ha hecho porque quiere proteger a todos lo máximo posible.

Sé que es un secreto y que no está bien ocultárselo a Eris, pero también sé que entendería por qué lo hago, y por qué lo hago por Jenny. Jenny es lo que nos mantiene unidos en este lugar seguro tan vulnerable, volátil e intenso. La gente tiene miedo. Tal vez de morir de hambre, o de los Prosélitos, o de los Asesinos de Dioses, o de Deidolia, pero la raíz de todo es el miedo, y el miedo genera pánico. Eso es lo que puede mandarlo todo al traste.

—¿No lo han mandado o es que el tren no ha llegado aún? —pregunto.

—Lo primero implica lo segundo, Defecto —suspira Jenny. Se acerca a la ventana y sube las persianas, dejando ver el paisaje matutino iluminado en tonos plateados. Se da toquecitos en el labio con el dedo—. Pero sí, sí, lo que sabemos seguro es lo segundo. —Se retuerce un mechón de pelo, pensativa—. Y os preguntaréis, ¿por qué estoy aquí? Buscando a esa tal June. Tal vez haya que hacer explotar algunos túneles de la mina si vemos que el retraso es deliberado. Por si por fin intentan algo.

De las ciudades mineras, Ira Sol es la que está más al sur; Ira Terra la que está más al norte; e Ira Luna, entre ellas, donde se curva el Gillian. Terra tiene los campos que nos abastecen. Nadie quería depender de Deidolia, pero cuando el primer tren de alimentos se detuvo en la frontera norte y comprobamos que llevaba recursos que necesitábamos como el comer, no nos lo pensamos. Los cogimos.

Seguimos cogiéndolos y examinando cada uno de los trenes que llegan. Nadie ha muerto por envenenamiento y los trenes no han explotado en los raíles que llegan hasta la ciudad.

Ira Sol es la infraestructura que nos hacía falta para alojar a la gente de las Tierras Yermas que busca refugio, pero ya hay cincuenta mil personas aquí. Las Iras no son como los pueblos de abastecimiento que Deidolia destruye cuando se pasan de la raya. Las ciudades no hacen eso. Deidolia cree que la gente de aquí es otra pieza más que se les devolverá con el tiempo, pero no si se mueren de hambre.

Eso es lo que deducimos la mayoría, y la razón por la que los trenes siguen llegando.

Si pensase de manera distinta, creo que no sería la única.

Estos últimos meses, Jenny no deja de mirarme a escondidas, igual que yo a ella. Esperando que una lo diga en alto. Eris se mantiene callada, pero sé que piensa en ello. En que tal vez sea cierto.

Que Deidolia no es misericordiosa, pero Enyo puede que sí.

Eris se frota el ojo.

—June y Arsen seguramente estén en la lanzadera camino a las minas.

—Vale, bien, los veré allí. —Jenny se gira para irse, pero se detiene abruptamente en la puerta—. Se están cuidando, ¿no?

Eris se aparta la mano de la cara.

—¿A qué te refieres?

—Que no quiero otra boca más que alimentar.

—Dioses —chilla Eris.

—Bueno, con vosotras dos no me hace falta…

—¡Que son asexuales, Jen! ¡Vete! —grita Eris.

—Ya, pero eso no significa que…

—Por los Dioses. Ya lo sé, Jen, pero sé que ellos… Ay, Dioses, no es asunto tuyo. ¿Puedes marcharte ya?

Le lanzo una miradita a Eris que esta capta de inmediato. Me encanta que ella ya me estuviese mirando.

—Espera —le dice a Jenny.

Pero su hermana ya se está yendo y nos ignora. Yo sigo a Eris hasta el pasillo mientras ella se dirige al ascensor.

—Jenny —la llamo—. Si hay problemas con los suministros, los refugiados...

Jenny aprieta el botón del ascensor.

—No le daremos la espalda a nadie.

—¿Se lo decimos a alguien? —inquiere Eris, deteniéndose a mi lado, a unos tres metros de donde Jenny sube al ascensor. El ambiente ha cambiado tan deprisa; lo mejor es mantener las distancias.

Oigo cómo se desliza la tarjeta llave y después Eris se vuelve para mirarnos, pasándose la mano por el pelo. Mientras las puertas se cierran, dice en voz baja, sin sonreír:

—Vaya dos, siempre con vuestra tendencia a la destrucción.

CAPÍTULO TREINTA Y DOS

ERIS

En el repentino silencio del pasillo, Sona entrelaza sus dedos con los míos antes de apretármelos.

—Eh.

—Mm.

—¿Estamos bien?

Milo solía preguntarme eso, o yo a él, después de nuestras estúpidas peleas, después de que me hiciera sentir mal o yo lo hiciera sentir mal a él; así es como creíamos que lo arreglábamos, terminando el asunto con una pregunta que más bien parecía un desafío. El «¿Estamos bien?» siempre era un «¿Ya hemos terminado con las gilipolleces?».

Pero esto no tiene nada que ver con eso. Es un «pregunto porque yo estoy bien si tú lo estás». Es mejor.

Le devuelvo el apretón.

—Estamos bien.

¡Oye...! —Agarro el bracito de un niño mientras intenta retorcerse. Se ha visto separado de la cola de gente que va camino de las lanzaderas apostadas junto a los muelles cerca de la compuerta. Arrastra sus piececitos sobre la plataforma de madera—. ¿Con quién has venido?

Lleva uno de sus deditos regordetes hacia uno de mis tatuajes en el brazo.

—Mola.

—Para —espeto, divisando a Sona entre la multitud. Está en uno de los puestos de madera entregando mochilas llenas de arroz, agua, vendas, hilo, bolsitas de té y algunos otros artículos diversos a los refugiados que bajan del barco. Ahora mismo se está riendo de mí y lo oculta tras una mano cuando le lanzo una mirada fulminante. Me enderezo aún con la muñeca del niño bien aferrada—. ¡Oíd! ¿Este niño es... eh... de alguien?

Una mujer morena de treinta y tantos años, cabreada y consternada, se abre paso a través de la cola.

—Rohan, te vas a... ¡Anda! Tú eres... la Invocadora de Hielo.

Sonrío con entusiasmo —lo cierto es que no puedo evitarlo— y luego me sereno.

—Aquí tienes a tu hijo.

—Te lo agradezco. —Le acaricia los rizos rebeldes con una mano ausente y él se deja hacer.

—Sí. ¿De dónde venís?

—De Sahil.

Se me corta el aliento un momento, pero consigo decir:

—Sahil, ¿eh? Es un camino difícil. Llegar hasta el puerto desde ese desfiladero...

—Nos ha llevado tres días, sí. Pensé que nuestro esfuerzo había sido en vano cuando vi a los mechas en la orilla, pero el barco pasó de largo. —Señala por encima del hombro el ferri amarrado al muelle, el que recorre el Gillian para recoger a cualquier refugiado que se encuentre. Nos ha llevado un tiempo, pero las Hidras consiguieron que se extendiera el mensaje por todos los Picos y los desiertos de las Tierras Yermas: Ira Sol acogerá a todo el que quiera o lo necesite. Residentes de pueblos de abastecimiento, fugitivos, desertores... Si ya no quieres estar bajo el control de Deidolia, puedes venir aquí—. Resulta que estaban ahí para escoltarnos, no para asesinarnos.

Ahora también se me seca la garganta.

—Extraño, ¿verdad?

Ella sonríe, aturdida, y desvía sus ojos oscuros hacia la ciudad.

—Sí. Y no creo que vaya a acostumbrarme pronto.

Otro ferri desembarcado, otra lanzadera llena de refugiados deseosos de instalarse en las residencias vacías, de llevar una vida completamente distinta. Las familias se asignan en los pisos de la ciudad, mientras que las personas solas van a las muchísimas habitaciones vacías que hay en la Academia de las Tierras Yermas, que ahora se ha convertido en la base de los Asesinos de Dioses.

El barco se aleja de los muelles hacia la compuerta abierta para volver a empezar la ronda. Hemos estado recibiendo personas sin parar desde los últimos meses. Durante las primeras semanas, los barcos también iban llenos cuando se marchaban de Ira Sol: de Prosélitos que huían a otras ciudades bajo el yugo de Deidolia. No rechazamos a nadie y tampoco obligamos a nadie a quedarse si no es eso lo que quieren. Jenny dice que reconvertir a la población general es una pérdida de tiempo, y yo comparto su opinión.

No obstante, la gran mayoría de Prosélitos se han quedado. Sé que es porque probablemente piensen que la reconquista de Ira Sol por parte de Deidolia es inevitable. Hasta podría ser porque tienen miedo de marcharse; por lo que les han enseñado sobre los Asesinos de Dioses, resulta razonable pensar que vamos a disparar a cualquiera que sea lo bastante ingenuo como para subirse al ferri. Pero sí que ha habido algunos casos aparte. Algunos que se han presentado en la Academia, que literalmente salieron de sus apartamentos y cruzaron las puertas de entrada diciendo: «Si esto es real, quiero ayudar».

Cruzo los muelles y me apoyo contra el mostrador del puesto de madera donde se encuentra Sona. Está metiendo saquitos con pipas de girasol en las mochilas a medio llenar. Muevo la que tiene más cerca y ella me lo agradece con un beso en la mejilla.

—¿Qué te pasa? —me pregunta cuando se aparta. Tiene los rizos recogidos en una pequeña coleta, pero unos cuantos se le han escapado de la goma elástica y penden junto a las comisuras rasgadas de sus ojos, suavizando así su preocupación. Por supuesto que ha notado que algo me molesta.

—Esa mujer y su hijo eran de Sahil.

—Anda. —Mete el siguiente saquito de pipas—. ¿Y saben...?

—¿Que ya no es más que un montón de cráteres? No creo.

Llegó a nuestros oídos hará un día más o menos. La cosa va así: La ciudad de Ira Sol controlada por las Tierras Yermas invita a cualquiera a venir, pero si Deidolia se entera de que sus pueblos de abastecimiento se están vaciando porque la gente está aceptando su invitación, habrá Ráfagas que vayan a borrarlos del mapa. Estamos recibiendo a bastante gente por ahora, pero deberían llegar más. Muchos más. Tanto el equipo de Jenny como el mío saldremos a patrullar cuando podamos, pero ahora mismo salir de la ciudad es un follón. Parece que el Zénit ha desplegado la mayor parte de su ejército por los Picos Iolitos —como toquen alguno de nuestros barcos, ya pueden ir despidiéndose de las minas—, pero aparte de eso, todo sigue siendo territorio deidoliano.

Me llevo la mano a la mejilla y muevo el talón en círculos.

—Deberíamos estar...

Sona posa sus larguísimos dedos sobre los míos.

—Lo que estamos haciendo es importante, Eris.

—Lo sé. Es solo que todo está muy...

—¿Tranquilo?

—Sí.

Se inclina más hacia mí. Aprieta su mano contra la mía con repentina ferocidad y se le ensombrece la voz al decir:

—Agradece que así sea.

—A veces me pones los pelos de punta.

—Lo digo en serio, Eris —espeta, y aparta la mano para coger el siguiente saquito con un poco más de agresividad.

—Cálmate, ya lo sé. —Me abrazo a mí misma para evitar buscar su contacto—. Me gusta la tranquilidad. —Nos encontramos en los muelles vacíos, completamente solas. Hace unos meses habrían estado salpicados de trabajadores preparando los cargamentos de piezas de mechas, pero ahora el único ruido que se oye es el murmullo de la ciudad a casi dos kilómetros de distancia y el suave romper del agua contra los postes de hormigón. Hay tan poco ruido que hasta oigo cómo respira si presto atención, lo cual es siempre, incluso sin pensar.

—Es solo que... en realidad no hay tanta tranquilidad. No de verdad.

Porque no solo estamos aquí para guiar a los refugiados del ferri a las lanzaderas. Cualquiera podría encargarse de eso. Nuestra función es localizar a cualquiera que resulte sospechoso. Un solo espía en condiciones valdría para hacer caer todo este lugar.

Así que no hay nadie en los muelles salvo nosotras. Vamos a entrar en pleno verano y el día es extraño: el cielo está despejado y la neblina de la mañana ha desaparecido con la salida del sol hace ya horas. Y, aun así, por mucho que me despierte en nuestro dormitorio o esté en la biblioteca de los Valquiria con el equipo, con una tormenta desatándose contra las ventanas, solo consigo sentirme mejor durante unas horas. Porque sé lo que me aguarda: esa sensación en el aire, tensa como una trampa de alambre, igual que la que siento ahora.

Estoy nerviosa todo el tiempo y eso me está desgastando, y... me avergüenza. No se lo digo. Y no le digo que no duermo tan bien como cree.

—El siguiente barco se aproxima —murmuro, girándome hacia el agua cuando el ferri da la última curva. Luego Sona me agarra la muñeca.

—Eris —me llama, inclinándose a medias sobre el mostrador para alcanzarme. Es una imagen un tanto ridícula, pero no mueve sus ojos de los míos—. Dale tiempo.

Abro la boca justo cuando un chillido agudo y alegre corta el aire.

—¡Hoooool a!

Pensaba que era un ferri, pero es una embarcación más pequeña, una que vira de forma abrupta justo antes de chocar con el muelle y que salpica agua por todo el hormigón. Nova está al timón, por supuesto, y a Theo se lo ve un poco pálido a su lado. Se pasan el día navegando por el Gillian mientras los ferris hacen sus rutas. Puede parecer divertido, pero lo que hacen es buscar minas acuáticas y Leviatanes, sobre todo porque llevamos *meses* sin ver a ninguno. Porque ese sería el mejor movimiento, ¿verdad?, reunir a los mechas para que bloqueen el río y detengan a los trenes de suministros. De esa forma la ciudad caería por sí sola, asfixiada.

No puedo evitar pensar que es debido a Sona.

El Zénit soltó a Jenny por ella, solo por tener la oportunidad de hablar con ella, porque vio que la había perdido. ¿Renunciará a esta ciudad también por ella?

Compruebo la hora según la posición del sol y digo:

—No deberíais haber vuelto tan temprano.

—Ya —me devuelve Nova a voz en grito—. Zamaya nos llamó por radio. Hemos venido a por vosotras. Vamos a ver qué pasa con ese tren de suministros desaparecido en las vías paralelas al río. Algunos Hidras ya están de camino para ocupar vuestro puesto aquí.

Y entonces todo vuelve a ponerse mejor. Nova sonríe como si no pudiera contenerse, con el viento echándole todo el pelo hacia atrás; ha empezado a decolorárselo religiosamente otra vez. Ahora la luz del sol casi le da un aspecto incoloro. Theo chilla, acurrucado bajo ella, adherido a su pantorrilla mientras ella gira el timón de un lado a otro solo para meterse con él. Sona y yo estamos sentadas en la proa puntiaguda de la lancha. Uno de sus tobillos está entrelazado con el mío y una pierna extendida por mi regazo y apoyada junto a mi cadera. Vamos a toda velocidad rumbo al norte y tan cerca de la orilla como se atreve Nova.

Hablé con Zamaya por radio en cuanto embarcamos. Al parecer, nuestros Ráfagas localizaron el tren justo a las afueras del territorio de Ira Sol, casi a mitad de camino entre nuestra frontera y las murallas de Ira Luna, parado sobre las vías.

Sona y yo ya lo hemos hablado, a menudo, de que la única razón por la que aún controlamos Ira Sol es porque poseemos Dioses. El factor adoración hacia las Hidras implica que hemos creado un cielo viable, incluso sin los Zénit. Aluviones de Prosélitos aún siguen reuniéndose en los bordes de la ciudad cuando nuestros Ráfagas vuelven de sus patrullas diarias, con los dedos de las manos sobre los labios y luego sobre sus ojos mientras inclinan las cabezas. Es una de las cosas más absurdas y terroríficas que he visto nunca.

Es espeluznante el poder de las creencias de los Prosélitos, y más aún que eso sea probablemente lo que esté evitando que se subleven. No podríamos hacer gran cosa para detenerlos además de ordenar a nuestros mechas que los aplastaran como hormigas en la calle, lo cual sería muy siniestro, pero aparte de eso, nos superan tantísimo en número que resulta hasta ridículo.

Aun así, ya han pasado meses. Jenny está progresando y Sheils está levantando un ejército de más pilotos desertores; poco a poco, el hangar de la montaña se va llenando de Ráfagas que controlamos nosotros.

Ahora ya alcanzo a ver el esqueleto gris oscuro del tren, extraño y chocante contra la superficie del agua y el frondoso valle que se alza por el oeste, salpicado de flores silvestres que se doblan ligeramente bajo la brisa. No veo humo ni daños, ni razón evidente por la que se haya detenido en este lugar. Noto algo raro en el pecho. «Algo va mal».

—Quedaos en el barco —digo cuando Nova se aproxima a la orilla. Yo bajo a la gravilla que delinea las vías, que cruje bajo mis botas.

—¡Oye! —protesta Theo—. Pero Defecto...

—No hablaba con Defecto. ¡Atrás! —Chasqueo los dedos cuando Nova suelta el timón.

Sona aterriza en el suelo a mi lado y les lanza una sonrisita triunfante por encima del hombro.

—No pasa nada. Volveremos enseguida.

—¿Cuándo narices he perdido toda la autoridad? —musito mientras nos encaminamos hacia el tren y dejamos el barco y a los dos chicos cabreados detrás—. Oye... ¿y en qué momento te has hecho tú con ella?

Ella se ríe entre dientes. El sonido sale sordo en mitad de aquella extensión vacía de terreno.

—Estás paranoica, capitana.

—Ah, no, cariño, lo que quería decir es: por favor, *por favor*, haz un golpe de estado. Ya casi lo has hecho, y yo estoy demasiado agotada.

—No es que se te dé muy bien acatar órdenes.

—A mí se me da bien todo. —Un instante de silencio. Confirme, soldado.

Ella crispa la boca para intentar ocultar la risa y la luz del sol ilumina sus pecas.

—Ay, te quiero.

Yo finjo dolor, me aferro el costado y me tambaleo sobre las rocas. Ella me atrapa al instante. Alzo la mirada hacia sus ojos con una sonrisa de oreja a oreja.

—Qué dramática eres —me dice Defecto.

—Cúrame, entonces —replico, y Sona me da un beso en la sien.

Un chillido se oye a nuestra espalda. Ambas nos giramos y vemos a Nova tratando de agarrar a un Theo retorciéndose y revolviéndose.

—¡Claro! ¡Dile a los niños que se queden en la lancha para que podamos tener este momento a *soooooooolas*! —Los brazos delgados de Nova se encuentran abrazando el torso de Theo, tratando de plantarle un beso bajo la barbilla. Él está medio doblado hacia un lado, tratando de escapar de ella, y con el pelo revuelto.

—¡Para! —protesta él, y el barco se estremece bajo su resistencia—. ¡Púdrete!

—Están muertos —susurro a la vez que el calor me asola las mejillas, y esta vez Sona no oculta la risa mientras tira de mí para que nos alejemos.

Pero me gusta verlos de mejor humor, en serio. Solo horas después de haber tomado Ira Sol, nos caló a todos; a cuántos habíamos perdido, y a quién. Fuimos nosotros los que tuvimos que quitar los cadáveres de la arboleda, quienes construimos y prendimos las piras y vimos como el humo manchaba el cielo. Daba igual cómo nos hubiéramos separado de los demás Asesinos de Dioses, que echaran a mis chavales, que me consideraran una traidora. Los conocíamos.

Sona y yo rodeamos el tren pisando las vías cuando podemos para evitar hacer crujir la gravilla. En los Picos, no todos los trenes están automatizados, pero este sí, de mutuo acuerdo: ni un alma fuera de la ciudad controlada por los Asesinos de Dioses. Nos detenemos a la derecha del primer vagón. Tiene un panel en el lateral; lo presiono para que se abra y revele el módulo de control, que lo componen una tableta y un montón de botones. Miro a Sona.

—¿Sabes algo de trenes?

Ella sonríe con sequedad. Soltaría un «¿Qué narices hacemos aquí, pues? No estamos preparadas para esto» si no lo pensara ya todo el tiempo.

Zamaya nos dijo que comprobáramos el cargamento; en plan… que miráramos si el tren no estaba lleno de soldados o bombas, etcétera, y que ya veríamos qué hacer a partir de ahí.

Nos movemos al otro lado del vagón. Asiento en dirección a Sona cuando esta me mira, con una mano en la manija de la puerta, y la abre de un tirón.

La luz del sol penetra en el oscuro y silencioso cubículo. Comprobamos los contenedores uno por uno en todos los vagones. Manzanas, cabezas de col china, bolsas de bayas secas. Todo intacto.

No estamos encontrando nada. Ojalá eso me pusiera menos nerviosa, pero no es así, porque un tren no se para sin más. Pero no veo que esto sea la clase de sabotaje que llevaría a cabo Deidolia; si quisieran manipular el tren, lo podrían haber hecho cuando salía de Terra o pasaba por Luna. Lo podrían haber hecho hace meses.

Pero también está el otro problema, uno nuevo y de lo más divertido: los Prosélitos Radicales, o PR, para acortar. No creemos que Deidolia les esté dando órdenes, pero siguen sirviéndola, así que es casi el mismo nivel de «maldad». Donde envían a los mechas a destruir un pueblo de abastecimiento en vías de desalojo, los PR van e intentan atrapar a cualquier refugiado que huya. Deidolia no mata a la gente así; ellos aplastan, o queman, pero no reúnen a gente para cortarles la garganta.

Eso es lo que vimos hace un mes: un grupo de personas de las Tierras Yermas que habían estado movilizándose hacia el oeste desde un pueblo llamado Bano para embarcar en el ferri de Ira Sol. Nos encontramos sus cadáveres en fila, y su sangre salpicando la arena. Jenny dijo: «Vaya, qué bien. Otra *cosita*».

La semántica de la religión de los Prosélitos es un poco confusa; recientemente he descubierto que el dogma difiere ligeramente de región a región. Los PR relacionan sus deidades con Deidolia directamente; veneran el cielo y a los Zénit por igual. Pero para otros que siguen la religión, los Zénit también significan algo para ellos, aunque no tanto como para los deidolianos. No tanto como los Ráfagas, ya que no todos los reclutas de las Tierras Yermas y Prosélitos han huido de la Ira Sol controlada por los Asesinos de Dioses. O tal vez sea por una cuestión de proximidad. Estos Dioses están más cerca.

O, quién sabe, a lo mejor solo están fingiendo que los Asesinos de Dioses le caemos bien hasta que su Zénit venga y los salve, o les dé luz verde para asesinarnos a todos mientras dormimos.

Ya estamos en el último vagón. Este está mucho más frío que los otros, lleno de cajas heladas en vez de contenedores. Abro un congelador y hallo un montón de tartaletas de pescado congeladas.

—¿Sabes cómo preparar *eomukguk*? —le pregunto a Sona, que está en el extremo más alejado del vagón mirando en otro congelador.

—¿Sopa en mitad del verano? —dice, sopesando una bolsa de verduras congeladas en la mano.

—Sí, por favor.

—Entonces sí, sé prepararla.

—¡Sí! —exclamo mientras abro la siguiente caja fría: es una cámara frigorífica esta vez, llena con frascos de cristal con col, cebolla verde y rábano fermentados—. Hacía muchísimo que no los comía.

—Llévate uno —dice Sona—. Creo que lo hemos mirado todo, ¿verdad?

Miro en derredor. Le diremos a alguien que arregle el tren ahora que lo hemos barrido entero, pero esa sensación en el pecho no se ha ido. Está todo demasiado tranquilo.

—Supongo.

Engancha su brazo con el mío, suave donde yo estoy tensa.

—Invocadora de Hielo, respira conmigo.

Lo hago. Sona desplaza una mano por mi columna, pausándose en la mitad de la espalda.

—Otra vez. —Sus costillas se hinchan contra las mías—. Fantástico.

Sellamos el vagón del tren y nos encaminamos de vuelta a la lancha. Tanto Nova como Theo están sin camiseta, tomando el sol en la pequeña cubierta; Nova se incorpora cuando oye nuestros pasos.

—Habéis tardado *la vida.*

—Se os ve tan desdichados —digo, saltando al barquito y ayudando a Sona a pasar por el borde. Aunque tampoco es que le haga falta.

Nova se encoge de hombros y gatea por el suelo. Primero se pone la camiseta y luego se coloca tras el timón. Mientras enciende el motor, comenta:

—Lo hemos estado hablando y hemos decidido empezar una banda: ¡Nova y los Niños Caóticos! Entre signos de exclamación, por supuesto.

—Yo no he accedido a eso —repone Theo, poniéndose su camiseta y sentándose de modo que su hombro esté apoyado contra mi rodilla.

—Nyla tiene voz de ángel —arrulla Nova, separando la lancha de la orilla y virando hacia el sur—. ¿No crees, Theo?

—Yo soy el batería —me informa Theo.

—No esperaba menos —respondo, y meneo el tarro frente a él—. Yo he conseguido *kimchi*.

—Col encurtida en salsa de pescado. Ñam —murmura Nova por encima del ruido del viento—. Y no es sarcasmo. Yo nunca les faltaría el respeto a mis raíces de esa forma, no señor. ¿Qué le pasaba al tren?

—Se ha parado sin más —contesta Sona, y se muerde brevemente el interior de la boca antes de ver que me he dado cuenta. Así que ella también está intranquila.

—Vale... —dice Theo, irguiéndose. Desvía sus ojos pálidos hacia mí por mero hábito; yo nunca he sido de endulzarle la realidad a mi equipo, aunque ellos tampoco es que quieran que lo haga. Me han visto arrogante, y también rota; no soy tan dura como antes, como se suponía que debía ser por ellos. La verdad sea dicha, no sé qué es lo que esperan de mí. Tal vez sea lo que yo espero de ellos: estar aquí. Con eso me basta. Y siempre lo hará.

—A mí no me mires —espeto, en cambio—. Nunca sé qué diablos pasa.

Él solamente se me queda mirando, con la cabeza apoyada en el asiento, y luego trata de quitarme el *kimchi* de la mano sutilmente. Yo lo suelto antes de que pueda arrebatármelo, y el tarro de cristal sale rodando por el asiento caliente y plasticoso hacia la proa de la lancha.

—Dámelo —protesta Theo, poniéndose de rodillas. Yo agarro el tarro justo cuando él se abalanza a por él.

—No habéis hecho nada en todo el día —digo, levantando una comisura de la boca cuando veo a Sona sonriéndome, con ambos brazos extendidos a cada lado de la baranda y la clavícula levantada y reluciendo bajo la luz del sol. Dioses.

—¡Nos dijiste que nos quedáramos en el barco!

—Exacto —replico, sosteniendo el tarro bien alto en el aire y enganchando la rodilla en su hombro para evitar que se levante del asiento—. Como he dicho...

Negro.

«¿Qué...?».

«Espera, pero...».

Silencio, oscuridad y nada de viento, nada de nada... Luego una nota aguda, como si estuviera unida a una cuerda, tocada directamente hacia el vacío.

Estoy aplastada. Y de costado. Los finos hilos de una imagen atraviesan la negrura y luego esta regresa, con el color blanco de la lancha y la curva de las montañas por encima. Cielo azul. Yo sigo tumbada sobre el asiento. Me he golpeado la cabeza contra la barandilla y he caído en un ángulo raro; por eso todo lo veo borroso. No respiro. Alguien chilla. Todos chillan. Todos están cubiertos de sangre.

Sona coloca una mano en mi hombro y el aire vuelve a llegarme; se desplaza por mi garganta y luego yo lo vuelvo a soltar.

—¿Qué...?

—No te muevas. —Me lo está gritando con los dientes manchados de rojo—. *No* te muevas, Eris. *Notemuevasnotemuevasnotemuevas...*

—¡Ya casi hemos llegado! —Nova está medio sollozando, medio gritando. Yo enfoco los ojos más allá de la oreja de Sona y veo a Theo inmóvil y de rodillas, con la boca abierta y petrificado.

—¡Theo! —suplica Sona, y él sale del estupor. Se pone de pie corriendo a la vez que se rasga la camiseta y la baja, baja, baja... hasta mí.

Hasta mi mano.

No.

Hasta mi muñeca.

Hasta mi muñeca.

Hasta mi muñeca.

—Sona —pronuncio, echando la cabeza hacia atrás y sonriendo. Las lágrimas me escuecen en los ojos. Estoy riéndome. Estoy gritando.

—Tú quédate quieta, cariño, quédate quieta —repite Sona una y otra vez, como si estuviera rezando. Tiene la cabeza inclinada sobre la mía, agarrándome la mano, la que me queda. Mira por encima del hombro y veo que tiene la mejilla manchada por mi sangre, y un hilillo le conecta los labios cuando mueve la boca, cuando brama—: ¡Llamad a Jenny!

Tiene un trozo de col en el cuello. Está todo desparramado sobre el pelo de Theo, tiñendo los mechones de rojo por segunda vez. Las tiras de pimiento rojo salpican la cubierta. Todo huele a vinagre.

Pierdo los papeles. Me río con tanta fuerza que siento el estómago contraerse y el corazón martillearme en la carne abierta en la que acaba mi brazo; como si me encontrase tumbada en el suelo con un mecha rodeándome despacio y me hiciera rebotar con cada pisada que diera.

Y luego todo se vuelve negro otra vez. Como si al final hubiese terminado aplastándome.

CAPÍTULO TREINTA Y TRES

SONA

Acurrucada junto a ella en la cama de hospital, acerco un dedo a su sien. Con suavidad —Dioses, por favor, sed indulgentes—, le aparto un mechón de pelo negro detrás de la oreja. Ella normalmente se mueve cuando la toco en mitad de la noche, se acerca más a mí. Esta vez permanece quieta.

Cierro los ojos. La almohada ya está húmeda por mis lágrimas. Pego mi frente a la suya. Sobre nosotras, la luz fluorescente titila. Siento como si solo estuviéramos nosotras dos en el mundo, tratando de ocupar el menor espacio posible y dejando el resto como un lugar vasto y terrorífico.

El mundo ya es suficientemente terrorífico tal y como es.

Cuando el tarro de *kimchi* explotó de la nada, cristal, col, y luego carne y hueso volaron por los aires; el rojo con el cielo despejado de fondo...

Eso ha sido, creo, lo peor que he tenido que ver nunca.

Jenny cree que las bombas se activaban por calor. Que habrían detonado de camino a los hogares de los refugiados, o incluso dentro de ellos, al atemperarse en cuanto los sacáramos del tren.

Ella vino a por nosotros en el muelle. Aún recuerdo su expresión en mi mente; el temor tras aquella quietud calmada y tranquila, a Eris entre nosotros mientras nos dirigíamos al hospital de la Academia de las Tierras Yermas. Su hermana le acariciaba la curva del hombro; recuerdo verlo y ella verme que lo había visto y tensarse, pero no paró de hacerlo. Entonces, cuando Eris ya estuvo bajo los solícitos cuidados de la doctora Park, se obligó inmediatamente a avanzar al siguiente paso: averiguar qué había sucedido.

Yo no lo comprendía. Eris había perdido una mano, ¿cómo podía estar Jenny preocupándose por los demás, por el impactante número de los otros?

Porque es fría, y mejor que yo por ello. Eso es lo que nos salvará a todos.

—Vamos a hacer estallar las minas —dijo con voz firme, paseándose por el pasillo del hospital sin parar.

Aguardé hasta que llegó a un extremo y se giró hacia mí para responderle.

—Si presupones que ha sido Deidolia, estarás creándonos un punto ciego.

Jenny llegó hasta el otro lado del pasillo y volvió a girarse para pasar por mi lado una vez más. Pero, entonces, cambió de parecer.

Me clavó el brazo bajo la garganta, y mi espalda chocó con la pared. Yo la dejé y contemplé su expresión a través del pelo en los ojos. Me había arreglado la modificación, así que ya no todo estaba teñido de rojo, pero sus mejillas sí.

—Tendrías que haberlo matado —gruñó Jenny.

—Lo sé —dije con dificultad contra su brazo—. Lo sé.

Se separó de mí. Zamaya, apoyada contra la pared opuesta, dijo:

—Los PR, Jenny. También podrían haber sido ellos.

—Cabluzos de mierda. —Jenny se volvió a girar.

—Sí —convino Zamaya.

No habría nadie a quien castigar a menos que los atrapáramos, y no lo haremos, o puede que yo sí, pero estoy harta de matar, aunque eso poco importe, y menos ahora.

Podría despedazarlos uno a uno, trocito a trocito.

Eris parecía tan pequeña cuando salió de la operación; no era más que un bultito bajo la manta. Como si incluso me cupiera en la palma de la mano.

No lo podía evitar. Cuando no había ruido, cuando nos quedábamos solas, apartaba la sábana, y le agarraba la muñeca mutilada y cubierta con un vendaje limpio. Los dedos que me habían acariciado las costillas esta misma mañana ya no estaban. La mano que me dibujó mis primeros tatuajes…

Destrozada.

La beso entre los ojos.

Esta vez sí se mueve.

Solo un poco. Se acerca un pelín a mí, y yo pienso: «Si ha sido él…».

Y el pensamiento se interrumpe de golpe.

«¿Qué, Sona?».

Si ha sido Enyo… ¿entonces qué?

¿Lo matarías?

¿Lo matarías, como pensabas que podrías, antes de que te diera vía libre para ello?

Él mató a esos guardias, los que lo habían visto soltar a Aniquiladora Estelar, los que lo habían visto dejarme vivir. La última imagen que tengo de él fue en el umbral de las puertas dobles con las mangas manchadas de sangre. Echó la vista hacia atrás, hacia mí, ¿y qué dijo?

No pienses en ello.

Por favor, no te atrevas a pensar en ello.

Pero entonces Eris se me acerca más y el pensamiento sale de su reclusión, porque un amor como *este* y otro como *aquel* son del mismo calibre; no puedo evitar verlos como las dos caras de una misma moneda.

«Sona», me dijo Enyo, con sangre desparramada por los bordes suaves de sus ojos. «¿Podrías hacerme un favor?».

«Sí», le dije, aún en el suelo donde me había dejado, rota y mareada por lo que le estaba permitiendo hacer. «Sí».

Y él se rio cuando me oyó. Como si fuera a volver a verlo; como si él fuera a regresar sin más. «Intenta no pensar lo peor de mí».

—Dime que no has sido tú.

—¿Sona? —murmura Eris con los ojos cerrados. ¿Has dicho algo?

¿Lo he hecho?

—No —susurro—. Sigue durmiendo.

—No te vayas.

—No pienso irme a ningún lado —le prometo, pese a la tirantez de mi garganta—. No te preocupes.

El equipo llega más tarde y revolotea alrededor de Eris, que se encuentra incorporada en la cama con los brazos apoyados sobre su vientre. Los chicos no parecen haber dormido, aunque no es una mañana deprimente; todos hablan y bromean como siempre. Eris repite una y otra vez:

—Por todos los Dioses, idos de aquí. Sois un coñazo. Dejadme en paz. —Aunque no lo dice de verdad, nunca lo hace. La sonrisa en sus labios la delata.

Al final, la doctora Park viene y los echa. A mí me dedica una mirada intensa que yo le devuelvo mientras Eris se ríe entre dientes.

—Sí, intenta que se vaya, a ver si puedes.

La doctora no tiene diagnóstico de la mano, ya que no hay mano en sí. El cúbito y el radio están partidos, aunque en la operación los limaron y fundieron con trozos de metal y cubrieron con carne artificial que la propia de Eris terminará absorbiendo parcialmente mientras sana. Necesitará unas cuantas sesiones de Araña por la muñeca y el lateral del antebrazo para igualárselo. Las arterias también las tiene hechas polvo, aunque conseguimos estabilizarle la presión en el brazo antes de que perdiera demasiada sangre, y la transfusión hizo lo que se esperaba de ella.

Podría haber sido peor. Eris podría haber estado abrazando la bomba contra su pecho. Pero lo que dice ella es:

—Podría haber sido Theo.

Le doy un apretón en los hombros y le paso el brazo por encima mientras me siento a su lado.

Jenny viene una vez se marcha la doctora. Se frota los ojos por encima de nosotras y me espeta:

—Te has saltado el turno.

—No me importa.

—Jenny —pronuncia Eris, enderezándose un poquito más—. ¿Has...?

—Las minas siguen intactas. —Jenny se cruza de brazos, con todo el peso apoyado en una pierna y la cabeza ladeada hacia la ventana, que tiene vistas al río Gillian—. Alguien se hizo con el control del tren de forma remota; así es como consiguieron detenerlo. Odio toda esa mierda informática, sinceramente; ya sabes que a mí me gusta más todo lo físico. Creía que tal vez Deidolia lo había orquestado para que pareciera obra de los PR. «Oh, ¿por qué íbamos a hacer eso cuando podríamos haber llenado el tren de explosivos en Terra o Luna?». —Parpadeo; el acento deidoliano de Jenny es impecable—. Pero he examinado las bombas. Son rudimentarias. Muy feas. No son tan perfectas y delicadas como las que fabricarían esos sádicos de Deidolia en un laboratorio.

Eris emite una risotada ronca.

—Estás salivando.

—Voy a fabricarte algo superguay. ¿Quieres? —Jenny se mueve alrededor de la cama y arrastra el brazo herido de Eris sobre las mantas—. Será de metal. Con la práctica, conseguirás completa movilidad.

Veo que Eris se queda mirando el muñón unos instantes antes de cerrar los ojos y apoyar la cabeza sobre mi hombro con un ligerísimo temblor de la boca. A mí el corazón se me sube a la garganta.

—¿Me vas a hacer una mano, Jen?

—Sí —responde Jenny—. ¿Quieres que le añada una función criogénica?

—¿Eh?

—¿Quieres que le ponga el suero criogénico?

Silencio.

No veo la expresión de Eris, pero sí cómo Jenny la escudriña, y cómo repara en que se aleja de ella mínimamente.

—Ya veo...

—No quiero —dice Eris con frialdad, pero le tiembla la voz—. No quiero. Lo que quiero son mis guantes. *Quiero mis guantes.*

Ya sé lo que es pelear con Jenny. Y no planeaba hacerlo nunca más, pero como se ponga borde con Eris ahora mismo...

Jenny separa los dedos del vendaje de Eris, y los pasea suavemente por su pierna mientras se aleja; un gesto sin importancia y natural que podría haber parecido accidental, pero no lo es.

—Qué exigente eres —comenta Jenny con voz aburrida, y se marcha.

Eris aparta la cabeza de mi hombro y me mira.

—Me siento como una niña caprichosa —refunfuña, aunque el temblor de su voz solo la hace parecer más severa.

—Eres todo lo contrario. ¿Por qué no quieres...?

—No quiero tocarte y matarte, o a los chicos —espeta. Estoy harta de hacerle daño a la gente. —Me la quedo mirando mientras se desahoga—. Matar a los invitados de Nivim, a toda esa gente en Celestia... no lo está mejorando. Yo solo quiero que mejore.

Y ahí está. Un trocito de mí que también es un trocito de ella. Los actos desesperados y violentos que alimentan la culpa y también la tristeza. Hemos salvado a muchos, pero también hemos destruido a otros tantos. No hay equilibrio; aunque fuera necesario, aunque yo no cambiaría nada del pasado si pudiera.

—Solo tenemos que ser mejores que todo el mal que hemos hecho digo—. Una vez me dijiste eso mismo. Y es cierto. Es muy cierto, Eris, pero ser buena no borra todo lo malo del pasado. No queda más remedio que vivir con ello. Será lo más duro que hayamos tenido que hacer nunca, pero no nos queda de otra. Y no lo vas a hacer sola. No estás sola en todo esto.

Me muevo en la cama para quedar frente a ella, para poder pegar las palmas a la curva de sus mejillas y acunarle el rostro. Espero hasta que esos ojos negros se muevan hacia mí, brillantes y furiosos. La curva de su nariz, con su punta ancha y suave, está ruborizada por el esfuerzo de contener las lágrimas.

—Sé que te avergüenzas. Pero yo *nunca* me avergonzaré de ti.

Eris traga saliva con fuerza.

—No sé si podré.

—¿El qué?

Ella apoya la mano en mi muñeca, se inclina y me besa. Luego se aparta para pronunciar las siguientes palabras contra mis labios, como una descarga que me recorre la garganta.

—Ser mejor.

CAPÍTULO TREINTA Y CUATRO

ERIS

Un mes después

—Uy —digo, fijando los ojos en el tarro—. Ja. Ups.

Juniper se gira hacia mí.

—Dioses, ¿qué pasa? —Sus ojos marrón oscuro se desvían del recipiente de sal que estoy sujetando al bol lleno de masa de pastel que está en la encimera. Pasa un dedo por el borde, se lo lleva a los labios y se queda con la boca abierta—. Eris, tú... ¿cómo...?

Levanto las manos cuando da un paso hacia mí.

—Lo siento mucho.

—¡Sona! —grita June, cogiendo el bol con la masa del pastel y escondiéndolo detrás de ella, contra el pecho de Arsen. Él lo coge con facilidad y se dirige al fregadero con el nudo del delantal medio desatado a la espalda—. ¡Sona!

—¿La estás llamando para que me saque de aquí?

—¡Por supuesto! —sisea.

—¡Pues vale, me voy! Aquí nadie me quiere.

—Yo sí que te quiero, pero no vuelvas por aquí —dice a mis espaldas cuando salgo al pasillo—. Échale un vistazo a Nova, ¿vale?

Nova está en el comedor colocando las serpentinas. Había un montón de cosas de decoración en el almacén de la planta —supongo que los pilotos también organizan fiestas—, lo cual nos viene bien, porque hoy es el cumpleaños de Theo, aunque lo vamos a combinar con el de todos, porque llevamos sin celebrarlos desde... desde la última fiesta de tatuajes en La Hondonada, ¿no? Pero dadas las personas que somos en Ira Sol, hay manos de sobra como para que el equipo pueda librar una vez a la semana.

Nova, la muy friki, está meciéndose con un pie en el borde de la mesa y otro en el brazo de una silla del comedor, mientras intenta enredar una serpentina morada en torno a los brazos de la araña del techo.

—Ayúdame —me pide con un hilo de voz cuando me rio de ella desde la puerta.

Cuando acabamos, nos quedamos de pie en la entrada, examinándolo y con las manos —la mía derecha de metal y fría al tacto, incluso sobre la tela de los pantaloncitos cortos— en las caderas.

—Queda bien —digo—. ¿Dónde están Theo y Nyla?

Nova se dirige al armario de los platos al fondo de la estancia. Sí, sí, este sitio es tan ostentoso que hasta los platos tienen su propio espacio. Pega una oreja a la puerta, asiente con tanto ahínco que hasta el moño rubio se le deshace y la abre.

Pues Nyla sí que está dentro, y Theo también, ambos algo desvestidos. Se separan de repente cuando se hace la luz en el armario y Nova empieza a mofarse antes de poner pies en polvorosa. Nyla pasa por mi lado y suelta un: «Voy a matar a...».

Ambas se marchan por el pasillo y nos dejan a Theo y a mí a solas. La expresión engreída me pone sobre aviso de lo que está a punto de decir.

—Ni se te ocurra...

—Pues sí que tenías razón sobre las pilotos, Eris. —Theo se pone la camiseta con una sonrisita y saca la cabeza por la abertura del cuello—. Besan de puta madre.

Estoy a punto de empezar a gritar, pero en lugar de eso pego un bote cuando la mano de Sona me envuelve la cintura y pega los labios a mi oreja, provocando que me estremezca.

—¿No me digas?

Me revuelvo y le echo una miradita que bien podría significar «Serás cabrona». Sé que no le gustan mucho las muestras de afecto en público, y solo lo hace para sonrojarme.

—Que te den.
—Me han dicho que me estabas buscando.
—Te han mentido.
Sona desvía la mirada de mí a Theo.
—Hola. Felicidades.
—Gracias, Defecto. Está siendo un muy buen cumpleaños.
—Ya lo veo.

Juniper logra salvar el pastel —no sé cómo— y, después de soplar las velas, decidimos guardarlo bien para llevárnoslo luego hasta la compuerta y así tumbarnos bajo el sol veraniego en el muelle. A ninguno nos gusta echar el rato en la arboleda o los jardines. Además, ahí es donde los invitados Prosélitos, los que han decidido quedarse, pasan la mayor parte del tiempo, esperando a ver a alguno de nuestros Ráfagas patrullando.

Mientras atravesamos la zona verde en dirección a la compuerta, pasamos junto a la gente tumbada en el césped; algunos abren mucho los ojos mientras contemplan a Sona y Nyla esta última se sonroja por ello, pero la mayoría permanecen retraídos.

—Hace un día precioso en la Ira Sol de los Asesinos de Dioses —grita Nova, y da una voltereta en el césped.

Los Prosélitos no son como esperaba; son dóciles, atónitos. Aunque no todos; las acciones de los PR al otro lado del muro dan fe de ello. ¿Serían la madre y la hija de Nivim así? ¿Se habrían quedado aquí, y estarían ahora mismo tumbadas en el césped queriendo sentir el entusiasmo de ver a una Hidra volviendo al hangar? Clingclingclingcling...

—No paras quieta —dice Sona a mi lado. Ha insistido en llevar la cesta con el pastel y la tiene pegada al pecho en gesto protector.

—Ya. —Dejo de mover las manos—. No me había dado cuenta, pero muevo los dedos demasiado cuando estoy inquieta. —Y ahora encima lo oigo—. ¿O es nuevo?

—No, siempre lo has hecho. ¿Qué te inquieta?

Para no responder, levanto el brazo y retuerzo uno de sus rizos con el índice izquierdo, sintiendo así su suavidad. Nova tiene razón, hace un día precioso. No hay razón para actuar como si el cielo se estuviera cayendo cuando todavía no ha pasado nada.

Bueno, salvo lo de que me reventaran la mano.

La cosa es que pasamos cuatro meses buenos, y ahora otro mes más de tranquilidad. Los trenes se vigilan y rebuscan mejor, pero no hemos encontrado nada desde entonces. Creemos que la bomba fue de los PR; ni de Deidolia, ni del Zénit. Y, si tuviera que elegir…

Pero me siento a salvo en la ciudad. Me lo he tenido que repetir muchas veces; que a pesar de tumbarme muchas veces sobre la mano nueva y despertarme de lo fría que está, tengo a Sona a mi lado, a mi equipo en los otros cuartos y la ciudad a nuestro alrededor. Contra todo pronóstico, seguimos en el mapa.

¿Por qué sigo inquieta? Por la culpa. Las pesadillas. Pero no soy la única.

Llegamos al muelle y el sol se eleva perezosamente en el cielo. El último ferri se fue y volvió hace una hora.

Sona deja el pastel en uno de los puestecillos mientras el resto coloca las toallas y se quitan los zapatos. Yo la sigo, como siempre.

—Estoy bien, de verdad —insisto—. Ya ha pasado. Estoy como nueva.

Los dedos elegantes de Sona delinean el contorno del pastel. Lo prueba, lo saborea y dice con los ojos cerrados:

—Puedes hablar conmigo cuando estés de bajón, rallada o asustada.

—¿Para qué? —respondo con una sonrisa—. Si lo notas al instante.

Impertérrita, coge otro poco de cobertura con el dedo y me lo deja en la punta de la nariz.

—No me hace gracia.

—No pasa nada. ¿Para qué hace falta humor si ya soy provocadora e inteligente?

Mientras me mira, Sona apoya el peso en la encimera con la barbilla apoyada en sus dedos entrelazados. La escasa iluminación del atardecer tiñe sus rizos de dorado a la vez que me observa. «Me observa». Dioses.

—Bésame —le digo, con las mejillas arreboladas y azúcar en la nariz, y me inclino a la espera.

Pero, en el último momento, estira la mano, me mete la cobertura por la nariz y se yergue antes de decir en alto, con voz escandalizada:

—Pero ¿aquí en público, Eris?

Con eso provoca que el equipo empiece a murmurar al instante.

—¿En público? —chilla Nova, y se abalanza sobre Juniper. Nyla y Theo saltan en torno a ellos y Arsen, en apariencia cansado, acaba con los pies de Nova en la cara mientras todos canturrean «¡Afecto! ¡Afecto!».

Sona se ríe echando la cabeza hacia atrás y el sonido es lo mejor del mundo para mí, como siempre. Pero, cuando baja la mirada y me ve seria con la cobertura en la cara, tose.

—Eh, que estaba de broma. ¿Quieres que te bese?

—No, no —respondo al tiempo que me limpio la cobertura—. Tienes razón. Estamos en público.

No la dejo decepcionarse demasiado; le tomo la mano enseguida.

—Supongo que tendremos que escaparnos.

—¿Y qué pasa con nuestros padres, Eris? —finge ahogar un grito al instante, sonriente—. ¿Qué van a pensar?

—Ya estaremos demasiado lejos al anochecer como para que eso importe.

—Entonces será mejor que nos marchemos.

—¡Tienes razón!

Salgo corriendo por el muelle, tirando de ella tras de mí, y pasamos junto a los chicos hasta el final, donde me quito las botas.

—¿Sabes nadar siquiera? —me burlo al tiempo que ella se quita las suyas.

—¿Crees que habrían dejado que me graduase de lo contrario?

Me quito los pantaloncitos cortos y se los tiro.

—¿Y también sabes relajarte?

—¿Sabes...?

Salto desde la barandilla con las manos abiertas y me sumerjo en el agua fría de golpe. Salgo justo a tiempo para ver sus botas bien colocadas en el muelle y los calcetines y los pantalones al sol para que se calienten en la barandilla. Su sombra se cierne sobre mí y yo vuelvo a sumergirme.

El agua está oscura y en silencio. Siento el frío contra mis piernas desnudas y hasta en el estómago, entonces la encuentro al salir de nuevo a la superficie. Ambas salimos a coger aire sonriendo como idiotas.

El equipo se jacta desde el camino y nosotras nos colocamos bajo la sombra fresca que arroja el muelle, donde hay una leve corriente. Hay una escalerilla enclenque en el agua que parece abandonada y que contrasta contra el hormigón. Nos agarramos a ella a ambos lados y ella sujeta con la rodilla la baranda bajo mi brazo. Cuando intento besarla, entre los peldaños, me doy un cabezazo.

—Cabl...

Ella alza la muñeca derecha del agua.

—¿Te ha dicho Jenny si es resistente al agua?

—No —respondo, observando el brillo del metal que provocan las gotas—. Pero, si nos electrocuta, podré decir que ha sido un fallo técnico.

Jen ha usado metal ligero para que no sienta tanta diferencia de peso, pero sí que lo noto al moverme, al estirarla. Sigo aprendiendo a disparar. Responde a mis pensamientos, así que Jenny dice que si funciones que no van bien, es culpa mía; soy yo la que vacila, no la mano.

Veo cómo me mira y me apresuro a añadir:

—No estoy sufriendo ninguna crisis de identidad, Defecto. Sé que soy humana y esas cosas.

Ella alza la comisura de la boca.

—Dioses, ¿eso te he dado a entender?

—¡No! Me refería... —Veo entonces que le hace gracia—. Bueno, lo cierto es que sí. Soy muy parecida a...

—No es verdad.

—Puede que no ahora. —Suelto una leve carcajada con la mirada gacha y acaricio el panel de su antebrazo con las yemas de los dedos de metal—. ¿Verdad?

Choco la pierna contra la suya perezosamente. El cielo se nubla sobre nosotras, preparado para descargar una tormenta, aunque sin prisa. Sona me observa mientras la acaricio.

—Verdad —responde con suavidad, y acerca la yema del dedo a la esquina de su ojo izquierdo, que arroja luz circular sobre el agua—. Yo no me sentía artificial por esto. Pensaba que sí; todo está tan presente que es fácil echarle la culpa. Pero ahora ya lo sé. —Acaricia mi mano de metal con la palma de la suya. Esta tranquilidad, este silencio, es como un espejo dando vueltas para que la luz se concentre en un único punto—. No era humana porque era odiosa.

Y es maravillosa.

Un pensamiento retorcido me surge de la nada. «¿Por eso no lo mataste?».

Es horrible. No desaparece del todo. Solo es ruido, el agua contra la camiseta pegada a mi estómago, su mano en busca de mi costado entre los peldaños. La beso, o ella me besa a mí, aunque creo que siempre nos encontramos en el medio. El ruido, como las interferencias, es como las pesadillas. No tan real como *esto*.

Cuando Sona se aparta, sonríe, a pesar de que debe de haber visto mi expresión inquisitiva. Sabe, al igual que yo, que no hay nada como esto.

Y entonces su sonrisa se congela.

Ya no me mira a los ojos, sino a algo que hay detrás de mí.

«Mira».

El pensamiento aparece al tiempo que mis nudillos se tornan blancos alrededor de la barandilla y el calor del momento se esfuma para dejar paso al miedo. Más allá del muelle, el equipo se ha quedado inmóvil, salvo June, que retrocede un paso, tropieza y cae sobre las manos sin chillar. Veo el blanco de sus ojos.

«Tienes que mirar. Esa parte será la peor».

Giro la cabeza hacia las compuertas.

Mal, mal, mal, todo mal.

Esta parte es la peor.

Más allá de las compuertas, a unos cuarenta y cinco metros. Dos Leviatanes, cubiertos de agua hasta la nariz y observando la ciudad con sus ojos rojos. Observándonos a nosotros. Me doy cuenta, horrorizada, de que han emergido sin hacer ni un solo ruido.

Las palabras suenan huecas en mi cabeza: «Somos tan pequeños».

No hablamos. Sona sube por la escalerilla. Yo subo por el lateral peldaño a peldaño, arrastrándome en silencio hacia el muelle. Siento el hormigón caliente bajo las rodillas y el corazón palpitando y «qué está pasando qué está pasando diosesdiosesdiosesquéestápasando...».

Corremos. El sonido de los pies descalzos resuena contra la ribera vacía.

Lo entiendo, aunque muy de vez en cuando... Por qué se inclina la gente.

CAPÍTULO TREINTA Y CINCO

SONA

Jenny hace explotar la mitad de las minas.

Esperamos al siguiente paso. Todos estamos en el comedor, tanto Asesinos de Dioses como Hidras. Esperamos las bombas. Que aparezcan mechas en las fronteras como una ola de metal líquido. Pero no sucede nada, ni siquiera vemos Leviatanes; se marcharon diez minutos después de emerger.

Jenny anda paseándose e intentando averiguar por qué.

Supone que los Leviatanes debieron de llegar por la mañana, cuando todavía había oscuridad. Después, salió el sol y el primer ferri pasó por encima de sus cabezas, descargó a un escaso número de refugiados y se marchó como si nada. Al igual que los demás.

Los Ráfagas permanecieron allí en el lecho del río todo el día, ocultos bajo la espuma.

Después se levantaron simplemente para observarnos y que nosotros reparásemos en ellos.

—Hasta ahora, nada, nada... —Jenny habla deprisa y en voz baja, con las manos pasando de los bolsillos a las sienes y el pelo. Habla consigo misma.

—Creo que deberíamos evacuar —murmura la capitana Sheils desde su posición.

—Estabilizando a la población, por fin, temporada de lluvias... —Jenny se ha apostado en la ventana y tamborilea los dedos contra los labios. Se encoge de hombros mientras todos la observamos—. ¿No sería lo suyo con las lluvias, o se está arrepintiendo? O puede que sea por aburrimiento, nos deja en el mapa para la temporada de lluvias... Hombre, un día lluvioso... ¡Ja! O los devotos.

¿Inspiración? Hace meses... no lo haría para que nos encogiéramos de miedo, no...

—Sí —intervengo en voz baja—. Sí que lo haría.

Para meternos miedo en el cuerpo. Pánico.

«No quiero ser así».

«Este sigue siendo mi mundo».

Eris se tensa a mi lado. Jenny se da la vuelta y nos miramos a los ojos.

—Y para ver si mantienes tu palabra —añado.

Tras un momento de silencio, tras un momento en que los engranajes de su cabeza hacen clic en esa mente tan inteligente y cruel que tiene, Jenny gira el cuello y se endereza con una risa amarga.

—Vale —dice, y la energía frenética desaparece de su voz. Ahora solo queda una calma letal—. Ahora sí que lo sabe.

—¿Qué es lo que sabe? —inquiere Eris en voz baja.

Jenny cierra los dedos a los costados. Los mismos que hicieron detonar las minas, que dejaron que los temblores asolasen toda la ciudad—. Que también estamos jugando a mi juego.

—Todos los que los han visto están aquí, en esta sala —apunta Sheils, señalando a mi equipo. Los demás vieron las imágenes de las cámaras de vigilancia. No nos vieron a Eris y a mí saliendo del agua, pálidas—. Esto no puede salir de aquí. Asustará a la gente más que nada.

O tal vez los inspire, como dijo Jenny.

Se oye una risa aguda cortar el ambiente pesado. Me giro y veo a Nyla al fondo, donde el equipo ha decidido colocarse, con las manos sobre la boca para amortiguar el sonido.

—¿Ny? —la llama Theo, dándole un toquecito en el hombro. Ella retrocede antes de acercársele con las manos aferradas a la parte delantera de su camiseta. La cercanía hace que las pecas de Theo se bañen en la luz roja.

—Han pasado meses —dice ella, como si estuviera sola—. Estaba equivocada, estaba equivocada...

Veo que Eris mira a Jenny, que hace un gesto seco con la barbilla, y ambas nos levantamos de la mesa y guiamos al equipo por el pasillo y hacia el dormitorio más cercano. Theo lleva a Nyla a la cama y hace que se siente. Ella se abraza y empieza a mecerse.

—Creía que no sabríamos nada más de él. —Se ríe de forma temblorosa. Respira de manera agitada y las lágrimas se agolpan en sus ojos oscuros.

Me arrodillo frente a ella.

—Nyla, cariño, todo irá bien.

—Mentira. —Y vuelve a soltar otra risita nerviosa antes de echarse a llorar. Se hace un ovillo en la cama y los rizos negros tiemblan sobre el cobertor—. No estáis a salvo aquí. Nadie está a salvo aquí...

Eris cierra la puerta. Uno por uno, nos tumbamos alrededor de Nyla sobre el colchón, apiñados.

«Los vemos en nuestras cabezas una y otra vez», pienso. A los Leviatanes emergiendo del agua. Los otros recuerdos horribles causados por ese único y puro terror.

Estiro el brazo en busca de la mano de Eris. Ella permite que se la agarre, aunque tiene la mirada distante. Yo cierro los ojos y recuerdo —por raro que parezca— que dejé el pastel en el puesto. Y que fui yo quien dejó vivo a Enyo.

Quién es no importa tanto como lo que es. Debería haberlo sabido. Debería haber hecho de tripas corazón y habérmelo cargado. Ahora, con la mano de Eris entrelazada con la mía, recuerdo que tenía miedo de *esto*. De que se convirtiera en algo peor.

CAPÍTULO TREINTA Y SEIS

SONA

Temprano por la mañana de un día gris, me despierto de golpe y sin saber por qué, con la sien apoyada contra el hombro de Arsen y un brazo sobre el estómago de Eris. Me desenredo y levanto una mano hacia el ojo para evitar que su brillo los despierte. De pie a los pies de la cama, los cuento. Nyla está apretujada entre Theo y Nova, profundamente dormida. Entiendo su miedo. Es peor cuando crees que ya habías dejado de huir.

La puerta del dormitorio está abierta. La cierro y luego entro en el cuarto de baño y abro el agua fría. Me recojo el pelo con una mano mientras que con la otra me enjuago la cara. Creo que estaba teniendo un mal sueño, porque tengo la nuca sudada. Apoyo el peso contra el lavabo y me tomo un momento para respirar con tranquilidad antes de levantar la vista hasta el espejo.

En mis facciones hay palabras que brillan bajo la luz roja de la modificación.

BELLSONA.

Me tambaleo hacia atrás y llevo las manos a la puerta para asegurarme de que el pestillo está echado. Sin querer golpeo el interruptor de la pared y la luz repentina me atraviesa los ojos. Yo me giro, despacio, de nuevo hacia el espejo, y... el cristal. El cristal está pintarrajeado con rotulador rojo.

«Bellsona».

Para.

No puedo apartar la mirada.

BELLSONA.

¿RECUERDAS LA NOCHE QUE ME AGUJEREASTE LAS OREJAS Y PENSASTE EN MATARME? ME ASUSTASTE MÁS DE LO QUE DEJÉ ENTREVER.

CUANDO ESTABAS CONMIGO SE ME OLVIDABA QUE MI DESTINO SIEMPRE HA SIDO CONVERTIRME EN ALGO HORRIBLE. MI DESTINO NUNCA HA SIDO QUERERTE TANTO, SONA. ASÍ QUE ESTOY HUYENDO, HUYENDO, HUYENDO...

¿PODEMOS VERNOS?

EN EL BOSQUE ANTES DE QUE LAS VÍAS LLEGUEN A LA CIUDAD. ESTA NOCHE.

Lo releo una y otra vez hasta que el suelo de repente se ladea y caigo de rodillas con la frente en las losas. El grifo sigue abierto; el sonido suena inalterable bajo el de mis latidos en los oídos.

Alguien en la torre se está comunicando con él. Alguien que ha pasado por nuestro lado, mientras dormíamos, para garabatear estas palabras en el espejo. ¿Uno de los invitados? ¿Alguien llegado en ferri ha pasado por nuestro lado? ¿Traían este mensaje desde el principio o lo han recibido, de alguna manera, cuando ya estaban entre murallas de la ciudad?

Las náuseas me pellizcan el estómago. Levanto la cabeza y veo que el mensaje sigue ahí, en rojo. Esto no tiene precedentes. Una herejía con la que nadie se atrevería a soñar viniendo de un Zénit.

¿Eso es lo que es? ¿Una herejía?

«Estoy huyendo».

¿Podría ser cierto?

«Me asustaste más de lo que dejé entrever».

Me levanto. Con las manos temblorosas, descuelgo la toalla de su gancho, la meto bajo el chorro de agua y luego cierro el grifo. Me quedo aquí de pie, en silencio, con el agua chorreando por mi mano. Creo que estoy a punto de cometer un error.

Él también me ha asustado.

Llevo la toalla al espejo y dejo que las palabras desaparezcan mientras mi familia duerme en la habitación contigua.

Tengo que decírselo.

La tinta roja chorrea por mi brazo.

Se lo diré.

Después de esta noche.

Está lloviendo, la neblina se pega al sotobosque y las nubes han cubierto el cielo todo el día. Nos hemos pasado el día preparando la nueva estrategia de Jenny. El toque de queda para toda la ciudad empieza a las ocho, y apostaremos los mechas alrededor de la Academia, no en el hangar, por si acaso. Dice que podemos luchar contra deidades terrestres mejor que contra una flota de helicópteros en el cielo. Dice que aún no volaremos lo que queda de minas, ya que seguimos vivos y un cargamento de comida ha llegado esta mañana. Tras los registros extra se ha concluido que viene libre de bombas y de veneno. Dice que el Zénit sí que podría abrir fuego contra nosotros, pero que ahora sabe que Jenny tiene el dedo en el detonador y que perderá lo que le queda de minas.

—Gracias a los Dioses —dice de forma dramática, pero a juzgar por las ojeras que muestra, diría que no ha dormido—, porque vosotras dos ya ridiculizasteis suficiente el diseño de los Arcángeles, porque eso… *ja*… sí que habría sido una putada. Supongo que las cosas siempre pasan por algo.

Los Leviatanes en la compuerta sí que parecen haber sido idea suya. Algo llamativo antes de huir… ¿habrá sido eso? Seguro que todos los han mirado con ojo crítico durante estos meses por no haber hecho gran cosa con respecto a la toma de Ira Sol, y tal vez este movimiento los haya relajado un poco. En cuanto se han tranquilizado, ha huido. Eso explicaría por qué los Ráfagas no nos dispararon cuando estuvimos en el agua.

«Date la vuelta».

No lo hago.

Paso la arboleda, los jardines y recorro la colina boscosa que se alza al norte de Ira Sol. Las vías que se adentran en la ciudad quedan a mi derecha, aunque no las veo por culpa de la neblina y de la lluvia. El corazón me martillea en el pecho y el aliento sale de mi boca en nubes ligeras de vaho. Él está cerca. Sé que lo está.

Quiere ser mejor; yo también quería serlo.

Puedo convencer a los demás. Eris vio la bondad en mí cuando me ayudó a salir de la Academia, cuando me trajo a casa. Todos hemos hecho cosas horribles movidos por un odio que nos inculcaron desde pequeños y que no tendríamos que haber sufrido. Pero lo he visto en él; he reconocido esa parte dolorosamente *humana* cuando pensábamos lo mismo, cuando nos apoyábamos el uno en el otro sin siquiera tocarnos. Es más grande que la ciudad, más grande que el modo en que crecimos.

Y, a través de la neblina, percibo movimiento. Una capucha, una mano enguantada apoyada contra el tronco de un árbol, mirando hacia el bosque.

—¿Enyo? —susurro.

El nombre se lo traga el trasiego de la lluvia. Y lo mismo ocurre con mis pisadas contra las hojas muertas mientras me acerco.

Estiro el brazo.

Está aquí. Todo ha terminado. Tal vez le estuviera mintiendo a Nyla cuando le dije que todo iría bien, pero ahora ya puedo decirlo de verdad. Ya no hay nada que nos persiga.

Apoyo la mano en su hombro.

La otra aferra la empuñadura de la espada a mi costado. La que he traído solo por si acaso.

No es él. No siento que sea él.

Pero todo pasa muy rápido. Sucede en menos de medio segundo.

La figura se vuelve y me golpea en la sien con algo duro. La visión se me nubla y caigo al suelo. «Mira, mira, mira». Abro los ojos para hacerlo, pero solo veo dedos que se me clavan en la cuenca del ojo izquierdo y luego siento otro golpe que sacude mis brazos a los costados. «No te duermas...». La lluvia me llena la cabeza y...

Oscuridad.

Oscuridad.

Oscuridad.

CAPÍTULO TREINTA Y SIETE

ERIS

El equipo viene empapado por haber estado correteando fuera con la lluvia. Me encuentran en el sofá de la biblioteca, con un libro al que ni siquiera he prestado atención, con los ojos fijos en la ventana.

—¿Dónde está Sona? —pregunta Nyla, sacudiéndose el pelo y salpicando a Theo. Nova la imita y también salpica a Theo, y las dos se levantan el dedo pulgar perfectamente sincronizadas mientras el pobre se queda allí plantado, chorreando y atónito ante aquella alianza.

—Ni idea —murmuro, pasando la página que no he leído. Sí, vale, estoy un poco dolida con ella. Ayer vimos que Enyo podría no haber terminado con nosotros y no me gusta que me recuerden que deberíamos seguir asustados. Pero no voy a gritarle a Sona por no haberlo matado. No pienso echárselo en cara.

No obstante, hoy necesitaba un poco de espacio para convencerme de ello. Y creo que ella también. Por razones diferentes, claro, pero ¿y qué? Eso no significa que no seamos almas gemelas.

—Mierda —musito, y giro la página, otra de la que tampoco he leído ni una sola palabra. La agarro con demasiada fuerza y el papel se rasga entre el metal de mis dedos.

Oigo que el ascensor resuena en el pasillo, y luego pasos. Me yergo, e inmediatamente después me relajo un poco, preparada para verla, aunque sin que se me note... pero es Jenny la que cruza la puerta. Sus ojos negros barren la estancia.

—¿Qué?

—¿Dónde está Defecto? —inquiere Jenny.

—¡Que no lo sé! —espeto. ¡No soy su niñera!

—Eris —pronuncia, y ahora sí que me yergo. El tono de su voz es muy serio. El equipo también se queda inmóvil—. Ven conmigo. Ya.

En silencio, me levanto del sofá y la sigo por el pasillo.

Tiene una tableta en las manos por la que desliza el dedo hasta que aparece la imagen de un mapa: de la ciudad de Ira Sol, el campus de la Academia y el terreno de alrededor junto con el río lleno de líneas azules.

—Se ha ido —me dice Jenny, y señala el bosque al norte de la ciudad por donde pasan las vías—. Estaba aquí, y luego ya no.

—Qué cojones, Jenny. *¿Qué?* —Soy consciente del silencio sepulcral que hay en la biblioteca; los chicos están atentos a lo que decimos—. ¿Le has puesto un *rastreador*?

—Sí —admite. Bueno. A su ojo.

La mente se me queda en blanco durante un momento antes de volver a funcionar. Jen le devolvió la visión en color a Sona hace unos meses. Se lo sacó de la cabeza y le dijo que volviera a por él en una hora. Yo misma estaba ahí.

—Primero mis guantes —susurro. Tú... Qué, ¿te has vuelto adicta o algo?

Jenny se ríe sin más. El sonido sale como un traqueteo.

—No seas idiota.

—No —insisto—. Está aquí. Ha vuelto con nosotros.

No es ninguna adicción. Jenny colocó el rastreador por si alguna vez Sona volvía con Enyo.

¿Eso es lo único que le ha añadido al ojo? Ahora ya sé lo bien que se le dan los explosivos a Jenny...

Dioses. Más tarde. Ya lidiaré con eso más tarde. Ahora...

Me giro hacia la biblioteca y abro la puerta de una patada.

—Venga. Sona ha desaparecido. —Todos abren los ojos como platos—. No os quedéis ahí pasmados. No pasa nada. —«Calma, calma. Estoy calmada»—. Vamos a buscarla.

Literalmente me tropiezo con ella.

—¡Mierda, mierda, mierda! —Y luego me desplomo sobre el suelo. Sus rizos están bajo el sotobosque y tiene sangre en la cara. Esta imagen. Es solo esta imagen: el resto del mundo bordeado de neblina, ni un solo ruido, ni siquiera mis propias palabras cuando salen de mi boca a través del nudo que se me ha formado en la garganta—. ¡Sona! ¡*Sona*!

Le aparto el pelo de los ojos y ella vuelve en sí y parpadea. Está viva, temblando, y me doy cuenta de que estoy mirando una cuenca vacía. Ella se tuerce para vaciar el contenido de su estómago en el suelo forestal.

Levanta una mano para tocarse la sien, donde tiene un chichón del tamaño de un huevo, pero yo le atrapo la muñeca. Desvía sus ojos —su ojo— hacia mí, distante y brillante.

No sé qué decir. No sé qué digo, solo dejo que los susurros salgan de mí, sin aliento, jadeantes. Casi por obligación.

«Estás bien. Estás bien», creo. O algo así.

No me doy cuenta hasta más tarde, una vez la llevamos de vuelta a la torre y la tumbamos en una cama de hospital, que no estaba intentando tranquilizarla a ella.

Sino que estaba rezando.

CAPÍTULO TREINTA Y OCHO

ERIS

Nos quedamos calladas después de que nos lo cuenta todo. Jenny, Zamaya, Sheils y yo, de pie alrededor de su cama. Me siento distinta, aún sorprendida y entumecida por haberla encontrado así. Ni siquiera me mira a los ojos; vuelve a tener el izquierdo, reemplazado.

—Lo siento —susurra mientras las demás se van, pero yo no la estoy mirando a ella, sino a Jenny. Mi hermana echa la vista atrás, con una mano apoyada en la puerta, y más que clavarla en mí, la desvía hasta Sona.

Es como si volviéramos a estar en el hielo de Calainvierno, con una Valquiria ahogada y la otra resentida a nuestra espalda, mientras Jenny trata de desacreditar la amenaza en su cabeza.

Respiro despacio cuando la puerta se cierra con un clic. Sona coloca una mano sobre mi muñeca, y yo niego con la cabeza. «Dame un minuto».

No me cuesta imaginarme lo que Enyo puede significar para ella; aunque lo odie, aunque me quede hasta tarde por las noches imaginando lo que le haría de tener la oportunidad. Como si eso pudiera sacarle de la cabeza todas las cosas horribles que él ha hecho.

Pero yo no lo conozco.

Al igual que no conocía a Sona. Y al igual que la odiaba también. La guerra solo consigue transmitirse durante generaciones porque los otros tienen rasgos distintivos y facciones inexpresivas. Es más fácil luchar y matar cuando no son más que números que reducimos a las filas de Deidolia, cuando no son personas reales y de carne y hueso. Cuando solo es el odio enfermizo y pesado el que nos mueve.

Enyo dejó vivir a Sona. Además, dejó escapar a Jenny, lo cual dice bastante de lo mucho que significa Sona para él, y mató a los guardias después porque podrían haber visto cómo dejó que ella le pusiera la daga sobre el corazón.

Jenny la ha estado teniendo como un talismán protector. Pero puede que ese ya no sea el caso. Y sé que a Sona le duele más que a mí que me lo ocultara y saliera al bosque a escondidas, por lo que le agarro la mano.

—¿Lo quieres?

—No me gustan los chicos —replica Sona, pero sus palabras salen roncas, porque sabe que eso ya lo sé y que está evitando responderme.

—Sabes que no me refiero a eso.

No lo soporto. El cabreo que siento es una gilipollez, por lo que apoyo el peso en el colchón para acurrucarme a su lado en la cama y pegar mi mejilla a su clavícula. Pero antes de poder hacerlo, ella dice:

—Para.

—¿Por qué? —pregunto.

—Enfádate un poco, Eris. Grítame. Suéltame. —Una sonrisa venenosa. Sus palabras salen en fragmentos rotos y afilados—. ¿No me has oído? ¡Que no me toques!

Entonces estallo.

—No voy a castigarte solo porque creas que debo hacerlo —escupo con una voz tan despiadada como la suya—. No puedes hacerlo. No tienes derecho a pedirme eso.

—¿Por qué narices crees que estarás a salvo de mí? Lo que he hecho...

—Ay, cariño, pues claro que estoy a salvo de ti. —Me inclino hacia delante para mirarla fijamente a los ojos—. Yo soy arrogante y tú... tú estás completamente *obsesionada* conmigo, joder. Me ocultas cosas y luego vienes a la cama y me mientes y me quieres, y estás bien. Lo demás es solo... Dioses... es solo... *lo demás.* No es *nada,* Sona. Ya me he cansado de desacreditarte. Te conozco, imbécil. «Suéltame». ¿Sabes lo que pasa cuando hago eso?

Aparto la mano y ella automáticamente me la agarra. No sonrío ante el gesto; no hay triunfo alguno. Durante medio segundo, el labio inferior le tiembla; luego lo oculta separando la mano de la mía y frotándose la boca con los nudillos. Se ríe un poco, con incredulidad, indefensión y tantísima tristeza a la vez.

—Estaba muy... perdido. —Sus ganas de pelear se desmoronan—. Y yo... yo estaba *tan segura* antes, Eris. —Levanta los dedos para pasárselos por el pelo y gira la barbilla hacia las ventanas, donde las luces de la ciudad hacen retroceder a la noche—. De lo que estaba bien. De lo que estaba mal, de quién era el malo, de quién tenía que morir y quién vivir, y...

La veo titubear, ya sea por ira o por pena, antes de sacudir los hombros con un sollozo que la parte en dos. La culpa.

—Te odiaba, Eris. —Lo dice en voz baja—. Él me hizo odiarte, e hizo que te tuviera *miedo,* y yo... yo... de veras que iba a matarte. —Se ríe un poco, aunque el sonido sale vacío entre nosotras—. Enyo me dejó vivir. Eso fue algo mínimo e indispensable para su plan, quiero que sepas que lo sé. Pero estaba tan cabreado y triste... y luego era él mismo; como nosotras, no más que un puto crío que deseaba hacer lo que pudiese. Proteger a quien pudiese. Y lo siento. Creí... Lo siento mucho, Eris.

Me acerco a ella. La estrecho entre mis brazos y aparto lo demás, todo lo demás. Nos quedamos así durante un rato; yo respirando el olor de su camiseta, ella empapándome el pelo de lágrimas.

No me parecía protección, al menos al principio. No según cómo veía el mundo antes, con las líneas claras y las crueldades definidas asociadas al bando opuesto. El eliminar pueblos enteros. Una Academia llena de niños, para que puedan familiarizarse con lo que les pondrán dentro, para que su instalación sea óptima e irreversible. Ráfaga tras Ráfaga, exceso tras exceso de sangre. Y ahora estoy aquí, y no debería importar que antes de todo esto Deidolia fuera la que estuviera siendo sofocada por las naciones que una vez conformaron las Tierras Yermas; no debería importar que sus primeros mechas y sus primeros pilotos estuvieran rebelándose contra ellos en vez de luchar por y para ellos.

Pero ahora veo las cosas de un modo distinto. Los sistemas que tenemos son violentos y horribles y eso hace que odiarlos sea sencillo. Pero luego está la gente, revuelta y compleja y *humana*, e imprevisible por ello.

Yo la cago constantemente, pero al menos ahora reconozco que los errores que he cometido son *errores*. No como antes, que pensaba que confiar en Sona era una debilidad, o cuando creía que el apego era un lastre, porque eso fue lo que me enseñaron, que la clase de mundo en la que había terminado existiendo me comería viva si no.

Lo que Sona siente por Enyo... no es un error. Es lucidez.

—No quiero que pienses que no puedes sentirte así —susurro contra su camiseta, con las manos entre mi vientre y sus costillas, aunque la derecha más pegada a mí para que ella no sienta su frialdad—. ¿Vale? No nos pedimos a la otra que no sintamos algo o que sintamos menos. No pienso dejar que ninguno de nosotros lo haga.

Ni ella. Ni los chicos. Ni yo. Mis padres querían que fuese fría porque creían que eso me salvaría. Pero me está poniendo enferma y nos está pudriendo a todos. Y tal vez lo que el mundo necesite sea a los duros Asesinos de Dioses, no a personas, sino solo escudos y espadas afiladas. Puedo llegar a entenderlo, pero no voy a perderme a mí misma de esa forma. Quiero que seamos egoístas, que estemos juntos y que seamos mejores por ello.

—No me lo ocultes. —Le doy vueltas al sombrío pensamiento, lo que debió de haber sentido cuando vio que no era él y que estaba sola—. No me importa si crees que está mal. No me lo ocultes.

Tras un instante, ella murmura, cansada:

—No hay nada más que ocultar. —Me echa el brazo sobre los hombros y ella también se me acurruca—. Ya ha acabado conmigo.

Lo cual podría implicar lo peor para Ira Sol. Para todos nosotros.

Pero llegaremos a eso en un momento. Nuestras vidas amenazadas, una y otra y otra y otra vez. Siempre es lo peor para nosotros.

No pasa nada. Ahora mismo solo estamos nosotras. Su aliento y el mío, y el silencio.

Cuando me despierto, aún acurrucada junto a su costado, hay una figura alta y oscura que nos observa desde un rincón de la habitación. Me incorporo enseguida y llevo la mano de metal al hombro de Sona.

—Levanta —susurro adormilada—. Jenny va a matarte.

Sona abre los ojos y el brillo rojo recorre la expresión calmada de Jenny a trompicones. Luego se da la vuelta.

—Ya lo habría hecho.

—¡Entonces es que sigue dándole vueltas a la idea!

—Pues sí —conviene Jenny, con su voz ausente y pensativa.

—*Sona* —repito, esta vez con más urgencia y sacudiéndola.

Ella me aparta el brazo y tira de la manta hacia arriba.

—Vale —digo con absoluta incredulidad—. Luego vamos a tener que hablar muy seriamente sobre tu falta de instinto de supervivencia.

—Si es que hay un luego —murmura, con la expresión oculta tras el pelo.

Desvío la mirada para ver que Jenny se ha acercado. Me bajo de la cama, le agarro de la muñeca y tiro de ella hacia el pasillo.

—Tú creías que huiría —digo, a toda prisa y en voz baja y suplicante—. *Escúchame.* Ella no...

—Lo que ha hecho —repone Jenny con voz neutra— no ha sido mucho mejor.

—Nos lo ha contado.

—Después.

—¿No es más importante averiguar quién le dejó ese mensaje?

—Si es que realmente lo hizo alguien —repone Jenny—. En las cámaras de seguridad del ascensor no aparece que haya subido nadie hasta la planta durante la noche. Aparte de mi equipo. —Jenny me dedica una sonrisa afilada—. Atrévete a insinuarlo siquiera.

Ni de coña.

—Podrían haber subido por las escaleras. Allí no hay cámaras.

—O directamente no hubo nadie y la mente de Defecto sigue más para allá que para acá.

—Tiene un puto chichón en la cabeza. Le arrancaron el ojo. —Mi voz sale helada—. También podrías confiar en mi juicio, ¿sabes?

—Ya te ha engañado antes. Solo le hizo falta un traje bonito, una sonrisa y un poco de flirteo.

—Dioses —jadeo, encogiéndoseme el corazón—, ¡tú también me has engañado, Jen! Me dijiste que iríamos a la inauguración a por ella, a traerla de vuelta. No me dijiste que intentarías matar a Enyo. Y Sona es la *única* razón por la que te dejó salir viva y por tu propio pie después de que fracasaras.

Jenny se queda en silencio durante un momento, acariciándose la sien con los dedos para apartarse un mechón de pelo suelto, aunque el movimiento es metódico e invariable. Desliza la mirada hacia la mía y, de pronto, se ha convertido en nuestra madre. Es decir, es que Jen incluso lleva puesta su chaqueta, como siempre hace, así que he vuelto a La Hondonada y Jenny está a mi lado en la entrada de los dormitorios. Tiene catorce años y me golpea cada vez me inclino demasiado hacia ella; las dos tenemos la espalda pegada contra la pared irregular de hormigón mientras esperamos a que nuestros padres vuelvan de su misión. *Appa* viene y está agotado. Nos da un beso en la coronilla con una sonrisa cansada. Mi madre lo sigue y está cabreada, como siempre que no terminaban la misión con éxito, y nos dedicaba a Jenny y a mí la misma mirada que Jenny me está dedicando ahora. Cansada, tensa y un desafío todo en uno.

Durante mucho tiempo, siempre pensé que esa mirada significaba «Id con cuidado. Estáis en terreno pantanoso».

Hasta que nuestra madre no murió no me di cuenta de que no era ese su significado en absoluto.

«Id con cuidado. *Estoy* en terreno pantanoso».

—No sé si esto ha sido obra suya —dice Jenny.

—¿Qué?

—El crío Zénit. No sé si ha sido cosa suya.

—Sona ha dicho... que había un recuerdo de ellos escrito. Cuando le agujereó las orejas.

—Pero no veo por qué le haría falta un ojo —apostilla Jenny, y añade, medio para sí misma y desviando la mirada hacia el pasillo vacío del hospital—: Solo hay una razón para hacerse con esa modificación.

Para ver a través de un Ráfaga.

—Crees que alguien está fabricando un piloto —adivino en voz baja—. Dentro de la ciudad. ¿Un PR? O...

—No lo sé —musita Jen—. He impuesto guardias en nuestros mechas. Voy a traerlos más cerca de nosotros, echarles un ojo... Dioses, es que solo haría falta una Hidra...

Se queda inmóvil. Lo veo en su mirada, las imágenes correr. Siempre prevé todo lo malo que puede suceder. Por eso seguimos vivos.

—Vigílala —me ordena con voz grave tras salir del estupor—. Ni se te ocurra separarte de ella.

—Sona es leal a los Asesinos de Dioses —espeto.

—No te pongas como si hacer lo que te digo te fuera a suponer mucho problema. —Se pasa las manos por la chaqueta y empieza a alejarse—. Y dile a tu equipo que esté preparado.

—¿Para?

—Para comprobar si tengo razón. Y todos sabemos qué probabilidades hay de eso. —Jenny suelta un suspiro. Afilado; incluso podría llegar a ser una risa de no haber salido tan llano, de no estar sonriendo tanto que hasta de espaldas se le ven las comisuras de los labios—. Si le ponen su ojo a otro piloto, el rastreador volverá a encenderse.

CAPÍTULO TREINTA Y NUEVE

SONA

Llueve durante tres semanas. Los pasillos de la Academia parecen apagados; los pasos son más ligeros y las voces de los Asesinos de Dioses y los Hidras más bajas sin pretenderlo siquiera. Excepto Nova, que se mantiene callada, como dice Eris que ya ha hecho en otras ocasiones. Todos estamos tensos, a la espera. Si yo tenía razón y Enyo ha mandado a los Leviatanes para ponernos nerviosos, lo ha conseguido. Pero Jenny también ha mantenido su palabra; sé que él no quiere perder las minas que le quedan. Los trenes siguen llegando con comida, y siempre nos contenemos antes de darle el primer bocado.

Me he disculpado con el resto por no haber dicho nada de la nota. Me ha sorprendido, igual que Eris, que les cabrease más que fuese sola a que creyese que Enyo me estuviese esperando. Pero siguen confiando en mí, aunque se cabreen, así que yo me tapo los ojos con fuerza cuando siento el calor de la vergüenza. ¿En serio he hecho algo tan estúpido por esa imagen utópica de mi cabeza —Enyo, Eris, el equipo y yo todos juntos—como para olvidarnos de que nos temíamos los unos a los otros?

—Bueno —dice Nyla con voz aguda y nerviosa por verme llorar. Está cernida, igual que los demás, sobre los pies de la cama—. ¡Ya lo sabéis! Ya nos habría matado mientras dormíamos si estuviera en el bando de Deidolia, así que no pasa nada. ¿Verdad? ¿Verdad? ¿Verdad?

—Puede ser —responde Theo con sequedad, rompiendo el silencio incómodo posterior—. Quien escribió la nota tampoco nos mató.

Juniper da una palmada antes de comerse la cabeza por esa idea.

—Eso me da muchísimo miedo. Te quiero, Sona, y a los demás también, mucho. —Con las manos juntas, mira a Eris—. Permanezcamos juntos siempre.

Lo dice radiante, sonriendo, pero con total seriedad, y nosotros lo tomamos como tal. Hemos permanecido juntos. Dormimos en el mismo dormitorio o en la biblioteca, y cuando a Nyla o a mí nos toca salir a patrullar, el resto del equipo está ahí cuando salimos y cuando llegamos, esperándonos bajo la lluvia.

Siento que poco a poco disipamos la tensión los unos en los otros, e incluso los silencios se vuelven vagos y tranquilos tras un par de semanas. Juniper por fin enseña a Eris a hacer un pastel en condiciones. Arsen me enseña a jugar al ajedrez. La planta de los Valquirias tiene una sala de entrenamiento que desconocía hasta que Nova me llevó a ella en silencio y cogió una espada. A pesar de estar desentrenada, le toqué la muñeca y corregí su postura hasta estar equilibrada, y desde entonces damos clase temprano por la tarde. Había olvidado lo mucho que echaba de menos sentir el peso de una espada en la mano.

Una noche, le pido a Eris que me devuelva mis engranajes. En la biblioteca, se arrodilla frente al brazo del sofá y me agarra la mano con la suya enguantada. Me resulta familiar. Noto que está nerviosa por su mano nueva, pero quiero que sea ella, y lo lleva bien, cosa de la que ella también se percata, como esperaba. Le beso la frente entre engranaje y engranaje. Son siete en total, uno por cada persona del equipo, incluido Xander.

Esto es lo que tengo. No un mundo en llamas o el pecho lleno de culpabilidad o alguien que podría haber sido buena si las cosas hubieran sido justas. Ellos son lo real.

Cuando acaba, se apoya en los talones, reprime las lágrimas y se gira hacia el resto del equipo.

—¿Alguien más? —pregunta—. Sé que llevamos mal la cuenta, pero... ya sabéis. —Se encoge de hombros. El gesto parece natural, y me arranca una sonrisa y me duele al mismo tiempo—. Da igual, todo bien. ¿Nyla?

—No —responde Nyla con las palmas hacia arriba, dando un paso hacia Theo—. No he derribado a ningún Ráfaga.

—Le quitaste uno a su ejército —rebate Theo, y coloca la cabeza encima de la de ella con una sonrisa. Ella se sonroja—. Eso cuenta.

—Cuenta —repetimos los demás.

—No tiene por qué ser un engranaje —añade Eris rápidamente—. Te puedes hacer cualquier cosa. A Arsen se le da mejor dibujar, eso sí, así que le cedería el puesto a él.

Nuestro experto en explosivos asiente y levanta los pulgares. Juniper, sentada en el sofá biplaza a su lado con una rodilla sobre él, suelta una risa satisfecha y se lleva la mano a la boca, avergonzada, cuando Arsen la mira.

—No es nada —dice—. Es que eres divertido.

Veo que Theo y Nova intercambian una mirada.

—Vaya —comenta Theo—. Llevabais un tiempo sin poneros cursis.

Nova asiente.

—¡No puedo! —exclama Nyla cuando la volvemos a mirar—. Yo... agujas... No me obliguéis, por favor.

—No lo haremos, Ny —responde Juniper enseguida.

—Aunque tatuamos a Defecto cuando estaba dormida, porque no podía sentirlo. En la parte trasera del cuello, donde no pudiese verlo. —Theo me sonríe con la barbilla apoyada sobre la cabeza de Nyla—. ¡Sorpresa!

Nyla suelta un chillido y se libera de su abrazo. Nova la derriba de inmediato. Yo me toco la parte trasera del cuello mientras ellas se ponen a rodar sobre la alfombra.

—¿Es verdad, Eris?

—No lo sé —responde ella—. Déjame ver.

Me giro y me levanto el pelo. Eris acaricia la zona con el pulgar muy suavemente antes de apartarse y decir:

—Pues sí, pero tienen buen gusto.

—Ya ves que no hay nada de qué preocuparse, Nyla —comento.

Nova se separa de ella. Sus ojos verdes me miran; tiene el pelo rubio revuelto sobre los hilos de la alfombra y suelta las primeras palabras que ha pronunciado en semanas:

—Yo quiero uno.

June se gira para ocultar su sonrisa en el hombro de Arsen. Theo oculta la suya en el otro hombro de Arsen.

Eris también sonríe con cariño.

—¿Un engranaje, cariño?

—No —replica Nova, seria—. Una carita sonriente. En la cara.

Se hace el silencio. Nova nos mira y espera.

—Guau —dice Nyla desde el suelo.

Así nos encuentra Jenny. Nova está tumbada en el sofá de la biblioteca con la cabeza en el regazo de Arsen y él justo acaba de dibujarle una carita sonriente en la comisura del ojo derecho. Yo alzo la mirada al tiempo que ella se apoya contra el marco y, al ver que no dice nada, sé que viene por algo serio.

Eris se levanta.

—Se ha activado, ¿verdad?

—Hace escasos minutos —responde Jenny, aferrando la tableta en sus manos. No le he recriminado por haber puesto un rastreador en mi cabeza sin mi consentimiento, pero solo porque decidió no matarme. El pan de cada día, vaya—. ¿Preparados?

Eris nos mira. Nova se pasa un dedo por el vendaje que le ha puesto Arsen encima de la tinta y asiente.

—Preparados.

Es raro estar aquí por la noche, y mira que creía que la situación no podría ser más extraña. Jenny tiene los mechas en torno a los jardines cual juguetes abandonados, y cuando nos encaminamos por las calles desérticas, la mirada iluminada del Berserker de Nyla guía nuestros pasos y alarga nuestras sombras. Jen no la ha dejado saltarse la patrulla por venir.

1718 Úrsula. Ahí es donde apareció el rastreador por última vez. Jenny está a la espera, por radio, por si se mueve.

Permanecemos en silencio al tiempo que los edificios se alzan en el cielo moteado de nubes y reparamos en las caras cercanas a las ventanas, ajenas a nosotros. Su atención está puesta en las deidades apostadas en lo alto de la colina. El toque de queda no les gusta, pero el refuerzo nos está viniendo bien. Los Dioses de los Prosélitos aparecieron en este mundo por capricho de Deidolia, pero ahora están desperdigados por nuestro jardín, y el asombro es mucho más embriagador cuando se les provee tan fácilmente.

Jenny estaría con nosotros, pero nos sentimos mejor sabiendo que está vigilando el nuevo hangar al aire libre; nuestra primera y última línea de defensa. Estamos Eris, Nova, Juniper, Theo, Arsen y yo corriendo por los huecos oscuros bajo las farolas oscurecidas.

Empezó Theo subiendo por las alcantarillas y después deteniéndose de golpe en el borde de la luz, como si, en vez de quedar iluminado por las bombillas de arriba, la carretera se acabara y no hubiera asfalto. Nos esperó y todos caminamos juntos bajo el haz de luz, y luego la noche volvió a cubrir nuestros pasos y Eris me tomó la mano.

Perseguirnos en la oscuridad es estúpido y brillante a la vez. Nos tropezamos delante de la luz con las mejillas sonrosadas y el pelo alborotado y fingimos que nos hemos ido moviendo despacio todo el tiempo.

Al final nos acercamos a nuestro destino y Eris habla en voz dura y baja en mitad de la calle vacía:

—Odio esta puta ciudad.

Creo que todos la entendemos. No se refiere a la noche silenciosa de verano que invade el aire; si pudiéramos, nos quedaríamos así para siempre, caminando en círculos entre los rascacielos hasta que las farolas se apagasen. Pero no somos los únicos aquí; también hay cosas peores.

En el hueco oscuro en el que estamos merodeando de manera inconsciente, me rodeo la boca con las manos y grito:

—¡A la mierda esta ciudad!

Eris lo flipa mientras los chavales empiezan a mover las manos en la oscuridad y a repetir lo mismo que yo. Abrazo su cintura para poder besarla, embelesarla y porque me parece divertido. Porque puede odiar la ciudad tanto como quiera; lo que yo intento es que no odie el resto del mundo.

—No te olvides, cariño, que tú también estás obsesionada conmigo —le digo al oído.

—Oh —repone—. ¿No quieres seguir con todos los miembros intactos o qué?

—Tu hermana y tú os parecéis un montón. Estoy segura de que Jenny ya me ha preguntado algo parecido alguna vez.

—Púdrete y suéltame.

—Ja. Tú...

—Sona —explota Eris, pero no me mira. Yo la suelto—. ¡Oye, que hay toque de queda!

Está gritando y todos seguimos su mirada y vemos que alguien se da la vuelta y echa a correr hacia la boca del callejón.

—Joder. —Eris y los demás también nos ponemos a correr, pasando bajo la señal de la calle que marca «Úrsula».

Hay puertas dispersas por el callejón. Una a la izquierda se cierra cuando doblamos la esquina. Eris ya se ha sacado el mazo del cinturón, pero con las prisas no se coloca en la posición correcta. Siento una vibración rara contra los oídos y la fuerza de las modificaciones de Jenny rompen el pomo y parte de la jamba y tumban a Eris en el suelo. Sin embargo, esta se levanta con las manos y parte de la pierna ensuciadas antes de que yo llegue hasta ella. Golpea los restos de la puerta con la bota. La entrada conduce al hueco de una escalera.

Nos detenemos, vacilando sobre si huir o luchar; quietos, como si pudiésemos sentir a una criatura invisible agazapada sobre nosotros.

June delinea el lateral del edificio y murmura los números bajo sus yemas quemadas:

—Diecisiete dieciocho.

«1718 Úrsula».

Eris toma aire y sus hombros se elevan.

—Arsen, te toca —dice con voz ronca, baja y firme.

Se saca de la mochila una granada aturdidora junto con unas finas varitas fosforescentes que se iluminan con una luz verde como si fuera un circuito de cables ardiendo. Le ofrece la anilla a June, que sonríe y la quita, y él tira la granada a la escalera.

Vemos un destello de luz blanca y Eris lanza su varilla y se abalanza tras ella.

Pero se detiene en cuanto nuestros pies abandonan los escalones de hormigón y su luz llega a la zona a oscuras. El brillo verde vuela por el aire e ilumina una baranda estrecha. Hay unas barras medio oxidadas y unas escaleras que resuenan en la plataforma.

—¿Eris? —susurra Nova.

Esto no es un mero sótano. El aire frío y abierto hace resonar su leve voz antes de apagarla.

No estamos solos en esta estancia.

Se oyen pasos muy por debajo, como gotas de lluvia cayendo sobre una roca, y después un siseo. Metal contra metal, y reconozco el sonido. Todos lo hacemos. Una puerta.

Eris se saca la radio del cinturón y el ruido de las interferencias me hace rechinar los dientes. Pregunta en voz baja:

—¿Jenny?

—Dime —responde al instante, como si pudiera escuchar la urgencia en la voz de Eris.

—Ven. Ya.

—Voy de camino, ¿qué pasa?

Eris me mira y la veo igual de acojonada que yo. Creo que no deberíamos tener que cambiar tan drásticamente en tan poco tiempo; pasar de ser chavales que juegan en la oscuridad a esto en apenas un minuto; a chavales ahogados en rojo.

—Es un hangar.

No la veo cuando busco su mano, pero sí la escucho perfectamente. Todos nos quedamos en silencio ante el gruñido del metal y los movimientos de los engranajes bajo la piel de metal. El mecha se despierta a tres metros y medio de distancia. Solo hay uno en este espacio raro y profundo. Podría echarme a reír, porque la cantidad realmente no importa. Ya sea uno o mil, nosotros hemos empezado desde una tumba.

—Venga ya —chilla Eris, provocando que vuelva en mí—. Venga ya, joder, no vamos a luchar contra él aquí...

Me tropiezo en las escaleras, me rajo las palmas y soy la última en salir. El mecha intenta agarrarme; sus dedos reptan por el hormigón y rozan la sangre que dejo atrás. Salimos al callejón y es raro; es otro mundo distinto, otro con el cielo abierto, y entonces me percato de que se está inclinando.

No, el edificio se está inclinando, estrechando el paisaje.

El mecha está saliendo a la superficie.

—Dioses —susurra June, asombrada, y yo los agarro de la muñeca a ella y a Arsen cuando el suelo empieza a elevarse bajo nosotros. El hormigón se quiebra bajo nuestros pies. Tal vez esperaba que fuese como cuando se rompe un hueso, pero no es así; es una explosión más que un chasquido, y volvemos a echar a correr.

«Joder, no pienso morir bajo tierra, prefiero que me aplasten...». El pensamiento rebota en mi cabeza mientras intento permanecer erguida.

Llegamos a la intersección con el resto. Theo se da la vuelta, pasándose las manos por el pelo, y palidece.

—Joder, Eris, ¿qué...?

—Yo... —Respira de manera entrecortada. Se está abrazando a sí misma con los ojos como platos—. Dioses. Joder. Que le den a todo esto. Vamos a hacer lo de siempre.

Más adelante en el callejón, el rascacielos de cristal está inclinándose, mientras que la muñeca del Ráfaga y la mano se arrastran por el asfalto en una nube de escombros. El edificio está lleno de gente.

Los estoy agarrando de la muñeca con demasiada fuerza. June se suelta, Arsen intenta tirar y también lo hace cuando yo no me doy cuenta; no soy capaz de centrarme en otra cosa que no sean las caras indistinguibles pegadas a las ventanas ladeadas. Retrocedo un paso con la boca abierta. Todo, desde las vigas de apoyo, a la acera, a la gente, al mecha, rechina de una forma y otra.

Otra vez no...

«No...»

«Espabila. Esto no es Celestia».

Tomo una bocanada de aire, y después otra. «Espabila y muévete».

Pero otra cosa se mueve primero.

A lo lejos, a unos bloques de distancia, otro rascacielos se mece en sus cimientos como un cardo bajo el sol.

—¡Eris! —grito, y ella se gira hacia mí. Sus tatuajes se mueven arriba y abajo al respirar. Ella también lo ve.

—Esto no... ¿Hay...?

«Este no es el único».

Eris sale del estupor y me enseña los dientes.

—Ve.

Vuelvo a la Academia sola, con las botas pisando el asfalto tembloroso. Los siento hasta en los dientes, saliendo de sus cuevas escondidas.

Casi no lo veo, de pie en el césped a oscuras, y me atraganto de la risa cuando miro su bota negra y empiezo a escalar. No importa que nunca haya pilotado un Fantasma. No importa con qué deidad me vincule, nunca me he sentido como un recipiente, la verdad. Ahora me siento yo misma la mayor parte del tiempo, y así sigue siendo cuando conecto los cables uno por uno.

Mido cincuenta metros de alto y me sigo sintiendo yo misma. Sigo igual de asustada. Sigo contemplando una ciudad quebrarse desde los cimientos.

CAPÍTULO CUARENTA

ERIS

Otra razón por la que odio la ciudad es que no es lugar para pelear contra un mecha.

A los Asesinos de Dioses nos gustan los espacios abiertos, no que haya edificios de por medio, o caminos estrechos en los que quedar atrapados, o cincuenta mil personas que puedan convertirse en daños colaterales.

Lo que necesitamos —ay, Dioses… tengo los dedos helados en el costado, y el corazón martilleándome en el pecho mientras los brazos del mecha salen a la superficie para tratar de atraparnos, lo que necesitamos es *no estar aquí…*

—¡Ahora! —grito, y nos movemos hacia la izquierda. La mano pasa por nuestro lado y atisbo brevemente la medio sonrisa, medio mueca de June mientras Theo y Arsen la impulsan sobre la muñeca del mecha. La seguimos por la calle mientras ella asciende por el antebrazo. En cada manga tiene un tubito conectado a sacos de fluido que lleva atados a los costados; llevamos tiempo sin salir de misión, y eso implica que hemos tenido mogollón de tiempo para crear mierdas nuevas.

Implica que, al mover el mecha la otra mano hacia June, este retrocede con un gesto de dolor cuando June estira el brazo y un chorro de líquido negro entra en contacto con los dedos de metal, que enseguida despiden un sibilante hilillo de humo.

El mecha es horrorosamente feo. Ni siquiera tiene cara en sí, solo dos ojos rojos desiguales que han colocado deprisa y corriendo. El Arcángel de Jenny era un batiburrillo de piezas, pero esto… —estas extremidades rudimentarias, los bordes de los paneles con huecos, y toda la estructura que cruje al moverse—...esto no es producto de un esfuerzo chapucero, sino de pura desesperación.

Consejo: No os quedéis nunca entre los brazos de un Ráfaga. Los demás estamos entre el hombro del mecha y el borde del edificio, subiendo por el callejón. El rascacielos ya ha caído y la gente ya ha muerto, y más que hay tratando de arrastrarse a las calles. El cómo no importa, no importa, *no importa*... Cada puta cosa a su tiempo, y juro que el pensamiento es como un maldito clavo hundiéndose en mi cerebro. Ya lloraré todo lo que quiera *luego*.

—¡June! —grito, con las botas ya en las manos de Arsen, preparada para saltar, y ella se gira para agarrarme, pero lo ve reflejado en mis ojos: los dedos de la otra mano del mecha descendiendo hacia ella, así que se deja caer hacia delante sobre todos nosotros. Está desplomado entre el borde del callejón y la esquina del edificio, entre escombros y cristal roto, y el cabrón de metal se atreve a empezar a doblar el brazo y pegar el codo a las costillas, y nosotros mientras en medio de los dos. Medio de rodillas, acerco el mazo hacia el costado del mecha y Nova salta sobre mí para cortar la abertura con dos de sus dagas especiales para metal —nuevas, diseñadas por ella y fruto de la ingeniería de Jenny—, y con la parte de atrás de sus brazos sangrando y empapándole la camiseta al haber amortiguado la caída de June.

No hablamos, solo nos movemos uno a uno, deslizándonos por el costado hacia la parte delantera del torso mientras el agujero sobre nosotros se oscurece por culpa del brazo de metal.

«Malditos infiernos». Estamos desperdigados; yo bocabajo, atrapada y volteada con el tobillo en un montón de nervios artificiales, y el mecha se sigue moviendo.

El interior se está moviendo.

No estamos solos.

Alguien grita. Entonces, caigo en la cuenta: es uno de mis chavales. Me libero y me deslizo hacia el esternón, pero el ángulo cambia y el metal frío de detrás de mis piernas se ladea, por lo que caigo de rodillas mientras el Ráfaga se empieza a levantar.

No miro, solo aparto el peso de la superficie antes de que se convierta en una caída libre y aterrizo con un estrépito sobre una viga. Cuando suelto el aire de los pulmones y mis pies quedan colgando en el vacío, una mano me agarra el pelo y me obliga a levantar la cabeza.

Y pienso: «los muy cabluzos se han marcado la del caballo de Troya».

Cuando otra persona aparece para levantarme de la viga —lanzarme por el borde podría no matarme, aunque pegarme patadas en el estómago tampoco y lo hacen igualmente—, me entra una arcada. Los mechas bajo la ciudad están saliendo a la superficie. Tienen el ojo de Sona; ¿los otros van a ciegas?

Hago un barrido con la pierna para desestabilizar el tobillo de uno de ellos cuando hacen amago de darme otra patada. El muchacho grita mientras cae de espaldas sobre la viga y luego desaparece, y yo me pongo de pie y empujo a la otra por el borde. No obstante, le agarro la espalda de la camiseta antes de que caiga; la tela se me resbala en el metal de la mano. Deslizo mi daga por su costado y corto el algodón un ápice, pero ambas sabemos que eso cambiará si el mecha empieza a moverse más rápido, o si no me responde a la siguiente pregunta.

—¿Cuántos Ráfagas? —Mi voz no sonaba así desde hacía tiempo. No me sentía así desde hacía tiempo. Cabreada, y nada más.

Me mira por encima del hombro; debería haberla soltado entonces, aunque solo fuera porque el temor que me asola lo hace tan rápido que me sorprende, pero no lo hago, porque me quedo petrificada. Me lleva un momento comprender lo que ha hecho, porque lo ha hecho tan en silencio y con tanta simplicidad... Se ha clavado la daga, entre las costillas, girándose lo necesario para que su mano esté en mi muñeca cuando me mira, inerte, a los ojos. Me lleva un momento reparar en la calidez que me chorrea por los dedos, y en la expresión de su cara.

No es de triunfo, ni melindrosa, o beata. Está feliz. Satisfecha.

—¿Se pueden contar los Dioses? —me pregunta con un hilillo de voz, y luego... luego, me suelta.

—¿Eris? —Es Arsen, desde el otro extremo de la viga, pero oigo mi nombre muy en la distancia, como si realmente se encontrara al otro lado de un túnel. Y entonces todo trastabilla: el tiempo, la visión y el mecha a mi alrededor. Cuando vuelvo a parpadear, estoy de rodillas, con la mano de Arsen entre mis omóplatos y los labios y garganta ardiéndome por culpa de la bilis que he vomitado por el borde.

—Vale. —La palabra me sale temblorosa—. ¿Dónde están los demás?

—Ha sido el grito de June —me informa Arsen en voz baja. Eso me saca del estupor, reduce las náuseas a algo insignificante y luego la veo, o más bien veo el azul eléctrico de su pelo, un mero borrón en la negrura de abajo.

Arsen también la localiza, pero permanece a mi lado cuando es evidente que se está moviendo, escalando, y termina por encaramarse a la viga de nuevo. Al principio pienso que tiene cortes en la cara, pero entonces Arsen le toca la zona y vemos que solo es sangre que le mancha la piel.

—Tengo uno —jadea June. Sacude una manga, muy ligeramente, con el tubito oculto cosido dentro—. Tal vez otro.

Una sonrisa sombría se extiende por mis labios. Antes juraría haber olido carne quemada.

—Muy bien —digo, señalando la escalerilla con la barbilla—. Vamos.

Pero nos han ganado a la hora de llegar al cráneo. Nova y Theo se encuentran justo fuera del círculo de cristal del piloto, y ambos giran la cabeza hacia nosotros cuando entramos, pero yo clavo la vista en la imagen teñida de la ciudad a través de las ventanas. No se han cargado al piloto aún por eso, porque si desconectas al recipiente mientras se mueve, el Dios se derrumba. Eso no supondría un problema si estuviéramos en el desierto de las Tierras Yermas, pero aquí...

—Joder —escupo. *Odio* esta puta ciudad.

El piloto nos oye perfectamente, aunque no habla, solo sigue quebrando el asfalto mientras nos lleva rápidamente hacia la Academia. Alcanzamos el final de una manzana y gira la cabeza ligeramente, aún en el camino, pero conseguimos verlo también. Él aprieta los labios en una fina línea y a mí me embarga una punzante sensación de júbilo.

Otro mecha deforme aparece en la calle perpendicular a donde nos encontramos —aunque este ya está abatido, con una de sus piernas derretida hasta la rodilla—, corriendo hacia las alcantarillas. Su cabeza ha fisurado la plaza este de la ciudad; Jenny lo ha cronometrado exactamente para que no afectara a un rascacielos o dos mientras caía.

—Púdrete —suelta Theo con agresividad a nuestro piloto—. Ahora estáis jodidos.

—No... Oh. —Arsen retrocede un paso desde la trampilla de la escalera y se choca conmigo—. Hola. Creía que eras una piloto. Eh... de las malas, me refiero.

Bajo la mirada y veo a mi hermana emerger de la trampilla. Tiene las gafas protectoras puestas y los guantes de magma desactivados. Con uno se aparta el pelo del hombro y con el otro agarra la parte delantera de la camiseta de Arsen. Lo mira fijamente y luego esboza una sonrisa y dice:

—Ya te enterarás luego por qué tu comentario me parece gracioso.

—¿Cómo narices has llegado hasta aquí? —espeto mientras ella suelta a nuestro experto en explosivos.

Jen se encoge de un hombro y se cambia la mochila de la espalda al pecho. Hunde las manos dentro y saca algo —dos algos, con lo que el corazón me empieza a martillear en los oídos— y señala al piloto con la barbilla.

—Acaba con esto por mí.

Me pongo los guantes que me tiende. Primero el izquierdo y luego el derecho, cubriendo con tela negra el frío brillo del metal.

Durante todo este tiempo no he sido consciente de lo heladísimo que estaba.

—Quédate quieto —aviso al piloto. La luz azulada le rodea la nuca y poso la mano justo ahí; deslizo la otra por toda la extensión de su pierna en cuanto apoya el peso en ella.

El mecha ni siquiera termina de dar un paso. Cuando me aparto, ya hay humillo manando de la piel congelada del piloto en delicadas espirales.

—¿Jenny? —la llamo. El subidón por los nuevos guantes criogénicos, lo que acabo de hacer, lo que he detenido... todo eso desaparece en cuando oigo mi voz. Es la voz de una niña entusiasmada.

Miro por encima del hombro. Jenny sigue ahí, de pie, con los demás, y todos parecen tan tan jóvenes...

—Venga —repone Jen. Tenemos que deshacernos de los demás.

Sona está en la entrada de la calle que rodea el campus de la Academia en un Ráfaga Fantasma, rajando la mejilla del último mecha deforme cuando conseguimos salir de la ciudad. Tiene el vientre abierto y Nyla en su Berserker está rebuscando dentro. Jenny debe de haberlas alertado por radio que los cuerpos no están vacíos.

Jen ni siquiera mira en su dirección, solamente se dirige hacia la Academia, frotándose de vez en cuando las patas de gallo con los talones de las manos. Los jardines son un caos; otro mecha chatarra está desplomado en el césped con agujeros en los tobillos, obra de Zamaya. Los Hidras y aliados se encuentran desperdigados entre los Ráfagas desactivados. La hierba está aplastada y los haces de luz de las linternas atraviesan la noche y el metal, y Jenny murmura algo para sí.

—¿Qué? —le pregunto, esforzándome por seguirle el paso—. ¿Qué has dicho?

—Mierda. *Mierda.* ¿Los hemos cogido todos? Nos hemos dejado algunos. ¡Sheils!

La cabeza de la capitana se mueve de golpe en nuestra dirección, con los labios apretados en una fina línea mientras se aproxima a nosotras. Tiene la chaqueta de Hidra puesta sobre un par de pantalones de chándal y una vieja camiseta de tirantes, y la maraña de pelo desordenado detrás de la oreja.

—Hola —saluda Sheils con agresividad—. ¿Te has ganado más tatuajes esta noche?

—¿Los has buscado? —le devuelve Jenny igual de borde—. ¿Habéis encontrado a todos los que estaban dentro?

—Estamos barriendo la zona. —El espíritu de lucha se refleja en los ojos de Sheils y en la tensión en sus hombros. Tiene los dedos de belladona hundidos en los bolsillos—. Ja... ¿sabes? Esto no nos pasó nunca bajo tierra.

Ni siquiera sabemos qué es lo que está pasando.

—¡Z! —grita Jenny. Me giro y veo a su equipo saliendo del mecha derribado. Nolan lleva un cadáver en sus manos, el corazón se me encoge en un puño antes de fijarme en que no lo reconozco y que tiene paneles en los brazos. Nolan suelta el peso muerto y al instante Jenny coloca el cuerpo bocarriba de una patada antes de inclinarse para mirarlo a los ojos. Natural y natural. Yo tenía razón. Los demás se estaban moviendo a ciegas.

¿Qué demonios es esto?

Me sudan las manos en los guantes. Esa maldita pregunta... «¿Se pueden contar los Dioses?». Estoy segura de que la piloto no la había chillado, pero así es como se me ha grabado en la mente, como si sus labios estuvieran justo pegados a mi oído y la mandíbula desencajada...

No.

No se pueden contar los Dioses.

Porque los humanos entramos en pánico. Porque necesitábamos que nos salvaran y luego seguimos fabricándolos, hasta que terminamos necesitándolos más cerca, y que tuvieran forma física, y sentirlos más cerca aún; necesitábamos poder ser sus recipientes. Los Asesinos de Dioses siempre lo hemos hecho sonar muy fácil: Deidolia estaba jugando a ser Dios, lo cual era una rallada, y sigue siéndolo, pero ya nada parece tan claro. Esto no es derrochar poder con recursos ilimitados, sino una desesperación sistemática por obtener protección.

¿Protección de qué?

De nada. De un mundo que hemos borrado hasta sus cimientos. Es tan fácil sentirse atormentado, tenso, asustado y expectante por lo peor después de que eso mismo se repita una y otra vez, y más aún cuando se busca, encima.

Agarro la manga de Jenny con los dedos. Ella baja la mirada hasta ellos, enarcando una ceja, y luego me mira.

—Jenny —pronuncio con firmeza—, tenemos que sacar a nuestros Ráfagas de la ciudad.

—¿Qué? —dice, con una risotada.

—Lo digo en serio. —Estoy intentando luchar con ella, que vea mi propio miedo relucir en los ojos negros que compartimos porque es necesario, porque esa misma mala sensación ha vuelto. Todo va a empeorar. Tenemos mechas muertos por toda la ciudad y nosotros seremos los siguientes *si ella no me escucha*—. Estaban intentando llegar a nuestros Ráfagas, o destruir la torre, o matarnos sin más, porque siempre van a tratar de hacerlo, pero... ¿qué mierda de plan es este?

Mechas construidos con piezas inconexas, al igual que la bomba en el tarro de *kimchi*. No lo hemos visto venir, y ahora no sabemos cómo proceder. Ni Jenny previó que esto pudiera suceder.

—Hay que sacar a los mechas, Jen. Algo no va bien. Va a pasar algo más. Es... es esta sensación en el pecho y, Jenny, *no puedo...*

Transcurre un momento en el que pienso que va a pasar de mí, y entonces me doy cuenta de que no sé qué haré si lo hace. Puede que me desplome en el césped.

—Ven —susurra de repente con una mano en mi brazo, arrastrándome de vuelta hacia la Academia y alejándome de Sheils. Jen brama por encima del hombro hacia el caos general—: ¡Quiero guardias en esas cabezas las veinticuatro horas del día!

Llegamos a la base de una de las Hidras y Jenny me aparta a un lado —junto a esos horripilantes dedos de los pies— y me agarra de los hombros antes de mirarme fijamente a los ojos. Cuando habla, pronuncia cada palabra con total precisión.

—No podemos mover a los Ráfagas. Lo sabes —me dice.

Sí, lo sé. Sé que, en cuanto los saquemos, podrían venir más, y no serán de los nuestros.

—Cuando ocurra... —digo. Cuando lo que sea ocurra, tienes que acabar con esto. Hay que hacerlo, Jenny, porque ya casi estamos, ¿vale? Nosotros... necesitamos dejar de vivir así.

Me agarra la barbilla. No esperaba que lo hiciera. Abro los labios cuando ella me mueve la cara de izquierda a derecha.

—¿Qué...?

—Te pareces muchísimo a mamá.

Me aparto de ella y me llevo una mano a la boca.

—Por favor —gruño, como si eso pudiera borrar la suavidad adherida a mis palabras de antes, a mis pensamientos—. La repugnaría.

—No. Hablas como *appa,* y ella le amaba, y... es solo que... te pareces a ella físicamente. A veces. No me había dado cuenta.

Me arden las mejillas.

—¿Me has oído siquiera?

—Sí.

Eso es lo único que voy a obtener de ella. Tendré que confiar en su palabra.

—Gracias. Por los guantes.

La dejo allí y me acerco a la base del Fantasma desvinculado. Llego allí justo cuando la puerta de la bota se abre y Sona emerge del interior. Me envuelve con casi todo el cuerpo y yo pego la cara a su chaqueta y rodeo sus costillas con los brazos. No es que encajemos muy bien, aunque a mí me lo parezca.

—¿Qué está pasando? —susurro contra su hombro.

—Un acto de adoración…

Su voz es distante. Se me hiela la sangre en las venas.

—¿Qué?

Trato de separarme, pero ella me sujeta con más fuerza. Siento los latidos en su pecho.

—Eris. —El nombre sale febril en sus labios, tanto que apenas lo reconozco como mío—. Creo que son santuarios.

CAPÍTULO CUARENTA Y UNO

SONA

Cuatro Ráfagas. Nueve pilotos.

Estaban desperdigados entre los demás, estacionados junto a ellos en el interior de los mechas chatarra, creemos, por si los Asesinos de Dioses veníamos, y todo eso sin ojos artificiales, pero con paneles en los brazos y con una infección de caballo en ellos. «Un trabajo rápido y chapucero», comentó la doctora Park, chasqueando la lengua. Algunos incluso se estaban cocinando poco a poco en su propia piel, con piezas no aislantes introducidas en las venas. Lo que no sabemos es de dónde las obtuvieron.

Los PR vivos que encontramos en los cuatro mechas chatarra balbucean más que hablan.

Sobre el Zénit.

Sobre presentarle un regalo sagrado, el ojo de un recipiente, para conseguir su favor.

Una llamada para sacar a los santuarios a la superficie.

«Construir un mecha completo, sin armas y sin piloto es una práctica prosélita poco habitual», le expliqué a Jenny. «Solo son para rezar».

Los santuarios bien podrían llevar décadas bajo la ciudad hasta que alguien les llevó mi ojo modificado.

Hubo cuatro Ráfagas tratando de llegar al campus de la Academia. Pudieron haberlo hecho por varias razones. Tal vez solo buscaran una arremetida, echar la torre abajo con tantos Asesinos de Dioses atrapados dentro como fuera posible. Destructivo. Simple.

O, tal vez estuvieran tratando de llegar hasta las Hidras.

Modelos más antiguos, con puertas que se abren sin escáner de retina.

«Me asustaste más de lo que dejé entrever».

No garabateadas en rojo en un espejo, sobre mis propias facciones, sino sus palabras, su voz en mi cabeza contra la negrura. Me despierto asustada y arrojo el brillo carmesí del ojo modificado contra la nuca de Eris.

Compruebo el reloj de su mesita de noche. Las tres de la madrugada. «Duérmete», me digo, de coña, porque ya he puesto el peso sobre los pies, que ya están pisando la alfombra. «Duérmete, venga».

Paso por encima de los chicos; Nova duerme con nosotras en el colchón, pero los demás están enterrados bajo mantas en el suelo. Los pasillos están tenuemente iluminados con una luz amarilla y perezosa que baña el suelo oscuro de madera. Paso junto a las habitaciones del otro equipo pendiente de oír alguna risa o el pasar de páginas en un libro, pero solo hay silencio. Me detengo en la bifurcación del pasillo solo durante un instante, para cerciorarme. Luego me dirijo a los ascensores.

—Esta iluminación es obscena —le digo a Jenny cuando abro la puerta que da a su laboratorio, o al menos a su nuca y a sus hombros encorvados. Las luces fluorescentes sobre nuestra cabeza son blancas en contraste con la noche oscura que se atisba a través la ristra de ventanas a nuestra derecha, casi como si reculara del cristal.

—De saber que ibas a estar despierta tan tarde solo para molestarme, te habría puesto de guardia —murmura Jenny. Me siento en el borde de una de sus mesas de laboratorio, el metal frío contra la parte trasera de mis muslos, y miro por las ventanas hacia nuestro hangar en el jardín.

Tenemos un guardia apostado en cada cabeza de Ráfaga, y otro en cada base. No es suficiente, no basta con darles un arma, una radio y una franja horaria: necesitamos más gente. Hemos comprobado cada mecha de los pies a la cabeza, pero son, cómo no, gigantescos.

Gigantescos y extraños por dentro. Los Asesinos de Dioses lo saben mejor que nadie: hay muchísimos lugares en los que ocultarse dentro de un Dios.

Jenny ordenó que se arrancasen los cables de vinculación en la mayoría de ellos, salvo por el que siempre tiene a alguien de guardia; pero nada que no pueda arreglarse fácilmente. No, necesitamos que puedan arreglarse con facilidad en caso de *necesitarlos* nosotros.

Creo que Eris tenía razón. Deberíamos sacarlos de Ira Sol.

Pero entiendo la frustración de Jenny. Su miedo.

Jenny por fin levanta la mirada y chasquea los dedos frente a mis ojos cuando intento echar un vistazo a lo que tiene entre manos.

—Ni se te ocurra. Ahora mismo está muy feo. ¿Por qué estás aquí, a todo esto?

Me encojo de un hombro.

—No puedo dormir.

—Estás comprobando cómo estoy. —Yo no respondo, y ella extiende una mano—. *Bukkeuleowo hajima*[14]. Odio la timidez.

Me aproximo.

Ella me agarra la muñeca y me acerca los dedos a la base de su cabeza. A través de su pelo sedoso, palpo algo frío.

Pego un bote hacia atrás. Jenny está sonriendo cuando dice:

—Bu.

—¿Por qué lo tienes *fuera* de la cabeza? —escupo, tocándome la base de mi propio cuello, donde si presiono, nunca lo he hecho y nunca lo haré, yo también sentiré el chip sincronizador.

14 (N. de las T.) Expresión coreana que significa «no seas tímido/a».

La modificación que le gusta freír a los pilotos que se resisten a ella.

—¿Qué, crees que preferiría tenerlo incrustado en el tallo cerebral? Eh... no. Y una mierda. —Jenny se ríe, reclinándose en la silla y con los dedos entrelazados detrás de la cabeza.

—Es imposible que funcione —digo entre dientes—. ¿Cómo narices vas a conectarlo a cualquier...?

Ella desvía sus ojos negros hacia mí, y yo me callo. Me lo he buscado... dudar de Jenny Shindanai es malgastar la energía.

—Sabes por qué os lo ponen dentro, ¿verdad? —me pregunta Jenny—. Es un diseño chapucero. Si lo colocan mal, o se cura mal, el piloto acaba con el cerebro licuado. Pero si necesitan matar a un recipiente, eso les solucionaría la partida, ¿eh?

Me quedo callada.

—¿Qué? —insiste mientras deslizo los dedos hacia el panel de mi antebrazo derecho—. ¿Qué te pasó a ti?

—Enyo... cuando nos conocimos... —añado, porque es un dato que considero importante—. Cuando nos conocimos, él... me devolvió la sensibilidad en los nervios. Para quitarme los tatuajes.

Silencio. Oigo el zumbido de las luces en el techo. Jenny se inclina hacia delante y apoya los codos en las rodillas mientras me mira muy fijamente.

—Vaya —dice. Menuda putada.

—¿No me digas? No me había dado cuenta.

Su sonrisa demuda en algo mucho más sombrío.

—Sí, sí te digo, Defecto. —Se da unos golpecitos en la nuca otra vez antes de ponerse de pie—. Pero bueno, sí. Esa es la razón por la que está ahí, y por eso pensaba que no podríamos asediar Deidolia.

—¿Qué? —Se dirige hacia los ascensores apagando las luces mientras yo la sigo de cerca—. ¿A qué te refieres?

—Me refiero a que ese pequeño interruptor que posee el Zénit, o lo que coño sea eso que le da el control sobre los cuerpos de los pilotos, tiene cierto alcance. Acaba en las fronteras de Deidolia, o eso he deducido. Ah, cierto. Te habrás preguntado por qué sigues viva si eso es cierto, ¿verdad? —Abro la boca, pero Jenny sigue hablando al tiempo que clava el pulgar en el botón para llamar al ascensor—. El microchip asimila la información física, por llamarlo de alguna forma, que son el tacto, la vista y el dolor, mientras se le aplica en tiempo real al mecha, y es capaz de... ay, cómo te lo explico... actualizar las sensaciones a través de las modificaciones en tu cuerpo. No es que el interruptor envíe algo al chip que diga «hora de freír» ni nada. No creo que haya ningún programa así instalado. En plan: dale al interruptor, mata a un piloto. Sería una vulnerabilidad demasiado grande en manos del grupo de renegados adecuado.

Entramos en el ascensor y ella presiona el botón de la planta baja. Estoy demasiado absorta como para preguntarle qué vamos a hacer. Jenny le da la espalda a las puertas y se apoya contra ellas para poder contemplar la ciudad a través de los cristales mientras nos elevamos cada vez más.

—Total —prosigue—, que, si lo he entendido bien, y ya sabes que hay una altísima probabilidad de que así sea, la parte del chip en tu cerebro que te mata solo funciona si estás enchufada a uno de sus Ráfagas. El mecha es el que te mata; Deidolia puede prolongar de forma remota la cantidad de información física que le llega al chip, volviendo al Dios más sensible y, por tanto, recalentando el chip y haciendo que el recipiente haga pop. —Chasquea los labios—. ¿Ves? Sigues viva porque no sabían que eras la traidora que eres hasta que abandonaste los límites de la ciudad. Sigues viva porque cuando volviste, no pilotabas *su* mecha.

La sigo cuando las puertas del ascensor se abren y marcha a través del vestíbulo de la Academia, donde meses atrás bailó conmigo, donde me hirió y me aplastó bajo unos guantes negros, un vestido de seda y una sonrisa de oreja a oreja. Ahora, ambas vamos descalzas y con calcetines, caminando en silencio.

Jenny sale a la fría noche de otoño, se detiene y se sienta en los escalones de la entrada bajo la ristra de bombillitas apagadas sobre las puertas. Coloca las manos en las rodillas, estira la espalda, cierra los ojos y echa la cabeza hacia atrás.

—¿Qué hacemos aquí? —pregunto en voz baja, aunque no sé por qué, y me siento a su lado.

—Calla —dice Jenny, con el rostro levantado hacia el oscuro cielo nublado—. Venga. Pon las manos en la piedra de los escalones. Hazlo. Muy bien. Estira la espalda. Parece que a cada maldito segundo tenemos una crisis, ¿verdad? Un momento estamos bien y al siguiente nos revientan, así que tampoco sirve de mucho. Pero esa es una forma pésima de verlo. Mira. Todo el día de aquí para allá y, aun así, hemos acabado aquí. Este momento puede llegar a ser igual de grande que los peores.

—Hace frío —me quejo, sintiéndome un poquitín aturdida, sintiendo los espacios entre la ropa y mi piel. Y me sobresalto cuando Jenny vuelve a hablar, porque lo hace con mucha suavidad:

—Hay tranquilidad.

Y, entonces, las palabras desaparecen por completo, tragadas cual pastilla en el estómago de la oscuridad.

Tranquilidad, silencio, y yo simplemente... respiro.

Los mechas están dispersos frente a nosotras, con los bordes de las extremidades ensombrecidos y los dedos medio doblados hacia el suelo. Eris está durmiendo como un tronco sobre nuestras cabezas. Expando despacio los pulmones en mi pecho y aguanto la respiración. Solo un minuto, solo ahora mismo.

Dioses.

La gente suele pensar que a Jenny le falta un tornillo. Que es muy inteligente, pero que está como una puta cabra, como cuando me sacó el ojo de la cabeza tarareando para abrirlo como un huevo y así quitarle el bloqueo de color. Como cuando le escupió encima, y mandó la lente bajo su taza de café a tomar por el culo.

Pero teniendo en cuenta las circunstancias, la Aniquiladora Estelar tal vez sea la que está más lúcida de todos nosotros. No tendría que haber aprendido a lidiar con todo esto tan rápido, tan pronto en la vida, pero parece que lo hizo, aunque solo fuera porque no le quedó de otra.

Se oyen pasos en el edificio a nuestra espalda. Las puertas se abren y Jenny inclina la cabeza del todo hacia atrás para ver quién es. Ve a los cuatro miembros de su equipo y se estira hasta ponerse de pie después de que Gwen se inclina hacia ella y le da un capirotazo entre las cejas.

—¡Expulsada! —grita Jenny, agarrando la camiseta de Gwen con el puño.

—Uuaaah —bosteza la francotiradora—. Me vuelvo a la cama.

—De eso nada. Estás en la cabeza del Fantasma; Seung te acompañará. —Jenny sacude a Gwen ligeramente, y luego un poquito más fuerte—. ¿Uuaaah? Anda, bosteza otra vez, si te atrev…

—Uuaaah… *vale*, que sí, lo que tú digas —grita Gwen, desasiéndose de su agarre para aferrarse a Seung.

Zamaya, una maraña de pelo violeta agotada y con cara de pocos amigos, coloca una mano sobre la camiseta de Jenny. Yo me quedo helada, esperando que un puño de pronto impacte contra la mejilla tatuada de la arquera, pero Jenny, un escalón por debajo de ella, se echa hacia atrás con una sonrisilla avergonzada.

—¿Has tenido una pesadilla, preciosa? —pregunta Jenny, con las palmas en alto.

La mirada pétrea de Zamaya no varía.

—Te arrepentirás de haberme puesto este turno, cariño.

—Ja… eh, ¿Nolan…?

—A mí no me mires —dice.

—¡Insubordinación! —gruñe Jenny, enderezándose y apartándole la mano a Zamaya, pero aún sin soltarla, mientras se gira hacia el jardín de mechas—. Vosotros dos estáis en la Hidra —escupe—. Ese de ahí, así que id… Eso es…

Suelta la mano de Zamaya y se coloca completamente de frente a la Hidra que estaba señalando. Está de espaldas a nosotros; el montón de vértebras esculpidas deformes y perfectamente detalladas a la vez, como los dientes de un cuchillo serrado. Jenny se queda callada mientras da un paso adelante, acercándose, pensando y viendo algo que nosotros no vemos, y tal que así, lo sé.

El instante de tranquilidad que acabamos de tener... es el último que tendremos en un tiempo.

Jenny ladea los hombros hacia la izquierda, solo un poco. Y luego echa a correr.

Nosotros la seguimos, gritando, pero nadie es capaz de alcanzarla. Y cuando nos acercamos, ella se gira en dirección a otra Hidra, y luego a otra. En algunos momentos veo un atisbo de su expresión y... está descompuesta.

Hay miedo en su rostro. En el rostro de Jenny Shindanai.

Y luego se detiene sin más, como un alfiler negro que alguien ha soltado en mitad del césped. Gira la cabeza lentamente hacia las Hidras que se alzan a nuestro alrededor.

—Jenny —gruñe Zamaya, agarrándola del brazo—. ¿Qué pasa?

—No están bien —dice Jenny. Sus siguientes palabras salen como una risotada aguda y débil. Es el sonido más terrorífico que haya oído nunca—. Están desequilibrados.

Zamaya la suelta. Jenny suelta otra risa, breve y violenta, y luego saca la radio del cinturón y emprende el camino de vuelta hacia la Academia.

—Evacuamos —ruge al auricular mientras entra a toda pastilla en el vestíbulo—. Quiero que desalojéis todas las plantas... *ya*.

—Aniquiladora Estelar. —Es la voz de la capitana Sheils, pastosa, como si acabara de levantarse—. ¿Qué narices...?

—Se nos han colado varios. No los encontramos a todos. Puede que estuvieran dentro de los putos dioses desde el principio.

—Jenny...

—A las Hidras les faltan tanques. O los han vaciado.

—No... —musita Seung, con las manos sobre la cabeza afeitada, y yo... yo miro los engranajes tatuados en su muñeca, la tinta que sigue la línea de sus venas. El corazón me martillea en el pecho y... no lo entiendo. Algo se me ha pasado. ¿Qué es lo que pasa? ¿Pasa algo? Y entonces... pum, Jenny gira los hombros; pum, veneno en las arterias de los mechas; pum, desequilibrados; pum, faltan... pum, tanques.

Jenny activa la alarma de incendios. Es como si hubiera deshecho el mundo o lo hubiera partido en dos.

El sonido arroja un haz de luz blanca al aire, las luces de emergencia se encienden y apagan, y se vuelven a encender, mientras la radio cobra vida en la mano de Jenny una vez más. Es la voz de Sheils.

—No vengáis...

Jenny levanta la mirada y luego *empuja* a Zamaya mientras se le desencaja la mandíbula de la sorpresa.

—¡Salid! —chilla Jenny—. ¡Vamos! ¡Vamos!

Alzo la mirada.

A los conductos de ventilación que hay en el techo.

Al humo que sale despacio por las rejillas.

—Mierda... —susurra Zamaya, completamente pálida.

Nunca los he visto así de aturdidos, pero Jenny se está moviendo, está gritando, y todos salen y se desperdigan por los escalones.

—Ni se os ocurra entrar, ¿está claro? Como lo hagáis, os mataré. —A Jenny se le quiebra la voz. Se le quiebra, y yo siento su fractura en mi mismísimo pecho; algo de lo más extraño. Ella se encoge cuando lo oye—. Y os gustará mucho más que tragaros ese gas tóxico.

Y entonces la tengo encima. Lleva sus manos a mis mejillas, asustándome, y me obliga a mirarla a los ojos. Tras algunos segundos en silencio, me doy cuenta de que Jenny también quiere que yo salga. Quiere que salga y me aleje de todo esto, pero me necesita aquí.

—Escúchame. Todo va a ir bien. No respires —me gruñe Jenny—. ¿Qué he dicho?

—Que no respire —susurro, y por encima del negro de su pelo, el gas se vuelve lo bastante intenso como para albergar color: un verde grisáceo que se adhiere a las paredes.

«Ay, no».

Las palabras salen diminutas, completamente minúsculas en la parte posterior de la cabeza.

«Ay, no».

—Exacto. —Jenny traga saliva. Frunce el ceño. Me suelta—. Y, ahora, ve a por Eris.

CAPÍTULO CUARENTA Y DOS

SONA

Las puertas del ascensor se abren en la planta de los Valquirias. Hemos tenido suerte de haber llegado tan deprisa, y me siento egoísta por pensarlo; la mayoría de la gente irá por las escaleras pensando que hay fuego.

Pero voy a ser egoísta.

Arranco un espejo de la pared y lo quiebro en el umbral del ascensor; cuando las puertas empiezan a cerrarse, tal vez para reunir y salvar a más personas, estas se vuelven a abrir. No me importa. *No me importa.*

—¡Arriba todo el mundo! —grito en el pasillo, y no oigo el sonido de la alarma. «No». ¿Se ha averiado?—. Hay que...

Ya está aquí. Las ondas de veneno se enclavan en las esquinas y se enredan en los hilos de la moqueta. La neblina se eleva hasta mis botas.

¿Por qué demonios no...?

Abro la puerta de nuestro cuarto. Justo entonces Nova logra levantarse de la cama y acaba encima del resto, retorciéndose.

Con la sudadera hasta la barbilla, la tela está empapada donde entra en contacto con la boca. Sacude y estira las manos hacia el rostro pálido de Theo.

Y ahí estoy yo, arrastrándola y sacándola al pasillo. En el cuarto es peor; el gas me hace lagrimear al ir a coger a Theo. O puede que sea porque Juniper está de rodillas, gritando en silencio y con las manos bajo las costillas de Arsen para levantarlo.

No veo a Eris. No sé dónde está.

—Dioses... —Dejo que Theo vaya junto a Nova y grito—: ¡Al ascensor!

—S-sona —grazna Arsen. Le castañean los dientes cuando lo arrastro a él y a Juniper al pasillo—. Ny…

—¡Marchaos…! ¡Nova! —Me giro y la veo sacudiéndose por una fuerte tos, y mancha la pared de rojo—. No.

El pánico me desorienta, la visión se me nubla a causa del gas. No lo entiendo.

¿Por qué Theo, que está apoyándose en los antebrazos, tiene una pistola en la mano?

Por un instante de lo más surrealista, pienso que me está apuntando a mí.

Pero está temblando. La bala acaba en el techo de la habitación.

Y después siento algo duro y pesado en el cuello.

El suelo se ladea y yo resbalo en la puerta, nauseabunda. Una mano me agarra de la camiseta, me yergue y me arroja luz al ojo.

No, una luz no.

Una modificación.

—Nunca he entendido por qué le caías tan bien al Zénit —dice Nyla, haciendo girar un pisapapeles.

Me lo estampa contra la sien. Mi visión se tiñe de blanco y entonces lo comprendo: la del bosque era ella.

«¿Es verdad que aceptáis a pilotos?». La encontraron en las montañas, con los guardias muertos y la sangre reseca en la cara. «Si no, ¿podéis matarme rápido?».

—Él te mandó —mascullo—. Desde el principio.

—Creía que yo había sido la elegida —escupe Nyla, y me propina una patada en el estómago cuando intento moverme. Y entonces se pone a gritar—: Pero tú… —otra patada— …estabas… —otra— …en… —la siguiente provoca que me ahogue— …su… —se rompe algo y…— …cabeza.

Me lanza una más a la cabeza y mi barbilla impacta contra la jamba y después contra el suelo.

Aparte del pitido en los oídos, oigo otro disparo. Este también erra y, con la poca visión que tengo, reparo en que Nyla le arrebata la pistola a Theo con facilidad. Permanece un momento de pie observándolo estremecerse y ahogarse antes de girarse hacia mí.

—Podría haberos destruido a todos hace meses, pero él quería quedarse contigo. Quería ponerte a prueba, eso fue lo que dijo.

Ella comete el error de inclinarse hasta estar demasiado cerca, y yo estiro la mano. Ni siquiera se inmuta cuando le araño la mejilla con las uñas y le abro la piel en cuatro líneas que se sonrosan y luego se tornan rojas. Me agarra de la muñeca y me inmoviliza la otra mano con el pie. La sangre se me acumula deprisa en las yemas.

—Pero entonces vinimos aquí. Dejó escapar a *Jenny Shindanai*. Les di indicaciones a los Prosélitos para que colocaran esas bombas en el tren y seguí sin saber nada de él. Solo me dijo que te transmitiese un mensaje en este lugar profanado durante las primeras semanas. No lo hice. Pensé que había perdido la cabeza.

Recuerdo su risa inconsciente. La adujimos al miedo, pero era de *alivio*.

«Creía que no sabríamos nada más de él».

Hasta los Leviatanes. Mis pensamientos se aceleran sin sentir dolor alguno, pero el pánico los distorsiona. Para Nyla verlos fue la señal para comenzar con su labor.

¿Fueron una señal?

Enyo me mandó un mensaje.

Enyo nos ha dejado en el mapa todos estos meses.

—Lo de los Prosélitos fue una chapuza, pero mira, consiguió que fuera de patrulla con las Hidras. Poco a poco fui consiguiendo el gas—me explica Nyla y aprieta el cañón de la pistola contra mi mejilla—. Pero todavía no, Bellsona. Te vi matar a la gente que quería desde la seguridad del cielo. —Creo que le tiembla un poco la voz, pero no estoy segura—. Tú también vas a ver morir a tu familia.

Aparta la pistola y vuelve a acercármela de golpe; y después solo hay oscuridad.

Parpadeo, consciente, lo que se me antojan unos segundos después, con sangre en la barbilla y en la garganta. Tengo la nariz rota.

Nyla está sobre Theo, el cual intenta arrastrarse por el pasillo con Nova bajo el brazo. Nyla sigue teniendo la pistola de él en la mano y lo patea agresivamente en el costado antes de apuntarle entre las cejas.

—Él creía que no sería capaz de hacerlo —comenta, el veneno arremolinándose a sus pies. La pistola se sacude una sola vez en su mano. Su voz se crispa, aguda y chillona—. Pero lo he conseguido. He conseguido *esto*. ¡Y habría bajado a los mismísimos infiernos desde el principio!

—Tú... —grazna Theo—. Tú eras una de nosotros.

Nyla frunce el ceño.

Y entonces Juniper se abalanza sobre ella, chocando con su brazo, y la pistola se dispara. Cae yeso del techo justo encima de la cabeza de Theo. Se me están acabando las fuerzas, siento la bilis en la garganta y me vuelvo a sacudir. «Levántate de una puta vez».

—Tienes razón —le responde Nyla en voz baja—. El gas consumirá a los demás dentro de unos minutos. Pero, llegados a este punto, no sé qué aguante tendréis vosotros a las toxinas, monstruos de las Tierras Yermas.

Me lanzo hacia delante, pero Nyla ya ha apartado a Juniper y la ha puesto de pie delante de ella. Tiene una mano enredada en su caos de rizos azules y le ha colocado la pistola bajo la barbilla.

—No... —espeta Juniper con los ojos brillantes, y esto no...

Bang.

Sangre

En las paredes y

Lo ha hecho... No hay tiempo...

Nyla ya va hacia Nova, y el verde de sus ojos parece diminuto rodeado por tanto blanco. Los chillidos, la sangre en los dientes, en sus manos, esas manos en la cabeza de Juniper...

Y entonces estampo a Nyla contra el suelo. Aprieto los dedos en torno a su garganta y uso el agarre para levantarla y estamparla contra el suelo una vez, y dos. Sus pies se revuelven debajo de mí.

Lo hago una tercera vez, y se oye un crujido en lugar de un golpe seco. Sus ojos ruedan hacia atrás. La luz titila.

—¿Dónde está Eris? —grito una y otra vez, pero todo pasa demasiado deprisa y el cuerpo ya está inerte entre mis manos. Me pongo de pie, me muevo sin más, apartando a Nova, y oigo un gemido de «No, no, no» en voz baja.

—No podemos dejarla aquí...

La dejo en el ascensor. Vuelvo para arrastrar a Theo. Me tropiezo con June cuando intento levantarlo y se me escapa un gemido, y después pasamos por su lado. Dos veces más para repetirlo con Arsen. Está gris, pero se le siguen formando ampollas en la piel cuando lo toco.

Intenta apartarme cuando llegamos hasta ella.

—Por favor, Arsen, por favor —le suplico, y él se atraganta y se estremece tan violentamente que se libera de mi agarre y cae, y estira la mano hacia Juniper. Tiene la mano en su pelo apelmazado y estira la espalda antes de estremecerse y vomitar. Solloza e inhala más veneno—. Por favor...

Lo arrastro y lo alejo.

«Dioses. Dioses».

En el suelo del ascensor veo a Nova pálida y hecha un ovillo. Theo se sacude en torno a ella con una mano en la parte trasera de su cabeza. Dejo a Arsen en el suelo con expresión horrorizada y aparto los trozos del espejo de las puertas.

—He bloqueado la ventilación del ascensor. Jenny os espera abajo, ¿vale? —digo mientras aprieto el botón del vestíbulo y salgo—. Aguantad un minuto más.

Las puertas se cierran. Me tapo la boca con la mano y ahogo un gemido que no sabía que estaba a punto de soltar.

No quiero darme la vuelta. Volver a verla.

Quiero caer de rodillas y gritar hasta quedarme sin voz.

Pero tengo que encontrar a Eris.

No puedo mirarla. Solo veo su tobillo moreno y flexible bajo los pantalones de pijama y el gas comiéndose las yemas quemadas. Es un error buscar la sangre y el agujero de bala, y lo que importa...

Me tropiezo contra la pared y me aparto de ella.

—Lo siento —murmuro, delirando, dejándola atrás—. Lo siento mucho.

CAPÍTULO CUARENTA Y TRES

ERIS

Levanto los dedos hacia la madera de la puerta del baño con la mejilla pegada al azulejo del suelo. Es Sona. Está aquí. Gritando. «¡Arriba todo el mundo! Hay que…

«Levantarse».

El pensamiento aparece entre una neblina. Cuando desperté, ella ya se había ido. No pude volverme a dormir. Vine a darme un baño a oscuras y alguien me cerró la puerta.

No me di cuenta hasta que fui a encender la luz.

No vi el gas hasta ya fue demasiado tarde, hasta que ya penetró en mi cuerpo.

Esto no va bien. Las náuseas me revuelven el estómago y llegan hasta el fondo de mi garganta. El suelo se ladea debajo de mí, mi vista cae a la rendija de la puerta. No recuerdo desplomarme. El grifo sigue abierto. Hay agua en el suelo.

Un disparo.

El sonido me hace volver en mí. Me necesitan. No puedo levantarme.

Alguien está hablando. No distingo lo que dicen.

Otro disparo.

Me apoyo en los antebrazos con lágrimas resbalando por la cara… Retiro lo dicho. Siento mucho todo. Dejaré a vuestros Dioses en paz. Lo siento. Lo siento. No os los llevéis…

Bang.

Un ruido sordo amortiguado, un peso cayendo al suelo. Medio segundo de silencio mientras mi mente se queda en blanco, antes de que un chillido corte el aire.

Nova. Es de Nova.

—Nonono —sollozo, arañando la puerta—. No les hagáis daño, por favor. N-no l-les h-hagáis d-daño...

Siento el sabor de la sangre en la boca y unos puntos negros aparecen en mi campo de visión.

Algo en mi interior se estremece, y me doy cuenta de que todo se va quedando más y más oscuro...

CAPÍTULO CUARENTA Y CUATRO

SONA

Delineo su espalda con la cabeza girada y pegada a la de ella. «Dioses», empiezo, tratando de recordar. «Recuerda, por favor». *Umma* presidiendo la mesa, con las manos juntas y por encima de su frente... «Dioses en este plano mortal, pido vuestra gloriosa protección...».

Nyla bloqueó la puerta del baño con una silla. Eris ya estaba inconsciente, empapada de agua que había rebosado de la bañera.

El veneno está por todas partes, y su cuerpo ya está gris. «Necesita aire».

Cierro la puerta del baño a mi espalda. Arranco la barra del toallero de la pared y la estampo contra la ventana sobre la bañera, y entonces la arrastro y contengo los gritos. Hundo los calcetines en el agua de la bañera, brutal y extraña contra la porcelana, y la dejo allí apoyada contra el borde resbaladizo antes de regresar para sellar el conducto de ventilación bajo el lavabo. Me tiemblan las manos, pero empapo una toalla y la coloco sobre la rejilla. Luego hago lo mismo con la rendija de debajo de la puerta.

—Venga —sollozo, sentándome detrás de ella mientras le aparto el pelo de los ojos. Ahora los tiene medio abiertos, y jadea en busca del aire fresco que penetra demasiado despacio a través de la ventana rota—. No pasa nada. No pasa nada.

—¿Dónde están? —pronuncia Eris, medio gimiendo, medio gritando, meciéndose en mis brazos y salpicando agua al suelo. Se estremece y luego vomita a un lado. Sacude la cabeza y me suplica—. No, no, *no*, S-Sona...

Su cuerpo de repente se afloja y yo nos vuelvo a meter en el agua, moviendo una mano para cerrar el grifo. En silencio, sus ojos oscuros se desvían hacia mí. No —«mantén la calma»—, el blanco —«mantén la calma por ella»— de su mirada está completamente enrojecido. La sangre perla sus pestañas inferiores; pequeños toldos carmesí que unen los hilos negros.

Tiene la cabeza ladeada hacia atrás y apoyada contra mi clavícula. Coge aire y levanta mi brazo de su cintura. El aire se engancha en algo bajo su piel, como una aguja en un tocadiscos rayado —tic tic tic— y luego otra vez, tictictic.

Aprieto los labios en una fina línea y pego mi rostro a su pelo. «Quédate justo aquí. No hay un después. Está aquí. Está aquí». Las lágrimas resbalan por mis mejillas, cierro los ojos y lucho por recordar la plegaria, pero estoy en blanco. Eris se estremece y emite un gritito de dolor.

Es demasiado tarde.

He llegado demasiado tarde.

—No quiero morir —dice Eris con un hilo de voz—. Tengo miedo.

—No te preocupes —murmuro contra su pelo, abrazándola fuerte. Lucho por que las palabras no me salgan temblorosas. Oye. ¿Recuerdas cuando me dijiste que viviríamos los unos al lado de los otros? En algún lugar tranquilo. Con un porche.

Tensa los dedos alrededor de mis brazos; su respiración es rápida y superficial.

—¿Puedes imaginártelo por mí, Eris? —susurro, y se me parte el corazón —. Es verano y hace calor. Yo cuento un chiste malo y tú me amenazas. El sol se pone. Al día siguiente nos levantamos tarde. Yo hago la cama y te preparo el desayuno. Si alguna vez te sientes triste y decaída, yo abriré las ventanas y tú podrás sentarte en mitad del suelo de la cocina hasta que se vaya, cariño.

—Siempre se va...

CAPÍTULO CUARENTA Y CINCO

SONA

Colocamos los cadáveres en el rosal —aunque las flores están muertas debido al frío—, sábana blanca tras sábana blanca hasta que el jardín está cubierto de telas. Me enderezo cuando acabamos, me limpio el sudor de la frente y me inclino tanto tanto tanto hacia atrás que me caigo. Llevo no sé cuánto sin dormir. Dejo que mis rizos se enreden en el césped y observo las nubes, altas, finas y pálidas en lo alto del cielo. Llevo una mano al borde de la sábana a mi lado, como esperando a que el vientre bajo ella se alce, a darme cuenta de que todo ha sido un sueño.

Desde arriba, los cuerpos deben de parecer semillas recién plantadas en la tierra, aunque los vayamos a incinerar en vez de enterrar. Aunque no vaya a subir las escaleras, igual que nadie lo hace, porque por mucha gente que haya en el césped a mi alrededor, hay más en las escaleras.

Al final, Jenny se acerca y se cierne sobre mí.

—¿Durmiendo en el trabajo?

—Déjame en paz —digo, deseando que Nyla siguiera viva. Quiero que le suplique a sus Dioses.

A su Dios.

Dio igual haber encontrado la tableta robada que Nyla estuvo usando para comunicarse con Enyo oculta tan a la vista en el cajón de su mesita de noche. La carta que él le envió para que me la entregara meras semanas después de que tomásemos Ira Sol. Hace meses. Entiendo por qué eligió no enseñársela a nadie. «Pensé que había perdido la cabeza».

Querida Sona:
¿Recuerdas la noche que me agujereaste las orejas y pensaste en matarme? Me asustaste más de lo que dejé entrever.

Cuando estabas conmigo se me olvidaba que mi destino siempre ha sido convertirme en algo horrible. Mi destino nunca ha sido quererte tanto, Sona.

Se supone que debías ser cruel. Ahora me río de eso.

Necesitaba un milagro que amansara a las masas. Te hice daño. Te convertí en otra cosa. Pero seguías regresando, hasta que pensé que por fin había funcionado. Pero... Ira Sol y Eris... y yo volví aquí.

Ay, Dioses... perdóname. Todo parece muchísimo menos.

Sacamos a nuestros herederos de las calles. Hay tantísimos huérfanos aquí, pero los elegidos son los bebés. Nos crean como lo harían con un código. Todo este lugar está en mí, creciendo a mi alrededor; yo también he crecido alrededor de él, incrustado como un tumor. Pero... ¿cuál de los dos es el tumor? Zénit o Deidolia, no importa. Deshacerse del uno implica el final del otro.

Ellos también lo saben. Mis guardias, los pilotos. Les entró el pánico cuando traté de huir. Yo solo intenté salir a la calle por la puerta principal —te habrías reído de mí— pensando que podría desaparecer. Me dispararon en cuanto puse un pie fuera del campus. Y luego no me dejaron morir.

Creo, tal vez, que no he debido de ser el primero en intentarlo. Ahora creo saber dónde acaba mi poder. Lo único que no puede hacer un Zénit es marcharse.

No quiero hacerle daño a nadie más, pero creo que, para que todo esto acabe, tengo que tomar partido. Tengo que hacer mi parte. Solo se gana si no hay nadie junto a quien luchar. Y que sepas que es Eris.

Es Eris.

Es Eris.

Recuerdo que el corazón se me encogió en el pecho al leer esas palabras en la pantalla. Todos ellos lo necesitan, necesitan que sufra por ellos, que mantenga todo ese sistema incontenible en su lugar; él no está en lo alto de la torre, sino en el centro de un cuerpo que ha crecido en torno a él. Está atrapado, desde los ligamentos hasta los huesos, desde las venas hasta los latidos de su corazón.

«Hay algo que no me estás contando».

Fue Nyla la que le dijo que Eris y Jenny habían conseguido las invitaciones y dónde estábamos en la cabaña. Nyla pensaba que Enyo se estaba conteniendo para poder ponerme a prueba. Tal vez fuera cierto.

Luego, fracasé.

Y esta carta... A Enyo no le importó que lo hiciera.

Zamaya piensa que a la carta le faltaba una disculpa, pero yo creo que, más que eso, le faltaba un propósito. Yo significo algo para él, y por eso nos dejó en paz, aunque al final de poco ha valido.

Puede ser que hoy lo vea todo negro. Estoy triste. No me he preocupado de superarlo, como ha hecho Jenny, que pasó el pulgar por encima del nombre de Eris como si nada.

—La doctora quiere vernos —dice Jenny ahora, y yo pego un bote al instante y la sigo a través del cementerio y al interior del ascensor de la Academia. Pulsa el botón de la planta del hospital.

Es posible que todo el edificio apeste a muerte, pero me apuesto lo que sea a que ninguna de las dos ha respirado desde anoche —¿de verdad fue solo anoche?—, aunque sí que percibo el frío. En el baño del ático con Eris no pudimos ver como nuestros mechas se habían congregado alrededor del rascacielos para romper ventana tras ventana y así obligar al gas a salir al exterior.

—Están en la habitación diecinueve —me informa Jenny cuando salimos. Ella se encamina hacia la doctora Park, que se acerca por el pasillo de la izquierda hacia nosotras.

Al instante me quedo paralizada.

—¿Qu...? ¿Están despiertos?

—Lo suficiente —repone la doctora Park, y yo salgo escopetada y me pongo a examinar uno a uno los números de cada habitación antes de abrir una puerta. Con la mano bien aferrada a la manilla, me quedo petrificada en el umbral respirando con dificultad. La estancia huele a limpio, y por eso mismo me resulta enfermizo. Dos pares de ojos se adhieren a mí.

—Sona... —murmura Nova, y yo vuelvo en mí y me acerco a ella antes de pegar la mejilla a su sien. Se la ve tan pequeña en la cama, con los bracitos y las piernas delgadísimos bajo la manta y una máscara de plástico colocada sobre su nariz y boca igual que los demás.

Le doy un beso en la sien. Me echo hacia atrás y veo que le tiembla el labio. Theo está mirando al techo y aguantándose las ganas de llorar. Arsen también está mirando al techo, pero no creo que vea nada. Tiene el rostro pálido y las extremidades flácidas. No se mueve, a excepción del subir y bajar de su pecho. Su aliento le roza los rizos que le cubren la mejilla izquierda.

Pero debe de sentir mi mirada, porque desvía los ojos negros hacia mí. Ahí está la inmensa conmoción de la pena bajo su mirada desenfocada.

—Sona —dice con voz ronca, la voz de alguien cinco veces mayor—. ¿Dónde está Eris?

Eris.

Estaba helada cuando Jenny nos encontró, cuando Jenny la levantó de la bañera. «Se acabó», pensé. «Se acabó, se ha ido y ahora solo quedamos yo y ese sonido roto y grave que ha salido de la boca de *unnie*, el que me perseguirá durante el resto de mi vida. Ahora... ahora no seré más que una persona vacía y atormentada».

Sangramos la una por la otra, y luego sangramos la una sobre la otra. Al principio no me di cuenta de que estuviera sucediendo, y luego simplemente lo dejé hacer, emborronando y suavizando las líneas donde empezaban y acababan nuestros cuerpos. Qué jóvenes fuimos al pensar que nos pertenecíamos la una a la otra; nunca podríamos ser nada tan simple. Nos enamoramos tan locamente que no puedo llorarla sin llorarme también a mí misma.

Y entonces Eris se movió, se sacudió, y yo me di cuenta de que lo que se había quedado frío había sido el baño y no su sangre, y Jenny juntó los dientes y el mundo volvió a su lugar.

Coloco una mano sobre la de Nova cuando esta se tensa alrededor de mi muñeca y digo:

—Está viva. La doctora Park la tiene en el ala de cuidados intensivos. No respira por sí sola. —Tiene tubos introducidos por la garganta en carne viva—. Aún no ha despertado.

—¿Por qué estás aquí? —grazna Theo, aunque lo que quiere decir es: «Y no a su lado».

Me encojo de un hombro; llevo ya un tiempo agotada y, de pronto, demasiado como para hablar siquiera. No me he separado mucho de ella. Hyun-Woo y la doctora Park me echaron cuando tuvieron que hacerle radiografías del pecho. Pero no solo para verle los pulmones, sino también para asegurarse de que la fina línea de sus huesos sigue intacta. La capitana Sheils dice que todos reaccionan al veneno de forma distinta. Nyla tenía razón: June fue a la que menos afectó de todos, probablemente por haber estado tan en contacto con el humo tóxico de sus propios corrosivos.

—Entonces... —dice Arsen, y la palabra sale rota de su garganta reseca y raspada. Sigue con los ojos desviados hacia mí, aunque el resto del cuerpo permanece inmóvil. ¿Qué hacemos ahora?

Todos me están mirando. A mí, y yo...

No tengo nada que decirles. La expresión de Nova es distante, extraña sin su típica sonrisa de oreja a oreja; las pecas de Theo están apagadas bajo las luces fluorescentes de hospital; y Eris...

Eris está en el borde de ese saliente negro, y yo no tengo nada.

Nada más que el pensamiento de que esto no ha acabado.

El hecho de que Enyo podría haber enviado a los Leviatanes a atravesar las puertas y habernos borrado del mapa hace meses; el hecho de que haya intentado *huir*, de que no sea más que un crío...

No importa. Él sabe que no importa.

Porque creen que es un Dios, y no lo dejarán marcharse nunca.

Así que... Supongo que he mentido. Sí que sé qué haremos ahora.

Se oyen gritos al fondo del pasillo.

Doy un par de giros antes de encontrar la procedencia: el enfermero Hyun-Woo está protestando conmocionado y casi incoherentemente a la vez que hace por apartar el brazo de Jenny de la clavícula de la doctora Park, a la que ha empujado contra la pared blanca. Jenny ni siquiera le dirige una mirada antes de tirarlo al suelo con la mano libre y de cernirse fácilmente sobre la doctora. Ambas mujeres están de lo más tranquilas.

—Voy a por Soo Yun —escupe Hyun-Woo, poniéndose de pie y pasando a toda prisa por mi lado.

Jenny hace caso omiso de él y de mí, y dice con voz muy suave:

—Bueno, como iba diciendo... —Pero estoy prestando atención solo a ratos, petrificada en el pasillo porque ¿y si... y si esto está sucediendo por Eris? Me llevo las manos a la boca y no me siento los pies. Me doy cuenta con total indiferencia de que estoy a punto de caer desplomada en el suelo justo cuando Jenny espeta—: Para ya.

Va dirigido a mí, y yo vuelvo a centrar la vista en ella. Pero ella ya ha acabado conmigo, entonces recuerdo ese ruido que hizo cuando sacó a Eris de la bañera. Jenny no estaría así de tranquila, hasta el punto de ser peligroso, si Eris se hubiera ido...

—No te lo estoy pidiendo —dice Jenny, pronunciando cada palabra con tanta firmeza como tiene agarrada a la doctora.

—No puedes...

—Y una mierda que no puedo. Yo soy la que manda aquí.

La doctora Park se ríe; una decisión imprudente, ya que está atrapada contra la pared y con Jenny tan cerca.

—Y lo odias.

—Pero eso no cambia nada —gruñe Jenny como si nada—. Así que...

—¿Qué infiernos estás haciendo?

La capitana Sheils pasa por mi lado y aparta a Jenny por el antebrazo, levantándola como un adulto haría con un niño. Jenny se lo permite, pero no rompe el contacto visual con la doctora, y lo veo claramente en sus rasgos, el momento en que su calma se torna algo más abrupto.

Y entonces se pone a gritar.

—*Se acabó.* —Forcejea contra el agarre de Sheils y, sorprendiéndolas a ambas, aferra la bata de la doctora mientras chilla—: O va para Eris, o yo *me piro,* y que le den a esta puta ciudad. Que se muera de hambre, o arda hasta los cimientos, me la suda. ¡Suéltame, joder!

Sheils no lo hace, pero Jenny consigue deshacerse de ella igualmente y, cuando pienso que va a volver a ir a por la doctora, se encuentra frente a mí, con una mano en torno a mi muñeca y hablando a través de la mandíbula apretada.

—No tenemos tantas medicinas como creíamos.

Y al instante lo entiendo. Jenny no me está estrangulando porque sabe que no voy a llevarle la contraria en esto. Ja. No. Voy a ser egoísta igual que ella, voy a dejar que todas las demás personas luchando por sobrevivir en este edificio den su último aliento. Los demás podrán pensar lo peor de mí, lo peor de nosotras, pero solo... solo somos humanas.

Solo somos unas crías.

Lo hemos hecho lo mejor que hemos podido. Hemos intentado salvar a tantos como hemos podido, hemos sacrificado muchísimas cosas por ello y llevaremos un peso aún peor por ello.

Pero esto no. Eris no. Ella no va a pesar sobre nosotras así.

—La necesitas —me oigo decir. «La necesitamos».

—No somos nadie para elegir —rebate la capitana Sheils con la voz de acero—. Hay personas que están peor que ella, que van a *morir.*

—Pero ella no lo hará —le devuelvo, consciente de que los dedos de Jenny se han tensado alrededor de mi muñeca—. ¿De verdad crees que vuestras Hidras podrán mantener este lugar en pie? Si ni siquiera queríais tomar Ira Sol al principio.

—Razón por la que *no podéis...*

—¿Marcharnos? —me río, y el sonido sale frío, helado, tanto que me astilla la garganta—. Ya verás como sí.

Pero no me muevo. Cae como una losa sobre mí, lo que nos falta y dónde podríamos conseguirlo. Se me pasa por la cabeza lo que quiero —necesito— hacer.

Conseguir a Enyo.

—Curadla —digo. Hacedlo, y os conseguiremos más suministros.

La doctora Park suelta una risotada ronca.

—¿Y de dónde los vais a sacar?

Jenny lo pilla. Resopla y me suelta. Pero, tal que así, estamos unidas. Esto no es algo que pueda hacer sin ella. Y tampoco es algo que quiera hacer sola.

Me da miedo hacerlo sola.

—Deidolia —responde Jenny—. Los sacaremos de Deidolia.

De costado, haciéndome pequeña en el borde de la cama de hospital de Eris, deslizo los dedos entre los suyos para observar la sedosa línea de sus ojos cerrados, la pequeña elevación de su nariz, el rictus suave de su boca al dormir. Con la boca abierta alrededor del tubo que sube desde su garganta, llenándola de aire, y no puedo evitar pensar en el trozo de plástico que desciende por su garganta a la vez que su pecho sube y baja bajo la manta.

—Esto me resulta familiar —le susurro a Eris, y ojalá no fuese verdad. No, ojalá fuese más cierto, porque al menos la última vez ella estaba despierta.

La radiografía resultó prometedora, y ahora la medicina le está llegando a su cuerpo, goteando desde una vía intravenosa que cuelga sobre nosotras. No sé qué lleva, alguna especie de compuesto milagroso e imposible que Jenny ha tratado de explicarme. Al igual que con las Arañas, no entiendo nada de eso; cómo funciona, ni cómo Deidolia podía poseer tal elemento básico en gran cantidad y solo guardarlo para ellos, o darlo a cuentagotas a las demás ciudades mineras. Lo que le pasa a

Eris, lo que les pasa a decenas de personas en esta planta... es curable.

—Mi amor... tengo que irme. —Pego la frente contra el lateral de su cabeza, contra su pelo sedoso—. Sé que te prometí que me quedaría contigo. Lo siento. Tengo que ir a cometer una verdadera estupidez, y tiene que funcionar. No puedo dejar el mundo como está. No quiero que vivamos en un mundo así, y... Dioses, te prometo que huiría de todo si me lo pidieras. Podríamos marcharnos sin más y dejar que todo arda detrás de nosotras. Seríamos tan felices, cariño.

El zumbido de las luces fluorescentes lo suaviza todo. El goteo de la vía cae a un ritmo regular y silencioso, así que cuando me da un escalofrío, me siento fuera de lugar.

—Lo siento. Te estoy empapando el pelo. Le he contado a Jenny lo de los Fantasmas vacíos que hay apostados en el desierto. Rotan al final de la semana, y los llevan de vuelta a Deidolia si tienen alguna parte rota, así que vamos a romper uno. Tú quédate aquí y descansa. Traeremos la medicina. —Con cuidado, me llevo su mano a los labios y le doy un beso en el dorso de los nudillos antes de susurrar—: Voy a arrebatarles a su último Dios, y así pararán.

Pasé tantísimo frío durante tanto tiempo que pensé que me había congelado para siempre. Me desperté de la cirugía de modificación y pensé que me había convertido en algo horrible, y... creí que eso sería todo. Sentiría asco de mí misma, pero me acostumbraría a ello. Sería odiosa, pero estaría viva. Triste, pero aún de pie.

Y entonces llegó Eris.

Cuando todo debía de ser violento, ella acabó en mi vida igualmente, como una puntada mal dada.

—Ha merecido la pena —susurro sobre su piel—. Todo lo que me ha pasado. Todo lo que llevo por dentro, y lo que me duele... todo ha merecido la pena, porque me ha llevado hasta ti. Te quiero. Te quiero mientras el mundo se acaba, y te quiero cuando se queda en calma.

Pego los labios a su sien. Lo sé. Sé que estoy siendo cruel otra vez. Hago esto mientras está dormida, porque lo diría si estuviera despierta. «Todo se ha ido a la mierda. Huye conmigo, Sona. Podríamos llegar a ser *tan* felices. Dejemos que todo arda a nuestras espaldas y seamos felices». Y yo no podría decirle que no. Es lo único que quiero.

CAPÍTULO CUARENTA Y SEIS

ERIS

Espera...

La vista borrosa, el titilar de unas luces, no... Estoy parpadeando, o intentándolo al menos. Siento los hilos de una manta atrapándome contra el colchón, pero no siento la otra... Ay, la bomba. El metal. Es cierto.

Ah, es verdad.

He muerto.

A saber en qué estaría pensando.

Creía que me sentiría mejor. «¿En serio?» ¿Ni siquiera puedo sentirme mejor ahora? Me duele todo, estoy seca por dentro... joder, menuda puta broma. No es justo. Después de todo... no... no me hagáis esto...

Estoy despierta.

Viva, erguida, con la espalda encorvada bajo el camisón de hospital, contemplando los hilos de la manta, respirando y notando que me duele menos que la última vez. Aguanto la respiración, más, más, y la suelto en una risa ronca, horrible.

—Sona Steelcrest —murmuro—. Te voy a matar.

Es de madrugada. Estoy en el umbral de la habitación diecinueve. Cuento. Cuento mal. Vuelvo a contar. Y otra vez.

—No —digo.

Tres muchachos. Me miran a oscuras.

Sacudo la cabeza y lo repito.

—No. ¿Dónde...?

—Fue Nyla —responde Theo con voz ronca tras la mascarilla de plástico—. Lo de la bomba en el tren, el ojo de Sona y el gas. J-Ju...

Interrumpe lo que iba a decir. Arsen se cubre los ojos con el brazo y respira de manera agitada.

Se me aflojan las piernas. Me resbalo contra el marco de la puerta al tiempo que el dolor me abre el pecho en canal y se retuerce hasta formar un agujero negro en mi interior. Oigo los disparos. El grito de Nova.

Suelto un sollozo y me tapo la boca con la mano para reprimir el siguiente. «¿Dónde están?». Sona no respondió. Me estremezco, me mareo. No. «No». Estaba tan cerca, a unos metros.

Los dejé solos. Les fallé. Le fallé a June.

—Eris —susurra Arsen con tanta suavidad que me percato de lo fuerte que estoy llorando. Apenas respiro, pero soy capaz de verlo estirando el brazo hacia mí. Me subo a su cama y él se aovilla en torno a mí y me abraza mientras tiemblo. Él también lo hace.

Se suponía que esto no debía ser así con ellos. Se suponía que debía liderarlos, protegerlos y reconfortarlos; convencerlos de que nunca dejasen de luchar.

En lugar de eso, me aferro a Arsen y digo con la voz ahogada por las lágrimas:

—Lo siento. Lo siento. Debería...

—No fue culpa tuya —gruñe Arsen. Jamás lo he oído hablar con tanta dureza. Me agarra con más fuerza—. No vayas por ahí, Eris. Ella odiaría que lo hicieras.

Pero ambos sabemos que eso no es verdad. June no odia a nadie.

Y Nyla... No me lo puedo creer.

«Voy a arrebatarles a su último Dios, y así pararán».

—Sona se ha ido —murmuro—. Para intentar salvarlo.

Tal vez sí que nos dejara en paz casi todo el tiempo porque es mejor que los demás. Aunque no importa, y Sona lo sabe. Esto va más allá de él. Es fanatismo, miedo, religión. Creencias antiguas y bien arraigadas.

Ella lo sabe.

Y sigue pensando que todo acabará y que él seguirá vivo.

La risa de Arsen es amarga.

—No me hagas hablar.

—Lo hace por nosotros. Ella... está intentándolo por nosotros...

—Tú también vas a ir. —Casi no la oigo. La voz de Nova no es más que un hilo; creo que nunca la había oído hablar tan bajito. Giro la cabeza y veo que tiene los ojos verdes medio abiertos. Ha hablado a través de la máscara de oxígeno.

Esbozo una sonrisa antes de darme cuenta de lo cruel que es. No obstante, es un gesto inconsciente, un mero acto reflejo para reprimir las lágrimas.

—Estás loca. —Eso lo dice Theo. Intenta levantar la cabeza, pero es incapaz, así que le habla al techo, donde tiene puesta la mirada azul, nublada por las lágrimas—. Estás como una puta cabra, Eris.

Arsen afloja su agarre. Me levanto y siento las náuseas al instante; el veneno sigue recorriendo mi cuerpo. Estoy sudando y tengo muchísimo frío.

Suelo quedarme callada cuando ella no habla, y quieta cuando ella no se mueve. Pero Sona ahora está moviéndose, así que yo también. Me levanto. Me voy. Así de simple, un sinsentido.

—Lo siento —repito—. Estoy despierta y no puedo quedarme de brazos cruzados.

Me levanto. Nova se baja de la cama —debe de dolerle— y se tambalea hasta los pies de esta para agarrarme la muñeca. Elevo la mirada desde el brazo hasta sus ojos llorosos. Ella se aparta la máscara de oxígeno y veo sus labios rajados y la pequeña carita sonriente junto al ojo que Arsen le tatuó. No hace tanto, aunque lo parezca.

—No te vayas —susurra Nova, y se le quiebra la voz—. Hemos perdido.

Eso.

Eso me rompe el puto corazón.

Pienso en Juniper. En su cabeza sobre mi clavícula, su pelo verde y suave contra mi brazo mientras trazaba otro tatuaje con la punta de la aguja, sonriendo por alguna bordería que había dicho. Todos sonreían. No todo ha sido malo. «Claro». Rumio la palabra en mi cabeza entre todo el dolor que siento. Claro que ha habido cosas buenas.

Respirar a las mil maravillas cuando el Arcángel de Jen sobrevoló el cielo sobre nosotros. Sentir los pies descalzos contra la alfombra caliente por la chimenea. Los dibujos nuevos en las paredes. Correr por las calles vacías y oscuras. Ellos apoyados contra mí y yo contra ellos. Sona vistiendo mis camisetas. Reprimir la risa y reír hasta dolerme la tripa. Dejar de sentir tanto dolor. Percatarme de todo a la vez. Hacer una pausa, asimilarlo. Que perdure.

—Va a intentar salvarlo —les digo—. Y no puedo permitirlo.

Nova me suelta, pero yo poso la mano en la parte trasera de su cabeza para darle un beso rápido en la ceja y me aparto.

—Quiero que se acabe ya. No puedo más —confiesa Theo, pero sus palabras calan en mí—. ¿Podemos marcharnos cuando vuelvas, Eris?

Y eso me dice mucho. Me dice que me quieren sin mesura, y con tantísima pena, miedo, esperanza y preocupación... Dan por sentado que voy a volver.

—Sí —respondo, porque deberíamos haber hecho eso mismo hace años, cuando me di cuenta de cuánto los quería. Tendríamos que haber recogido nuestras cosas y habernos marchado al bosque, haber dejado que todo se fuese a la mierda.

Estaríamos vivos. Juntos.

—Nos iremos —le prometo—. Huiremos.

CAPÍTULO CUARENTA Y SIETE

ERIS

En el pasillo, de camino a los ascensores, paso junto a alguien que lleva una bata blanca. No paso desapercibida precisamente; voy descalza y con el camisón de hospital sudado, y la doctora Park se vuelve al tiempo que pulso el botón del ascensor.

—¡Eris Shindanai!

—¿El piso de arriba ya está sin gas? —pregunto mientras se acerca a mí—. Necesito unos pantalones.

—Tú... Te hemos estado buscando...

Inspiro hondo, aunque me duele.

—¿Qué coño me has dado para que pueda estar de pie? ¿O es que me has cambiado los pulmones? —Esto último es broma, pero ella no cambia la expresión tensa—. Espera... Ja...

—No. Lo que sí he hecho es inyectarte una buena dosis de células madre sintéticas y bio...

—Lo cierto es que no quiero saberlo —la interrumpo. Cualquier aguja que no empuñe mi equipo me recuerda a la primera vez que estuve en la Academia—. Deberías habérsela dado a mis chavales.

La doctora Park se pone roja, muy muy roja, y yo abro la boca, pero ella ya se ha puesto a chillar.

—Esa era una de las *últimas*...

—Lo sé. —Levanto las manos y el metal de los dedos de la derecha refleja pequeños puntitos en las puertas del ascensor—. Dioses, lo sé, Sona me lo dijo. Se ha ido. Yo... voy a por ella. Ah. ¿Me puede llevar?

La doctora Park parpadea. La he descolocado; no sabía que podía hacerlo.

—Que si te puedo llevar —repite con suavidad, como si creyera haber oído mal—. A Deidolia.

—Usted escapó en un helicóptero médico, ¿no?

—Yo... sí. —Y a continuación se echa a reír, pero no se muestra nada contenta al responder—. Eres igual que tu hermana.

Gastaría demasiada energía cabreándome o alegrándome por esas palabras.

—Ella también se ha ido, ¿verdad? Con su equipo, me refiero. ¿Dónde está Sheils?

—Sí, sí. —La doctora Park hace un gesto con la mano—. Soo Yun está en esta planta.

—No le cuente que nos marchamos. Vamos...

—Eris —me interrumpe bruscamente la doctora Park—. No puedo evitar que te marches, pero no puedo volver allí contigo.

—Ah, vale —respondo al tiempo que las puertas del ascensor se abren—. De acuerdo.

Intento no darle muchas vueltas al silencio de la planta y la sangre salpicada en las paredes. Trato de no pensar en June. June. June... Nyla. Sí, pensemos en Nyla.

Aquí está ese sitio oscuro y siniestro, Defecto. Y Nyla está aquí, y ahí, y ahí.

A Jenny se le ocurrió una buenísima idea con lo de Voxter.

Mis mantas están desordenadas en la cama, igual que otra mañana perezosa más en la que Sona no hace la cama justo al levantarse; es como si pudiera levantar la colcha y ver su largo muslo y sus dedos curvándose por el frío repentino, escucharla gruñirme que me vaya y luego agarrarme de la muñeca al hacer el amago de irme.

—Te voy a matar —murmuro mientras me pongo el peto, cojo los guantes criogénicos de la mesilla y las gafas nuevas con borde de piel que Jen me dio después de que pasara lo de los mechas chatarra, como si ya supiera que los iba a necesitar—. Más vale que sigas viva cuando llegue, porque te voy a matar.

Después entro en la habitación de Theo y cojo una pistola de las tantas que tiene escondidas por el cuarto, en los mismos sitios donde las escondía en La Hondonada: en el alféizar, en su pila de ropa lavada, y bajo el canapé. Cojo la última y me dirijo a los ascensores y de vuelta a la planta médica, donde vuelvo a buscar a la doctora Park. La encuentro al pie de la cama de un paciente inconsciente, empujo la puerta para abrirla y le apunto a la cabeza con la pistola.

—Hola. Vámonos.

Ella mira la pistola durante un momento y después vuelve a posar la vista en su tableta.

—Ya te he dicho que no puedo.

Sonrío. Estoy tan tan tan cansada, y mi cuerpo está hecho puré. Creo que no sería capaz de luchar ahora mismo, de ahí que tenga la pistola; es conveniente y para vagos, y yo me merezco ambas cosas.

—No te lo estoy pidiendo.

Ahora es ella la que pasa por mi lado y sale al pasillo en dirección a la habitación contigua. Disparo a la pared, junto a la manilla de la puerta, cuando ella hace amago de agarrarla. El yeso se despega y ella me fulmina con la mirada. Enseguida me resulta evidente que está más molesta que sobresaltada, cosa que significa que no está nada sobresaltada, pero sí muy muy molesta.

—Comprendes lo que ha pasado, ¿verdad? —gruñe la doctora Park—. No has entendido lo que te he dicho; por mucho que me dispares, *no puedo* irme. Soy la única médico aquí.

—Ah —respondo— Lo siento, es verdad. Creo que me has chutado mucho, ¿no?

Ella suspira y abre una ventana nueva en su tableta antes de teclear algo.

—El enfermero Hyun-Woo se reunirá contigo en el helipuerto. Él fue el piloto que nos sacó de allí, pero no se acercará a los muros ni aunque le apuntes con la pistola. De todas formas, sus cañones os matarán.

—Yo... Ajá. —Bajo la pistola y me siento como una cría—. ¿Le puedes decir a Sheils que me he ido? —Pasa un instante—. Y que cuide de mis chavales si no...

—No soy tu mensajera —espeta la doctora Park, y después se marcha con la bata blanca flotando en el aire. Vale, me lo merecía.

Vuelvo a la planta de los Valquirias en ascensor y luego me dirijo a las escaleras y subo el último tramo. Abro la puerta de la azotea a pesar del viento que hace. Es muy fuerte que tuviéramos una salida tan cerca y lo peor se lo llevaran las escaleras; se llenaron de un veneno tan consistente que ni a través de él se podía ver. Eso es lo que me dijo Sona, o lo que me llegó de su voz en el sitio oscuro en el que estaba. Por eso creí que había muerto; de repente todo se quedó en silencio sin ella, y no supe cuánto tiempo pasé así.

Hay un helicóptero enorme de cuatro aspas sobre el círculo pintado. Se parece al que Sona se cargó durante lo de la prueba de vuelo del Arcángel. Creo que le daría más vueltas a otras cosas si La Hondonada no hubiese ardido esa misma noche.

Apenas pasan unos minutos y Hyun-Woo llega, pero estoy atacada y el viento es cortante, así que tengo la sensación de haberme pasado aquí toda la vida, pensando en Sona, en Jenny y su equipo, y en dónde están. ¿Habrán llegado a la ciudad? El sol se está poniendo y el cielo rosáceo y dorado está a rebosar de nubes. Por lo que he oído, intentarán entrar en un Fantasma. Espero que no les pillen, que lleguen al hangar y desaten el caos.

Es una mierda. Un plan desastre, fruto de la desesperación y nada consistente; todos sabían dónde se metían.

Pero Hyun-Woo me encuentra en la barandilla, contemplando los jardines iluminados de rosa y los cadáveres en fila cual chavala nerviosa contando granos de arroz. Más allá de la arboleda, están levantando una pira bien alta con el mobiliario sustraído de las habitaciones que ya no se usarán. Así estamos; enfermos, de luto, muertos o quemándolos, rotos, destrozados. Así está la cosa.

Hemos acabado así y esto es lo que nos queda. Intentos desesperados, un cansancio que cala hasta los huesos y la rabia suficiente como para mantenernos en vela. Aunque nos tendrá que bastar.

Hyun-Woo no pierde detalle de la pistola en mi cadera.

—Has cabreado a la única médico que te tratará cuando te dejen hecha papilla antes del amanecer.

Hecha papilla... Eso puedo soportarlo. Ya estoy así.

—Gracias —respondo—. ¿Podemos ir ya a ver a mi novia?

—¿Entonces solo se trata de eso? ¿No vas a intentar destruir Deidolia?

—Voy... voy a echar una mano.

Pero tiene razón, en parte.

Creo que siempre he sabido que sería Sona la que acabaría con todo; es un pensamiento que apareció en mi cabeza cuando hundió a la Valquiria de Victoria en el hielo, a los tres días de conocerme. Fue un momento de «Vaya, pues puede que seas tú».

Y después la perdí. Incluso entonces, esperaba que llegara el día en que me enterase de que le había rajado el cuello a Enyo mientras dormía. Habría sido catastrófico, espeluznante y nada sorprendente, porque es demasiado buena pero a la vez brutal cuando hace falta... Y ahora pasa igual.

Enyo lo sabe. Él también la conoce.

La conoce, así que la quiere. Y ya está.

Ella volvería con él y él se lo permitiría.

Y ese momento...

Ella es consciente de que todo acaba con él, por mucho que haya ido a rescatarlo y a salvarlo de la deificación. Pero lo pensará en ese momento, que podría acabar con todo, que *debería.* Aunque no lo hará. Porque sus manos estarán relajadas y él se quedará quieto.

Pero yo sí que puedo hacerlo.

Hyun-Woo baja las escaleras del helicóptero con un gruñido, después alza la mirada y la posa en algo detrás de mí. Me doy la vuelta con el vello de la nuca erizado. En la abertura de la escalera atisbo una luz roja y, a continuación, Sheils aparece en la azotea con la chaqueta de Hidra oscurecida por el anochecer. Tiene su mirada medio iluminada clavada en mí, y resulta más abrasadora que las luces de la ciudad tras ella.

—¿Adónde te crees que vas? —resuella.

CAPÍTULO CUARENTA Y OCHO

SONA

Nos detenemos. Sin el retumbar de nuestros pasos en la arena, el silencio se forma con sorprendente rapidez. Nos envuelve como las fauces de un animal a punto de cerrarse.

—Bueno —dice Seung con suavidad mientras levanta los brazos hacia el cielo negro para estirarse perezosamente—. Pues qué mierda.

Gwen suelta una sarta de maldiciones de lo más variopinta que termina con un:

—¡...putas nubes! ¡Joder!

—Dioses —le ladra Nolan—. ¿Te calmas?

Hemos viajado en ferri gran parte de la noche, navegando sobre el río y bajo el cielo, ambos negros, y vigilando el agua por si veíamos aletas de Leviatán. Luego desembarcamos junto a la ruta hacia las colinas más cercana y las sobrepasamos antes de entrar al desierto, donde las vías del tren lo atraviesan como caminos de tinta en la negrura. Después conseguimos atisbar las escasas lucecitas de un par de pueblos dc abastecimiento pegados a las colinas. No creo que se hayan dado cuenta, pero eso fue hace horas, a kilómetros de distancia en las Tierras Yermas, donde éramos personas diferentes y mucho menos resentidas.

No abro la boca porque me esfuerzo en mantener los dientes y los labios apretados en una fina línea para evitar ponerme a gritar.

Levanto la vista hasta Jenny cuando esta pasa junto a mí y rodea al grupo con los ojos fijos en el desierto de las Tierras Yermas. Esta es la razón por la que los mechas sin guardias funcionan. Enyo sabía que la época de lluvias bloquearía el cielo por la noche. El desierto de las Tierras Yermas es tan distinto en los meses más fríos en contraste con la temporada de verano. En invierno se ve todo un despliegue de cuerpos celestiales en la arena.

Ahora, las Tierras Yermas están completamente a oscuras. Son una extensión de arena húmeda y plana en mitad de una nada indistinguible. Nada de linternas, por supuesto, ya que atraerían la atención de una deidad al instante, así que solo contamos con el sonido de nuestros pasos y la brújula en la mano de Jenny.

Zamaya está a mi lado, lo bastante cerca como para poder atisbar la expresión de su cara mientras observa a Jenny moverse en círculos —todos me ven a mí; la única fuente de luz que tenemos es la que atraviesa mi párpado cerrado— y, por lo bajo, con una mezcla de irritación y fascinación, dice:

—¿Qué cojones estás buscando?

Jenny se endereza y responde, también en voz baja y clara:

—Callaos.

Al instante se hace el silencio y Jenny enmarca el cielo con sus manos enguantadas. Relaja los dedos conforme se gira, tan grácil como un cirujano en plena operación. Luego se detiene. Levanta la barbilla al cielo.

—Hemos llegado.

Y entonces lo veo. A unos seis metros, un mecha completamente negro y con una altura de veinte pisos. El metal bloquea gran parte del horizonte y casi no nos habíamos dado cuenta. Primero se me seca la boca, y luego el miedo traza una línea fría y delgada a través de mi mente; no por el Ráfaga, sino por Jenny. Ha sentido la inclinación de la arena bajo el peso del Fantasma.

—Cierra la boca, Defecto —dice Jenny—, o te caerán chispas cuando le abramos el agujero.

Debería sentirme aliviada. En cambio, me entran ganas de vomitar.

Si nos hubiésemos acercado así al último sin haberlo visto... bueno. Estábamos a unos ciento cincuenta metros a su izquierda y a unos seis kilómetros al este. Un relámpago atravesó el cielo y Zamaya giró la cabeza, y entonces, muy muy ligeramente, el mecha hizo lo mismo.

Porque por cada guarnición de Fantasmas sin guardias, hay uno que sí tiene Piloto. El iris de sus ojos solo se ve cuando se les mira de frente, pero él sí que ve perfectamente.

Hemos tenido suerte. Eso es, la suerte nos favorece. Bueno... la suerte y Jenny.

Así que hay una posibilidad de salir victoriosos.

Primero: entrar al mecha. La puerta me dejaría entrar con mi ojo, pero podrían haberlo registrado o marcado de alguna manera en Deidolia, por lo que necesitamos otra forma de acceder.

En completo silencio, usando un cuchillo con una hoja de alambre prendido y fina como un pelo, Nolan abre una raja de unos dos centímetros y medio en la primera capa de la piel del tobillo del Fantasma, en el lado contrario a la puerta. Jenny, que se encuentra a su derecha, le tiende lo que creo que es un bolígrafo antes de que él lo coloque sobre la incisión, y una lucecita fina sale de la punta. Jenny lo aparta con la mano después de varios segundos para comprobar su trabajo y pega el ojo a la laceración de un centímetro.

—¿Quieres...?

—Tú tienes mejor pulso que yo —murmura, interrumpiéndolo—. No se puede reparar, pero asegúrate de hacerlo con mucho cuidado. Bien. Con suavidad.

Le entrega otra sierra de láser, más fina aún, cuyo haz de luz no llega a tener el grosor de una hoja de papel. Luego hay una luz que sale de la abertura, leve y azulada, y Jenny dice:

—Ese es nuestro billete.

Y así es como lo hacen, centímetro a centímetro, hasta abrir un agujero por el que quepa Nolan, el más corpulento de nosotros. El horizonte está de un color púrpura oscuro para cuando termina. El objetivo del trabajo de toda la noche es un disco de metal con un extraño brillo azul alrededor, por lo que Jenny saca dos imanes con mangos de su mochila y los pega al disco. Seung y ella, con mucho esfuerzo, arrastran el disco hacia arriba y hacia el exterior y lo dejan caer en la arena.

Ante nosotros se halla ahora una cortina de nervios artificiales, pero no son nada comparados con los que se entrelazan y retuercen en la tripa del mecha; no, la piel es la que hace que Deidolia sea la élite de la tecnología. Los Ráfagas en sí pueden no moverse con la misma exactitud que lo haría su Piloto —las Valquirias son lo más parecido y, de hecho, he de admitir que estaban *muy bien* conseguidas— pero los nervios de la piel son perfectas imitaciones sensoriales de los que ya se encuentran en el cuerpo humano y del segundo juego que nos instalan aparte. Es una maraña de lo más compleja y asombrosa.

Nolan corta y aparta los nervios de una lámina, que Jenny enrolla con cuidado y se los guarda en la mochila. Lo siguiente es la capa de metal de cinco centímetros, que laceramos más rápido sin tener que preocuparnos por dañar los nervios, por lo que Nolan la empuja con violencia y deja que se doble hacia delante con un único clang que hace eco en la pantorrilla y en el estómago del Fantasma. Veo la puerta de entrada en el interior del tobillo del Fantasma y la escalera, que sube en espiral y se interna en la negrura.

Entramos. Nos lleva lo nuestro volver a colocar el disco en su sitio desde la arena, pero Jenny tenía razón: incluso con la frente bañada en sudor, las incisiones de Nolan han sido perfectas, por lo que encaja a la perfección cuando la levantamos y la colocamos en su sitio. Nolan la sella con silicona, con Gwen y Zamaya flanqueándolo para que puedan sujetar el contorno de los nervios cortados mientras se seca. Yo estoy en la escalerilla, contemplando la escena desde la pantorrilla porque no hay espacio abajo, observando a Jenny sentarse sobre sus talones y frotarse los ojos cansados con los nudillos mientras respira muy muy despacio.

—Nolan, descansa —dice tras un momento, quitándose la chaqueta gris y doblándola en la base de la entrada. Sus tatuajes le cubren casi toda la clavícula y descienden por sus hombros en línea recta, terminando a diferente altura por debajo de los tirantes de su camiseta negra. Se pasa las manos por los paneles del brazo y luego las estira a la vez que coge aire con brusquedad.

—Los demás, manos a la obra —prosigue Jenny con voz calmada. Recordad que debéis aseguraros de que el cabronazo pueda seguir moviéndose. Lo que queremos es que le duela cuando lo haga.

Nos pasamos horas trabajando en los dos manguitos rotadores, aflojando los diminutos engranajes afilados como podemos y al azar. Tiene que parecer un error de funcionamiento, no un sabotaje, que es por lo que Jenny está de rodillas sobre la chaqueta para coser los nervios delicados y crueles de la entrada uno a uno. Nosotros terminamos mucho antes que ella, alrededor de lo que debe de ser media tarde fuera del cuerpo del Fantasma, y aguardamos en el torso salvo por Zamaya, que se atreve a bajar varias veces al hueco de la pierna para ver cómo va Jenny.

La veo regresar de la oscuridad, con las extremidades enganchadas a los peldaños de la escalerilla junto al corazón nuclear. Zamaya se impulsa sobre una pequeña plataforma por debajo de mis pies y levanta una mano para apartar una cortina de alambre, lo que hace que Gwen casi se caiga al estómago del mecha, pero la pistolera se endereza y dice con voz suave y posando una mano en la rodilla de Zamaya:

—Necesita descansar.

—Sí —conviene Zamaya, con veneno en la voz, pero sin alzarla mucho.

Aunque da igual. ¿Quién sabe cuántos más habrán muerto desde que nos marchamos de Ira Sol? El miedo me carcome el estómago, al igual que pensar en Eris y lo que voy a decirle si… *cuando* despierte, o lo que le voy a decir a Enyo para conseguir que tome mi mano y me siga fuera de la ciudad.

Y justo a nuestra espalda tenemos la estructura sistemática de mil millones de personas colapsando las unas sobre las otras, sobre un vacío con la misma forma de Enyo. El caos total.

No es muy distinto. Nunca será distinto: esta misma clase de violencia, y a la misma gran escala.

La cosa va así: siempre que me marcho de Deidolia, la dejo bañada en sangre.

Antes me habría deleitado en ello; antes de saber que no me construyeron con ese fin, como una enfermedad de los huesos, y cuando actuaba sin más y parecía no poder parar. No puedo enterrar a la chica que fui porque la necesito, cabreada, odiosa y avasalladora, y necesito que soporte todo esto para que las personas a las que ahora quiero puedan sobrevivir.

Para poder alejarme y dejar que todo se reduzca a polvo a mi espalda, porque ya no puedo seguir igual. Estoy demasiado agotada y rota por dentro, me he vuelto demasiado egoísta y me importa una mierda. *Me importa una mierda.*

Quiero salvarlos a todos, pero creo que hacerlo podría acabar conmigo.

No voy a poder soportar el dolor. Los cuerpos destrozados a mi paso, otra vez; no seré capaz de olvidarlo.

Pero es por ellos. Voy a lanzar a mil millones de personas al caos por ellos. Por Eris y el equipo, en la ciudad que he dejado atrás, y por Enyo, en la ciudad a la que me dirijo. Eso es. Ese es el planeta en el que vivo, las deidades a las que me aferro, y lo siento... aunque no lo suficiente.

Sé que todo lo demás no importa; nada me importa más allá de la gente a la que quiero, y tampoco es que sea algo pueda detener. Lo siento. Pero no quiero que pare.

Hostia puta —suelta Gwen cuando los tendones de metal empiezan a suspirar y a moverse a nuestro alrededor—. Ha funcionado.

Aguardamos justo debajo de la cadera contraria a la escalera después de que Jenny gritara que había terminado. La encontramos pálida y pringosa de sudor, con profundas ojeras bajo los ojos alumbradas por el brillo azulado de los nervios reparados y luego completamente oscurecidas mientras los demás recolocamos a peso la pared de metal de cinco centímetros en su sitio.

Luego, oímos el rugido de un helicóptero gigantesco, el plaf plaf plaf de sus rotores al pegar contra el mecha. Y entonces, el sonido de la puerta desbloqueándose y nosotros observando en silencio mientras la piloto sube y sube y sube por la pierna con su ojo modificado delineando su figura de rojo.

Jenny, en la plataforma de la pelvis con los pies colgando en el vacío del muslo, saca la brújula de su mochila y tuerce el gesto mientras se encorva sobre la lámina de cristal.

—Noroeste —nos informa, inclinando la cabeza—. Bien. Bien. Parece que esas averías están funcionando.

—¿Y el sellado de la puerta va? —pregunta Zamaya, y la veo poner los ojos en blanco cuando Jenny la mira de golpe, incrédula—. Por todos los Dioses, Jen, solo preguntaba...

—Me has clavado tal daga en el corazón...

La sonrisa de la arquera es ponzoñosa.

—Joder, qué dramática.

Jenny se ríe, breve y complacida.

—Ay, querida, por favor, repítelo...

—¿Podemos...? —trata de interrumpir Seung, y luego se tensa claramente cuando Zamaya lo repite, como le han pedido. Levanta el brazo de la viga de soporte en la que está haciendo equilibrios para darle un golpe en la rodilla, que pende junto a la de Jenny, antes de gruñir—: ¿Podemos repasar el plan para cuando lleguemos al hangar?

Jenny me mira, lo cual significa, claro, que todos le copian el gesto.

—Bueno —dice—. Te toca.

Soy la última Valquiria; Enyo dijo que me necesitaba en la ciudad en todo momento por si acaso se producía otro ataque. Tenía sentido. La única vez que abandoné Deidolia bajo el efecto de la corrupción fue cuando Enyo se encontraba a mi lado, en la cabeza de mi Ráfaga, cuando nos dirigíamos hacia Ira Sol.

Y soy la única de todos ellos que ha estado dentro del hangar. Es una copia exacta del hangar anterior de la Academia, les explico, una extensión cavernosa bajo la ciudad ocupada tan solo por una sexta parte de lo que solía ser el ejército de Ráfagas de Deidolia. Su objetivo es la vigésimo primera planta, el hospital, separada del hangar por unos ascensores y escaleras completamente vigilados.

—Eso sin mencionar toda la planta de Ráfagas y pilotos —musita Gwen.

—Pues lo preferiría —gruñe Seung—. Sinceramente, lo que vamos a hacer...

—¿Quieres decir que no estaremos más protegidos dentro de un mecha? —le espeta Zamaya.

—No, claro —dice Seung—, pero está el detalle de que nuestro plan consiste en *subir*.

—Ay, Dioses —gime Gwen—. Ese es el plan de verdad, ¿no? Cuando pueden freír al piloto en cualquier momento. Ay, Dioses...

—Solo el Zénit ostenta ese poder digo—. Y no lo usará.

—Te aferras a esa suposición como a un clavo ardiendo —murmura Nolan.

Pero está mirando a Jenny, no a mí, y ella le devuelve la mirada con los ojos vacíos y dice, con perfecta calma, o tal vez sea agotamiento:

—Sí. Así es.

—Ah, vale —responde Nolan, con más sequedad que nunca—. Bueno es saberlo.

Intervengo:

—Puede que apunten al Zénit con una pistola a la cabeza y le digan que active el interruptor del mecha, el que escalará el rascacielos bajo sus pies. Que dispare el chip en su cerebro y lo fría de golpe. Pero o bien sabrá que soy yo, y no me matará, o no lo sabrá, y presupondrá que es alguien que viene a matarlo igualmente, en cuyo caso él... tampoco los detendrá. Y tenemos que cambiar de mecha —añado enseguida, quedándome muy quieta para prepararme para su estallido de indignación, que calienta el aire de golpe—. Y más después de lo que le hemos hecho a este. No me había dado cuenta de lo que...

—Escalaremos —espeta Jenny, y lanza una mirada acusatoria a los demás—. ¿No os había dicho que os mantuvierais...?

—Sí, escalaremos —repito al instante—. Pero el trayecto hasta las calles dejará el mecha muy tocado, y como tenga que luchar... estamos jodidos.

No podemos coger el ascensor, ni subir por las escaleras, pero sí que podemos usar un Ráfaga y recorrer el túnel subterráneo que lleva del hangar a las Tierras Yermas, el que se extiende justo por debajo de las calles de la ciudad. Saldremos por una salida que nos inventemos y luego escalaremos. Por el lateral de la Academia, completamente visibles e irrisoriamente valientes, y Enyo dejará que suceda, justo por todo lo que acabo de decir. Aunque, tal vez sin la última parte porque... porque *sabrá* que soy yo.

No tiene ningún sentido, pero lo sé. Al igual que tampoco lo tiene el repentino escalofrío que siento descender por mi espalda y que hace que no oiga lo que sea que Zamaya me haya dicho con desprecio.

—¿Hola? *Defecto* —me espeta Zamaya—, ¿entonces tenemos que salir al hangar?

—Eh... ¿hola? ¿Y por qué habríamos de luchar? —pregunta Gwen con la misma brusquedad.

Abro la boca, más que lista para reírme de ella, pero Jenny se me adelanta y dice:

—No seas tan ingenua

—Ingenua —se mofa Gwen, cruzándose de brazos y apoyando la cabeza contra una tubería llena de válvulas—. Tal vez solo esté siendo optimista.

—¿Pero tú no decías que no soportabas a los optimistas? —le reprocha Seung.

—Fui injusta —le devuelve ella—. No he conocido a nadie lo bastante estúpido como para serlo.

—Los estúpidos sois todos vosotros —suelta Jenny como si nada—. Y creo que nos viene bien. Me gusta el plan... Te quiero dentro de una Valquiria, Sona.

—La Valquiria —solo quedaron dos después de Celestia; y una me la llevé y la dejé en Ira Sol— está guarnecida en mitad del hangar. Podemos movernos al Ráfaga más cercano a donde aparquen este.

—Tú eres mejor que nadie dentro de ese hangar. Si hay que luchar, pues se lucha —insiste Jenny, y Zamaya parece comprender algo que yo no, ya que coloca una de sus manos tatuadas en el hombro de Jen. Jenny se la quita de encima—. Igualmente, mejor una que dos.

—Dos —repito.

El pum pum pum de mi corazón... parece que es justo ahora cuando me doy cuenta de dónde estamos, en el estómago de un mecha; no, en realidad sí que me he dado cuenta. Pero es ahora cuando siento como si me hubiera tragado.

Jenny echa la cabeza hacia atrás, levanta las manos y acerca sus dedos largos y elegantes a su ojo izquierdo.

Tiene una lentilla negra en la yema del dedo, y entonces Jenny endereza la cabeza y me sonríe.

—Dioses, *unnie* me oigo decir, y las palabras se disuelven en una ligera risotada—. Qué dramática eres.

No lo digo por fastidiarla; el comentario consigue el efecto que pretendo. Bajo el brillo carmesí que mana de su cuenca izquierda, ensancha la sonrisa aún más. Y la piloto, con la voz sedosa y cargada de veneno, replica:

—Sí, ya me he dado cuenta.

CAPÍTULO CUARENTA Y NUEVE

ERIS

Mis botas aterrizan sobre la tierra y me doy cuenta, con un pequeño sobresalto, de que ahora hace frío.

Respiro y siento el camino que recorre el aire hasta mis pulmones, enfriando el dolor adherido allí, pero luego se detiene de golpe y me entra un ataque de tos que casi me derriba al suelo. Cuando las sacudidas paran, me percato de que alguien ha colocado una mano entre mis omóplatos y Sheils dice, en lo que se me antoja probablemente la voz más suave que le he oído poner nunca:

—¿Estás bien, Shindanai?

—*Shibal* —escupo, con la garganta en carne viva. «Joder». Es una de las pocas palabras que conozco de la familia de mi padre, aunque a la que se la he oído decir realmente es Jenny.

Sheils se ríe ligeramente.

—*¿Eodi apa?* —me pregunta, lo cual, tras un instante, reparo en que también sé lo que significa: «¿Dónde te duele?».

Dioses. He aprendido la lengua a base de frases que resultan útiles para el estilo de vida de los Asesinos de Dioses. Qué deprimente.

—*Pibu apayoh* —le respondo, que significa «me duele la piel». No debería ser verdad, pero en realidad, y por triste que parezca, sí que lo es. Y sigo sudando por todas las malditas partes.

Sheils, de hecho, no ha intentado estrangularme por marcharme como pensé que haría. El estado general de las cosas no es la única razón por la que se la veía crispada; Jenny se había marchado, y se había llevado solo a su equipo, además de a Sona. Dudo que siquiera considerase la idea de pedirle a la capitana que volviera con ellos al lugar del que llevaban huyendo desde hace cuarenta años.

Pero Sheils se preocupa por Jenny más de lo que cree. Tanto que, a nuestra espalda, en lo que ahora es el helicóptero inmóvil, el resto de los Hidras están descargando bolsas que resuenan con pequeños tintineos metálicos.

O tal vez no sea solo preocupación.

Han guardado sus mechas bajo tierra durante décadas tratando de evitar que sucediera lo que ya sucedió. Y esto, estar aquí otra vez, significa que lo están enfrentando de algún modo.

—Llevaba mucho sin ver este lugar —dice Astrid, dando un zapatazo contra el suelo plano del desierto de las Tierras Yermas. La arena mojada se surca bajo sus botas, iluminada únicamente por la luz roja de los ojos de los pilotos—. Está exactamente igual, ¿verdad?

—No se puede esperar que en cuarenta años un lugar se recupere de un ataque nuclear —murmura Sa-ha, otra Hidra.

Me enderezo por completo una vez las náuseas se reducen a algo manejable y miro más allá de ellos, hacia el cuerpo negro del helicóptero en el horizonte, donde las luces se elevan como dientes afilados y finos. El perfil de la ciudad de Deidolia.

Sheils se gira ligeramente a mi lado, como buscando algo en la oscuridad, y lo señala cuando lo encuentra.

—Ese es nuestro objetivo.

Más adelante, tal vez a unos seis kilómetros al sur de la ciudad, hay una boca en el suelo circundada por unas luces tenues. Pero eso no es lo que lo señala. Lo que lo señala es el perfil carmesí del Paladín que vigila su perímetro: el túnel subterráneo que llega hasta el hangar de la Academia.

—Mierda —musita uno de los Hidras—. ¿Cómo narices vamos a pasar por ahí?

Casi pongo los ojos en blanco. Luego me coloco las gafas protectoras y flexiono las manos en los costados para relajarlas dentro de los guantes criogénicos. Entonces lo siento por encima del dolor, por encima de los nervios que amenazan con sacudirme con violencia, como una pared de cristal viniéndose abajo: perfecta claridad. Perfecta emoción.

—Ah —digo, abrochándome la chaqueta para no pasar demasiado frío—. Pues bastante rápido.

No dejo de moverme mientras salgo del tobillo del mecha y caigo a la arena respirando con mucha dificultad. Respiro el aire frío y me pongo de pie. El Ráfaga ha caído de costado y alrededor del tobillo atisbo los dientes apretados de Sheils mientras los Hidras salen corriendo hacia mí. Ya estoy dándome la vuelta hasta estar de cara a la entrada del túnel mientras ellos empiezan a ayudarse a subir a la palma del Paladín, cuyos dedos son del tamaño de vagones de tren contra la tierra.

La combinación de los guantes criogénicos y el mazo sónico ha demostrado ser brutal, y los Paladines encima son los más lentos. Pero esa puta subida... Siento como si mis costillas se hubieran curvado hacia dentro, aguijonando el desesperado intento de mis pulmones por respirar, y, de repente, unos puntitos negros emborronan mi visión de la entrada fluorescente del túnel, se me seca la boca y... y creía que iba a estar bien, pero en realidad creo que...

—Eris —la voz de Sheils suena con dureza, por encima y detrás de mí, y mi concentración regresa de golpe. Ella me observa desde lo alto de la mano, con los Hidras a su alrededor, abriendo las bolsas para sacar las latas de pintura en espray. Desechan los tapones y el siseo del aerosol empieza a zumbar en el aire junto a lo que me percato que es, de hecho, no solo el pitido en mis oídos, sino el alarido de las alarmas.

Contemplo, atónita, mientras Astrid pinta una línea suelta y la sube por el brazo del Paladín, manchando el chapado soso gris verdoso con un azul intenso y vivo y *brillante.*

«Joder», pienso vagamente, «los chicos van a lamentar haberse perdido esto».

Ya nos han visto; no nos estamos escondiendo. También tenemos que saber qué mechas son nuestros cuando entremos al hangar; la pintura solo es algo funcional, pero eso no detiene a Sa-ha de ponerse de pie en el cuello del Paladín y de dibujar una curva desde la comisura de la boca delgada y seria del Paladín, esbozándole una sonrisita rosa chillón.

—¡Eris! —grita Sheils otra vez.

—Estoy bien —respondo, aunque no sé si es verdad.

—Eso ya lo sé —espeta Sheils, y mueve con hastío los dedos tatuados hacia el mecha a su espalda—. Sabes que esto va a doler, ¿verdad?

Le lanzo la mejor sonrisita avergonzada de la que soy capaz.

—He fracturado el ojo izquierdo para que puedas entrar.

Ella curva el labio superior en una mueca y luego se da la vuelta y deja a la vista el emblema de serpiente en la espalda de su chaqueta mientras se encamina hacia la cabeza. Tal vez tendría que haber mencionado que también va a tener que desconectar al piloto muerto de los cables, y que hay sangre en el suelo de cristal. Pero puede que ella ya lo presuponga. De todas formas, tengo las muñecas pringadas.

Me vuelvo de nuevo hacia el túnel. Desde la cavidad de hormigón se oyen las pisadas de algo tan inmenso que hasta el retumbar del suelo asciende por mis piernas. Me enderezo y planto los pies en la arena bañada por el frío brillo azul de mis guantes, levantados ligeramente a mis costados como si fuera a placar algo. Pero no.

A mi espalda, el Paladín se yergue.

—Vale —digo, y entonces trago saliva y me obligo a respirar despacio y con regularidad—. Vale. Lo tengo controlado. Lo tengo controlado.

Y hace clic.

Soy adicta a este momento; en el que todo se alinea y se estrecha a la perfección, hasta que solo quedamos yo y la cosa a la que tengo que vencer, en el que hay una especie de quietud.

—Vale. —Preparada. Sí, estoy preparada; estoy en la última parte del culo del mundo, y estoy fuerte y preparada—. Sal y ven a por mí.

Admito que dejé el Paladín hecho una chapuza, pero Sheils es una piloto fantástica.

Es decir, es *buenísima.* Cuando los dos Argus salieron de la boca del túnel, cargando hacia nosotros, y yo dejé que el suero criogénico lanzara dos rayos chirriantes y brillantes que atravesaron la negrura del cielo, ella pasó por encima de mí y los atropelló. Esa fue la única ventaja que me hizo falta darle.

En cuanto los dos Argus no son más que una pila de metal machacada e impregnada de hielo, el Paladín se gira y extiende una palma hacia mí. No creo que me termine acostumbrando nunca a tener esos dedos gigantescos curvados sobre mi cabeza; sería tan fácil olvidarse del peso de mi cuerpo sobre su palma, cerrar el puño ligeramente y acabar con mi existencia. Pero no lo hace, y yo contemplo las largas luces fluorescentes correr por encima del casco redondeado del Ráfaga, salpicado con pintura neón que se intensifica de forma artificial bajo aquellas luces tan molestas.

El tramo es en línea recta, pero no creo que lo vayamos a hacer solas; siento la siguiente tanda de pisadas mucho antes de que las formas de los Fénix aparezcan a lo lejos. Tampoco pierdo detalle de las cámaras que hay repartidas en los resquicios de las paredes de hormigón. A estas alturas ya debemos de estar bajo la ciudad. Me pregunto, pero solo muy brevemente, si las calles de arriba sentirán la descarga de calor que está a punto de cortar el túnel. Brevemente, porque esta ya es la segunda vez en cuarenta y ocho horas que alguien no solo intenta matarme, sino que me muele a palos hasta dejarme hecha papilla.

Sheils también parece saberlo, porque me deja en el suelo. Mis botas tocan el hormigón con tanta suavidad que parece clínico, y me doy cuenta de dos cosas:

Una, hay una grieta en el túnel. He estado demasiado concentrada en las luces, en las pisadas y en no dejar que los temblores del Paladín vaciaran toda el agua que me había tragado en el helicóptero. El camino en el que los Fénix están haciéndose cada vez más y más grandes parece tener un nuevo añadido que se curva desde el antiguo, a oscuras, por lo que no veo más allá de unos pocos metros, pero sí que veo lo suficiente. Paredes de hormigón fisuradas, agrietadas con un rápido y brutal influjo de calor, una potencia de fuego que los cañones térmicos de los Fénix que se aproximan no pueden igualar; a la que ni siquiera se le acercan. Este túnel conecta con el antiguo hangar de la Academia, el que Sona derrumbó con el último misil en su arsenal, lleno del suero de magma de Jenny.

Pues... *joder*. No podemos estar tan adentro de la ciudad, ni tan cerca de las ruinas de la Academia, y aun así, el puro calor de la explosión llegó hasta el hormigón bajo mis pies. «Joder, Jenny». Habríamos estado bien jodidos si hubiera nacido en cualquier otro bando.

Ay, cierto, además, un Berserker se nos está acercando por el lateral. Tal vez porque ya ha acabado su ronda.

Un Berserker es prácticamente lo peor a lo que se puede enfrentar un Asesino de Dioses sin protección. Los Fénix se les acercan mucho dado su largo alcance, pero necesitan recargarse; en cambio, los Berserkers cuentan con reservas de munición por toda la longitud de sus brazos. ¿Alguna vez has tenido el placer de ver a un Berserker con la mano congelada tratar de aguantar el equilibrio en el desierto de las Tierras Yermas porque tu experta en corrosivos es una friki enfermiza a la que le gusta ir a por los tobillos? Su muñeca se abre y solo ves balas, ristras y más ristras de balas brillar bajo el fulgurante cielo como pepitas doradas de granadas.

Hago un gesto hacia el Berserker. Sheils lo ve desde mucho más arriba y su mecha sale disparado hacia los Fénix. El Ráfaga podría llenarme de plomo, pero aún quedaría algo de aire entre tanta artillería, no como si llenaras todo el túnel con fuego, así que sí. Tengo algo más de probabilidad de ganar, sobre todo si ese cabluzo de mierda no me ve de primeras.

Me apresuro hacia el túnel fisurado a causa del calor con la espalda pegada a la pared justo antes de la curva, fuera de la vista del camino de principal. Está ligeramente curvado en vez de ser una esquina perfecta, porque hace un siglo o así, o de donde sea que excavaran este lugar, los arquitectos pensaron: «Creo que haré de este lugar la tumba de Eris Shindanai».

Trago saliva, aunque el movimiento es molesto dado que tengo la garganta seca e irritada, y levanto los ojos hasta el techo mugriento antes de cerrarlos, antes de suplicarle a mi corazón que se ralentice. Va a buscarme. Quienquiera que esté manejando esas cámaras estará comunicándose con el piloto, diciéndole justo dónde estoy. Y si no lo supiera desde hace unos segundos, cuando sentí la fuerza de cada una de sus pisadas en el esternón, ahora sí lo sé; ahora que está más cerca y los golpetazos se ralentizan, porque eso es lo que va a hacer, lo más terrorífico que podría hacer: detenerse por completo y luego girar la cara a dieciocho pisos de altura hacia donde estoy escondida.

Sería casi más terrorífico que la siguiente parte, donde una lluvia de balas me quita de en medio.

Pero —y es ridículo que eso sea lo que podría salvarme la vida— su pie no estaría pegado a la pared.

El brazo le entorpecería, y todos los Ráfagas por debajo de las Valquirias no pueden mover las piernas más allá de la anchura de sus caderas. Porque esto es lo que los mechas jamás podrán imitar de la forma humana: las partes blandas, las que se estiran y se contraen. Los Ráfagas son todo bordes afilados, y eso hace que sus movimientos sean lineales, entrecortados; hasta las complejas Valquirias parecen moverse ligeramente a trompicones. Normalmente nada de eso importa en ese momento. Normalmente.

Esta vez sí que importa. Esta vez, cuando las pisadas del Berserker están tan cerca que me hacen levitar en el suelo, cuando inclina la cabeza y la luz roja penetra más allá de la curva y surca el aire a mi lado, yo me muevo, entre la pared y la base de metal del Berserker, y entonces desaparezco.

El hormigón explota a mi espalda con la fuerza de su artillería, pero yo ya estoy detrás del mecha cuando un trozo me golpea en las costillas, derribándome al suelo. He tenido el guante criogénico pegado a la piel de su pie y luego a la del tobillo durante todo el trayecto alrededor de él.

—Te tengo —digo con voz ronca, con el sabor de la sangre en la lengua y los puños apretados y emitiendo luz y hielo mientras me obligo a ponerme bocarriba y a estampar los dos guantes juntos. Cuando el Berserker se da la vuelta, con las dos palmas borrosas con un sinfín de energía acumulada alrededor, los activo como uno solo.

No va a funcionar. Caigo en la cuenta, con todas las demás implicaciones de «estoy muerta», en el mismo momento en que la luz abandona mis manos. Va a ser un golpe directo al estómago del mecha y aun así no va a funcionar, porque este disparo glorioso no va a detenerlo de golpe, y eso es lo único que podría salvarme ahora.

«Joder, Sona», pienso vagamente y, entonces, un latido después: «Joder, Jenny».

No debería funcionar… pero se me había olvidado.

Estos no son mis antiguos guantes.

Mis antiguos guantes no

mandarían

al

mecha

al suelo.

Las luces fluorescentes estallan en lo alto del túnel conforme las palmas del Berserker se sacuden de forma involuntaria hacia arriba. Yo me tapo la cabeza instintivamente con los brazos mientras las balas destrozan cristal y hormigón por igual en la repentina oscuridad. La mandíbula desencajada es lo que evita que se me partan los dientes con la fuerza del peso del Ráfaga al chocar con el suelo, con el estómago carcomido por el hielo y fragmentándose con un sonido parecido al que haría un lago cuando su superficie se resquebraja.

La planta de sus pies se eleva muy por encima de mí, pero está muerto, y yo estoy *viva,* y el metal bloquea la visión del resto de su cuerpo feo y machacado. El aire que penetra en mis pulmones es como si estuviera intentando contarme las costillas, asegurándose de que estén todas intactas, y lo están; magulladas, pero enteras.

—¡Sheils! —grito, aunque no hay forma de que pueda oírme, poniéndome de pie lo más rápido que me atrevo—. Hostia puta, soy *invencible.* ¿Has visto lo que Jenny...?

El triunfo desaparece y se vuelte arena en la cavidad de mi pecho.

Por encima de la neblina que mana de los puntos fríos del Berserker, hay humo que llena el túnel. Veo la mano marcada de pintura de un Paladín inmóvil y en un ángulo raro contra la pared, y los Fénix derribados en el suelo, pero no importa, porque otra vez — otra *puta* vez— el suelo está temblando.

Y la fuerza proviene de ambas direcciones.

Frente a mí, su aproximación ya está moviendo el humo, obligando a mis pulmones a respirarlo. Estoy tan tan agotada de respirar veneno... Creo que por eso me giro hacia mis seis, donde la salida a las Tierras Yermas es un puntito dulce y negro a lo lejos, bloqueado por el cuerpo de otro Fénix, y justo detrás de él, una marca pálida que podría ser un Argus.

¿Quién cojones dice que Deidolia se estaba quedando sin mechas?

—Joder, Sona —digo, esta vez en voz alta. Las palabras salen como una risotada mientras el delirio y el agotamiento me asolan a la vez.

Tengo mechas de frente y a la espalda. Bien. Pues este es el final.

Tendría que haberle hecho caso y haberme quedado en Ira Sol. Así no estaría sintiendo ese pánico animal de algo vivo que está a punto de morir.

Pero, sinceramente…

—Sinceramente, cariño —digo entre dientes. Cuadro los hombros y sacudo los dedos para enviar suero criogénico y hielo a ambos lados. Junto al pánico, también hay ira. Eso es lo que me embrutece. Eso es lo que me da la vida—. ¿Qué esperabas?

CAPÍTULO CINCUENTA

SONA

Estiro la mano hacia la izquierda. Espera. Tengo la mirada fija en la piloto del Fantasma, que sigue con la postura final a excepción de las manos, que las tiene extendidas hacia los cables en sus antebrazos. Se los arranca uno por uno, casi de manera metódica. Se me hace raro pensar que justo por eso sé que es buena. Una buena combatiente, me refiero; lo hace con tanta precisión, y sin exceso ni pompa. Y que Zamaya le clave una flecha en la sien en cuanto el último cable resbala de sus dedos no indica que le falte talento. Simplemente no es justo, aunque lo cierto es que ningún bando lo ha sido.

Sacamos a la piloto muerta de la estera y termino con las mangas empapadas de sangre para cuando la logramos apartar a un lado. Jenny se ha colocado en el centro y está pasando las manos por encima de los cables colgando. Abro la boca y ella clava sus ojos negros en mí.

—Ni se te ocurra —me dice—. No quiero saberlo hasta que llegue el momento.

—Pues date prisa —gruñe Gwen con voz febril, sin amilanarse por la fría mirada de Jenny—. Sabes que esperan que esa piloto salga de aquí en algún momento.

—Gwen —pronuncia Zamaya con suavidad, pero es un aviso—. Dale un momento.

Jenny se vuelve. Cuadra los hombros con el rostro hacia los ojos del Fantasma, hacia el hangar que se extiende ante ellos, lleno de deidades. Toma una gran bocanada de aire que alza su clavícula y los tatuajes en ella y después lo suelta, se relaja y estira la mano hacia el primer cable.

—¿Te ha contado Sheils alguna vez lo que diferencia a los buenos pilotos de los mejores, Defecto? —pregunta Jenny, estremeciéndose cuando el primer cable encaja con un clic.

—No —susurro. Tengo una sensación rara y fuerte en el pecho que no soy capaz de discernir; como si lo que estuviera viendo fuera algo absolutamente trascendental.

—Bueno, pues te mencionó después de verte destrozar a ese mecha chatarra en los jardines. «Mira», dijo. «Usa bien el cuerpo», o algo así. Supongo que algunos pilotos no lo hacen. Algunos vacilan porque saben, en el fondo, que esta forma es falsa. Una segunda piel que no es solo piel, y no es solo suya.

Me sorprende. Cuando me hieren, soy consciente de mi cuerpo, pero lo siento tan... distante. Como si no fuera más que un pensamiento secundario. Creía que a todos los pilotos les pasaba lo mismo.

—Y *halmeoni-nim* dice que eso se debe a la enormidad —prosigue Jenny ya con un brazo vinculado y la mirada gacha a la vez que empieza con el otro—. Es eso. Estamos tan acostumbrados a alzar la vista para mirar al cielo, o incluso a inclinarnos ante aquello más importante que nosotros; estamos tan acostumbrados a pensar que hay mejores cosas que nosotros.

Sus dedos se quedan quietos, con el último cable agarrado. Jenny Shindanai ladea la mejilla izquierda hacia el hombro y nos baña a todos de rojo al tiempo que el pelo oscuro le resbala por la espalda.

—No lo entiendo —nos dice—. No entiendo cómo es que la gente no lo ve. Somos mucho más increíbles de lo que la gente cree.

Y, entonces, Jenny sonríe. Es un gesto frío, serio y electrizante a partes iguales.

—Salvo yo, por supuesto.

Y encaja el último cable en su brazo.

Permanece inmóvil durante un momento. A continuación, rueda los hombros hacia atrás, el derecho primero y luego el izquierdo, y entonces los dos a la vez.

—¿Duele? —pregunta Nolan, y por un momento creo que se refiere a la vinculación, pero entonces recuerdo que nos hemos pasado todo el día cerciorándonos de que la piloto del Fantasma sufriera.

Pero lo único que responde Jenny es:

—He luchado en peores condiciones.

Eso genera una carcajada sin gracia por parte de Zamaya, que se calla abruptamente cuando Jenny se encoge. Apenas es un leve gesto de la barbilla, pero lo hemos visto.

—¿Jen?

—Vaya —murmura Jenny con los ojos oscuros bien abiertos. Se desvían hacia la izquierda antes de entrecerrarse; su sonrisa se torna violenta al mismo tiempo—. Eso ha estado un poquito guay.

Un sudor frío me recorre la parte trasera del cuello.

—¿El qué?

—Ya lo verás —responde Jenny—. Voy a moverme. Creo que veo a la Valquiria... ah, me encantaría intentar hacer *eso* alguna vez... ve a la bota, deprisa.

—Yo...

—Te cubriré. Nos vemos fuera, ¿vale?

Bajo por la escalerilla del cuello y lo último que oigo es a Jenny riéndose satisfecha al tiempo que el mecha da su primer paso hacia delante. Por los dioses. La estamos liando; un mecha se está moviendo cuando se supone que no debería hacerlo. Nos van a pillar.

Espero que la escotilla se abra y me metan al instante una bala entre ceja y ceja.

Pero la abro de todas formas. Porque, si Jenny dice que me cubrirá, lo hará.

Y veo que así es; la escotilla se cierra con un susurro al entrar en contacto con el metal y se hace la luz, pero no de la forma que pensaba.

Jenny ha dejado el Fantasma junto a la base de la Valquiria. Me queda claro al instante que, durante lo que he tardado en llegar a los pies del mecha, el caos se ha desatado en el hangar de la Academia.

Nadie me mira mientras me desplazo por el suelo. Hay gente caminando a toda prisa; algunos con el uniforme gris de guardia y otros con chaqueta dirigiéndose rápidamente a los mechas, gritando. Se oye el chirrido de las botas de metal al pisar el hormigón. Las luces de alarma emiten destellos blancos que se reflejan en los ángulos afilados de la Valquiria. Escalo por la bota y el panel de mi brazo se abre como por inercia. «¿Qué coño está pasando?».

Me vinculo con la certeza de que allí encontraré la respuesta.

Y así es.

De repente, sé lo que a Jenny le ha parecido «un poquito guay». El pequeño espacio que veo ahora por el rabillo del ojo: una señal de vídeo que muestra el caos desatado en el hangar, como si este fuese tangible en lugar de una mera imagen a través de una modificación.

Eris.

Es Eris; la veo durante un momento, en el túnel del hangar, saliendo de la palma de un Paladín manchado de pintura, pero enseguida sale de mi campo de visión, debido al punto ciego que hay en el camino de la antigua Academia. Hay voces que resuenan en mi cabeza, los pilotos de Deidolia al vincularse, las órdenes a voz en grito de los capitanes… pero yo apenas les presto atención. Me quedo mirando, atónita, el punto de la señal en vídeo donde Eris acaba de desaparecer.

Ha despertado. Está aquí… ¿Cómo demonios ha venido?

—Eris —murmuro—. Ay, cariño, te voy a matar.

CAPÍTULO CINCUENTA Y UNO

ERIS

¿He... he calculado mal?

Estoy mirando a donde no es. El mecha a mi espalda, el que viene del hangar, me va a alcanzar. Me doy la vuelta en cuanto emerge del humo, cuando aún está medio envuelto en gris. Es enorme y estoy en mitad de su trayectoria. Por los dioses, que me quiten los tatuajes, ¿cómo infiernos ha llegado tan rápido?

Y nada. No oigo nada en mi cabeza; solo un espacio en blanco ocupado por el terror, porque... eso... eso es una Valquiria.

Estoy petrificada.

«Muévete, venga, por favor, por favor, muévete». La voz en mi cabeza le suplica a mi cuerpo inmóvil, y entonces se cierne sobre mí ese diseño de metal de más de cincuenta metros de alto, mientras que yo apenas llego al metro sesenta, y entonces... entonces... Oh.

Oh.

Los mechones junto a mi oreja se elevan y vuelven a caer. El siguiente paso de la Valquiria hace que me estremezca.

Me doy la vuelta aguantando la respiración y el miedo se torna en sorpresa.

Ha pasado por encima de mí.

Y de una vez, con un movimiento tan elegante que hasta casi parece delicado, ha desenfundado la espada de su espalda y ha rajado al Argus desde el hombro hasta la cintura.

Este se desploma y el metal chirría contra el hormigón, provocando que me piten los tímpanos. Lo único que soy capaz de pensar es: «Esa mano la conozco».

El calor se me adhiere a la piel cuando el Fénix se aproxima hasta estar a una distancia factible de mí. El túnel se ilumina con luz cálida y yo ni siquiera tengo que pensar en correr. Sona le propina un gancho al cañón térmico y. de la enorme fuerza que usa, rompe la pared. Cuando se gira, la base de la mano impacta contra la mandíbula de hierro del Fénix. El metal se arruga igual que la alfombra cada vez que mi equipo se persigue arriba y abajo por el pasillo.

Vuelve a colocarse en una postura perfecta al tiempo que el Ráfaga de Deidolia se tambalea. Levanta la mano y bloquea la muñeca que sujeta la espada antes de que Sona pueda cortársela, pero no importa, apenas influye en la pelea, porque ella golpea la cara desfigurada del Fénix con el casco. Después se crea una distancia que Sona acorta al instante y casi pega su tripa a la del Fénix de no ser por el mango de la espada entre ellos, el que ha girado en la mano tan hábilmente que ni siquiera me percato hasta que la punta negra de la espada no sobresale de la parte trasera del cuello del otro mecha.

La Valquiria retrocede, saca la larga espada despacio del Fénix con un chirrido del metal y deja que el Ráfaga se desplome.

Después, me espera.

La puerta en la bota del mecha está abierta, y yo ya me encuentro subiendo por la pantorrilla, con el corazón palpitando como loco y el cuerpo buscando aire, descanso y mil cosas más menos comprobar quién se encuentra en la cabeza, que se gira cuando llego y me mira a los ojos a pesar de los cables conectados a sus antebrazos y no poder verme. Levanta las manos igualmente.

Casi la tumbo. Casi derribo la deidad, pero ella aguanta. Envuelvo los brazos en torno a su cuello y los suyos se posan en mi cintura. Siento que toma una gran bocanada de aire mientras digo, con voz baja y apresurada, casi incoherente:

—Te voy a matar. Estoy muy cabreada contigo.

Sona se ríe. Me da un fuerte beso en la sien y desliza una mano por mi columna hacia la nuca, como si temiese que me fuera a marchar si me dejase estar más lejos. No lo haré.

—Se suponía que ibas a estar inconsciente hasta que yo volviese.

—Bueno —respondo, impotente. Creo que antes sí que estaba cabreada con ella. Ahora que la tengo cerca, no sé cómo pensé que podría seguir estándolo.

—Te he echado de menos —dice.

—Eso no es justo. —Aunque tal vez sea lo que me merezco. Nos merecemos estar así por todo lo que hemos pasado—. Yo también a ti.

—Me lo imaginaba al verte aquí.

Sonrío contra su mejilla para que sienta que está en terreno pantanoso conmigo.

—No tientes a la suerte, Defecto. Ni siquiera me ves.

—Ya —contesta, pero me besa de todas formas.

Muy brevemente, apenas dura un segundo, y nos separamos.

—Bueno, la guerra —digo.

—Lo estropea todo.

—Ajá.

Sona ladea la cabeza y sus ojos grandes e inexpresivos se abren y miran más allá de mí. Yo me aparto de ella y salgo del suelo cuando parpadean y atisban algo que yo no.

—Hay pilotos con latas de pintura en el hangar —murmura—. ¿Sabes algo?

—No —contesto cuando ella empieza a mover a la Valquiria sobre el Berserker que he derribado y curva la comisura de la boca. Frente a nosotras, el Paladín de Sheils está activado, gracias a los Dioses, y pega un salto. Sus puños golpean el techo del túnel con tanta fuerza que hace que me estremezca. El hormigón cae en trozos tan grandes como coches—. ¿Qué demonios está haciendo?

Sheils está junto a un Fantasma al que le pasa algo raro. Cuando eres tan buena como yo derribando mechas te das cuenta de cosas como esa. Tiene los hombros más relajados de lo que debería, lo cual no me preocupa. Lo que sí lo hace es su postura perfecta y espontánea, que grita vanidad por los cuatro costados.

A eso se le añade el hecho de que está junto a Sheils sin intentar matarla y el resultado es *Jenny.*

—Esa es Jenny —digo, aturdida, y Sona desvía la mirada hacia mí.

—Sí —confirma con voz firme, y al ver que no respondo añade—: ¿Eris?

—Estoy bien, estoy bien —contesto.

—Estás sonriendo. —Lo dice con voz sorprendida.

—Pues sí. —Pego las manos al cristal rojo de los ojos de la Valquiria y le sonrío al Fantasma cuando nos acercamos lo suficiente como para ver a Zamaya, Nolan, Seung y Gwen con la boca abierta en la cabeza, a Jenny vinculada, y el brillo de un ojo modificado en su cara además del de sus dientes—. Acabo de ganarle una apuesta a mi equipo. —Saludo con la mano a los Asesinos de Dioses. Gwen me sopla un beso, Nolan agarra a Seung para sacudirlo y me señala; las facciones de Zamaya se contraen hasta emitir una risa incrédula y dura—. Bueno —añado, volviéndome para ver a Sona con la boca abierta—. A Nova y Arsen más bien, porque June y Theo creían que a Jen solo se le había ido la pinza.

Poco a poco se hace de noche y empieza a haber heridos después de que el techo del túnel se agrietara y desplomara.

Es horrible, o eso debe de parecer, con los mechas forcejeando para alzarse en plena calle junto a la masa de gente que grita y huye. La Valquiria se yergue.

—Por los infiernos. —Al principio lo escucho tan bajito que creo que ha sido Sona, pero luego caigo en que lo he dicho yo; ella sigue en silencio, observando, tensa, el caos de la ciudad con los puños cerrados.

Piensa lo mismo que yo, como siempre.

«Volvemos a lo de siempre».

—Vale —esta vez la que habla es Sona, tan bajito como yo—. Vamos a subir. Quiero llegar a la niebla y seguir por allí.

—Vale —respondo, porque yo también.

Gira los pies en el suelo de cristal. Tras los ojos escarlata de la Valquiria, parece que la ciudad se pone del revés, como ella; los rascacielos emergen del suelo como dientes iluminados y la noche queda eclipsada por las luces de neón, los cables y las bombillas. Hace parecer que el camino recto hacia la torre de la Academia no lo sea tanto dado el raro brillo disparejo del paisaje urbano, que elimina cualquier rastro de formas elegantes y puntiagudas.

Así atisbo perfectamente el pánico cuando los tres mechas —nosotras en la Valquiria, Jenny y su equipo en el Fantasma, y Sheils pilotando el Paladín— se encaminan a través de la arboleda dorada ubicada en la base de la Academia.

Aplastamos los árboles como si las ramas fuesen cerillas en lugar de metal sólido.

Sona estira el brazo y las yemas negras de la Valquiria quiebran el cristal de la decimoctava planta como si nada.

Y, tal como dijo, subimos.

«Esto es una locura». Veo las expresiones de la gente de dentro al curiosear y luego tropezar hacia atrás con la mandíbula desencajada y chillando. Sona tiene la cabeza inclinada hacia atrás, cosa que ladea el suelo bajo mis pies. Después lo único que queda por encima solo es el cristal de los ojos y el rascacielos, erigiéndose entre la neblina que absorbe las luces de la ciudad.

No hablamos por miedo a gafarlo; que una mano de repente agarre el tobillo del mecha, que el rascacielos se desplome por el peso de las deidades, que el chip de Sona le haga papilla las terminaciones nerviosas...

Me siento liviana, algo mareada por el cansancio y el deterioro del cuerpo y por creer que podríamos hacerlo, que *nosotras* podríamos conseguirlo. Como si no lo hubiésemos intentado ya. Como si no hubiésemos pasado por lo peor después de haber estado aquí antes.

La miro. Contemplo sus pecas bañadas por la luz roja, sus enormes ojos con forma de medialuna, la mandíbula firme y el recuerdo de sus labios contra mi sien; su boca, tan arrogante y a la vez tan capaz de sonreír tanto. Así es como más me gusta; la adoro de todas las maneras posibles, pero como más es sonriendo contra la mía, porque siempre se muestra valiente. Pese a todo, Sona se atreve a ser feliz.

Así que, cuando la Valquiria se interna en la niebla, cuando se aferra a más cristal que no consigo ver, cuando las luces de la ciudad permanecen atrás y quedamos casi totalmente a oscuras, salvo por el suelo iluminado bajo sus pies y el ojo encendido, me muevo hacia ella.

Tiene los brazos estirados —e incluso así su postura es elegante, como buscando algo. Me coloco entre ellos y le quito los cables de los enchufes. La miro cuando vuelve en sí, a mi lado.

Permanecemos calladas durante un momento, observándonos mientras esperamos que el mecha se desenganche, que nos lance de vuelta al suelo.

No lo hace. Miro por encima del hombro durante apenas un instante y veo el reflejo de la Valquiria contra la ventana de una planta abandonada de la Academia antes de que la niebla regrese y el mundo se vuelva a quedar en blanco.

Volvemos a estar aquí, solas, en la cima de la ciudad. A unos centímetros de distancia.

—¿Podemos quedarnos así un minuto? —le pido, y sé que es pedir mucho.

—Sí, Eris. —Pronuncia mi nombre con cuidado, como siempre.

—Estoy bien —digo.

Ella espera a que pase.

—Estoy bien —insisto—. Ya está, estoy bien. No he pensado las cosas bien. Creía estar tan rota que no podría recomponerme, que siempre que las cosas van bien, luego vuelven a torcerse, porque... dados los antecedentes, ¿verdad? —Levanto la mano y el metal refleja la luz que emite su ojo y lo redirige a la pared. Contemplo la luz contra las paredes del cráneo y me percato de que Sona me está observando con los hombros tensos. Me acerco más a ella, poso las manos en sus costados y le pregunto—: ¿Cómo coño se supone que tengo que vivir? Las cosas mejoran, y *la gente* también. —Tengo entre mis brazos la prueba de eso; el calor de su piel, sus latidos rápidos contra los míos—. Eres tan... te siento más real que toda la negatividad en mi cabeza.

Me arden los ojos y, cuando empiezo a llorar, Sona me limpia las lágrimas y posa las palmas contra mis mejillas para levantarme la cara. Se me queda mirando durante un momento antes de besarme tan tan tan despacio. Las interferencias en mi cabeza se esfuman como si no fueran gran cosa. Todo se queda quieto, inmóvil. Como si el corazón no me estuviera aporreando el pecho o no hubiera mechas saliendo de la calle o un chico a unos pisos más arriba al que solo le quedan unos pocos minutos de vida.

Y es precisamente ese pensamiento lo que lo rompe todo. Me aparto y Sona se inclina para besarme en la frente antes de erguirse.

Me deja trabajar en silencio. Toco con un guante activado el lateral del cráneo de la Valquiria y dejo que el hielo se interne antes de romperlo de una patada. El aire mezclado con la niebla y el frío otoñal se cuelan en el interior, y yo levanto una mano para ponerme las gafas protectoras. Observo la inclinación de la mejilla de la Valquiria y la armadura puntiaguda que desciende. Es enorme, al igual que el mecha. Parece una pista de aterrizaje estrecha.

Pero lo logramos, aguantamos con dificultad y tensión en lugar de caer a través de las nubes y después espachurrarnos contra el asfalto. Sona baja primero por el brazo, que hace las veces de puente de metal hasta el codo. Después tenemos que agachar la cabeza para entrar; el bíceps de la Valquiria abulta tanto como la propia altura de la planta.

La alarma resuena y emite destellos constantes de luz blanca, pero me juego lo que sea a que la planta ya está desalojada. Nos encontramos en un comedor con alfombras verdes y una mesa elegante medio astillada. Seguramente sea una de las plantas de pilotos, pero tampoco es que quedasen muchos. Quien siga vivo bien estará herido o de camino al hangar. Salimos del comedor al pasillo, donde se encuentra la muñeca de la Valquiria con los dedos manchados de yeso tras haberlos incrustado en la pared destruida.

—Es la planta de los Paladines —comenta Sona en voz baja—. Cinco pisos por debajo del ala de los Zénit. La escalera está por aquí.

Subimos por la muñeca de la Valquiria y acabamos al otro lado de la lujosa alfombra llena de escombros. Hay puertas entreabiertas, camas deshechas y una mesilla con una taza con el logo del escudo de los Paladines. Sona gira y se detiene ante un vestíbulo que se bifurca. Cogemos el camino de la izquierda y ella suelta un cilindro de la pretina de su cinturón.

—¿Te he enseñado lo que me ha hecho Jenny? —pregunta, y antes de que pueda responder aprieta la mano y sacude la muñeca. Un metal negro y curvado sale por un lado del cilindro con forma de protector de nudillos y, al mismo tiempo, una hoja afilada aparece de la nada con la punta dirigida hacia la moldura del suelo. Mueve el pulgar con cariño por encima y el filo de la espada se prende fuego. Una línea de cables encendidos la recorre de punta a punta. Se la ve de lo más satisfecha.

—Joder —digo. ¿Cuándo coño duerme Jenny?

Sona vuelve a sacudir la muñeca y tanto el filo como el protector vuelven a convertirse en el cilindro del principio, y que me lanza por sorpresa. Lo que también me sorprende es que acorte la distancia entre nosotras, coloque las palmas en mis caderas y me contemple girando la espada retráctil. La miro y ella retrocede y abre la puerta de una estancia a oscuras.

—La escalera —aclara en el umbral, sonriente, esperando que vaya yo primero.

Lo hago. ¿Por qué no? Entonces caigo en que sigo sujetando la espada y, cuando me vuelvo hacia ella, caigo en que esto no parece una escalera, sino más bien un almacén. Sona, de un movimiento que apenas percibo, me quita la espada de las manos y los guantes criogénicos de los dedos.

A continuación, me da un empujón.

Caigo al suelo frío y contra un cubo de plástico que resuena a causa del golpe, pero para cuando me levanto, ella ya ha cerrado la puerta y oigo el chasquido del cerrojo.

—Defecto...

—Cariño —dice, a escasos centímetros de mí—. Sé por qué has venido. Solo... solo necesito un minuto con él.

Tanteo mi cinturón, pero el mazo no está. Por eso ha puesto las manos en mi cintura, para quitármelo.

—No puedes... —gruño, separándome de la puerta, pero esta no cede cuando cargo todo el peso contra ella. Le digo entre dientes, por culpa del dolor—: No vayas *sola.*

Oigo cómo retrocede. O tal vez siento cuando lo hace. «No». Bien podría estar dirigiéndose a una sala llena de guardias. Podría morir.

—No lo hagas —le suplico. Me ahogo por el pánico que me embarga—. Sona, *no lo hagas...*

—Yo... —empieza a decir ella—. Solo necesito hablar con él.

Y después se va.

Sin más.

CAPÍTULO CINCUENTA Y DOS

SONA

Dejo los guantes y el mazo en el suelo, justo fuera de la puerta, que vuelve a sacudirse con el peso de su cuerpo. Luego salgo corriendo.

Subo las escaleras. No puedo dejar de moverme. Si me paro ahora, o doy media vuelta y voy a por Eris o me detengo del todo. Y no puedo hacer ninguna de esas dos cosas.

Y entonces... una puerta. De metal, mate y modesta, como si el vestíbulo tras ella no fuera a estar abarrotado de guardias y el aire lleno de balas en cuanto la atraviese; como si él no fuera a estar al otro lado del vestíbulo y su sola imagen no fuera como recibir una patada en el pecho.

Pego la oreja a la fría superficie con el estoque brillante desplegado al costado y con la otra mano toqueteando el bultito que guardo en el bolsillo interior de la chaqueta.

A Arsen no le importará, creo, que haya rebuscado entre sus cosas antes de irme.

Saco la primera anilla de la granada con los dientes, la dejo enganchada en el pomo de la puerta, y saco la segunda. La lanzo al interior de la puerta y luego la vuelvo a cerrar rápidamente, solo por un instante, antes de hacer explosión con un pitido que me atraviesa los oídos incluso a través de la barrera, y entonces sigo adelante. Corro agachada, con la hoja de la espada encendida y bien aferrada en la mano, pensando en *cuellos, costillas*... Pero... pero aquí no hay nadie.

Estoy sola.

Me yergo y recorro el pasillo con los ojos. La planta de los Zénit es menos decadente que las de los pilotos: puertas negras, todas cerradas, y paredes de un blanco perfecto con cuadros oscuros y el suelo de madera lustroso bajo mis pies. Enyo solía comer conmigo en la planta de las Valquirias, y hasta durmió unas cuantas veces allí hasta que lo pillé y le insté a que regresara a su planta. Siempre que iba a verlo a su despacho, caminaba por estos pasillos con la mirada puesta al frente. No como ahora, así que lo veo. *Los* veo, justo donde pensé que estarían, razón por la que los he evitado siempre; las imágenes en los cuadros: los Zénit.

Algunas fotografías están colocadas por orden de edad, hombro con hombro y mirando al frente y sin sonreír. Hasta los más pequeños, con sus cabecitas y cuellecitos tiesos, ataviados de negro y con la insignia del Árbol del Éter claramente en el pecho. Otras imágenes sí que parecen más espontáneas, como la de una niña de unos cinco años aferrada al dedo de un Zénit adolescente que lee algo en una tableta. O los tres de la edad de Jenny con las cabezas echadas hacia atrás, y la bota de un mecha de fondo. O la que muestra a un grupo de ellos sentados alrededor de una mesa de comedor, con la madera espolvoreada de harina y con circulitos finos de masa *mandu* y cuencos de metal llenos de relleno de *kimchi* desplegados encima, junto con los *dumplings* terminados y cerrados en una bandeja en el centro; una tradición de Año Nuevo, Celestia. Mi mirada recae sobre un chico moreno con la cabeza vuelta en la dirección contraria a la cámara que podría ser Enyo, pero no estoy segura. No sabría decir si esta fue su última celebración después de que yo irrumpiera en su vida, desde el cielo.

Y entonces grita.

Lleva en mi cabeza tantísimo tiempo, *solo* en mi cabeza, que, por un momento, creo que solo sigue allí.

Pero giro una esquina y veo que la puerta de su despacho está entreabierta, que la espalda de un guardia está desapareciendo en su interior y que los rostros de otros dos se vuelven de golpe hacia mí, y entonces caigo en que es real. El grito de Enyo es real en mis oídos porque de repente lo tengo muy cerca. Ya me he movido, y mi hombro da una sacudida hacia atrás y luego hacia delante mientras mi espada se desplaza de la sien derecha del guardia hasta la parte izquierda de su mandíbula. El otro soldado me dispara a bocajarro y creo que me abre la carne sobre la curva de mi clavícula, pero entonces le corto la mano y, por ende, le quito la pistola. Estamos costillas con costillas, y mi espada bien hundida entre las suyas.

Retrocedo. Él cae. Solo han pasado tres segundos y ya estoy empapada de sangre, de la suya y la mía. Me sigo moviendo. Entro por la puerta entreabierta y me fijo primero en sus dedos, pálidos, largos y llenos de sangre, tensos sobre el gatillo.

La bala atraviesa el aire hasta llegar al pasillo, tan cerca de mi cabeza que levanto la mano, aturdida, para agarrarme el pelo mientras vuelve a descender.

Enyo, con la mandíbula desencajada, baja la pistola y entonces me fijo en todo lo demás.

Tiene el cabello negro desordenado y largo otra vez, con la mitad recogido y la otra suelta y enmarcando su delgada mandíbula. Es eso y el hecho de que tiene la camisa mal abotonada, junto con la expresión de sus ojos oscuros, lo que lo hace parecer crispado, como si todo este tiempo solo hubiera estado metiendo los dedos en enchufes. Tanto que ya se ha aburrido de hacerlo. Ha pasado *tanto* tiempo.

—Yo... —empieza Enyo con la voz ronca y grave, como si no la hubiera usado en años, o porque se ha desgañitado con el grito de antes.

La pistola se crispa en su costado, con el cañón cubierto por la tela de su manga. Una levísima brisa levanta la tela de su muñeca; ya no hay ventana, caigo en la cuenta. El cristal salpica la alfombra como trocitos de éter tras estallar. El cristal sobre el que apoyamos los pies cuando terminamos de mover el escritorio y la tarde parecía vacilar.

Descalzo, aunque con calcetines, con las mejillas rubicundas y con tantísimo cansancio reflejado en los ojos, Enyo parece perdido.

Ni me imagino el aspecto que tengo yo, chorreando sangre en el suelo. Ni me imagino lo que me va a decir.

Traga saliva, lo cual hace que se le mueva la garganta, y luego se pasa la lengua por los labios antes de esbozar la más mínima de las sonrisas.

—Hola.

Podría darle un puñetazo en la cara ahora mismo.

—Podría darte un puñetazo en la cara ahora mismo —digo con voz ronca.

—Te creo.

A sus pies yace el cuerpo doblado de un guardia. Es el que vi entrar cuando giré la esquina. A juzgar por la mancha de la alfombra, sangraba por el pecho. Ahora ya no se mueve.

Enyo trató de escapar, por lo que lo encerraron en una torre. No podían dejar que su Dios se marchase así como así. Y ahora ha vuelto a intentarlo, entre todo el caos que hemos traído con nosotros.

—¿Querías dispararme a mí? —le pregunto.

Enyo se ríe. Un sonido vacío y desamparado.

—He fallado, ¿no?

—Por poco —escupo.

—Creía que eras otro guardia.

«Otro guardia». Su plan era matarlos a todos.

—Nyla —digo. Es lo único que me sale mientras lo miro fijamente a los ojos.

La pistola cae sobre la alfombra empapada de sangre sin hacer ruido. Traga saliva.

—¿Qué ha hecho?

Sacudo la cabeza.

—No, Enyo. ¿Qué has hecho *tú*? —doy un paso al frente, y otro, y él hace lo mismo hacia mí, sorteando el cadáver del guardia, y entonces estoy lo bastante cerca como para empujarlo hacia atrás mientras las siguientes palabras se me escapan por entre los labios—. Los santuarios. El gas. Los Leviatanes. ¿Fueron una señal para ella? ¿Para inspirarla?

—No —jadea, mientras me agarra las muñecas, que están firmemente adheridas a su camisa—. Los Leviatanes... Yo llevo meses sin hacer nada. Qu-quería dejaros a todos *en paz*...

—¿Por qué...?

—¡Por ti, Sona!

—¿Y los Ráfagas que siguen arrasando pueblos de las Tierras Yermas? —Se me empieza a cerrar la garganta, pero le sigo gritando—. ¿Eso también es por mí?

—¡*Fue por ellos*! —chilla Enyo, soltándome para dirigir la mano hacia la ventana rota, hacia la ciudad destruida. Su voz resuena en la estancia, y luego se queda en silencio. Mueve los dedos de nuevo hacia el costado; el punto álgido del momento ya ha pasado. Sus siguientes palabras salen en voz baja—: Se... se suponía que era por ellos.

—¿Qué vas a hacer? —Algo tiñe mi pregunta, rabia o tristeza. Apenas lo siento. Los detalles quedan atenuados por una repentina insensibilidad. El viento arrecia y juguetea con su pelo. Él sigue con la vista fija en el exterior—. Enyo, ¿quieres marcharte?

Todo podría ser diferente si se viniera conmigo y desapareciéramos en las Tierras Yermas, anónimos e insignificantes. Si él simplemente... desapareciera, ¿saciaría eso a los PR, los que conforman el ejército de Ráfagas y están en esta maldita ciudad que lo venera?

No puedo decirle «Vente conmigo». No puedo decirle «Voy a sacarte de aquí. Todo irá bien. Vamos a estar bien», porque tiene que ser él quien lo diga.

No puedo tenderle una mano. Tiene que ser él el que me la tome.

Permanezco completamente inmóvil. Observo el subir y bajar de su pecho, el roce de sus costillas con la tela arrugada de su camisa. En algún lugar ahí debajo, hay una cicatriz...no, en algún lugar ahí debajo recibió un balazo que luego le curaron a la perfección.

—¿Crees que son Dioses? —pregunta Enyo—. Los Ráfagas... ¿Crees que hemos traído a los Dioses aquí?

La respuesta es sí. Sería tonta de no creerlo, de no verlo. *Son* Dioses. Fabricados uno detrás de otro, pero Dioses igualmente. Que no sean los míos porque pueblan mis pesadillas no cambia que lo son para otra gente.

—Creo que hemos cometido un error.

Enyo se gira. Bajo la barbilla para no verle la cara cuando se detiene frente a mí, a meros centímetros de distancia. No pienso en nada, solo contemplo las fibras negras alrededor de los botones mal abotonados; cómo se mueven, muy muy ligeramente, mientras me rodea con los brazos. Luego dejo de verlos. Estoy pegada a ellos y siento, no sé cómo, el latir de mi corazón contra una mejilla, aunque luego caigo en que es el suyo y no el mío. En que me está abrazando.

Y es, por fin, entonces cuando me doy cuenta. La patada en el pecho, pero no tanto una patada como sí un rayo. Tengo que hacer acopio de todas mis fuerzas para no suplicarle, para no cogerle la muñeca y simplemente empezar a correr.

Está aquí, justo donde lo dejé. Está igual, con sangre en las manos, como yo, y el mismo mundo horrible a nuestro alrededor.

Nos hemos hecho lo peor el uno al otro. Hemos sido nuestra peor versión el uno con el otro.

Pero, entonces, Enyo respira y yo lo sé. Sé que él no se puso conscientemente en el lugar que ocupa en mi cabeza, lleno de tristeza pero libre de odio, porque respira como yo con Eris, y como ella conmigo. Como si se estuviera tomando su tiempo, por fin, *por fin*. Como si estuviera en casa.

—He matado a muchísima gente —murmura Enyo con la barbilla apoyada sobre mi cabeza.

Lo dice más bien para sí. El frío entra por la ventana rota. Fuera, la ciudad no es nada, un mero folio en blanco salpicado de rascacielos que no parecen más que pensamientos pasajeros y temporales asomándose por encima de la niebla tóxica para respirar.

Las lágrimas anegan mis ojos.

—Yo también.

—Fue por ellos. —Le tiembla la voz—. Te lo juro. Te lo juro.

En esta ciudad viven mil millones de personas.

Mi equipo, chavales tatuados y con la mala costumbre de pelearse con deidades. Fue por todos ellos, por cada guardia muerto, por cada misil que lanzó el Arcángel. Dejarlo aquí solo... para ser el Dios de Dioses.

Podemos ser mejores que todo el mal que hemos hecho. Tenemos que creerlo.

Se lleva mis dedos a los labios y luego me suelta. Se aleja.

—Esto es por ti, Sona —susurra Enyo, con la brisa alborotándole el pelo negro hacia delante y enfriando las lágrimas en sus mejillas—. Pero lo siento. Lo siento. También es por ellos. Para inspirarlos.

Me mira fijamente a los ojos, y yo casi lo veo. «Señorita Steelcrest, no voy a matarte». El bolígrafo en su mano, la pena subyacente a la calma. «Lograremos grandes cosas juntos. No te preocupes. Consuélate». Su mano en mi sien. «Deidolia es misericordiosa».

«¿No podemos desear quedarnos solos aquí?».

—No creías que fuera verdad, que yo fuese así —dice—. Te quiero por ello y por mucho más. —Da otro paso atrás y pisa los cristales rotos—. Yo... ojalá no fuera así.

—Espera. —La palabra sale como un susurro. Siento el cuerpo adormecido, distante.

Pero él ya no está. Ha desaparecido por el borde.

CAPÍTULO CINCUENTA Y TRES

SONA

Eris me está sujetando; yo estoy a cuatro patas sobre el cristal roto, inclinada, asomándome a la nada más allá del borde; ni siquiera se oye un grito salvo el que sale de mi garganta.

—Lo siento mucho, Sona. Por los Dioses, lo siento muchísimo, cariño…

Habría dicho justo lo mismo si lo hubiera matado ella, si lo hubiera destrozado contra la alfombra, pero eso ya no importa. Que alguien me diga cómo cojones iba a importar eso ahora.

Estoy entrando en pánico, como si no hubiera pasado todavía, como si aún no se hubiera estampado contra el suelo. Como si aún no se hubiera *ido* para siempre.

—Creía que no había otra salida. —De mí no queda nada más que sollozos. Me deshago llorando sobre el hombro de Eris, y este sitio es tan tan pequeño y oscuro…—. Creía que no podría huir sin más.

—Lo sé —susurra Eris, rompiéndosele la voz en cada palabra—. Lo sé.

Yo… no he sido suficiente.

A pesar de todo esto, a pesar de todo lo que tenía acumulado en su interior… ¿era consciente de que nada habría sido suficiente? Ni yo, ni su deseo de huir, ni todo lo bueno en él… No contra el mal que abunda aquí. Es colosal y se retroalimenta a sí mismo, y también lo alimentaba a él, al igual que a todos nosotros. La diferencia es que yo lo tengo en mis venas, y él, en su cabeza. Y ahora ya sé cuál es peor.

Siento a Eris moverse. Gira la cabeza y ve algo que yo no, y entonces me dice en voz baja:

—Echémonos hacia atrás un poquitín.

Lo hacemos. Gateamos desde el borde de la ventana rota hasta el hueco bajo el escritorio, y Eris me da un beso en la sien antes de separarse de mí. Aturdida, me quito los trozos de cristal de las manos mientras ella se aleja, y luego oigo gritos en el pasillo. No estoy entendiendo mucho de lo que pasa, pero, curiosamente, me gusta. Me gusta estar entumecida. Enyo estaba aquí. No entiendo cómo es posible que estuviera justo aquí y luego ya no. Ya no está. Se ha ido.

Eris regresa. Me tiende las manos con los guantes desactivados, pero las siento frías cuando se las agarro. Su mano de metal es más fina que la izquierda.

—¿Cómo has salido? —le pregunto mientras me guía hasta el pasillo. El hielo astilla las paredes perfectas y mi aliento se condensa conforme pasamos junto a las formas congeladas en el suelo.

—A la fuerza. —Eris abre la puerta de las escaleras y el pánico vuelve a surgir; no puede ser verdad. Solo he estado unos minutos allí arriba, acababa de reunirme con él. Eris tira de mí, pero yo no me muevo. Permanezco inmóvil. Ella me mira y se acerca a mí antes de insistir con suavidad—: Sona, tenemos que irnos.

—Yo... yo no sé dónde poner esto. —Como si *esto* fuese algo que pudiera enrollar y guardarme en los bolsillos. Estoy indecisa. Cuando me río, lo hago con desamparo—. Eris... No puedo... ¿Cómo lo hago?

«¿Cómo vivo con esto?».

Y Eris me responde con la sien pegada a mi mandíbula:

—Despacio, cariño.

Hay más guardias en las escaleras, un piloto o tres, y todos desaparecen en un borrón de sangre, hielo y gritos, y entonces regresamos al interior de la Valquiria. Conseguimos descender hasta sus pies y

Eris nos abre paso al exterior a través del tobillo. Nos adentramos en otra planta de la Academia, la de las salas de entrenamiento, que cuenta con esteras vacías y algunos autómatas de práctica por allí desperdigados, abandonados en mitad de un entrenamiento. Bajamos otro nivel más y llegamos al hospital, donde el rostro de un Fantasma está pegado a la ventana del pasillo orientada hacia el este, con el cristal de los ojos derretido por el calor.

Una chica con una chaqueta de cañamazo gris, con un tajo en el pómulo y moratones en donde los pantalones están rajados sin mucha ceremonia —sin ninguna, mejor dicho— pasa por nuestro lado a toda prisa, luego se detiene y se vuelve solo para soltar la mano de Eris de la mía y levantársela y aferrársela con fuerza.

—¿Qué *cojones* haces aquí? —gruñe Jenny entre dientes.

—Ha venido a matar a Enyo —digo. Las dos desvían la mirada hacia mí; la de Jenny, entrecerrada, y Eris con los ojos como platos. Como si tuviera miedo de que vaya a asimilar lo que acabo de decir, como si fuera a salir huyendo. Y habría sido horrible si lo hubiera hecho; habría sido horroroso, pero no me imagino qué tendría que llegar a hacer para apartarme de su lado por completo.

—¿Y lo ha hecho? —pregunta Jenny, con su mano todavía bien agarrada.

Eris se percata de que la estoy mirando. Impávida. Reprime las lágrimas y simplemente contesta:

—Está muerto.

Jenny la suelta y da un paso hacia atrás, por lo que las mochilas chocan con su alta figura. Lanza una risotada y luego dice:

—Bueno. Joder. Vale. ¿Dónde está la sala de comunicación, Defecto?

—Encima del hangar.

—Maravilloso. —Jenny suelta todo lo que lleva en el suelo al instante y mueve una mano enguantada hacia la ventana, más allá del Fantasma que mira hacia el interior de la torre—. Llevaos las medicinas por mí. Vamos para abajo, así que... ah, por cierto... ¿habéis visto lo que está pasando?

Nos giramos y miramos hacia las calles de abajo. Los Ráfagas salen del asfalto resquebrajado desde el túnel expuesto como una vena abierta, algunos llenos de pintura luminiscente y brillando con fuerza en la oscuridad, como. un Argus con los tobillos llenos de verde, desgarrado por el impacto de las balas de un Berserker cercano. Una manzana y media de la ciudad se ha incendiado por completo a causa de la pelea de dos Fénix. Uno de ellos está marcado con pintura, lo cual indica que dentro hay un piloto Hidra, y las llamas que producen llegan hasta el rascacielos más alto. Hay cuerpos que yacen en el asfalto encharcados en sangre.

Muy ligeramente, reparo en que el suelo está sacudiéndose bajo mis pies. Creía que era yo la que temblaba.

Y, entonces, de pronto, me siento muy alejada de todo aquello.

Me siento exactamente del tamaño que soy. Y soy muy pequeña en comparación con todo lo demás.

En silencio, estiro la mano hacia la de Eris y me doy cuenta de que ella está haciendo lo mismo con la mía.

—No sé por qué pensaba que podría terminar de forma distinta —dice Eris, leyéndome la mente. Tiende a hacerlo mucho. Así que sé que se refiere a los Dioses en las calles y a la ciudad en llamas y a... nosotras, sin más.

Hemos sido muy crueles la una con la otra, y luego el mundo también lo ha sido con nosotras, tanto que nos olvidamos de lo primero, y entonces en el transcurso de esa vacilación, nos enamoramos. Di media vuelta y caí en que todo este tiempo la había estado buscando a ella. Y eso no cambió cuando perdí la cabeza, y tampoco ahora, con un chico muerto en el suelo y una era reduciéndose a cenizas a nuestros pies, y aun con todo y con eso sigue habiendo tantísimas deidades por todas partes...

Sé que querría menos a Enyo si no la hubiera amado a ella antes.

¿No es así como va la cosa?

¿No es mucho más fácil amar una vez se conoce el sentimiento?

—Vamos —dice Jenny, y me lleva un segundo reparar en que su voz suena más... suave. Ya ha dejado de mirar al exterior—. Salgamos de aquí de una puta vez.

Y así nos marchamos, insensibilizadas, acarreando las mochilas llenas de medicinas. Me centro en el contacto de la mano de Eris contra la mía para recordarme que esto es real y que sigo aquí; creo que ella está haciendo lo mismo. No le pregunto, no hablamos. Descendemos. Hay cadáveres —aquellos desafortunados que se han topado con el equipo de Jenny—, pero, por lo demás, solo estamos nosotras; nosotras y el tira y afloja de nuestras sombras bajo el parpadeo de las luces de emergencia.

Alcanzamos la planta baja y Jenny sale de las escaleras para echar un vistazo al vestíbulo de la Academia. El mármol negro se extiende, vacío y elegante, bajo el techo alto con luces finas y colgantes. Fuera de las ventanas, otro Berserker sale del asfalto. La bota de un Fénix, manchada de pintura azul, cae a centímetros de la puerta principal, haciéndola temblar en sus goznes, al igual que mis pensamientos.

Muy vagamente, me pregunto si ya habrán descubierto el cuerpo de Enyo. Y, como si Jenny hubiera pensado lo mismo, dice:

—¿Y ahora quién está al mando?

—El poder recaería sobre los capitanes —me oigo responder—. Si es que queda alguno.

—No será el caso —repone Jenny, y deja que la puerta de las escaleras se cierre de golpe. Nos seguimos moviendo.

La sala de comunicaciones de los Ráfagas es un espacio de techo bajo lleno de monitores y pantallas. Unos ventanales del suelo al techo recorren todo el perímetro con vistas al hangar. Nunca lo había visto vacío, con los cajones de los mechas perfectamente pintados y vacíos cual encías sin dientes. Este nivel es un frenesí de actividad; al instante, Jenny agarra al guardia apostado junto a la puerta de las escaleras por el cuello de la camisa y, tras estamparlo contra la pared, suelta un suspiro de indignación al darse cuenta de que nadie nos ha prestado la más mínima atención. Los técnicos ataviados con un uniforme negro siguen chillándose los unos a los otros por encima del brillo de las pantallas.

—¡Eh! —grita Jenny, resoplando cuando ve que siguen sin hacernos caso.

Luego el ambiente de la escalera a nuestra espalda se electrifica con una rápida sucesión de disparos y todos, incluida Jenny y yo, echamos la vista hacia atrás y vemos a Eris con una pistola humeante en la mano y con los ojos negros prendidos en llamas. Ah, entonces así es como salió del almacén.

Una técnico aporrea la tableta con la mano, chillando:

—Necesitamos refuer…

Eris mueve el cañón de la pistola junto a mi sien y le dispara en el lateral de la garganta, y Jenny, antes de que el cuerpo se desplome en el suelo, brama a la estancia estupefacta:

—El Zénit ha muerto. Esta es la capitana de las Valquirias, Bellsona Steelcrest; ahora ella está al mando. Y le gustaría que detuvierais los monitores táctiles de todo el ejército.

Ni una sola persona se mueve.

Jenny esboza una sonrisa maliciosa.

—Merecía la pena intentarlo.

Estira el brazo hacia abajo, levanta el cuerpo inerte del guardia tirando de la parte delantera del uniforme y enciende su guante. La tela al instante desprende humo bajo su agarre, y el guardia cae al suelo con el pecho completamente derretido. Incluso mancha la pared con gotitas blanquecinas.

—Fuera —dice la Aniquiladora Estelar, limpiándose la palma en la puerta sin prestar mucha atención.

Eris y yo nos apartamos a un lado, lejos de la avalancha de cuerpos. Cuando desaparecen, me doy cuenta de que Jenny ha sacado a uno de toda la muchedumbre: un hombre bajito completamente pálido. Lo lanza sobre la mesa tableta más cercana.

—Activa el control táctil —ladra, y las palmas del hombre dejan surcos por el sudor mientras navega por la pantalla con dedos trémulos. La superficie se divide en una cuadrícula, cada una estampada con el número de identificación de cada piloto y la insignia de su unidad. Jenny revisa la lista con los ojos entornados, procesando la información y escupiendo la siguiente pregunta antes siquiera de que yo llegue a considerarla—: ¿Qué significan esas marcas rojas?

—S-son los pilotos marcados —balbucea el técnico. Los *nuestros.*

—Quítalos —le ordena Jenny. Él lo hace y luego lo aparta a un lado. Prueba a pulsar uno de los pilotos restantes y sale una ventana emergente. Aparece una foto estándar de la Academia de un chico con cara de aburrido y de veintitantos años junto a un gráfico de sus constantes vitales y un diagrama de su Fénix. La pierna izquierda del Ráfaga se muestra con un rojo de advertencia.

Jenny aferra la muñeca del técnico con fuerza.

—Vale —espeta. Enséñame cómo lo mato.

Antes ya estaba pálido, pero es que ahora el color de su piel es de un gris similar al de su pelo.

—No puedes. El Zénit…

—Está muerto —gruñe Jenny, pero de repente el técnico empieza a hablar por encima de ella.

—¡…es el único que puede dar esa orden!

Jenny lo abofetea con tanta fuerza que le gira la cabeza noventa grados. Cae al suelo solo un momento antes de que Jenny lo vuelva a poner de pie y lo estampe de nuevo contra la mesa tableta. Está tan tranquila que hace que el temblor de mis manos se vuelva muchísimo más aparente. Eris tiene la boca apretada en una fina línea, y no deja de mirar al técnico con el balazo en el cuello.

—El único Dios en esta habitación —musita Jenny al oído de su cautivo— soy yo.

Pero él sacude la cabeza y le tiemblan los hombros a causa de los sollozos. Jenny lo agarra por la nuca y lo estampa contra la mesa con tanta fuerza que me sorprende que no se parta en dos, y luego deja que caiga, inerte, al suelo. Al final cierra la ventana táctil del piloto con un suspiro de indignación.

—Ahí —susurro, moviendo los dedos sobre la esquina de la tableta, donde brilla la insignia del Árbol del Éter. La marca de los Zénit.

Jenny la pulsa. Aparece otra ventana, enmarcada en azul, sobre un teclado digital. Ni siquiera se detiene un momento antes de teclear «21019» con rapidez. Mi número de piloto. La pantalla se pone de color rojo; Jenny no parpadea.

«2512122016141».

Mi mente trata de buscarle la lógica a lo que Jenny está intentando hacer. ¿El 2 para la segunda letra del abecedario? «Bellsona». Otro aviso rojo.

«2016141».

«Sona».

Rojo.

La sonrisa de Jenny se vuelve tensa. Me doy cuenta de que está apoyando todo el peso en la mesa y de que sigo sangrando, y de que tengo un poco de frío.

—No eres tú —murmura... a mí, creo—. Estoy en blanco. ¿Alguna idea?

Presiono una mano contra la sangre, sorprendida y desconcertada a la vez de que me hubiera olvidado de la herida abierta en el hombro.

—Eris.

—Joder, Defecto —susurra, contemplando mi mano durante apenas un instante antes de caer de rodillas y empezar a rebuscar en la mochila de las medicinas—. ¿Por qué demonios no has dicho...?

—No —murmuro, mirando a Jenny—. Que es Eris.

Los dedos de Jenny se mueven. «519920».

«Solo se gana si no hay nadie junto a quien luchar. Y que sepas que es Eris. Es Eris. Es Eris».

Ningún aviso. El teclado y la ventana emergente desaparecen sin más.

Eris se pone de pie. Un vial de plástico con cápsulas de Araña pende de sus dedos.

—¿Por qué? —susurra Eris, mirándome a los ojos mientras Jenny se pone manos a la obra. Ahora, cuando Jenny vuelve a pulsar en los pilotos, se muestran más diagramas de sus constantes vitales, tanto del sistema nervioso natural como el artificial, así como una lista médica de las funciones corporales. Encuentra algo, toca algo y se echa hacia atrás mientras la ventana entera se pone en negro. Solo por un momento. Luego pasa a la siguiente, matándolos uno a uno, inundando las modificaciones divinas, desplomando a las deidades en las calles sobre nuestras cabezas.

«También es por ellos». Sus tatuajes se elevan cuando respira muy despacio. «Para inspirarlos».

«Mentiroso», pienso.

Pienso.

Eris me quita la chaqueta del hombro y gruñe al ver la sangre que mancha la camiseta de debajo. Con cuidado, aprieta una cápsula de Araña y deja que se acople en su sitio. Sus patas de metal son tan finas que apenas las siento. Apenas siento nada.

—¿Por qué? —vuelve a preguntar, esta vez más bajito.

«¿No es evidente?», quiero decir. «Porque te quiero mucho».

Sí que es evidente. Seguiría sin tener sentido, no de golpe. Ella es la raíz de todo. La razón por la que fui capaz de amar a Enyo y por la que la corrupción no arraigó, no podía arraigar, y también por la que él ya no está. Porque no se habría ido si me estuviera dejando sola. Pero estoy de todo menos sola, y no es cuestión de culpa, sino de que te importe la gente pese a los Dioses creados aquí, el odio que nos sigue envenenando. El nivel de todo eso no lo habría hecho posible; la violencia tendría que haber eliminado toda humanidad de esta era, pero aquí estamos. Al final todo se ha reducido al amor. El que nos ha destrozado y aún sigue cerniéndose sobre nosotras.

No sé cómo decir nada de esto sin que ella se venga completamente abajo.

Pero tal vez algún día.

Agarro la mano de Eris y lo único que digo es:

—Menudo caos hay ahí fuera.

Entonces Jenny se queda muy muy quieta y espeta:

—Ah. Mierda.

Se mueve con rapidez. Todas las ventanas de los pilotos están oscurecidas, sin vida, por lo que las de nuestros aliados están a salvo.

Salvo una.

Veo constantes vitales estables y un cabello descuidado, oscuro y corto alrededor del rostro de una chica adolescente, y entonces... mientras Jenny nos agarra de los brazos y tira de nosotras hacia las escaleras, escupiendo algo sobre «ventanas bloqueadas» y «vamos, vamos, vamos», veo a su lado la insignia de su unidad.

Una luna, una mitad delineada y la otra completamente oscura.

Pero la piloto no está en un Fantasma. La insignia no cuadra con el diagrama del mecha junto a su foto.

—Eso no es... —musita Eris—. Creía que...

—Yo también —digo mientras subimos las escaleras y nos adentramos en el vestíbulo abandonado desde donde vemos el agujero de la calle en primer plano —. Creía que lo había destruido.

Desde el asfalto quebrado, la vena abierta, el mecha entra en nuestro campo de visión.

Primero el halo, refulgente bajo el perfil llameante de la ciudad.

Luego las alas. Plegadas en su espalda de color negro azabache hasta cuando llega al borde, donde, dentro, la piloto gira los hombros hacia atrás y las despliega.

La luz de las llamas desaparece, sofocada bajo la sombra oscura y gigantesca que produce, y, de golpe, la calle y la calamidad esparcida por su superficie quedan atrapadas por el brillo rojo de los ojos del Arcángel cuando este alza la cabeza.

—Los controles están bloqueados. No sé quién tuvo las agallas de hacerlo —susurra Jenny, con los puños apretados a los costados. Se ríe, aunque el sonido sale crispado y con la misma incredulidad que asola mi pecho—. Es su plan a prueba de fallos. La única deidad que no pensaban permitirle matar.

—Joder —exclama Eris. El mármol bajo nuestros pies se ruboriza a la vez que ella activa sus guantes criogénicos. Salimos por la puerta principal a la noche saturada de humo—. Tenemos que llegar hasta él antes de que eche a volar...

La Valquiria sigue a muchísimas plantas por encima de nosotras, pero la cabeza de un Berserker derribado yace en la esquina del patio. Miro a Eris a los ojos por un momento, y luego ambas salimos corriendo hacia él. Ella abre un agujero en el ojo del Ráfaga, que está bocabajo y mirando hacia un lado, y yo la sujeto por el brazo.

—Quédate aquí.

—Y una mierda —escupe. Acércame a él.

El Arcángel, a una manzana de distancia, se está poniendo de pie. Lo último que veo son las llamas de la ciudad ardiendo reflejarse en el negro de su piel de metal, y entonces entramos en el ojo y arrancamos al piloto muerto de los cables. Me los enchufo en mis propios brazos mientras Eris aleja el cadáver a rastras. El pelo de su nuca está quemado y oscurecido. Obra de Jenny.

El último cable me lo conecto de rodillas. Despierto viendo el pavimento y el patio; el cielo oscurecido oculto tras el edificio de la Academia.

Me pongo de pie. En algún lugar, siento las manos de Eris ayudándome mientras el suelo va cambiando de inclinación. El cristal bajo mis pies, la calle bajo los del Berserker, y a cada lado, rascacielos, algunos destrozados, cayendo más y más y más.

Las alas del Arcángel aspiran calor y hacen que el aire se estremezca. En mi rango de visión, el recuento de la artillería aparece en rojo.

Respiro y lleno mis pulmones de aire.

—Vamos allá...

La voz de Eris es eléctrica.

—Vamos a por ese cabluz...

El Arcángel gira la cabeza y su mirada carmesí me atraviesa. Le agarro el ala y llevo un puño a su mandíbula. El chirrido del metal contra metal suena como si el mundo se estuviera viniendo abajo.

Ni siquiera tiene oportunidad de encogerse de dolor. Mi visión se llena de azul, y luego de blanco, y el frío cubre la piel del mecha mientras Eris da rienda suelta a su poder.

El hielo brota, afilado, por entre la unión de su cuello con el hombro. Ahora sí que se encoge, y el hierro se raja, y chirría, y algo más está chillando desde el ala que tengo en la mano...

Dolor. Intenso contra mis costillas. Un calor abrasador. Y entonces dejo de sentir el frío en el que Eris nos ha envuelto. A mi alrededor solo hay fuego. Parpadea en las ventanas mientras pierdo pie a causa del impacto de los misiles.

Estábamos demasiado cerca. No tendría que haber...

Ahora estoy bocarriba en el suelo y me pitan los oídos.

Los Dioses saben dónde está mi verdadero cuerpo, pero los cables siguen contra mi piel y yo continúo mirando al cielo oscurecido, y entonces el Arcángel me bloquea la vista. Me está mirando. El miedo me atenaza el pecho. Estiro una mano y empiezo a dispararle, pero entonces ocurre algo de lo más extraño... Empieza a nevar. Está nevando cristal. El Arcángel se cubre los ojos con los brazos, aunque los trozos rebotan y hacen estallar las ventanas. No se mueve hacia nosotras. Es extraño. Raro. Yo sigo ardiendo; las llamas bailan en los fragmentos.

—Eris —musito. Está nevando.

—Te has dado un golpe en la cabeza —me susurra. O me grita, no lo sé—. Tú...

Ah, ¿sí? El aire sigue prendido, soltando chispas doradas. Seguimos vivas. No deberíamos estarlo.

—No nos está atacando...

No sé muy bien si lo digo en alto. El sonido vuelve de golpe a mis oídos. Me lo estaba gritando.

—¡...un golpe en la cabeza! ¡Sona, *levanta*!

Me estoy incorporando y el Arcángel se está moviendo hacia el interior de la ciudad, levantando las alas y arrojando una sombra gigantesca sobre la calle. Luego empieza a arder por completo; con una ráfaga de calor y una columna de llamas azules, los motores del mecha cobran vida.

Es rápido. Vuelvo a disparar y siento la palpitación en mi pecho. Eris se mueve otra vez, pero el Arcángel está demasiado lejos y el ataque de sus guantes muere en el aire contra el que chocamos un momento después.

El Arcángel se levanta del suelo y sus alas diezman el paisaje de la ciudad. No echa la vista atrás.

Algo va mal. Estiro el brazo y envuelvo los dedos alrededor del tobillo del Arcángel, pero el calor emana de sus alas y Eris grita y me suplica:

—No te sueltes. No te sueltes...

No sé muy bien si lo hago.

El Arcángel me da una patada y yo pierdo agarre. Entonces, sin ataduras, se da de bruces contra el lateral de un edificio. El impacto solo dura un segundo antes de que vuelva a moverse y se eleve decenas de plantas a la vez, sumiendo sus brazos y piernas en llamas contra el manto de la noche. Y, entonces... asciende al aire libre.

Sin misiles. Sin mirar abajo. Sus enormes y delicadas facciones vueltas hacia arriba, hacia el cielo, mientras se aleja de la ciudad y se adentra en el cielo abierto.

La niebla tóxica se lo traga por completo.

Aún tengo la mano extendida. Levanto la otra y me arranco los cables.

Me despierto y me encuentro enredada en ellos, en mitad de la cabeza del Berserker. Con la piel sonrosada y delicada, al igual que la de Eris, debido al rubor del calor. El suelo bajo mis costillas también sigue cálido al tacto. Desorientada, estiro el brazo hacia Eris, que cae de rodillas a mi lado.

—Se ha ido —dice Eris con un hilo de voz. Suelta una risotada—. Bueno. Estamos jodidas. Te quiero.

Los misiles empezarán a llover del cielo en cualquier momento. Porque eso es lo que hacen. Eso es lo que hemos hecho. Una y otra y otra vez. Le agarro la mano.

—Espera —digo. Lo sigo en susurros—. Espera...

Las calles están llenas de Dioses muertos, y en su interior los pilotos electrocutados en el sitio, rotos y achicharrados bajo sus formas gigantescas y muertas. Desplomados en los bosques de los Picos, en la arena de los desiertos de las Tierras Yermas. Los últimos Leviatanes hundidos en el fondo del río.

Creo que el Arcángel también se da cuenta de eso... no, la piloto Fantasma conectada en su interior.

Veo su rostro en mi cabeza. Siento su edad.

La imagen aparece como un destello. Ella en el hangar, sintiendo los temblores de arriba, cómo la ciudad estaba a punto de venirse abajo. Ella, subiendo la escalerilla del Arcángel, asustada, hereje y necesitando sus alas.

Lo sé. No sé cómo lo sé. Tal vez porque acabo de venir de una ciudad de fugitivos. Tal vez porque llevo tanto tiempo asustada que soy capaz de reconocer el miedo al instante.

O tal vez sea porque soy una piloto de puta madre, y una Asesina de Dioses, o solo una chica agarrada de la mano de Eris, esperanzada y desesperada a la vez, oyendo el silencio con atención. Se alarga.

Este podría ser nuestro último momento en la tierra. No es tan horrible.

Pero creo que Eris también lo siente. Me mira con sus ojos negros y brillantes.

—Se ha ido —susurra. No creo que esa haya sido su intención.

Lleva las manos a mis mejillas e inclina la cabeza sobre la mía. El color oscuro de su melena acrecienta el aturdimiento de su expresión y, por un momento, soy incapaz de hablar.

Me atraviesa como una descarga eléctrica, como si no sintiera nada más que las terminaciones nerviosas y donde mi piel entra en contacto con la suya.

—Se acabó —susurro, deslizando los dedos por sus muñecas—. Se acabó, Eris. Hemos sobrevivido.

No se mueve. El momento nos envuelve, y ahora mismo sería lo más sencillo del mundo cogerla de la mano, acurrucarnos en su interior y dejar que el tiempo pase.

Luego parpadea. Las lágrimas salpican la pálida curva de sus pómulos.

Pega la sien contra la mía y no queda aire entre nosotras, nada salvo el latir de nuestros corazones, que nos separa, pero no importa. En los intervalos en los que se detienen, en esos momentos breves pero inevitables, volvemos a juntarnos.

EPÍLOGO

ERIS

Cumplo mi promesa. Nos marchamos.

Por lo menos, durante un tiempo.

Es evidente que Argentea ha estado vacía todo este tiempo. Incluso en la casa, hay tanto silencio que hasta oímos al equipo andar por el camino de tierra mientras exploran el bosque. La luz vespertina se cuela por entre las hojas de los sicómoros teñidas de rojo, rozando el polvo de los tablones del suelo perezosamente. Veo a Sona por el pasillo dejandola mochila y apoyando su peso contra la mesita con la mirada gacha y firme. Exhala y ladea la cabeza, y se le escapa un mechón rizado y castaño oscuro de detrás de la oreja.

Le roza la mejilla cuando alza la vista para mirarme.

—Pareces insegura.

—Estoy muy segura de mí misma —replico, apenas en un susurro. Carraspeo y cambio de postura con los pies. Le pregunté si quería venir a su antigua casa sola, y me sorprendió que respondiera que no. Más me sorprendió aún que, al volvérselo a preguntar para cerciorarme, me contestara con una risa.

Sona sonríe. Estira su mano hacia mí y, por inercia, la cojo sin pensar. El metal reluce contra sus dedos suaves; la aprieta contra la mía sin vacilar, como si hubiese piel que sentir. No lo hay, pero me centro en su peso.

Me conduce por la casa, revisando armarios de cocina que contienen alimentos podridos y contándome en tono ligero que su *umma* cocinaba muy bien, que su padre la subía por las escaleras cuando se quedaba dormida en el sofá. Hay una foto pegada al pequeño frigorífico que Sona quita del imán por el borde, que está empezando a curvarse.

—Dioses —murmura en voz baja, maravillada. Se vuelve hacia mí, junto a la encimera, y me la ofrece con un gesto elegante, como todos los que hace.

Poso una mano en su cintura e inclino la cabeza, tan feliz de poder ver esa foto de ella de bebé.

—Eras tan adorable.

—Lo soy —replica guiñando un ojo, pero después repara en la expresión que pongo—. ¿Qué pasa?

—Nada —contesto, sonrojada. Parece tan feliz.

Tardamos un momento en abrir la puerta trasera, y el frío aire otoñal se cuela por los escalones de piedra. Movemos los muebles para limpiar el polvo y los dejamos en los escalones de fuera. Oscurece y en la casa de al lado vemos que, en la ventana de la cocina, se enciende una vela que ilumina a Arsen. Este baja la cerilla, que humea. Por un momento, su cabeza choca con los armarios y se queda inmóvil.

Es como si la viera; a June, sentada en la encimera sonriendo, agachando la barbilla contra sus rizos.

Poco después, Nova entra por la puerta de atrás abierta seguida por un Theo algo más vacilante. Va directa a sentarse en el sofá biplaza y entrelaza los dedos con los de Theo en cuanto este pasa por delante. Theo se detiene y se queda quieto con los dedos entrelazados, y entonces vuelve la cabeza para contemplar la estancia. Arsen llega un instante después y se acerca para apoyar la barbilla sobre el hombro de Theo. Los chicos se miran, a escasos centímetros, y uno murmura algo que provoca que ambos sonrían y hablen entre risas.

La luz lleva un tiempo sin funcionar, pero Sona prepara *doenjang-jjigae* en la hornilla portátil que hemos traído. No hay sillas para todos, así que nos comemos el estofado sentados a la mesa de la cocina mientras yo trasteo con la radio que Jenny nos obligó a traer. Por un momento, se oye el mensaje repetitivo que ya nos resulta tan familiar —«... recibimos a todos en el santuario de Ira Sol. Hay ferris y lanzaderas disponibles desde la Confluencia Gillian, el puerto del río Hana y las terminales oeste y sur de Deidolia...»— hasta que doy con la frecuencia correcta y hablo mientras mastico tofu:

—¿Jen?

—Ey —responde, y juraría que también oigo el resoplido de Zamaya al otro lado—. ¿Estaba vacío?

Se refiere a si había mechas en Argentea; si había algún Arcángel, al que aún no hemos encontrado. Jen está conectada a los sistemas hápticos de esa única piloto. Si vuelve a vincularse, lo sabremos y nos prepararemos, pero de momento no lo ha hecho. Pero tengo la corazonada de que Sona tiene razón. Puede que la piloto no sea más que una niña asustada que huyó, y tampoco hay por qué avergonzarse de querer salvarse el pellejo.

—Sí —respondo con el hombro contra el de Sona, la espalda apoyada contra los armarios y las rodillas encima de sus vaqueros—. Estamos bien.

Por ahora. Intento centrarme en eso.

—Bueno —dice Jenny distraída, como si estuviese trasteando con alguna otra cosa—. Vale.

No le he preguntado cómo lo lleva. No sé por qué debería, pero tengo que hacerlo. Creo que no le gustó matar de esa manera a piloto tras piloto tan solo con los dedos, deteniéndoles el corazón sin hacer nada más. Conozco a mi hermana y no esconde lo violenta que es; es lo único horrible que tiene. Seguro que, en parte, pensó que era como hacer trampas.

No pienso preguntar, no sería justo. Todo ha acabado y Jenny soportará las cosas como siempre hace, de la mejor manera posible, lo cual dice mucho. No sé si yo lo asimilaré igual de bien que ella; no sé si dejaré de ver al mundo como algo que busca destrozarme... pero estoy madurando.

Y, últimamente, toco a las personas junto a mí y levanto la mano al cielo pensando que los Dioses solo están aquí.

—Volveremos pronto —le digo a Jenny.

Se hace el silencio. Se oye algo, la risa fuerte de Zamaya alejándose como solo Jenny puede lograr.

—Ya. Tómate tu tiempo, Eris —responde.

—Vale —digo, aunque ya ha cortado la comunicación, pero no pasa nada. Tengo la sien apoyada en la clavícula de Sona. Ella agacha la barbilla para besarme la mejilla, un gesto tan nimio que ya doy por sentado—. Lo haré.

SONA

El Cielo sigue siendo un caos. Deidolia está medio en ruinas; ya han emergido facciones entre todo el desastre para elegir qué y a quién quieren salvar. Sin embargo, Jenny es una diplomática increíble. Todas las semanas, las ciudades mineras controladas por las Tierras Yermas envían suministros. Los suficientes para sobrevivir y que no sobre. Si nos enteramos de que hay pilotos o mechas nuevos, Deidolia no volverá a ver un tren de suministros en la vida. Nos necesitan, siempre lo han hecho. Lo que pasa es que nos hemos dado cuenta ahora, cuando no pueden escuchar a sus Dioses, cuyos cuerpos permanecen tirados en las calles.

Por la noche, sueño con que cortan los raíles del tren, que el hierro negro se curva para sí como si tuviese vergüenza. Desde arriba, Deidolia es como una mancha entre tanto blanco. Separada, sin rumbo. Enyo yace bocarriba en la arena, mil veces más grande que todo lo demás, oyendo la ciudad con los ojos oscuros clavados en las nubes.

A menudo me despierto llorando. Entonces, y como siempre, Eris también se despierta y me siento un poco mejor, y más aún cuando sale el sol.

Ahora el sol ya se ha puesto. Estoy junto a Eris frente al fregadero, lavando los cuencos del estofado. Arsen está encendiendo la chimenea de mis padres y hallo cosas buenas por todos lados.

Cuando las llamas aumentan, las sombras se alejan de nosotras y se pegan a la encimera. Nova se levanta del suelo de repente y se dirige a la puerta trasera.

—¡Se me ha olvidado traer algo!

Eris y yo la vemos desaparecer en la oscuridad, entrar en el bosque y volver un minuto después, su pelo rubio un gran contraste contra la oscuridad. Entra como una exhalación y suelta algo encima de la chimenea. Uno de esos antiguos equipos de música.

Theo suelta una carcajada por lo bajo.

—Joder, qué feo.

—La belleza es subjetiva —replica Nova sin pestañear. Mueve los dedos sobre los botones rústicos—. Lo he encontrado en el armario de nuestra casa. No he mirado si había algo dentro. Comprobémoslo.

Pulsa el botón rojo. Se oye un zumbido dentro, los altavoces se activan y suena la primera nota.

—Vaya —comenta Arsen, apoyando la cabeza en el sofá y sonriendo con suavidad—. Qué suerte.

Es algo que parece ir en aumento, y Eris dice, en voz baja y con la mirada clavada en el jabón de sus manos:

—Está bien.

«Te quiero» pienso al momento. Se lo digo en voz baja mientras le seco las manos con un paño y se las agarro. Movemos los pies descalzos contra los azulejos del suelo. Envuelvo los brazos alrededor de la zona baja de su espalda y ella los suyos en torno a mi cintura. Apoyo la barbilla en su sien y nos movemos.

Pensaba que oiría fantasmas al volver, pero no lo he hecho sola.

No la sentiría como mi casa si estuviese sola.

—¿Qué pasa? —murmura Eris—. ¿Ya estás pensando algo profundo otra vez?

—¿Otra vez?

—Tienes la costumbre de hacerlo, Defecto.

Me río un poco al oír eso.

—Me tienes en muy alta estima, Invocadora de Hielo.

—Menuda sorpresa.

—Y que lo digas.

Se ríe, y el sonido vibra contra mi clavícula.

Inspiro lentamente, tomándome mi tiempo. Siento el azulejo bajo mis pies, la calidez de la piel de Eris, el amor en mi pecho y el tiempo en mis venas.

Soy feliz.

—Durmamos hasta tarde mañana —digo.

Lo primero que sonríe son sus ojos.

—Quedémonos despiertas hasta tarde.

Y lo hacemos. Bailamos en la cocina, y más tarde pasamos por encima de los chavales dormidos para cerrar la puerta trasera. Puede que parezca que estamos mirando a la oscuridad y no a nuestras manos cuando las entrelazamos y nos apoyamos la una en la otra.

Y creo que las cosas serán así:

Al final, me contará todas las cosas malas que ha hecho. Yo haré lo mismo. Ser buena no es fácil, aunque a veces lo parezca. Abriremos las ventanas cuando nos acordemos de los Dioses, cuando no podamos dormir, para volver a ver el cielo. No pasa nada por necesitar recordarlo, por mucho frío que haga. Podemos ponernos las chaquetas en la cocina y quedarnos cerca la una de la otra.

Así que estoy bien.

Y creo que seguiré estándolo.

Me llamo Sona Steelcrest. Soy humana. Soy piloto. Soy una Asesina de Dioses. Soy metal, piel, fuego y pesadillas, pero sobre todo soy la chica que sujeta la mano de Eris. Nunca me alejo demasiado de mi hogar.

AGRADECIMIENTOS

Vale, he sido supermala con mis personajes. Pero sigo diciendo que la bilogía de *Gearbreakers* es una historia de amor. Tanto por el que nace entre Sona y Eris como por la familia que conforma el equipo. El mensaje que quiero dar es de esperanza a pesar del mundo roto, los dioses y los sistemas crueles, pero eso no llega ni de lejos a lo que significan los unos para los otros.

La gente está leyendo esta frase y tal vez también la historia que la precede. Creo que sigo sin asimilarlo. Lo único que puedo hacer es expresar lo mucho que significa para mí, en serio, aunque no tengo palabras. Ja, ja.

Para la chica en la que siempre estoy pensando. Haz lo que quieras.

Para Ty. Espero que el arte te sirva, tío.

Para mamá, mi tierra firme. Gracias por dejarme hacer las cosas a mi ritmo siempre.

Para papá, que siempre me apoya, siempre.

Para Kiva, esa alma vívida; y Mira, a quien tengo la gran suerte de conocer cuando estaba segura de que ya no quedaba nadie guay en el mundo. Ambas me dejáis sin palabras y me hacéis tan feliz. Os seguiré siempre a todos lados porque puedo trabajar desde cualquier parte. Os quiero.

Para Alex, Tyler, Kayvon y Jerimiah, por alimentarme constantemente.

Para los D.A.C.U (creo que no puedo escribir de qué son las siglas, pero si lo sabéis, pues eso). Tasie, Chloe, Christina, Rocky, os quiero, sois mis ídolos y nosotros la nueva era. Estoy deseando leer lo que salga de vuestras increíbles mentes.

Para el grupo de la mesa redonda. Sois tan raros y me dais miedo todo el tiempo... ¡Gracias!

Emily, gracias por tu perspectiva, por empujar a que la bilogía fuese la mejor posible. Adoro los emoticonos de tus comentarios.

Morgan, gracias por ser la mejor publicista que alguien pudiera desear.

Taj Francis, Mike Burroughs y Mallory Griff, gracias por crear las cubiertas de mi pequeña bilogía de mechas, más bonita e intensa de lo que me podría haber imaginado.

A todos los de Feiwel & Friends, que han acogido tan bien mi bilogía *Gearbreakers.*

A las pequeñas cosas que crecen en mi estantería. Creced, por favor.

Al castillo en el que siempre he vivido.

Creo que es un final feliz y tal vez esté bien no saberlo al instante. Es mejor esperar para verlo. Da vidilla al suspense, ¿verdad?